Harper
Collins

Zur Serie:

Nach Jahren auf dem Festland ist Polizistin Anna Krüger in ihre Heimat zurückgekehrt, auf die kleine Insel weit draußen in der Nordsee: Helgoland. Als Jugendliche hat sie die Insel verlassen, um ihrer dunklen Vergangenheit zu entfliehen. Nun ist sie wiedergekommen, um diese Geister zu vertreiben und einen Neuanfang zu wagen. Doch schon von Beginn an steht sie (nicht nur) als Ermittlerin im Mittelpunkt einiger spektakulärer Verbrechen. Wie gut, dass ihr Vorgesetzter Paul Freitag und ihre Freundin Nele Steenkamp Anna bei der Aufklärung unterstützen.

Zum Autor:

Tim Erzberg entschloss sich nach dem Jurastudium, Literaturagent zu werden. Er vertrat unter anderem den berühmtesten deutschen Strafverteidiger Rolf Bossi, und Zvi Aharoni, den Mann, der Adolf Eichmann aus Argentinien entführte, sowie mehrere ehemalige Geheimagenten. Seine dunklen Erfahrungen verarbeitet Tim Erzberg in Geschichten, in denen es nicht einfach nur Gut und Böse gibt.

Tim Erzberg

Geisterfahrt

Thriller

Harper
Collins

HarperCollins®

1. Auflage: April 2020
Ungekürzte Ausgabe im HarperCollins Taschenbuch

Umschlaggestaltung: HarperCollins Germany / Birgit Tonn
Artwork Cornelia Niere, München
Umschlagabbildung: Markus Graessel / shutterstock
Satz: GGP Media GmbH, Pößneck
Printed in Germany
Dieses Buch wurde auf FSC®-zertifiziertem Papier gedruckt.
ISBN 978-3-95967-531-4

www.harpercollins.de

Werden Sie Fan von HarperCollins Germany auf Facebook!

Nacht. Es ist dunkel wie die Nacht. Doch draußen ist es Tag. Draußen. Ob sie jemals wieder nach draußen gehen würde? Ob sie jemals wieder aufstehen würde? Sie wollte nur noch liegen. Im Dunkeln bleiben. In ewiger Nacht. Sich vergraben vor der Welt, vor dem Licht, vor dem Schmerz. Denn je heller es war, umso größer war der Schmerz.

Zuerst war es nur ein kurzer Stich gewesen, brutal, aber ganz schnell wieder vorbei. Und dann hatte sie den Fehler ihres Lebens gemacht: Sie hatte gelauscht. Hatte auf die Wiederkehr der Schmerzen gelauert – und sie damit gelockt. Ein Schatten, den man nicht beachtet, ist nichts weiter als nur ein Schatten. Ein Schatten, den man fürchtet aber, wird zum Monster. So wie der Schmerz. Sie hatte sich auf ihn konzentriert, und er war wiedergekommen. Langsam. Unauffällig. Wie ein tiefer Ton, der irgendwo weit im Hintergrund brummt. Und man lauscht, und er wird lauter, kommt näher. Wo er eben noch im Unbestimmten blieb, ein Rauschen beinahe, da wurde er deutlich. Ein Kontrast zu den umgebenden Geräuschen. Dann plötzlich ändert er seine Frequenz und wird höher, höher und immer noch höher. Bis er ein unerträgliches Kreischen ist, das einen vollkommen durchdringt und jede einzelne Körperzelle in wahnsinnigen Aufruhr versetzt. So war dieser Schmerz geworden.

Manchmal war er weg, als gäbe es ihn gar nicht. Manchmal spielte er nur mit ihr, griff mit seinen glühenden Krallen einmal in ihr Gehirn. Dann wieder war er so erträglich, dass sie meinte, sie könnte mit ihm leben. Lachhaft. Leben mit einem Schmerzensmeister. Das konnte sie nicht. Nein. Sie konnte es nicht. Und inzwischen wollte sie es auch nicht mehr. Dunkelheit. Das war alles, was sie noch wollte. Ewige Dunkelheit.

EINS

Hamburg, Dom: 3. August, 20:30 Uhr

Eck hatte sich immer leicht damit getan, nachts um die Häuser zu ziehen und tagsüber zu schlafen. Sein Revier war der Kiez, da ging das. Da war Leben bis morgens um sechs – und die Nachtschwärmer hatten das Geld lockerer als die Idioten, die tagsüber in der Stadt herumliefen. Die aufgeblasenen Geizkragen und Moralapostel. Eck kannte sie alle. Er war selber einer von ihnen gewesen. Vor Ewigkeiten. Manchmal träumte er noch davon. Wenn er zu viel getrunken hatte, heulte er auch schon mal über sein verlorenes Leben. Aber an einem normalen Tag, das hieß: in einer normalen Nacht mit nur kleinem Hunger und kleinem Rausch, da konnte Eck sich gut durchs Leben treiben lassen und spürte fast nicht, wie es verging. Surfen nannte er das. Surfen. Hatte er früher mal gemacht. Vor einer Ewigkeit. Hatte sich ähnlich angefühlt. Man blendete alles andere aus.

Aber zum Surfen brauchst du Stoff. Ganz ohne ist kein Surfen. Ganz ohne ist Krieg. Krieg in den Eingeweiden. Krieg im Bauch. So wie heute. Irgendwie hatte er kein Glück gehabt. War erst unten am Hafen gewesen, um sich irgendwo ein Fischbrötchen zu schnorren. Als Unterlage. Dann rauf durchs Portugiesenviertel, wo man vor dem Lokal lungerte, bis einem der Wirt eine halb leere Flasche Roten schenkte, damit man endlich verschwand. Eck war in letzter Zeit wohl zu oft dort gewesen. Diesmal hatten sie ihm bloß einen Tritt geschenkt und mit der Polizei gedroht. Was natürlich keine Drohung war. Die machten sich nicht die Hände mit einem Penner schmutzig, der sich friedlich verhielt. Blieben auf Abstand, weil sie Angst hatten, sie könnten sich Läuse holen oder Flöhe. Oder was richtig Fieses. Eck hätte gelacht. Ging aber nicht, weil er diesen verdammten Druck in der Brust spürte. Dabei war Sommer. Sonst kannte er das nur vom Winter. Aber nach dem letzten war's nicht wieder weggegangen. Eher stärker geworden. Vor allem, wenn er nüchtern war. Was er Scheiße noch mal nicht gerne war.

Nach acht Uhr abends – er blickte immer mal wieder zur Uhr am U-Bahnhof St. Pauli hin – und immer noch keine Aussicht auf Stoff. An einem der Stände hatten ein paar Kunden ihre Becher stehen lassen. Eck sah sich um und trottete hinüber. Wäre beinahe überfahren worden von einem Porsche. Er spuckte hinterher, dachte dann aber, dass es vielleicht nicht mal schlecht gewesen wäre. Schneller Tod. Und ein Bonzenarsch, der auf Grundeis ging, weil er einen Obdachlosen niedergemäht hatte. Eck musste lachen. Dann musste er husten. Scheiße. Der Kioskbesitzer hatte ihn entdeckt. »Verpiss dich!«

»Schon gut, Mann«, murmelte Eck und bog ab, ein Stück weit rein auf das Heiligengeistfeld. Da, wo sie anfingen, sich durch die Nacht treiben zu lassen und ihr Geld zu verjubeln, und sich volllaufen ließen und den Mädels auf die Möpse glotzten. Hatte er früher alles auch getan. Vor einer Ewigkeit.

»Pass auf, wo du hintrittst, Alter!«, fuhr ihn ein Jugendlicher an. Ausländer. Türke wahrscheinlich, irgend so was. Oder Araber.

»Sorry, Mann«, murmelte Eck und wankte leicht zur Seite.

»Alles okay?« Der Junge hob seine Geldbörse auf, die ihm bei Ecks Rempler runtergefallen war. »Geht's dir nicht gut?«

»Alles okay, Mann. Bin bloß 'n Penner.«

»Scheiße, Alter.« Er kramte irgendwas in seiner Jacke. »Hey. Hier.« Und steckte Eck etwas in die Tasche. Dann war er weg.

Geld! Ein Zehner! Offenbar war heute Ecks Glückstag.

*

Die anderen waren schon vorgegangen. Pauls Tochter wollte unbedingt mit ihrem Papa Autoscooter fahren. Wenn sie ihnen nachsah, fand Anna, sie hätten eine gute Familie abgegeben: Paul, die Kleine – und Saskia. Waren sie natürlich nicht. Und würden sie sicher auch nie werden. Saskia war überhaupt nicht Pauls Typ. Optisch vielleicht. Optisch standen wahrscheinlich alle Männer auf Saskia. Sie war blond, schlank, mit Kurven an den richtigen Stellen. Normalerweise sah man die kaum – ein Vorteil der Dienstkleidung. Obwohl Anna sie im Verdacht hatte, ihre Sachen in der Schneiderei auf Körper getrimmt haben zu lassen. Genau genommen war sie ein verdammter feuchter Traum der Kerle. Vor allem so in Jeans und mit der engen schwarzen Lederjacke, mit dem Pferdeschwanz und dem Make-up … Es war gar keine Frage, dass die Männer ihr nachguckten. Und Saskia wusste das. Klar, Paul guckte auch. Aber der hatte sie immerhin schon kennengelernt und wusste, dass sie ein Biest war. Zuerst würde sie Anna wegbeißen, dann Paul. Wenn sie nicht vorher wieder weg war. Denn aus ihrer Verachtung für die Insel hatte sie vom ersten Moment an kein Geheimnis gemacht. Anna fragte sich, ob Saskias Versetzung nach Helgoland eine Art Strafexpedition war.

Die hätte sich nicht auf den frei gewordenen Posten melden müssen. Ob sie was mit einem Kollegen in Flensburg gehabt hatte?

Jedenfalls war es ihre Idee gewesen, zu Pauls Dienstjubiläum einen Ausflug auf den Dom nach Hamburg zu machen. Das passte natürlich zu ihr. Laut, grell, jede Menge Action. Anders als auf Helgoland jedenfalls. Wo für diese Nacht die beiden Springer für die Hauptsaison die Stellung hielten.

Es war nicht so, dass Anna Krüger die neue Kollegin abgelehnt hätte. Aber sie hatte von der ersten Minute an gespürt, dass Saskia auf Zickenkrieg angelegt war. Und das tat ihr nicht gut.

Während sie noch den dreien hinterhersah, wie sie Richtung Autoscooter abzogen, wühlte sie in ihrer Tasche nach dem Röhrchen mit den Tabletten. Das neue Präparat gegen ihre Migräne war ein großer Fortschritt, auch wenn es den Schmerz nicht ganz abstellte. Stalin. Ihr teuflischer Begleiter. Jederzeit bereit, sie zu foltern, immerhin legte er neuerdings längere Phasen ein, in denen er sie in Sicherheit wiegte. Ein Schläfer in ihrem Kopf. Anna sah sich um und ging zum nächsten Kiosk hinüber, um sich eine Flasche Wasser zu kaufen.

Ein Penner stolperte ihr über die Füße, als ihn der Kioskbetreiber wegscheuchte. Arme Sau, dachte Anna. Offensichtlich hatte er nachsehen wollen, ob noch Reste in den Bechern waren. Sie war froh, dass es auf Helgoland kein Obdachlosenproblem gab. Eine Aufgabe weniger. »Ein Wasser, bitte.«

Sie warf zwei Tabletten ein, obwohl ihr die Ärztin nur eine empfohlen hatte, und spülte sie mit dem Wasser runter. Sie sollte aufpassen. Im letzten Jahr hatte sie sich mit zu vielen Medikamenten ernsthaft in Schwierigkeiten gebracht. Und das war nicht das erste Mal gewesen. Paul und die anderen waren im Getümmel verschwunden. Schon hier, ganz am Rand des Doms war der Lärm bizarr. Anna blickte zu den Kollegen hinüber, die einen der Eingänge kontrollierten. Bis jetzt gab es keine Taschenkontrollen. Personenkontrollen nur, wenn jemand sich besonders auffällig benahm. Aber die Nervosität war groß. Die Kollegen – zwei Männer, eine Frau – standen lässig herum und lachten. Alles ruhig, dachte Anna. Sie stellte die Flasche auf die Theke und warf sich ins Getümmel. Verdammt voll, dachte sie. Hier sind allein fünfzigmal so viele Menschen unterwegs, wie auf ganz Helgoland leben. Nun gut, der Dom war immerhin beinahe so groß wie ihre geliebte, verhasste Insel. Sie wünschte, sie wäre jetzt dort gewesen. Aber schließlich konnte sie Paul nicht allein sein Dienstjubiläum feiern lassen. Allein mit Saskia.

»Entschuldigung! Sie haben was verloren!«, hörte sie hinter sich eine Stimme. Als sie sich umdrehte, stand da ein Familienvater mit Frau und zwei halbwüchsigen Töchtern und hielt ihr etwas hin.

»Oh.« Anna griff danach. Ein Ausweis. Nicht ihrer. »Das ist nicht meiner«, sagte sie. »Aber ich gebe ihn den Kollegen … den Polizisten dort.« Sie machte eine Geste Richtung Eingang. Der Mann nickte und winkte ihr auf Wiedersehen.

Anna schlenderte hinüber zu den drei Uniformierten, zückte ihren Dienstausweis, den sie auch bei sich trug, wenn sie in Zivil gekleidet war, und sagte: »Moin.«

»Moin moin, Kollegin«, erwiderte einer von ihnen.

»Hat mir eben jemand gegeben, weil er ihn gefunden hat.« Anna reichte dem Polizisten den Ausweis. Der warf einen Blick darauf und runzelte die Stirn. »Marco Kovac. Prüfst du mal?« Er reichte ihn seiner Kollegin weiter, die damit zum Einsatzwagen ging.

»Und?«, fragte Anna. »Alles ruhig heute Abend?«

»Wird genauso ein langweiliger Abend werden wie sonst auch.«

»Da solltet ihr mal einen Abend bei uns Dienst schieben«, lachte Anna.

»Und bei euch wäre wo genau?«

»Helgoland.«

»Okay. Dagegen ist das hier wahrscheinlich wie Hexensabbat.«

»Stefan?« Die Kollegin, die mit dem Ausweis zum Wagen gegangen war, kam zurück.

»Hm?«

»Ich glaube, wir haben ein Problem.«

»Treffer?«

»Kann man sagen.«

»Drogen wahrscheinlich«, schlug der Polizist vor, der mit Anna gesprochen hatte. Doch seine Kollegin schüttelte den Kopf. »Ist nicht unsere Kleinkriminellenfahndungsliste.«

»Sondern?«

»LKA.«

*

Stefan Sattler war seit siebzehn Jahren auf dem Kiez. Er hatte alles erlebt. Drogentote, Messerstechereien, Rockerkriege, die ganze Palette. Seit einigen Jahren war das Milieu anders geworden: weniger Prostitution, dafür härtere Maschen. Das machten die Osteuropäer, die Rumänen, Bulgaren und Moldawier, die ihre Nutten noch brutaler ausbeuteten als die alte Garde der Luden. Die kannten auch keinen Respekt mehr vor der Polizei und hatten nicht einmal Interesse an einem guten Nebeneinander, so wie das früher mal gewesen war. Nein, der Kiez war brutaler geworden, auch wenn er mittlerweile aussah wie ein Familienfreizeitpark, weil zwar hier und da noch Sex draufstand, aber fast nirgends mehr Sex drin war. Nur in zwei, drei Nebenstraßen.

Die Einsätze auf dem Dom mochte Stefan Sattler an sich ganz gerne. Außer Alkohol und ab und zu mal einem Dealer gab es hier keine großen Probleme. Die Hamburger waren da eigentlich immer ganz unaufgeregt, die Touristen meistens respektvoll. Viele Iraner und Araber liefen auf dem Dom herum. Stefan Sattler konnte das gut verstehen. Immerhin gab's bei denen zu Hause ja nicht so viel Vergnügen. Scheiße war allerdings, wenn einer von denen auf der Fahndungsliste des Landeskriminalamts stand. Er wählte die Einsatzzentrale an: »Moin. Stefan hier. Wir sind hier planmäßig auf dem Dom. Identitätsabgleich hat einen Treffer mit LKA ergeben.«

»Okay«, sagte der Kollege nur. »Habt ihr den Verdächtigen in Gewahrsam?«

»Leider nein. Wir haben nur seinen Ausweis gefunden.«

»Auf dem Dom?«

»Auf dem Dom«, bestätigte Stefan Sattler und bemerkte, wie er schon die ganze Zeit, seit der Entdeckung der Kollegin, mit dem Blick die Menschenmenge durchpflügte, die unablässig auf das Heiligengeistfeld strömte. Das Problem war: Der Typ war ja offenbar schon drin.

»Ich bekomme es in dem Moment auf den Schirm«, sagte der Kollege von der Einsatzzentrale. Gut, die Kollegen waren immerhin fix. Jetzt würde die ganze Maschinerie anlaufen. »Was machen wir?«

»Wir klären das mit dem KDD und melden uns, Kollege Sattler«, sagte der Mann von der Einsatzzentrale. Dann legte er auf, um noch in derselben Sekunde die Nummer des Kriminaldauerdienstes zu wählen.

»Schmiedeke hier. Wir haben einen Treffer auf dem Heiligengeistfeld. Der Verdächtige ist vermutlich auf dem Dom und steht auf der LKA-Liste. Sein Ausweis wurde gefunden. Marco Kovac, 24 Jahre, geboren in Sarajewo.«

»Aufenthaltsstatus?«, fragte der Kollege von der Kripo. Es gab in diesen Fällen niemanden, der sich mit Small Talk aufhielt. Jeder wusste, dass im Falle einer Meldung jeder Beteiligte vom ersten Augenblick an unter Strom stand.

»Keiner. Der Mann ist Deutscher.«

»Deutscher? Und was liegt vor?«

»Gefährder. Mitglied in einer radikalislamischen Gemeinde, mehrere fragwürdige Reisen ins türkisch-syrische Grenzgebiet … So was. Wir haben gerade mit der Auswertung begonnen.«

»Strafrechtliche Vorgeschichte?«

»Nur zwei Verurteilungen nach Jugendstrafrecht wegen schwerer und gefährlicher Körperverletzung …«

»Messerstecher?«

»Baseballschläger.«

»Na toll.«

»Außerdem zwei Festnahmen wegen Verdachts auf Drogenhandel. Wurde aber fallen gelassen. Alles schon mehr als drei Jahre her.«

»Und wie ist er auf den Schirm des LKA gekommen?«

»Belgien hat ihn an Interpol gemeldet.«

»Belgien?«

»Keine Ahnung. Die haben da ja auch eine Menge Radikale. Er wird schon seine Kontakte dort haben …«

»Und in den letzten drei Jahren …«

»Nichts.«

Sie hatten ihn also vor drei Jahren mal auf dem Schirm gehabt, und seither war er unauffällig gewesen. Oder untergetaucht. Bis heute. Und heute verliert er seinen Ausweis.

Auf dem Dom. Zufall? »Sicher, dass es nur *einen* Marco Kovac gibt?«

»Guter Punkt. Wir haben den Namen dreimal im System. Das Problem ist, dass wir nicht wissen, ob das drei unterschiedliche Personen sind.« Schmiedeke versuchte parallel, alle möglichen Varianten zu durchdenken. Man konnte jetzt natürlich verdeckt ermitteln. Aber wenn der Gesuchte tatsächlich dabei war, sich vom Gefährder zum Terroristen zu mausern, dann war das ungefähr so, als würde man einen Waldbrand nur beobachten. Er seufzte. »Terrorlage?«

»Nein«, sagte der Kripo-Mann, dem natürlich genau die gleichen Fragen durch den Kopf gingen. »Das geben die Fakten so weit nicht her. Warten wir, was die Kollegen vom LKA sagen.«

Gut, dachte Schmiedeke. Terrorlage auf dem Dom würde am Ende in einer Katastrophe enden. Eine Panik unter Zehntausenden Besuchern zwischen Hunderten Buden, Geschäften, unübersichtlichen Ständen, und das noch bei Nacht ... Er mochte gar nicht dran denken. »Na gut. Dann werden wir den Mann jetzt suchen«, sagte er. »Gebt uns Bescheid, wenn es neue Erkenntnisse gibt.« Sekunden später war er wieder zurück bei seinem Kollegen Sattler, der auf dem Heiligengeistfeld stand und die Verantwortung des diensthabenden und ranghöchsten Polizisten vor Ort trug. »Kollege Sattler?«

»Ich höre.«

»Wir bilden jetzt einen Krisenstab und fordern Spezialeinheiten an. Sie bekommen in den nächsten Minuten weitere Anweisungen. Sehen Sie sich noch einmal das Foto auf dem Ausweis an und sehen Sie sich um, aber entfernen Sie sich nicht zu weit von Ihrem aktuellen Standort.«

»Alles klar. Over.«

»Können wir irgendwie helfen?«, fragte Anna Krüger, die

das Gespräch mitgehört hatte. Doch der Hamburger Kollege schüttelte den Kopf. »Halten Sie nur die Augen offen«, sagte er. »Und melden Sie sich, falls Sie wirklich was Verdächtiges bemerken. Im Moment sollten wir die Situation hier möglichst ruhig halten. Für einen Großeinsatz sind wir momentan viel zu wenige Kollegen vor Ort.« Und auch gar nicht ausgerüstet, dachte er. »Es gibt keine Anzeichen, dass hier eine Straftat geplant ist. Aber klar, wenn wir den Verdächtigen finden, versuchen wir den Zugriff.«

Anna nickte. »Kann ich das Bild auf dem Ausweis auch noch mal sehen?«

»Sicher.« Sattler gab seiner Kollegin im Einsatzfahrzeug ein Zeichen, sodass Anna den Ausweis noch einmal studieren konnte. Ein junger Mann mit dichtem schwarzem Haar, Dreitagebart, auffällig kleinen Ohren, den Blick aus dunklen Augen selbstbewusst in die Kamera gerichtet. Trotzig sah er aus, fand Anna. Wie wahrscheinlich die meisten jungen Männer seiner Herkunft und Gesellschaftsschicht. »Danke.« Sie gab den Ausweis zurück und wandte sich wieder dem Heiligengeistfeld zu. Erst jetzt nahm sie den Bunker wahr, der dahinter aufragte. Riesig, düster, drohend.

*

Pauline liebte Autoscooter. Sobald Papa einen Chip eingeworfen hatte, drückte sie auf das Pedal und fuhr mitten hinein in die anderen Autos. Die meiste Zeit fuhren sie gar nicht richtig, sondern blockierten sich nur gegenseitig. Aber dann, irgendwann, waren alle wieder weg, und Pauline konnte wieder draufdrücken und wieder mittenreinfahren. Manchmal lenkte Papa ihr Auto weg von den anderen, damit sie wenigstens mal eine Runde drehen konnten. Dann winkte sie

Saskia zu, obwohl sie die eigentlich nicht sehr mochte. Aber heute war Pauline einfach nur glücklich. Auf dem Dom war sie noch nie gewesen. Mama mochte das nicht. Aber Pauline mochte es! Sie wäre am liebsten für immer hiergeblieben.

Nach der vierten Runde Autoscooter hob Papa die Hände. »Ich kann nicht mehr!«, rief er lachend. »Mir ist schon ganz schwurbelig im Bauch. Ich glaube, ich brauche eine Pause. Und ein paar Schokofrüchte.« Er guckte Pauline an. »Noch jemand Lust auf Schokofrüchte?«

»Au ja!«, rief Pauline und kletterte schon aus dem Wagen. »Wir gehen Schokofrüchte essen«, erklärte sie Saskia, die auf ihrem Handy herumtippte.

»Super«, sagte die, ohne aufzusehen.

»Komm!« Paul war hinter seiner Tochter aus dem Scooter geklettert und hatte den Arm auf ihre Schulter gelegt. »Ich spendiere uns eine Runde.«

»Nichts für mich«, antwortete seine Kollegin. »Ich warte hier auf euch.«

»Alles klar.« Paul schob Pauline ein Stückchen vom Autoscooter weg und ging in die Hocke. »Schokofrüchte oder Zuckerwatte?«

»Schokofrüchte.«

»Gut.« Er sah sich um. Der nächste Stand mit Süßwaren war gleich gegenüber. »Komm.« Sie gingen hin, und Pauline suchte sich den größten Spieß aus, den sie dahatten. »Mit Ananas, Erdbeeren, Trauben, Kiwi und Banane«, erklärte die Verkäuferin und reichte ihn ihr mit einer Serviette. Paul zog noch zwei weitere aus dem Halter. »Zur Sicherheit«, sagte er, lächelte der Verkäuferin zu und bezahlte. Während Pauline mit dem Früchtespieß kämpfte, blickte er sich um. Anna hätte längst auftauchen müssen. Er überlegte, ob er sie schnell anrufen sollte, hatte die Hand schon am Telefon, da sah er sie vom Eingang her kommen. Er winkte ihr, doch Anna schien in Gedanken und sah ihn nicht. Dafür entdeckte sie Saskia, die noch drüben beim Scooter stand, und ging zu ihr. Auch gut, dachte Paul, nahm seine Tochter wieder an der Hand und schlenderte mit ihr hinüber zu den beiden Kolleginnen.

»Mmh, da hast du aber was Leckeres bekommen!«, rief Anna, als sie Pauline mit den Schokofrüchten sah. Das Mädchen lächelte sie an, ohne etwas zu erwidern. Aber sie hatte ja auch den Mund voll mit einem riesigen Stück Ananas und jeder Menge Schokolade.

»Wann kommt noch mal deine Ex?« Saskia machte sich gar nicht die Mühe, so zu tun, als hätte sie Spaß mit der Kleinen.

»Meine Frau«, sagte Paul. »Ist sie ja immer noch.« Er räusperte sich. »Wir sind um halb neun verabredet. Am Fliegerkarussell.«

Saskia hob spöttisch eine Augenbraue. »Und, fährst du da auch mit?«

»Mal gucken!«, rief Paul. »Könnte sein, dass ich ein bisschen zu schwer dafür bin.« Er wuschelte durch Paulines Haar und nickte den anderen zu, weiterzugehen.

Der Dom war in den letzten Jahren gigantisch geworden. Paul war lange nicht mehr da gewesen. Inzwischen konnte man den ganzen Tag hier verbringen, wenn man wahnsinnig genug war. Es war irre laut geworden, von überallher blinkten einen knallbunte Lichter an, und im Sekundentakt rauschte ein Achterbahnwagen irgendwo in die Tiefe, und die Passagiere kreischten wie am Spieß. Unauffällig beobachtete Paul seine Kollegin Anna. Sie hatte ein Migräneproblem. Er konnte sich vorstellen, dass eine Veranstaltung wie diese hier nicht gerade das war, was ihr guttat. Andererseits: Vielleicht war es auch eine ideale Ablenkung, vielleicht konnte sie Spaß haben. Er jedenfalls war wild entschlossen, sich einen schönen Abend auf dem Dom zu machen. Gegen die ruhigen Nächte auf Helgoland war dies hier das maximale Kontrastprogramm. Dass Anna absolut fit aussah, beruhigte ihn. Und wenn Pauline in ein paar Minuten wieder bei ihrer Mutter war, würde auch Saskia nicht mehr genervt sein.

*

Do., 03.08., 20:32 Uhr, LKA Hamburg, Lagezentrale/ Terrorismusabwehr

»Treffer in der Innenstadt.«

»Zielperson bekannt?«

»Daten sind abgelegt.«

»Aufenthaltsort?«

»Leider nur vermutet. Heiligengeistfeld.«

»Ist nicht gerade Dom?«

»Richtig. Volksfest.«

»Scheiße. Konkrete Gefährdungslage?«

»Noch nichts bekannt. Können wir aber nicht ausschließen.«

»Okay. Welche Einsatzkräfte haben wir vor Ort?«

»Sicherheitspolizei. Normale Besetzung. Allgemeine Überwachung, kein konkreter Einsatzbefehl.«

»Sicherheitskonzept?«

»Ist abgelegt.«

»Ich kann nur hoffen, dass es nicht das ist, was es immer ist.«

»Ist es.«

»Scheiße. Sie werden es nie lernen.«

*

Sie hat sich übergeben. Zweimal. Einmal vor dem Frühstück, einmal danach. Doch es geht ihr deshalb nicht besser. Wie auch. Das Monster sitzt nicht in ihrem Bauch, es sitzt in ihrem Kopf. Beim zweiten Mal hat sie sich den Kopf an der Kloschüssel blutig geschlagen. Ein Unfall. Hat sie der Mutter gesagt. Ob sie es glaubte?

Immerhin tut ihr der Wind gut. Ein Scheißtag war das. Sie hat sich an den Nordstrand gestellt. Da ist es jetzt menschenleer. Die Touristen sind alle weg, weil die letzte Fähre abgelegt hat. Die Einheimischen kommen nicht hierher, die haben anderes zu tun. Eine große schwarze Sonnenbrille schützt sie vor zu viel Licht.

Eine tote Möwe liegt zwischen den angeschwemmten Algen, den Kopf auf einer Handvoll Feuersteine. Sie hat es hinter sich. Glückliche Möwe. Sie soll ein Grab bekommen, gleich hinter der Böschung, denn es ist grausam, so schutzlos dazuliegen. Schutzlos daliegen – oh Gott! Plötzlich sieht sie die Möwe mit ganz anderen Augen. Schutzlos dazuliegen, das ist ihr vertraut. Vertrauter, als ein Mensch es sich wünschen kann. Schutzlos dagelegen hat sie auch. Zweimal. Und jedes Mal wurde ihr dabei ein Stück Leben amputiert. Was übrig ist, ist es nicht wert.

Der Vogel ist ganz leicht. Nachdem er mit ein paar Händen voll Sand bedeckt ist, geht es ihr etwas besser. Sie wendet sich wieder der See zu, die in diesen Tagen rauer wird. Der Wind lässt die Wellen kräftiger rollen, weiße Kronen stürzen auf den Strand, wirbeln die Steine auf und werfen all das Tote an Land, was im Meer sein Leben gelassen hat: Krebse, Muscheln, Seesterne …

Sie könnte hineingehen ins Wasser. Dass sie eine gute Schwimmerin ist? Egal. Wenn man sich wegtragen lässt, wenn man sich der Strömung überlässt, wenn man … Man kommt dann nicht mehr zurück. Nicht von allein. Erst wenn die See tut, was sie immer tut: wenn sie all das Tote an Land spült, was in ihr sein Leben gelassen hat.

ZWEI

Eine halbe Stunde früher: Hamburg, Steindamm 12

»Junge, warum machst du dir nicht den Bart ab.«

Die Diskussion war so alt, dass sie selbst schon einen Bart hatte. Ante zuckte nur mit den Schultern.

»Du siehst aus wie ein verdammter Salafist!«

Wenn Marco sich einmischte, war es Zeit zu gehen. Ante hatte keine Lust, das Thema auch noch mit seinem Bruder zu diskutieren. Marco war der Lieblingssohn von Mama. Von Papa sowieso. Und außerdem war er absolut okay. Außer dass er irgendwann auf den Trichter gekommen war, keinen einzigen blöden Fehler im Leben zu machen. Und das zog er eisern durch. Womit er Ante natürlich auch schwer nervte. »Vielleicht bin ich einer«, blaffte Ante. Schon um Marco zu provozieren. »Du bist ein Schaf, Ante«, sagte Marco lässig. »Schafe sind keine Salafisten.«

»Schon klar, Mann. Du musst es wissen.« Ante warf sich seine Jacke über, rief »Tschüs!« und war schon fast aus der Tür, als ihm der geniale Einfall kam. Leise ging er noch mal zur Garderobe zurück und fummelte Marcos Börse aus seiner Jacke. Wenn er die Scheine stecken ließ, merkte sein Bruder vielleicht nicht einmal, dass er sich den Ausweis lieh. Der Vorteil, wenn man einen Bruder hatte, der sieben Jahre älter war. Und mit dem Bart würde keiner erkennen, dass er nicht Marco, sondern dessen siebzehnjährigen Bruder vor sich hatte. Ante sah zu, dass er abhaute. Die Familie nervte. Aber klar, sie war auch das Beste, was er hatte. Die Familie und Kathy.

Wenn er nur an sie dachte, hätte er schon schreien können. Kathy war die heißeste Braut, die er jemals kennengelernt hatte. Dass sie sich mit ihm verabredet hatte, war eigentlich ein Weltwunder. Ante hatte es niemandem erzählt. Er hatte Angst, jemand anderer könnte es erfahren und aus irgendeinem blöden Grund würde alles zerplatzen wie ein Traum. Aber so: Er ging auf den Dom, traf sich dort mit der Frau Nummer eins ever – und wenn er Glück hatte und keine Scheiße baute, würde er später vielleicht sogar noch einen wegstecken können. Ohne es vorgehabt zu haben, sprang Ante sechs Treppen auf einmal runter, bis fast ins Erdgeschoss. Was eine beschissene Idee war, denn er kam irgendwie schief auf und verknickte sich den Knöchel fies. Nach einer Minute, in der er zusammengekauert im Treppenhaus lag und gleichzeitig um Atem rang und gegen die Tränen kämpfte, ließ der Schmerz nach. Nicht viel, aber immerhin. Keuchend richtete er sich auf. Noch eine Minute später versuchte er, vorsichtig aufzutreten. Fluchte. Knurrte. Stöhnte. Setzte sich auf den Treppenabsatz und holte sein Handy raus. Er hatte schon Kathys Nummer gewählt, da legte er wieder auf. Er würde ihr schreiben. Bin gleich da. Höchstens zehn Minuten zu spät. Sorry. Und einen Smiley dazu.

Immer wieder Pausen einlegend, kämpfte er sich nach oben, sperrte möglichst lautlos auf und schlich sich in Marcos Zimmer. »Hey, Mann, du musst mir kurz helfen.«

»Was liegt an, Bruderherz?«

»Hab mir den Knöchel verstaucht. Kannst du mir mal ein Tuch oder was bringen, damit ich was drumwickeln kann? Ich will nicht, dass Mama das jetzt weiß.«

Marco nickte, ohne irgendwie spöttisch zu gucken. »Kann ich verstehen.« Er holte eine Mullbinde und band Antes Knöchel stramm ein. »Aber mach halblang, Mann. Ich finde, das sieht nicht gut aus.«

»Fühlt sich auch nicht gut an.« Ante boxte seinen Bruder auf die Schulter und machte sich aus dem Staub. Er würde sich dieses Date nicht durch die Lappen gehen lassen. Weder den Dom. Noch alles, was anschließend vielleicht kam. Und wenn er sein Bein hinterher wegschmeißen musste.

*

Marco blickte seinem Bruder nach. Kein schlechter Kerl, ganz bestimmt nicht. Aber Ante war nicht ernsthaft genug. Wenn du ein Kanake bist und wenn du auf St. Georg lebst, musst du ernsthaft sein. Das ist die einzige Chance. Sonst kommst du hier nicht raus. Ob Ante das noch kapieren würde? Marco war sich da nicht so sicher. Der Junge hatte schon ein paar Abzweigungen genommen, die nicht in Ordnung waren. Seit einiger Zeit dealte er. Das war ganz schlecht. Schlechte Kontakte. Scheißgefahr, dass sie einen erwischten. Und dann war es vorbei, bevor es begonnen hatte. In der Schule war er auch ein Totalausfall. Papa hatte es noch nicht mal richtig mitgekriegt. Der dachte noch, wenn er ihm öfter eine in die Fresse gab, würde das schon. Stimmte aber nicht. Von den jungen Typen, die öfter eine in die Fresse bekamen, kannte Marco genug. Und sie wurden alle Loser. Irgendwie dachten sie dann alle, wenn sie nur oft und hart genug zuschlugen, würden sie irgendwem irgendwas beweisen. Der Witz war: Das Leben schlug zurück. Und das Leben hatte den härteren Schlag.

Mama ahnte zumindest was. Das war daran erkennbar, dass sie Ante neuerdings hinterherschnüffelte. Durchsuchte seine

Jacken, machte ein bisschen zu lange am Bett rum, putzte ein bisschen zu sorgfältig in seinem Zimmer. Hatte sie vor ein paar Jahren bei ihm auch alles gemacht. Aber natürlich nichts gefunden. Denn von den beiden Brüdern war er der ernsthaftere. Er, der ältere: Marco Kovac, der sich schon früh überlegt hatte, dass er nicht so leben würde wie seine Eltern. Aber auch nicht so wie die Vollpfosten, die da unten auf der Straße standen, seinem kleinen Bruder zuwinkten, ihm Stoff anboten, irgendwo ein Mädchen laufen hatten oder zwei. Die ihre getunten BMWs an der Ecke auf den Gehweg gestellt hatten, um zu zeigen, dass ihnen die Bullen nichts konnten. Und die in ein, zwei Jahren in irgendeinem Knast sitzen und versuchen würden, zwischen lauter harten Mackern die härtesten zu spielen. Alles Schwachsinn. Die Spießer machten das schon richtig. Aber die hatten die bessere Startposition. Die kamen schon im richtigen Viertel zur Welt, hatten eine Top-Family, wurden dann von der Grundschule aufs Gym geschubst. Bekamen Nachhilfe. Machten Abi, und dann schoben sie richtig Kohle. Und die Frauen, die was im Kopf hatten, bekamen sie auch noch ab. Paar Kinder, Häuschen im Grünen, zweimal im Jahr fett Urlaub in Tunesien oder in der Türkei. Die durften dahin. Aber die Kanaken sollten gefälligst dortbleiben, wo sie herkamen. Da war es scheißegal, dass du 'n deutschen Pass hattest und sogar deine Eltern, dass du schon immer hier gelebt hattest. Reichte völlig aus, dass sie dir mal als Baby die Wurst gepellt hatten und dass der Name nach Reinigungskraft klang – Ausländer ist nicht, wer Ausländer ist, sondern wer nicht deutsch genug ist, so lief das.

Für die Deutschen waren sie ja alle Kanaken. Total egal, ob sie in Wirklichkeit Kurden waren oder Afghanen oder vielleicht Bosnier ... Nur die Schwarzen verachteten sie noch mehr als die Kanaken. Aber die wurden ja von den Kanaken genauso verachtet. Richtig scheiße dran warst du in diesem Land, wenn du schwarz warst, sagte sich Marco oft, wenn er frustriert war. *Zumindest bin ich kein Nigger.* So hatte er wenigstens eine Chance. Eine kleine vielleicht, aber immerhin. Und er würde sie nutzen.

Ante bog um die Ecke und war aus dem Sichtfeld. Irgendeiner von den Luden da unten rief ihm was hinter. Marco wollte lieber gar nicht hören, was es war. Aber er würde Ante noch rausreißen, ja das würde er. Erstens wollte er, dass sein Bruder nicht so ein mieses kleines Kanakenleben leben musste. Und zweitens konnte er keinen Bruder brauchen, der ihm dauernd Ärger machte. Denn das war auch klar: Sobald Marco richtig Geld verdiente, würde Ante bei ihm auf der Matte stehen und ihn anpumpen. Mit dem Zeug, das er da am Abend vor irgendwelchen Läden verkaufte, würde er auf Dauer nicht über die Runden kommen. Und für Stoff, der richtig was brachte, war er nicht hart genug. Nicht Ante. Denn eigentlich war er eben doch ein Guter.

*

Fünf Minuten zu spät. Aber die Straßen waren einfach zu voll gewesen. Der Einsatz hatte offiziell um 20.00 Uhr begonnen. Punkt 20.05 Uhr stellten sie den Motor ab und stiegen aus. Die Kollegen hatten noch so lange gewartet. »Ziemlich viel Verkehr, was?«, fragte der Einsatzleiter, den Sattler nicht kannte.

»Irre. Freitag eben. Wie läuft es hier?«

»Alles ruhig«, erklärte der Kollege und tippte sich an die Kappe. »Ihr habt einen gemütlichen Abend vor euch.«

Sattler nickte. Schön wär's. Aber das hatte er schon oft gedacht, um dann am Ende Chaos, Stress und Panik zu erleben. »Hoffen wir's«, seufzte er. »Es geht ja gerade erst los.«

»Das ist richtig. Wenn die Schätzung stimmt, wird es heute Abend noch ganz schön voll hier. Aber drüben an der Feldstraße sind ja auch Kollegen. Und die Davidwache ist gleich um die Ecke.«

»Ich will mal hoffen, dass wir die nicht auch noch brauchen. Also dann, danke.«

»Da nicht für.«

Die Kollegen machten sich auf den Weg in den Feierabend. Für Stefan Sattler und seine zwei Begleiter ging der Einsatz hier erst los. Immerhin: Das Wetter war gut, sehr gut sogar. Die Stimmung war es auch. Soweit bekannt, war mit Gruppen, die Ärger machten, nicht zu rechnen. Keine Fußballfans, keine größeren Junggesellenabschiede, kein …

»Chef?«

»Ja?«

»Die Kollegen vom Roten Kreuz fragen, ob wir sie lieber hier auf der Seite hätten oder ob sie nachher zum Feuerwerk wechseln sollen.«

Das Freitagsfeuerwerk auf dem Dom. »Haben die da keine eigene Mannschaft?«

»Nicht in dieser Ecke.«

»Verstehe. Dann sollen sie zum Feuerwerk rüberwechseln und anschließend wieder hierherkommen. Sie sind ja in jedem Fall in der Nähe.«

»Gut. Ich geb das so weiter.«

Warum eigentlich musste immer alles gleichzeitig sein? Als würde der Dom ohne Feuerwerk nicht ausreichen. Die Sicherheitskonzepte der großen Städte verdienten nach Stefan Sattlers Meinung ihren Namen nicht. Alles auf Kante genäht, überall mit riesigem Glücksfaktor kalkuliert. Nirgends durften zwei Dinge gleichzeitig passieren, sonst lief alles aus dem Ruder. Brandgefährlich war das. Wenn man sich alles sorgfältig ansah, konnte man diese ganzen Einsätze bei Großveranstaltungen eigentlich nur als Minenräumkommando bezeichnen. Oder eben als Himmelfahrtskommando. Denn die Minen lagen so dicht beieinander, dass jede, die aus Versehen losging, eine Kettenreaktion auslösen konnte. Und dann würde die ganze Stadt explodieren.

*

Er hatte die U-Bahn erwischt. Gerade noch. Der Knöchel schmerzte zwar immer noch höllisch, aber jetzt, wo er unterwegs war, lief es. Ante schloss die Augen und versuchte, nicht auf das Pochen in seinem Bein zu achten. Er stellte sich Kathy vor. Was sie tragen würde? Würde sie das Haar offen haben oder einen Pferdeschwanz? Wenn er nur an sie dachte, hatte er das Gefühl, er hätte selber einen Pferdeschwanz. Ante musste grinsen. Machte die Augen wieder auf – und blickte einem Typen ins Gesicht, der sein Handy vor sich hielt. »Hey, Mann, hast du mich eben geknipst?«

Der Typ reagierte nicht mal, sondern steckte nur sein Handy weg und blickte gelangweilt aus dem Fenster. Ante spürte, wie es in ihm zu kochen begann. Wenn er was nicht ausstehen konnte, dann waren es diese Wichtigtuer, die so taten, als würden sie einen nicht sehen oder hören. Er war schon drauf und dran, noch was zu sagen, aber dann verkniff er es sich. Normalerweise hätte er ihm sein Scheißhandy aus der Hand geschlagen und mit einem gezielten Tritt geschrottet. Und dann hätte er ihm noch in die Eier gekickt. Aber nachdem das mit dem Fuß sowieso alles nicht ging, hielt er sich zurück. Glück gehabt, Wichser, dachte er sich. Und dann gingen auch schon die Türen auf, und der Typ stieg an den Landungsbrücken aus. Auch gut, dachte Ante. *Vielleicht sogar besser.*

Ja, absolut. Viel besser. Er wollte sich die Laune nicht verderben lassen. Heute hatte er ein Date. Nicht irgendein Date. *Das Date ever!* Heute würde er nur feiern. Einfach feiern.

Weiter vorne im Wagen kicherten ein paar Mädchen. Als Ante hinguckte, waren es drei von den Schlampen aus der C. Parallelklasse. Treudeutsch. Okay, Kathy war auch deutsch. Aber eben nicht so eine Schlampe wie die. Wie die sich schon angezogen hatten. Konnten gleich weiterlaufen und auf der Reeperbahn anschaffen gehen, so wie die aussahen. Wieder schloss er die Augen und überlegte, wie Kathy aussehen würde. Ob sie sich auch so heiß angezogen hatte? Bei ihr wäre das was anderes. Sie war einfach cool.

Als die U-Bahn einfuhr, waren die drei schneller. Er hinkte mit seinem verletzten Bein etwas langsamer hinterher. War ihm auch lieber, wenn sie ihn nicht sahen. Er hatte keine Lust auf blöde Sprüche von wegen Steindamm und Pornokino und alles. Nur weil sie ihn da mal rauskommen gesehen hatten. Dabei war es der Eingang zu seinem Hausflur. Mussten die blöden Schlampen nicht wissen. Hätte alles nur noch schlimmer gemacht. Sollten sie lieber denken, er wäre im Kino gewesen.

Am Eingang zum Dom stand eine Streife. Die Bullen musterten die Besucher. Ante machte einen kleinen Bogen um sie und drückte sich seitlich an einer Imbissbude vorbei. Das Röhrchen in seiner Jackentasche fummelte er vorsichtshalber mal in den Bund seiner Unterhose.

*

Hamburg, Dom, 3. August, 20:17 Uhr

Kathy konnte es nicht leiden, wenn man sie warten ließ. Vorhin war auch noch die Clique aus der Parallelklasse vorbeigekommen, was richtig scheiße war. Kathy konnte sich genau vorstellen, wie sich morgen in der Schule alle lustig machten, weil sie alleine auf dem Dom gewesen war. Außerdem hasste sie es, von fremden Typen angemacht zu werden. Und natürlich wurde sie angemacht. Ständig. Die Typen, die ohne Frau hierherkamen, hatten es alle nötig. Sie hätte besser doch das Kapuzenshirt angezogen. Aber mit dem knappen Top und den Skinnyjeans war sie einfach zu einladend für die notgeilen Kerle, die abends zum Saufen auf den Dom gingen.

Gerade überlegte sie, ob sie wieder abziehen sollte, da entdeckte sie Ante in der Menge. Er kam von der Reeperbahnseite her, und Kathy fragte sich nur kurz, ob er da wohl noch was zu erledigen gehabt hatte. Sie mochte sich das eigentlich gar nicht fragen, denn Ante war ein guter Typ. Aber er war eben auch Araber. Und die hatten ja fast alle was mit Drogen zu tun. Da drüben, Richtung Hafen, hätte er gut was dealen können. Hätte. Aber Ante machte das nicht, da war sie ganz sicher. Sonst hätte sie sich nicht mit ihm verabredet. »Alles okay mit deinem Bein?«, fragte sie statt einer Begrüßung, denn irgendwie sah er aus, als würde er humpeln.

»Alles super.« Er stellte sich ganz nah zu ihr, wusste aber offensichtlich nicht, ob er ihr jetzt die Hand geben sollte oder sie umarmen oder was. »Hi.«

»Hi«, sagte sie und gab ihm schnell einen Kuss auf die Wange. Er grinste. Sie auch. War doch schon mal ein guter Anfang. »Du hast aber gerade gehumpelt«, sagte sie.

»Bin die Treppe runtergefallen«, erklärte er. »Typisch Vollpfosten eben.«

»Oh.« Sie mochte es, wenn einer sich über sich selber lustig machen konnte. »Bestimmt war die Treppe schuld.«

»Klar«, sagte Ante und nickte. »Ist nur der Knöchel. Alles cool.«

»Fein.« Sie sah sich um. »Wollen wir?«

»Unbedingt! Sieht aus wie ein Volksfest hier.«

»Komisch, oder?« Kathy bemerkte, dass sie die ganze Zeit grinste wie ein Honigkuchenpferd. Hoffentlich fand er das nicht blöd. Aber er grinste ja auch. Was irgendwie süß war. Sie hakte sich bei ihm unter, ganz automatisch, und dann zogen sie los, vorbei an ein paar Polizisten, die ihnen mit skeptischen Mienen hinterhersahen. Ante hatte es auch bemerkt. »Ist garantiert wegen dem Bart«, sagte er entschuldigend. »Vielleicht sollte ich ihn abmachen.«

»Ich finde ihn schön«, erklärte Kathy. »Sehr männlich.« Sie wusste, dass Typen das gerne hörten. Auch wenn sie den Bart eigentlich blöd fand. Ohne das Ding hätte er sicher noch viel besser ausgesehen. »Das kannst du den anderen auch echt nicht antun.« Und auf seinen fragenden Blick: »Ohne Bart siehst du wahrscheinlich viel zu gut aus.«

Ante lachte. »Wahrscheinlich«, sagte er. »Fahren wir Autoscooter?«

»Geht das mit dem Bein?«

»Ist ja das linke. Zum Scootern brauch ich nur das rechte.«

»Okay. Aber pass auf …« Kathy deutete auf einen der Wagen. »Da ist so eine Terrormaus dabei. Die mäht hier echt alle nieder.« Tatsächlich rauschte ein Scooter mit einem kleinen Mädchen am Steuer und dem Papa daneben mitten ins Getümmel, dass es nur so rumste. »Wow«, sagte Ante. »Ich hab jetzt schon Angst.« Und Kathy kicherte und drückte seinen Arm. Oh ja, das würde ein geiler Abend werden.

*

Medizin. Jägermeister. Einer davon und alles ging leichter. Eck hatte sich nur ein kleines Fläschchen gekauft. Wollte nicht die ganze Knete auf einmal ausgeben. Ein Zehner, das reichte für die ganze Nacht. Zwei Bier und noch ein Brötchen mit irgendwas, wenn er es richtig anstellte. Und vielleicht ließ noch jemand ein Bierchen springen. Später saß das Geld lockerer. Waren die Leute lockerer auf dem Dom. Und drüben auf der Reeperbahn. Guckten nicht mehr so auf die Kohle. Guckten nicht mehr so auf ihn herab. Vor allem, wenn er was getrunken hatte. Dann war er ja auch besser drauf. So wie jetzt. Ein Jägermeister und er konnte sogar besser *sehen*! Echt die reinste Medizin. Eck schob sich weiter auf den Dom.

Eine Gruppe junger Mädchen kam an ihm vorbei, eine schöner als die andere. Er musste schlucken. Frauen. Das waren Zeiten gewesen. War natürlich alles vorbei. Als Penner hast du keinen Sex mehr. Da will dich keine. Und eine Nutte kannst du dir nicht leisten. Im Winter ist es egal. Wenn du auf der Straße lebst und es ist saukalt und tagsüber zieht es dir eisig durch die Knochen und nachts liegst du in irgendeinem U-Bahn-Aufgang, dann kriegst du gar keine Gefühle mehr. Kriegst ja nicht mal mehr einen hoch. Alles tot. Im Winter. Aber sonst auch die meiste Zeit. Ohne Alk keine Chance. Und mit richtig Alk schon gar nicht. Als Penner denkst du möglichst nicht an Sex. Das tut dir nicht gut. Weil es wehtut. Du riechst es nicht. Aber die anderen riechen es. Dass du stinkst. Und die Frauen sagen es dir, wenn du ihnen zu nahe kommst. Höchstens mal eine von den alten Huren, die im Park anschaffen gingen und für einen Zehner Hand anlegten. Die beschwerten sich nicht. Hatten Angst, dass sie selber irgendwann auf der Straße landeten. Oder waren schon da gelandet. Eck versuchte, nicht dran zu denken.

Aber bei so jungem Gemüse war das schwer. Die Mädels hatten sich mächtig aufgedonnert. Die schrien geradezu nach Sex! Die waren nur hier, damit es ihnen später in der Nacht irgendwer so richtig besorgte. Er hatte es gar nicht gemerkt, aber plötzlich hatte er die Hand an einer. »Hey, du Schwein!«, rief sie. Und dann sah sie ihn erst. »Igitt! So 'n Penner!« Und die anderen Mädels lachten, und Eck zog schnell die Hand zurück und drehte sich um, sah zu, dass er wegkam. Brauchte keinen Ärger. Tat ihm wirklich leid. »Wichser!«, schrien sie hinter ihm her. »Penner!« Und lachten. War aber nicht komisch. Nicht für Eck. Besser, er suchte sich einen Ort, wo er nicht so auffiel. Da drüben vielleicht, neben dem Karussell. Gab da eine Stelle, wo man auch in Ruhe mal pissen konnte, ohne dass es gleich auffiel. Er ging zuerst dran vorbei, tat, als hätte er was verloren. Dann trödelte er wieder zu der Stelle zurück und drückte sich in die Nische hinter dem Kassenhäuschen. Der Lärm war ein bisschen gedämpfter hier. Tat ihm ganz gut. Er angelte nach dem Jägermeisterfläschchen, das er nicht weggeworfen hatte. Drehte den Deckel ab und hielt es sich unter die Nase. Er liebte den würzigen Duft. Lenkte ihn ab von den anderen Gerüchen. Bratwurst. Gebrannten Mandeln. All dem Zeug, das er sich nicht leisten konnte. Wenn du kein Penner bist, weißt du nicht, wie gut du es hast. Du trinkst dein Bierchen und denkst, das läuft immer so. Denkst, du wirst immer eine Frau haben. Immer eine Tochter. Immer einen Job und gutes Geld. Und dann kommt so ein Tag, an dem das alles zerbricht. Erkennst du natürlich nicht. Erst später. Viel später. Aber er wusste inzwischen, welcher Tag das bei ihm gewesen war. Und kein Tag verging, an dem er nicht an genau diesen Tag gedacht hätte. Ein Tröpfchen war noch drin in der kleinen Flasche. Dankbar ließ er es auf seine Zunge rollen. Sog noch einmal den Duft vom Schnaps ein. Dann drehte er sich um und schiffte. Bis er hinter sich eine Stimme hörte: »Eck?«

*

»Er hat dich echt angemacht!«, rief Lulu und schüttelte sich theatralisch.

»Das ist sooo eklig!«, pflichtete ihr Conny bei. »Ich müsste mich sofort duschen. Und meine Kleider in die Wäsche werfen.«

»Verbrennen«, korrigierte Lulu.

»Er hat mich bloß an der Schulter berührt«, sagte Lisa genervt. »Ich hab's fast nicht gespürt.«

»Wahrscheinlich war er bloß so besoffen, dass er die Boobs nicht gefunden hat.« Conny war so dämlich! Lisa hätte ihr eine scheuern können. »So klein ist mein Busen nicht, dass er ihn nicht findet.«

»Sag ich doch, der Typ war dicht.«

»Ist doch egal«, schlug Lulu vor. »Ich will mir den Spaß nicht verderben lassen. Hey, seht mal, da drüben, das ist doch die Tusse aus der A.«

Die drei Mädchen guckten Richtung *Free-Style*. »Mhm«, sagte Lisa, die froh war, dass es nicht mehr um ihre Brüste ging. »Katharina.«

»Kathy«, verbesserte Lulu. »Das heißt, seit diesem Jahr musst du *Cathy* zu ihr sagen. Englisch. Für Kathy ist sie zu cool geworden.«

»Ich find sie eigentlich ganz nett«, sagte Lisa.

»Sieht aus, als hätte sie ein Date«, stellte Conny fest.

»Und der Typ ist nicht aufgetaucht.« Lulu kicherte, und die anderen kicherten mit. Lisa winkte hinüber. Doch Kathy oder Cathy tat, als würde sie sie nicht sehen. Dabei hatte sie sie bestimmt auch längst entdeckt. Stattdessen guckte sie auf die Uhr und drehte sich dann weg. Komisch, dachte Lisa. *Wieso steht sie da alleine rum? Merkt sie nicht, dass dauernd irgendwelche Typen vorbeigehen und sie anglotzen?*

*

Die Tabletten wirkten. Der Schmerz war weg. Anna war wieder bei Paul und Pauline. Und bei Saskia, die irgendwie nervös wirkte. »Alles klar?«, fragte Paul.

»Alles bestens, danke. Und? Was machen wir jetzt?« Anna stellte amüsiert fest, dass Pauls Tochter einen ganz verschmierten Mund hatte. »Mit der vielen Schokolade um den Mund musst du aufpassen, dass dich nicht jemand auffressen will.«

»Ich bin aber keine Schokofrüchte«, erklärte Pauline und schleckte sich mit der Zunge über die Lippen. Anna lachte. Die Kleine war wirklich ein Schatz. Sie passte so richtig zu Paul. Ein bisschen neugierig war Anna auf die Mutter. Paul hatte ja nie ein schlechtes Wort über sie verloren. Er war auch eher der Typ, der den Fehler bei sich suchte. Auch deshalb mochte Anna ihn. Paul war einfach in Ordnung.

»Wir gehen jetzt zum Fliegerkarussell!«, rief Pauline.

»Das ist das Karussell mit den Tieren, in die man sich reinsetzen kann und die dann hochfliegen, wenn man am Knüppel zieht«, erklärte Paul.

»Kenne ich«, sagte Anna. »War immer mein Lieblingskarussell.« Obwohl sie nie damit gefahren war. Jahrmarkt hatte es für sie als Kind nicht gegeben.

»Echt? Fährst du mit mir?«

»Na ja«, sagte Anna. »Bestimmt möchte dein Papa mitkommen.«

Paul hob die Hände. »Ich bin viel zu schwer für so ein Ding. Am Ende komme ich noch ins Gefängnis, weil ich es kaputt gemacht habe.«

»Polizisten kommen doch nicht ins Gefängnis, Papa«, sagte Pauline voll Überzeugung.

»Na ja«, sagte Paul. »Wenn sie was anstellen, dann schon …« Einen Moment herrschte Schweigen, weil sie alle – nur Pauline nicht – an Marten denken mussten, der bis vor wenigen Monaten Kollege auf Helgoland gewesen war und nun in U-Haft saß. Mit einer Anklage wegen Mordes. Die Teufelsmaschine namens *Höllenfeuer* heulte in nächster Nähe vorbei und riss sie aus ihren Gedanken. »Dann wollen wir mal!«, rief Paul und klatschte in die Hände. Saskia steckte ihr Handy weg, Anna legte den Arm um Pauline, und zu viert spazierten sie weiter hinein auf den Dom, damit die Kleine auf dem Fliegerkarussell fahren konnte. »Hast du keine Angst?«, fragte Anna, als sie davorstanden und der ganze Zoo gerade über ihren Köpfen seine Kreise drehte.

»Kein bisschen!«, rief Pauline und zog ihren Papa am Ärmel. »Kaufst du uns Fahrchips?«

»Klar.« Paul ging rüber zum Kassenhäuschen und holte ein paar Plastikmünzen für seine Tochter und Anna. »Bitte schön«, sagte er und deutete auf die Wagen, die gerade wieder gelandet waren. »Ihr könnt einsteigen. Aber verfliegt euch nicht!«

»Ach, ich bin sicher, Pauline findet den Weg«, sagte Anna und zwinkerte dem Mädchen zu, dessen Wangen rot leuchteten. »Keine Sorge, Papa«, kicherte sie. »Ich fliege nur im Kreis.«

»Ach so geht das.« Paul nickte, als hätte er es endlich kapiert. »Dann warte ich hier auf euch.«

Im nächsten Moment stiegen Anna und Pauline in einen Elefanten mit riesigen Ohren. »Ich will außen sitzen«, erklärte das Mädchen.

»Klar.« Anna rutschte rüber. Irgendwie fand sie es süß, dass Pauline mit ihr fuhr. Aber irgendwie hatte sie plötzlich auch ein mulmiges Gefühl. Hielt so ein Ding zwei Personen aus, wenn eine davon erwachsen war? Krachten solche Gefährte auch mal runter? War schon mal ein Kind rausgefallen? Sie legte den Arm fest um Pauline und erklärte, als die sich etwas rauswinden wollte: »Ich hab ein bisschen Angst.«

»Okay.« Pauline nickte ihr aufmunternd zu. »Musst du aber nicht. Ich bin schon öfter damit gefahren. Das macht Spaß, wirst sehen.«

Und dann begannen sie sich zu drehen, und Stalin begann in Annas Kopf wieder zu pochen. Sie versuchte, ihn zu ignorieren, ließ ihren Blick über die Millionen Lichter schweifen, über Tausende von Menschen, suchte und fand Paul in der Menge und winkte ihm zu. Er winkte zurück, lachend. Pauline zog am Knüppel, und der Elefant hob sich ziemlich ruckartig in die Luft. Ein kühler Abendwind wehte ihnen ins Gesicht. Sie flogen vorbei an Achterbahnen und Geisterbahnen, an Lotterien und Dosenbuden. Überall kreischte und jaulte es, klingelte, schepperte, knatterte und orgelte. Irgendwo da unten lief ein Mann durch die Gassen, der auf der Fahndungsliste stand. Als Gefährder. Irgendwo da unten traf vermutlich gerade das Mobile Einsatzkommando ein. Wahrscheinlich in Zivil. Und die Leute lachten und tranken und alberten herum, die Lichter blinkten, die Musik spielte – und drüben, auf der anderen Seite des Heiligengeistfeldes, stand dieser riesige drohende Bunker, ein gigantisches schwarzes Bauwerk, in dem – ganz oben fast – ein einziges einsames Licht brannte. Anna spürte, wie ihr schlecht wurde.

*

Sie sprechen nicht. Sie sprechen nie. Seit es passiert ist, haben sie nicht mehr miteinander gesprochen. Nicht wirklich. Nur noch Dinge wie: »Es ist Zeit, zur Schule zu gehen.« Oder: »Mach die Musik leiser.« Manchmal versucht sie, das Dröhnen und Kreischen in ihrem Kopf durch laute Musik zu übertönen. Sie stülpt sich die Kopfhörer über und dreht voll auf. Harte Musik. Als könnte sie den Kopfschmerz mit Gegenterror bekämpfen. Aber das ist natürlich unmöglich. Manchmal ist es zumindest Ablenkung. Ohne Kopfhörer. Sie terrorisiert ihre Eltern. Vor allem ihre Mutter. Leiden soll sie. So wie sie sie hat leiden lassen. Für ihren Vater hat sie nicht einmal mehr so viel übrig, dass sie ihn quälen will. Sie beachtet ihn gar nicht mehr. Er ist für sie tot. Wirklich tot. Nicht so wie Leo.

Seit ihre Mutter sie am Messerblock gesehen hat, darf sie nicht mehr in der Küche helfen. Der Schreck, die Panik in den Augen der Mutter hat ihr richtig gutgetan. Ob es die Tatsache war, dass sie ihr nicht völlig egal war? Oder ob es nur war, weil sie die blanke Angst in den Augen ihrer Mutter gesehen hat? Gespürt hat, dass da ein Horror war ... Wer weiß das schon. Der Messerblock. Er wäre eine Möglichkeit ...

Manchmal schleicht sie sich abends noch raus, wenn es dunkel ist. Geht hinüber zu den Lummenfelsen, wo in der tiefen Nacht niemand mehr ist. Sie ist dann ganz allein da. Niemand würde sie entdecken, jedenfalls nicht vor dem nächsten Morgen. Da unten ist es außerdem so finster, dass man nicht einmal etwas sähe, wenn man genau an der Stelle runterguckte.

Sie stellt sich dann ganz nach vorne, bis sie die Steinchen unter ihren Sohlen sich bewegen spürt. Wenn der Kopfschmerz dann käme ... in dem Augenblick ... so heftig, wie er das manchmal macht. Immer öfter eigentlich. Dann wäre es ein Leichtes. Dann würde sie … Aber er kommt nicht. So sehr sie auf ihn lauscht. Dieser plötzliche Anfall, die Explosion in ihrem Kopf, sie bleibt aus, wenn sie auf den Klippen steht. Bis jetzt.

DREI

Hamburg, Dom, 3. August, 20:43 Uhr

»Ali? Bist du das?«

»Du siehst aus wie jemand, der einen Schnaps vertragen könnte, Eck!«

»Ich glaub es nicht, Mann. Was ist denn mit dir passiert?« Ali, eigentlich »Türken-Ali«, weil er immer gute Kontakte zu einem Türken gehabt hatte, der seinen Keller vermietete, sah aus wie ein ganz anderer Mensch. Rasiert. Haare gewaschen. Neue Kleider. Oder fast neu. »Hast du im Lotto gewonnen, oder willst du mich bloß verarschen?«, fragte Eck vorsichtshalber.

»Komm, kannst was von mir haben«, sagte Türken-Ali lässig und schob ihm eine Flasche hin. Er stand an der Theke einer Kneipenbude und hatte im Ernst eine ganze Flasche Schnaps vor sich. »Hast du die hier gekauft?«

»Ich bin doch nicht bescheuert«, lachte Türken-Ali. »Die kostet hier fünfmal so viel wie im Netto.«

»Und wieso lassen die dich hier …« Eck blickte misstrauisch Richtung Theke, wo ein mies gelaunter alter Sack saß und ihm unfreundlich zunickte. Sollte wahrscheinlich freundlich sein.

»Ist mein Bruder«, erklärte Türken-Ali.

»Du hast einen Bruder?«

»Zufall, dass ich den entdeckt habe. Wir hatten jahrelang keinen Kontakt mehr. Zehn Jahre mindestens.«

Das konnte sich Eck gut vorstellen. Wer mal auf der Straße lebte, verlor den Kontakt zu den Menschen, mit denen er vorher mal zu tun gehabt hatte. Das ergab sich einfach so. Weil man in verschiedenen Welten existierte. Und die Welt, in der man auf der Straße lebte, die existierte nicht in der Welt, aus der man gekommen war. Die wollte keiner dort wahrnehmen. Schnell griff Eck nach der Flasche, fummelte seinen leeren Flachmann aus der Tasche und goss sich ein bisschen was hinein. Einen Schluck oder zwei. Zwei große. Aber Türken-Ali schien es ja neuerdings zu haben. »Und dein Bruder …«

»Hat mir ein bisschen geholfen.«

»Aha.« Zu gerne hätte Eck jetzt auch noch einen Schluck so genommen. Extra. Direkt aus der Pulle. »Trink schon«, sagte Ali und lachte wieder, dass man seine Zahnlücke vorne links sehen konnte. »Ich seh doch, dass du Durst hast.«

»Wenn man schon so drum gebeten wird«, murmelte Eck und hob die Flasche an den Mund. Verdammt guter Stoff. Er schielte auf das Etikett. Hatte er vorher gar nicht genau angeschaut. Whisky. Schottischer. Er leckte sich die Lippen. »Gut«, sagte er und nickte. »Sehr gut.« Er nickte anerkennend. »Hast Glück gehabt, Mann.«

»Ich helfe ihm ein bisschen hier. Wisch die Tische, bring den Müll weg, so was. Dafür bekomme ich freie Kost.«

»Und wo schläfst du?«

»Mal hier, mal da«, antwortete Ali vage. Schon klar, er wollte sich nicht in die Karten gucken lassen. Wer mal einen guten Schlafplatz gefunden hatte, hoffte, dass er möglichst lange dort alleine blieb. Wenn erst einmal die anderen Penner draufgekommen waren, war es bald vorbei damit. »Draußen oder drinnen?«, fragte Eck trotzdem.

»Je nachdem.«

Der Bruder pfiff.

»Du musst gehen«, erklärte Ali und rückte die Flasche beiseite. »Uwe kann das nicht brauchen, dass sich Penner an seiner Bude rumtreiben.«

»Klar. Kann ich verstehen.« Die schreckten die Kundschaft ab. Die zahlende Kundschaft. Deswegen hatte er Ali auch so rausgeputzt. Sonst wäre der genauso geschäftsschädigend gewesen wie Eck. »Ich bin weg.«

»Machet jut, Kumpel.«

»Du auch. Und danke.«

Dann war Eck wieder unterwegs. So einen Bruder hätte er auch brauchen können. Oder sonst irgendwen, der ihm für ein bisschen Handlangerei den Schnaps verschaffte und ihm mal ein paar Klamotten gab, die nicht total versifft waren. Eck spürte, wie ihm der Arsch juckte. Kam davon, wenn man nie anständiges Klopapier benutzen konnte. Und die Unterhose nur alle paar Wochen wechselte. Monate. Gut, dass er sich selber nicht riechen konnte. Das war ein Segen, dachte Eck.

*

Er hatte Schmerzen, das war ganz offensichtlich. Aber er hatte auch Spaß. Das spürte Kathy deutlich. Und sie hatte auch Spaß. Nach zwei Runden Scootern hatte er gefragt, ob sie was trinken möchte, und sie hatten sich in den Bayerischen Biergarten gesetzt, hatten sich ein großes Bier bestellt und tranken das jetzt gemeinsam. Wie ein richtiges Liebespaar, dachte Kathy dauernd. »Mein Bruder sagt, ich soll ihn abmachen.«

»Abmachen?«

»Den Bart.«

»Quatsch. Wieso denn? Wahrscheinlich ist er bloß neidisch, weil er nicht so viel Bart hat.«

Ante schüttelte den Kopf. »Der hat eher noch mehr als ich. Sind die bosnischen Gene.«

»Echt? Bosnisch? Ich dachte, ihr seid Araber.«

»Kovac? Klingt das für dich arabisch?« Ante lachte. »Voll schräg. Nein, eigentlich sind wir alle Deutsche, sogar meine Eltern. Aber die sind damals im Jugoslawienkrieg hierhergeflohen und dann Deutsche geworden.« Ante zuckte die Schultern. »Und deine Familie?«

»Voll langweilig. Die kommen bei mir schon seit ewig aus Niedersachsen und aus Schleswig.«

»Find ich gut.«

»Findest du gut?«

»Klar. Wenn so was dabei rauskommt …« Er zwinkerte ihr zu und zögerte nur kurz. Dann beugte er sich über den Tisch und gab ihr einen Kuss. Auch sie zögerte nur kurz, ehe sie ihn erwiderte. Dann zog sie zurück und rieb sich mit dem Handrücken über den Mund. »Aber er kratzt. Dein Hipsterbart.«

»Hipsterbart? Das ist echt kein Hipsterbart.«

»Sondern?«

»Keine Ahnung. Mein Bart eben.«

»Vielleicht solltest du ihn dir doch abmachen.« Sie sah ihm tief in die Augen. »Wenn wir das hier öfter machen wollen und so.«

»Und so?« Plötzlich hatte er einen Frosch im Hals. »Daran soll's echt nicht scheitern.«

Kathy hob den Bierkrug und nahm einen großen Schluck. Eigentlich stand sie gar nicht auf Bier. Aber das hier war definitiv das beste Bier, das sie je getrunken hatte. Ante lachte. »Was ist los?«, fragte sie.

»Is einfach komisch«, sagte er.

»Und zwar?«

»Na ja, wenn ich mir den Bart für dich abnehme, mach ich meine Mutter glücklich.«

»Is doch super. Schlägst du zwei Fliegen mit einer Klappe. Was gibt's da zu lachen?«

»Meine Mama ist sehr fromm, weißt du.«

»Und?«

»Die fände es nicht cool, dass ich mit einer Deutschen abhänge.«

»Hä? Ich dachte, sie ist selber Deutsche.«

»Ja, schon. Aber irgendwie träumt sie trotzdem davon, dass wir mal zwei nette bosnische, muslimische Mädchen anschleppen, mein Bruder und ich.«

»Schon komisch.«

»Ja, voll. Alter, dass ich hier mit dir aufm Dom bin und so ...«

»Und so?«

Und dann lachten sie beide.

*

Paul sah sich die Fotos an, die er von seiner fliegenden Tochter gemacht hatte. Sie sah so glücklich aus. Anders als Anna, die eher angestrengt wirkte und sich am Rand des Flugelefanten festgekrallt hatte. »Entspannt ist anders«, stichelte Saskia, die ihm über die Schulter geguckt hatte.

»Warum bist du nicht mitgeflogen?«, fragte Paul, seinen Ärger nur mühsam unterdrückend, weil Saskia mit besonderer Vorliebe auf Anna herumhackte.

»Ich mach mir nicht so viel aus Kinderkarussell.« Und etwas näher an seinem Ohr: »Erwachsenenspiele sind mir lieber.«

Was ihm bekannt war. Nicht nur, weil die Menge an Affären, die Saskia in der kurzen Zeit, die sie auf Helgoland Dienst tat, Inselgespräch war, sondern auch, weil er sich einmal zu einer Liebesnacht mit ihr hatte hinreißen lassen. »Ich bin mit meiner Tochter hier«, erklärte er so kühl wie möglich.

»Die wird aber jeden Moment abgeholt, richtig?« Saskia knuffte ihn in die Seite und ging wieder auf Abstand, weil Anna und Pauline vom Karussell zurückkamen. So blass die eine war, so glühende Wangen hatte die andere. »Papa, das war so supi!«, rief Pauline mit ihrer Kinderstimme, und Paul Freitag hätte seine Tochter am liebsten in den Arm genommen und nie wieder losgelassen. »Das freut mich«, sagte er stattdessen nur und streichelte ihr über den Kopf. Eine Strähne war aus ihrem Zopf gerutscht und hing ihr in die Stirn. Wie konnte ein Mensch nur so perfekt sein! »Guck mal, Papa«, erklärte das Mädchen und deutete auf einen Mann, der wenige Schritte entfernt an ihnen vorbeilief: »Der Mann hat genau die gleichen Schuhe wie du!«

Was stimmte. Paul hatte seine Dienstschuhe an. Wie meistens. Und der Mann, der eben Richtung Geisterbahn ging, war offenbar ein Kollege. »Vielleicht ist er auch Polizist«, erklärte er seiner Tochter. »Das sind Dienstschuhe.«

»Echt? Müssen die alle Polizisten tragen?«

»Nur im Dienst«, sagte Paul und nahm ihre Hand. »Deshalb heißen sie ja Dienstschuhe.«

»Aber du bist doch nicht im Dienst, oder? Du bist doch auf dem Dom.«

Paul lachte. »Stimmt!«, rief er gegen den Lärm des vorbeijagenden »Höllenfeuers« an. »Ich bin auf dem Dom und nicht im Dienst!« Aber vielleicht war es ja der Kollege. Paul folgte ihm mit seinem Blick und erkannte sofort, dass der Mann seine Umgebung genau beobachtete. Der Kollege war tatsächlich im Einsatz. Der wusste genau, wohin er ging, wohin er schaute und wen er besonders beobachten musste. Paul merkte, wie Anna seinem Blick folgte. »Ein Kollege«, sagte er.

»Mhm«, erwiderte Anna. »Im Einsatz.«

»Offensichtlich. Hoffentlich nur präventiv.«

Anna schwieg. Sie wusste es besser. Aber wollte sie Paul wirklich diese kostbare Zeit mit seiner Tochter verderben, indem sie ihm die akute Gefahrenlage unter die Nase rieb? Andererseits: Sie waren hier alle gefährdet. Auch Paul. Und noch wichtiger: auch seine Tochter.

*

»Hey, Mann, hast du was dabei?«

Der Typ hatte Ante ganz unerwartet angesprochen. Tunesier wahrscheinlich. Oder Marokkaner. Jedenfalls ein Araber. Einer von denen, die mit einer Gebetskette rumliefen und auf braver Muslim machten. »Kenn ich dich, Mann?«

»Is doch egal, Alter. Hauptsache, ich kenne dich.«

Ante hasste ihn schon jetzt. »Glaub ich nicht, Mann«, knurrte er. »Und jetzt schieb ab. Ich bin beschäftigt.«

»Komm, hey, ich zahle gut.«

»Keine Ahnung, wofür, Mann. Aber ich hab nichts, und ich hab auch kein Bock auf dich. Is das klar? Hau ab jetzt und lass mich in Ruhe.«

»Schon gut, schon gut.« Der Araber warf noch einen Blick auf Kathy. Einen echt merkwürdigen Blick, fand Kathy. Dann zog er ab. »Was war das denn?«, fragte sie und spürte, wie sich etwas Ungutes in ihrem Bauch ausbreitete.

»Keine Ahnung. Irgend so ’n Vollidiot eben.«

»Und was wollte der von dir?«

»Weiß ich nicht.« Ante blickte irgendwohin in die Ferne. Nur nicht in Kathys Augen. Und nicht hinter dem Typen her, der Richtung Riesenrad abgezogen war.

»Dachte der, du verkaufst Drogen?«

»Was weiß ich!« Ante rollte mit den Augen.

»Doch. Echt, der hat dich für'n Dealer gehalten!« Ein winziges Stück nur, aber Ante spürte es: Sie rückte ein klitzekleines bisschen von ihm weg. »Dealst du?«

»Hey, Kathy, komm lass mal. Das ist doch jetzt voll blöd.«

»Ne, im Ernst, das will ich wissen. Bist du ein Dealer?« Jetzt rückte sie richtig weg.

»Quatsch. Bloß weil mich so 'n Arsch mit jemandem verwechselt, bin ich doch kein Dealer. Echt jetzt, ich find das nicht lustig.«

Er hörte, wie Kathy ausatmete. »Okay. Entschuldige. War blöd von mir. Tut mir echt leid.«

»Schon gut«, sagte Ante und beobachtete, wie ein paar Männer in Lederjacken betont unauffällig durch die Straße gingen und sich umsahen. »Kannst nichts dafür. Der Typ ist schuld.« Dicke Lederjacken waren das. Einer guckte her. »Weißt du was? Ich kauf uns noch was zu trinken. Da drüben!« Er zwinkerte ihr kurz zu und trat an die Theke einer Schnapsbude. »Zwei Whisky-Cola«, sagte er.

»Ausweis«, sagte der Verkäufer ganz automatisch. Und auch wenn Ante genau dafür den Perso seines Bruders gemopst hatte, nervte ihn die Aufforderung. Das Weichei hinterm Tresen hatte so was von einem Flaum unterm Kinn ... »Klar, Mann«, sagte er trotzdem und suchte in der Jackentasche nach dem Ausweis. In der Hosentasche. Der anderen. Fluchte. Andere Jackentasche? Innentasche? Aber das Ding war weg. »Scheiße!«, zischte Ante und wühlte hektisch in allen Taschen – ohne Erfolg.

»Und?«, drängte der Verkäufer.

Doch Ante achtete gar nicht mehr auf ihn, sondern drehte sich weg.

»Was ist?«, fragte Kathy, die hinter ihn getreten war und merkte, dass etwas nicht stimmte.

»Ach nichts. Sorry. War 'ne blöde Idee. Wir haben doch gerade was getrunken.« Er lächelte verlegen.

»Stimmt«, sagte Kathy nur. »Ist jetzt echt nicht wichtig.«

»Hm. Lust auf Riesenrad?« Ja, das wäre jetzt genau richtig. Mal raus aus dem Haufen Idioten.

»Ich liebe Riesenrad«, sagte Kathy. Und wie sie es sagte, das klang so nach: Ich liebe alles, wenn ich es mit dir mache, dass er sich richtig komisch im Bauch fühlte. »Bin gleich da!« Ante versuchte, nicht zu humpeln, als er an die Kasse ging und zwei Tickets löste. Irre teuer. Hätte er doch besser noch ein bisschen Kohle aus Marcos Portemonnaie geklaut. Aber jetzt war's zu spät. Würde schon reichen. Wenn nicht, konnte er Kathy immer noch überreden, nachher eine Parkbank in den Wallanlagen zu suchen. Von wegen romantisch und so.

Kathy hatte sich schon in die Reihe gestellt und winkte ihm. Er zwinkerte ihr zu und stellte sich neben sie. Der Typ hinter ihr schien kurz zu überlegen, ob er sich wegen Vordrängeln beschweren sollte, hielt aber dann doch die Klappe. Und Kathy nahm Antes Hand in ihre. Dass neben dem Kassenhäuschen ein Pärchen stand, das ihn beobachtete, fiel ihm erst einmal nicht auf.

*

Sie waren noch nicht weggegangen vom Fliegerkarussell, da entdeckte Paul schon Paulines Mutter in der Menge. Sie stand, wie verabredet, an dem Kinderkarussell, mit dem ihre Tochter früher immer so gerne gefahren war. Als sie noch ganz klein gewesen war. Als sie noch eine glückliche Familie gewesen waren. Natürlich guckte sie auf die Uhr. Sie rechnete immer damit, dass Paul sich verspätete. Dabei war er ein sehr pünktlicher Mensch. Aber als Polizist war man immer im Einsatz, und wenn aus Feierabend um 20.00 Uhr immer wieder Feierabend um 03:45 Uhr wurde, dann galt man irgendwann als unzuverlässig.

Schön sah sie aus. Sie hatte sich Strähnchen gefärbt. Dafür war der Grundton ihres Haars jetzt wieder dunkler. Näher an der natürlichen Haarfarbe. Obwohl sie behauptete, schon ganz weiß zu werden. Natürlich seinetwegen. Er glaubte beides nicht. Sie hatte kein graues Haar bekommen, schon gar nicht seinetwegen. Wenn, dann musste er es sein, der alterte. Schließlich hatte sie sich von ihm getrennt, nicht er sich von ihr. Lebte sie mit einem anderen Mann zusammen. Und mit seiner Tochter. Seiner Tochter, die er ihr jetzt wiedergeben würde, bis er sie mal wieder sehen durfte, irgendwann. Nächsten Monat. Oder übernächsten. Sein Posten auf Helgoland machte es nicht einfacher, obwohl er bei jeder sich bietenden Möglichkeit für zwei, drei Tage nach Hamburg kam, um Pauline zu treffen. Aber in der Saison, wenn täglich Tausende Menschen auf die Insel kamen, waren mehrere Tage Freizeit am Stück dünn gesät. Da war Präsenz angesagt, am besten jeden Tag. Vor allem für ihn als Leiter der Polizeistation.

»Hallo Paul«, sagte Claudia und gab ihm einen leichten Kuss auf die Wange.

»Hallo Claudia. Geht's dir gut?«

»Alles bestens. Und dir?«

Paul zuckte die Achseln. Er gab sich gar nicht erst die Mühe, fröhlich zu wirken. Niemand kannte ihn so gut wie seine Immer-noch-Frau. Sie würde ihn sowieso sofort durchschauen. Was sie auch jetzt tat. »Immerhin bist du mit zwei attraktiven Frauen unterwegs, heute Abend«, stellte sie halb spöttisch, halb anerkennend fest und drückte seine Hand, wenn auch nur ganz kurz.

»Zwei Kolleginnen. Und drei.«

»Drei?«

»*Drei* attraktiven Frauen«, erklärte Paul und nickte zu Pauline hin.

»Hattet ihr eine gute Zeit? Ich meine, du und deine Tochter?«

»Die beste. Aber das weißt du ja. Ich hoffe, sie sieht das genauso.«

»Oh, bestimmt!«

Pauline kam mit Anna an der Hand herüber zum Karussell. »Mutig von Ihnen, dass Sie mitgefahren sind«, stellte ihre Mutter fest und reichte Anna die Hand.

»Man weiß dann wenigstens, warum einem schlecht ist.«

Paulines Mutter lachte. »Gehen wir? Sagst du Tschüs zu deinem Papi?«

»Aber ich möchte noch einen Luftballon!«, rief Pauline und erinnerte ihren Vater: »Du hattest mir versprochen, dass ich einen bekomme.«

Paul seufzte theatralisch, obwohl er natürlich in Wirklichkeit dankbar war, noch ein paar Minuten mit seiner Tochter zu haben. »Wenn es unbedingt sein muss…« Er zwinkerte Claudia zu und zog Pauline zu einem nahe gelegenen Stand, an dem Luftballons und aller mögliche sonstige Kram verkauft wurde. »Dann such dir mal einen aus.«

»Ich möchte die Biene Maja«, stellte Pauline strikt fest.

»Sicher?«

»Ich liebe Biene Maja. Nur schade, dass sie keinen Willi haben.«

Paul machte den Verkäufer auf seine Tochter aufmerksam. »Sie haben es gehört?«

»Was hätte die junge Dame denn gerne?«, fragte der Verkäufer launig und beugte sich zu Pauline runter.

»Die Biene Maja.«

»Aber gerne! Pass bloß auf, dass sie dich nicht sticht.« Er zwinkerte Pauline zu, und sie kicherte. »Aber ein Luftballon kann doch nicht stechen.«

»Stimmt, das hatte ich ganz vergessen!«, rief der Verkäufer. »Das wäre auch gefährlich für einen Luftballon.« Er schnitt die Schnur ab und band sie Pauline um die Hand, während ihr Vater sich nach Saskia umsah. »Darf ich auch noch ein Lebkuchenherz haben, Papi?«

»Mhm. Schau mal, ob dir eines besonders gefällt«, murmelte Paul – und bei dem Gedanken an Paulines Mutter: »Aber nur eines von den kleinen, hörst du?«

*

Do., 03.08., 20:38 Uhr, Einsatzzentrale

»MEK Fischer an Einsatzzentrale.«

»Einsatzzentrale hier.«

»Wir haben vielleicht die Zielperson lokalisiert.«

»Ort?« Schmiedeke spürte, wie das Adrenalin in seine Adern schoss.

»Riesenrad. Der Gesuchte steht in der Schlange.«

»Irgendwelche Anzeichen, dass er akut handeln wird?«

»Soweit ersichtlich, nicht.«

»Personenbeschreibung.«

»Schwarze Lederjacke. Dunkle Jeans. Sneakers … Moment. Er ist in Begleitung. Junge Frau, eher noch Teenager. Blond. Wahrscheinlich deutsch …«

»Können Sie ein Foto machen?«

»Die beiden sind in der Schlange gerade wieder verdeckt.«

»Wir schicken noch jemanden vom Team hin. Bitte Position beibehalten und zur Verfügung bleiben.«

»Alles klar. Over.«

»Over«, antwortete Schmiedeke und realisierte, welch gigantische Verantwortung nun auf ihm als Leiter der Einsatzzentrale lastete.

*

Die Anweisungen aus der Zentrale kamen jetzt minütlich. Stefan Sattler hatte sich den Knopf ins Ohr gesteckt und war mit einem Kollegen losgegangen. Inzwischen hatten sie alle das Bild des Verdächtigen auf den Handys, um jederzeit draufschauen zu können. Dazu Daten wie Körpergröße (178 cm), Haarfarbe (dunkel), besondere Kennzeichen (keine). Und den Hinweis: »Achtung! Verdächtiger könnte bewaffnet sein.«

Eine Stecknadel im Heuhaufen zu suchen war im Vergleich dazu ein Klacks. Erstens waren auf dem Dom inzwischen eine Million Menschen unterwegs (die offizielle Schätzung für den Abend besagte: 34.000), zweitens wusste kein Mensch, wie der Gesuchte inzwischen aussah. Er konnte sich die Haare gefärbt haben, einen Bart tragen, Kapuzenshirt tragen … Und drittens konnte es genauso gut sein, dass er den Ausweis beim Verlassen des Heiligengeistfeldes verloren hatte. Oder er hatte ihn schon gestern verloren und aß längst bei seiner Mama in Billstedt oder Altona Burek oder Cevapcici.

»Bekommen wir Verstärkung?«, fragte er in sein Mikro.

»MEK und SEK sind schon unterwegs«, gab der Kollege aus der Einsatzzentrale zurück.

»Kontrolliert ihr die Kameras an den Ausgängen?«

»Was denken Sie denn? Problematisch sind die inoffiziellen Ausgänge.«

»Wir könnten versuchen, uns dort strategisch günstig zu postieren«, schlug Sattler vor.

»Im Moment seid ihr uns lieber als Patrouille.«

»Wir brauchen Kollegen, die in die Buden gehen.«

»Das MEK hat gerade die zweite Hundertschaft rausgeschickt. Die erste ist schon hinter euch und schwärmt in die Fahrgeschäfte und Würstchenbuden aus.«

»Gut.« Gut, ja. Ein koordinierter Einsatz, das war es, was sie hier gut hätten brauchen können. Aber Polizeiarbeit war immer wieder das Reagieren auf die konkrete Situation – und die war nicht vorhersehbar. Aus dem Augenwinkel nahm Sattler eine hektische Bewegung wahr. Instinktiv griff er nach seiner Waffe und ging hinter einem Mülleimer in Deckung.

*

Die Biene Maja schwebte über ihren Köpfen, und Pauline war so stolz, dass sie gar nicht stehen bleiben konnte, sondern dauernd auf und ab hüpfen musste. »Schau mal, Mama! Mein Luftballon!«, rief sie dauernd. Aber Mama telefonierte gerade und nickte ihr nur zu und drehte sich dann wieder weg.

»Deine Tochter ist wirklich ein Schatz«, sagte Anna leise zu Paul. Eigentlich konnte sie mit Kindern gar nicht so viel anfangen. Aber dieses Mädchen hätte sie sofort genommen. Die Freude der Kleinen war richtig ansteckend.

»Sie ist die Beste«, sagte Paul leise und so melancholisch, dass Anna sich auf die Lippen biss. Besser nicht darüber sprechen, dachte sie. *Er leidet einfach zu sehr unter der Trennung.* »War eine gute Idee, sie mitzunehmen«, erklärte sie.

»War deine Idee«, sagte Paul, ohne den Blick von Pauline abzuwenden.

»Echt? Egal. Gut, dass du einverstanden warst. Das war garantiert ein unvergessliches Erlebnis für sie.« Paul seufzte. »Ja«, sagte er. »Und auch für mich.«

Anna guckte demonstrativ auf die Uhr. »Aber ich schätze, jetzt ist es auch gut, wenn sie ins Bett kommt.« Und runter vom Dom, ehe hier noch was passierte.

»Vermutlich.« Paul zuckte die Achseln. »Ist sowieso nicht meine Entscheidung.« Er nickte zu seiner Noch-Ehefrau hin.

»Aber teilt ihr euch nicht das Sorgerecht?«

»Doch. Das schon. Aber Pauline lebt bei ihr. Da habe ich kein Recht, ihr reinzureden. Sonst untergrabe ich ihre Autorität.«

Anna nickte langsam. »Finde ich einen sehr feinen Zug von dir.« Paul war so klug und so einfühlsam. Es war für Anna vollkommen unverständlich, wie diese Frau ihn hatte ziehen lassen können. Ach was: ziehen. Sie hatte ihn vor die Tür gesetzt! Hatte sich einen anderen Mann gesucht. Einen mit Nine-to-five-Job, der morgens noch mit am Frühstückstisch saß und abends pünktlich auf der Matte stand, statt ständig die Welt zu retten und immer dann nicht da zu sein, wenn man ihn mal zu Hause brauchte. Wäre es nicht Paul gewesen, dann hätte Anna das vielleicht verstehen können. Aber jemanden wie ihn verließ man nicht. Den hielt man fest, wenn man ihn hatte.

»Wir müssen!«, rief Claudia Freitag und winkte Pauline.

»Och, Mama! Morgen ist doch keine Schule!«

»Trotzdem. Bis wir zu Hause sind, ist es zehn. Du gehörst ins Bett.«

»Aber schlafen kann ich doch später auch noch«, maulte Pauline und stampfte mit einem Fuß auf den Boden. »Wir können doch noch zu der Schiffsschaukel. Oder … oder …« Sie schien zu überlegen, was ihre Mutter vielleicht noch erlauben würde. »Darf ich wenigstens noch einmal mit dem Karussell fahren?« Sie zeigte auf das Kinderkarussell für die ganz Kleinen, vor dem sie sich getroffen hatten – und in dem Moment passierte es: Der Luftballon rutschte ihr vom Handgelenk. »Papa!«, rief sie.

»Was denn, mein Schatz?«

»Meine Biene Maja!« Sie kreischte jetzt. Und Paul sprang zu ihr und schnappte in die Luft, um den Faden zu fangen. Um ein Haar hätte er ihn erwischt. Er konnte noch spüren, wie er ihm durch die Finger glitt, doch dann war es zu spät: Die Biene Maja stieg über ihnen in den Himmel hinauf und zwischen Riesenrad und dem Spiegelkabinett durch hinüber zu dem riesigen schwarzen Bunker, wo jetzt auch das letzte Licht erloschen war. »Papa!!«, schrie Pauline und schaute fassungslos hinterher. Und dann liefen ihr die Augen und die Nase über, als wäre etwas unendlich Schreckliches passiert. »Ach Mäuschen!«, sagte Anna und ging in die Hocke, um sie zu umarmen. Doch das Mädchen schob sie weg und warf sich an ihren Vater, der in einer unbeholfenen Geste die Arme um ihre Schultern legte und dem Luftballon hinterhersah. »Paulinchen«, sagte er und spürte ihren bebenden Körper an seinem. »Das tut mir wirklich leid. Aber schau mal, eine Biene muss doch fliegen, oder?« Er beugte sich zu ihr runter. »Das muss sie doch. Guck mal, die Biene Maja freut sich bestimmt, dass du sie befreit hast.«

Anna merkte, wie das Mädchen innehielt. »Befreit«, schniefte sie und guckte zu ihrem Papa auf.

»Ja klar! Die war jetzt so lange hier festgebunden. Und dann bist du gekommen und hast sie losbinden lassen. Das war wirklich supernett von dir.«

»Aber ich wollte sie doch gar nicht loslassen«, schluchzte Pauline.

»Na ja, das müssen wir ihr ja nicht verraten.« Jetzt richtete er sich wieder auf und wuschelte durch ihr Haar. »Sie denkt bestimmt, du hast sie gerne losgelassen, damit sie endlich wieder fliegen darf. Zu ihrem Freund Tigger.«

»Willi heißt der«, sagte Pauline, die inzwischen vergessen hatte zu weinen.

»Echt? Willi? Ich dachte, der heißt Tigger.«

»Aber Papa, Tigger ist doch der Freund von Winnie Puh!«

»Ach so! Das hab ich gar nicht gewusst.«

»Mama, Papa hat gar nicht gewusst, dass der Freund von der Biene Maja Willi heißt!«, rief Pauline und drehte sich nach ihrer Mutter um. Erst jetzt bemerkte sie, dass ihre Mama direkt hinter ihr stand, sodass sie fast an sie gestoßen wäre. »Der Papa ist schon komisch, was?«, sagte ihre Mutter und legte ihre Hand ebenfalls auf Paulines Kopf, auch wenn sie dabei eigentlich gar nicht auf ihrem Haar landete, sondern auf Pauls Hand. Und sie blickte ihm in die Augen. »Was dein Papa alles nicht weiß …« Dabei blickte sie ihren Noch-Ehemann an, und er hätte schwören können, dass auch ihre Augen ein wenig feucht waren.

*

»Schau! Eine Riesenbiene!«, rief Kathy lachend und deutete auf einen Biene-Maja-Luftballon, der irgendwo unter ihnen aufgestiegen war und jetzt Kurs aufs Riesenrad nahm.

»Angriff der Killerinsekten!«, erklärte Ante und stand auf.

»Hey, setz dich! Das ist gefährlich hier oben!«

»Quatsch! Ich pass schon auf!« Mit etwas Glück würde er das Ding erwischen. Er musste nur den richtigen Winkel finden. Außer natürlich es kam ein Windstoß und trug den Ballon weg. Aber im Moment sah es so aus, als würde sich seine Flugbahn mit der Kreisbewegung des Riesenrads kreuzen. Jedenfalls ungefähr. »Die fang ich dir!«

»Bitte nicht!« Kathy zog an seiner Jacke. »Ich hab Angst.« Die anderen Fahrgäste in ihrer Gondel, Eltern mit einem kleinen Jungen, guckten ihn erschrocken an, sagten aber nichts.

»Keine Panik«, sagte Ante, der sich sicherer gefühlt hätte, wenn sein Knöchel nicht so wehgetan hätte. »Ich bin Weltmeister im Luftballonabfangen.« Er hielt sich an der äußeren Stange fest und lehnte sich ein Stück weiter raus. Verdammt hoch hier. Und die Gondel stieg gerade erst nach oben. Ein leichtes Schwindelgefühl erfasste ihn. »Ante!«, rief Kathy und hielt sich die Augen zu.

»Alles cool, Baby«, sagte er. Oder dachte er. Er war sich gerade gar nicht ganz sicher. Das Ding schien sich nicht entscheiden zu können, ob es näher kommen oder wieder wegfliegen sollte. Taumelte irgendwie unrund in der Luft. »Gleich hab ich's!« Aber so ganz glaubte er selbst nicht daran. Paar Zentimeter noch. Er musste nur ... Wenn er ein Bein raushob ... dann würde er noch besser ... »Ante! Du spinnst!«, kreischte Kathy.

Plötzlich hatte ihn der Mann gepackt, der ihm gegenüber in der Gondel saß. Am Bein. Mit beiden Händen. Krallte seine Finger in seine Muskeln, dass Ante der Schmerz bis in den Bauch hochschoss. »Hey, Mann!«, schrie er, die eine Hand nach draußen gestreckt, wo jetzt der Luftballon auf gleicher Höhe war, mit der anderen gerade noch so am Gestänge hängend.

»Kommen Sie wieder rein!«, ächzte der Typ. »Den erwischen Sie eh nicht!« Und zerrte an seinem Bein, als wär's aus Gummi.

»Ich … hab's gleich!«, keuchte Ante und angelte nach der Schnur, die hinter dem Ding herwedelte. »Noch … einen … Zentimeter!«

»Mann, komm wieder zurück!«

Unten ruderte einer von den Riesenradtypen mit den Armen und schrie irgendetwas, was hier oben keiner verstehen konnte. Ante jedenfalls nicht. »Komm schon!«, knurrte er das fliegende Plastikteil an. Doch die Biene Maja grinste ihn nur an und drehte sich weg, um im nächsten Moment noch deutlich höher zu steigen. Höher als Ante. Höher als das Riesenrad. Und wegzufliegen, rüber zu dem Scheißbunker, wo die Abenddämmerung sie verschluckte. »Mist!«, keuchte Ante und wäre beinahe aus der Gondel gefallen, als er plötzlich kein Ziel mehr vor Augen hatte. Gerade noch konnte er wieder zurückklettern. Wahrscheinlich auch, weil ihn der Typ von gegenüber so penetrant festgehalten hatte. »Das war knapp«, seufzte der Mann und ließ sich auf seinen Platz fallen, wo ihn sein Junge mit schreckgeweiteten Augen ansah. »Machen Sie das bloß nicht noch mal, das ist ja lebensgefährlich.«

Ante grinste. Guckte zu Kathy, die heftig atmete und ganz rote Wagen hatte, was total süß aussah. »Du spinnst!«, zischte sie. Aber Ante konnte genau erkennen, dass sie auch ein bisschen stolz war auf ihn.

»Alles cool, Mann«, erklärte Ante, der sich ebenfalls hinsetzte und hoffte, dass niemand mitbekam, wie wacklig seine Beine auf einmal waren. »Wäre doch nett gewesen, wenn wir noch eine Biene bei uns in der Gondel gehabt hätten.« Normalerweise hätte er dem Typen eine reingehauen. Aber dass er nicht »du« gesagt hatte, sondern »Sie«, das ging absolut in Ordnung. Man schlug niemanden, der höflich zu einem war. Außerdem hatte der Typ auch nur den Helden markieren wollen, genau wie er. Waren sie eben zwei Helden in einer

Gondel. Das war schon okay. Ante grinste ihn an, und er schüttelte den Kopf. *Na und?*

»Sorry, meine Süße«, flüsterte Ante Kathy ins Ohr. »Ich hätte dir gerne einen Stern vom Himmel geholt.«

»War bloß ’ne Biene«, flüsterte Kathy zurück, und er konnte förmlich spüren, wie ihr Herz hämmerte, als er den Arm wieder um sie legte.

*

Ihre Mutter ahnt etwas. Natürlich ahnt sie es. Sie ahnt und sie fürchtet es. Und sie soll es fürchten. Angst soll sie haben. Tag und Nacht. An nichts anderes mehr denken. So wie Anna an nichts anderes mehr denken kann. An nichts als die Schmerzen. Die Schmerzen in ihrem Kopf. Und die in ihrer Seele. Das sind die schlimmeren. Das sind die, die immer brennen, auch wenn der Teufel in ihrem Kopf schweigt. Der Schmerz in ihrer Seele schweigt nie. Er ist da, wenn sie aufwacht und sich wünscht, sie wäre nicht mehr aufgewacht. Er ist da, wenn jemand sie draußen anblickt. Und wenn jemand wegblickt. Denn alle wissen es ja. Alle haben es erfahren. Alle sehen in ihr das, was ihr geschehen ist. Niemand mehr sieht die Anna Krüger, die sie wirklich ist.

Falls es die noch gibt. Denn sie selbst sieht sich ja nur noch als das, was aus ihr geworden ist. Das, was vorher war, ist weg. Kein Lachen mehr, kein Träumen. Keine Leichtigkeit. Nicht im Bauch und nicht im Kopf. Nichts ist mehr da von der fröhlichen, unbeschwerten Anna Krüger. Wie also sollen die anderen das Mädchen erkennen, das sie mal gewesen ist, wenn sie selbst es nicht mehr findet.

Manchmal liegt sie auf ihrem Bett und sieht sich den Jahresrückblick vom letzten Schuljahr an. Es gibt darin ein Foto von Leo. Und auch zwei Bilder, auf denen sie selbst drauf ist. Lachend. Auf einem trägt sie ein Kleid. Der Wind hebt es ein bisschen, und sie drückt es nieder, sodass sie beinahe aussieht wie Marilyn Monroe auf dem berühmten Bild. Keiner, der sie heute sähe, würde glauben, dass es dasselbe Mädchen ist. Nicht nur wegen der Haare, die sie sich abgeschnitten hat. Mit der Schere im Bad. Runtergespült in der Toilette. Und dann die Schere mit zitternden Fingern minutenlang an ihre Brust gedrückt, da, wo das Herz ist.

Bis ein Vogel gegen das Fenster geflogen und tot in den Garten gestürzt war.

Tote Vögel. Die scheinen sie zu verfolgen. Vielleicht weil sie selber einer ist. Zuerst so hoch geflogen – und dann so tief gestürzt.

VIER

Do., 03.08., 20:41 Uhr, Einsatzzentrale

»MEK Fischer an Einsatzzentrale.«

»Einsatzzentrale hier.«

»Ist nicht unser Gesuchter. Das sind zwei Teenager, die sich benehmen wie Vollidioten. Der Typ wäre fast aus dem Riesenrad gefallen, so hat er sich vor seiner Freundin produziert.«

»Soll heißen?«

»Auffälliger kann sich einer gar nicht benehmen. Das ist kein Gefährder. Der will hier bloß Spaß.«

»Okay. Danke. Weitersuchen.«

»Alles klar, over.«

»Over.«

Schmiedeke wusste nicht, ob er sich darüber freuen sollte oder nicht. Wäre es der Gesuchte gewesen, dann hätten sie ihn aus dem Verkehr ziehen können. Aber so …

»Und?«

»Offensichtlich nicht unser Mann. Benimmt sich nicht wie ein Gefährder.«

»Vielleicht nicht. Aber er kann es trotzdem sein.«

»Kann was sein?«

»Unser Mann. Besser, wir behalten die Beobachtung bei.«

Schmiedeke nickte. Er mochte der Leiter der Einsatzzentrale sein. Aber sein Chef blieb immer noch sein Chef.

*

Jetzt heult sie auch noch wie ein Wasserfall. Die Kleine ist ja das reinste Unterhaltungsprogramm. Wegen einem Luftballon. Eck hatte mal nachgeguckt, was die für so ein Ding verlangen. Mondpreise! Für das Geld hätte man eine Flasche Schnaps kaufen können! Billigen zwar, aber immerhin.

Schon ist er weg, der Ballon. Verschwunden im Hamburger Nachthimmel. Dass es schon so dunkel ist … Jetzt, wo der Pegel stimmte, verging die Zeit endlich wieder. Jetzt lief das Leben weiter. Nüchtern sein, das war nichts anderes als die Zeit anhalten. An einer besonders scheußlichen Stelle. Was getrunken haben, das hieß: Alles war im Fluss.

Ein bisschen tat sie ihm schon leid, die Kleine. So harmlos war die. So unverdorben. Ganz unschuldig guckte die in die Welt! Hatte ja keine Ahnung, wie das Leben so war. Und wie die Menschen so waren. Ihr Vater auch. Das war gar keine Frage. Stand hier mit drei Frauen auf dem Dom rum, und es war deutlich sichtbar, dass eine davon die Mutter von dem Kind war. Trotzdem war er nicht mit ihr hier, sondern mit den beiden anderen. Eck rülpste. Spuckte aus. Kratzte sich am Hintern und nahm lieber noch einen Schluck aus dem Flachmann. Glück musste man haben. Dass er ausgerechnet Türken-Ali hier treffen würde. Und dass der ausgerechnet ihm einen ausgeben würde! Eck grinste, machte aber schnell den Mund wieder zu. Einer von den Zähnen tat weh, wenn Luft rankam. Der würde die nächsten paar Tage wahrscheinlich nicht mehr überleben. Hoffentlich. Richtig scheiße war es nur, wenn einer von den Zähnen von innen her abfaulte und dann brach. Hatte er letzten Winter gehabt. Das hätte ihn fast umgebracht. Zum Glück hatten sie ihn dabehalten, als er bei der Diakonie ohnmächtig geworden war. Hatten erkannt, dass er nicht einfach im Suff eingepennt war, sondern dass es was Ernstes war. Und dann hatte ihn so eine kleine, leckere, junge Praktikantin zum Arzt begleitet. Klar, sie hatten nur sichergehen wollen, dass er nicht auf dem Weg dorthin falsch abbog und in der Kneipe hängen blieb, statt sich den Stummel ziehen zu lassen. Aber letztlich war's kein Flirt geworden. Die Tusse hatte ihm nicht mal die Hand geben wollen. Eck musste ein bisschen kichern, als er daran dachte. Die hatte sich die Arbeit bei der Fürsorge auch anders vorgestellt. Ja, wenn man das im Fernsehen sieht oder in der Zeitung, dann riecht es auch nicht. Aber im echten Leben ist das schon ein bisschen heftiger.

»He, Alter, sieh zu, dass du woandershin gehst, okay?«, nervte jemand von der Würstchenbude, an die er sich gelehnt hatte.

»Bin schon weg«, murmelte Eck und atmete durch. Alter. Ja, das denken die. Denken, du bist alt. Dabei bist du's gar nicht. Siehst nur so aus. Das geht schnell. Ein Jahr auf der Straße macht dich ein paar Jahre älter. Aber es wird besser: Im ersten Jahr sind es zehn Jahre. Im zweiten nur noch fünf. Nach fünf Jahren siehst du so alt aus, wie du sowieso nie werden kannst. Ab da ist es egal. Und Eck war jetzt fast fünf Jahre draußen, vielleicht sogar mehr, er hatte irgendwann aufgehört, darüber nachzudenken oder gar auf den Kalender zu schauen. Wenn du auf der Straße lebst, denkst du nur an die nächste Nacht, an die nächste Auszahlung, den nächsten Winter. Nie an die vielen Winter davor. Weil es zu wehtut. Er blieb vor einem spiegelnden Blech stehen, das zu einem Fahrgeschäft gehörte. »Dafür hast du dich gut gehalten, Mann«, sagte er zu sich selbst und stolperte dann weiter. Rüber zu der Bude, wo auch das Mädchen stand und schniefte.

Jetzt hatte sich die Kleine wieder ein bisschen beruhigt. Die verheulten Augen sahen niedlich aus. Ihr Haar war auch ganz aufgelöst und stand in mehreren Strähnen vom Kopf ab. Wie eine kleine Porzellanpuppe, dachte Eck. Wie ein Püppchen zum Schmusen und Bewundern. So eines hätte er auch gerne. So ein süßes und liebes kleines Mädchen …

*

Der Fluch war, dass es jeder sein konnte. Oder keiner. Jeder ist plötzlich verdächtig. Stefan Sattler merkte, wie er zunehmende Paranoia entwickelte. Wer sagte denn, dass der Typ allein auf dem Dom war? Die meisten Anschläge waren doch heutzutage professionell geplante Aktionen international vernetzter Organisationen, die minutiös vorbereitet wurden. Da griff ein Rädchen ins andere. Hätte ihn nicht überrascht, wenn hier nicht nur eine Hundertschaft Einsatzkräfte der Polizei auf dem Dom anwesend war, sondern auch ein Dutzend Logistiker irgendeiner Terrorgruppe. Einer sicherte die Route, einer lenkte die Polizei ab, einer deckte den Mann, einer hielt sich irgendwo als Ersatzmann versteckt. Jemand bildete das Kommunikationszentrum, jemand sorgte für das perfekte Timing, einer hob im entscheidenden Augenblick den Daumen oder vielmehr: senkte ihn. Einer nahm alles auf und lud es dann anschließend als Propagandavideo hoch … Und er, Stefan Sattler, und jede Menge Kollegen gingen ahnungslos an ihnen allen vorbei. Wer wusste schon, ob der Familienvater dort vorne, der seinen Kindern Tickets für die Geisterbahn kaufte, nicht gleichzeitig den Einsatzbefehl erteilte, indem er die Fahrchips an seinen zehnjährigen Jungen gab. Und drüben im Bayerischen Biergarten saß sein Komplize, beobachtete den Befehl und gab ihn per Handy weiter an jemanden, der nur so tat, als würde er mit seinen Kopfhörern Musik hören.

Sattlers Blick glitt über die Silhouette der Gebäude: Hinter ihm ragte ein hässlicher Bürokasten in den Himmel, linker Hand dieser unsägliche Bunker. Hinter jedem der dunklen Fenster könnte ein Schütze mit einem Schnellfeuergewehr sitzen. Bis man ihn unschädlich gemacht hätte, wären Dutzende Menschen tot. Menschen, die nur hierhergekommen waren, um einen fröhlichen Abend zu erleben und an nichts Böses zu denken. Auch auf den Dächern. Sie waren ja hier praktisch alle wie auf dem Präsentierteller. Ein Albtraum, wenn das der Plan war.

Aber kein geringerer Albtraum, wenn es einfach nur ein radikalisierter Spinner war, der sich im Namen Allahs oder wegen irgendeiner anderen Idee selbst in die Luft jagte und zahllose Unschuldige mit sich in den Tod riss. Es konnte jeder sein: die Frau des Familienvaters, die sich züchtig unter einem Schleier verbarg, der coole Typ mit Sonnenbrille, der scheinbar gelangweilt den »Höllensturz« betrachtete. Aber es konnte ja auch jeder von denen sein, die in dem irrsinnigen Ding saßen, das sich praktisch im freien Fall auf die Erde niedersausen ließ, um dann blitzschnell abzubremsen und die Fahrgäste wieder in den Himmel zu katapultieren. Wer sagte denn, dass nicht einer von denen auf dem höchsten Punkt der Reise plötzlich eine kleine Schnur zog und damit für den wahren Höllensturz sorgte?

Eine Nachricht auf Stefan Sattlers Handy: *An alle: Zweite Hundertschaft eingetroffen. Alle Ausgänge jetzt gesichert. Die Einsatzkräfte vor Ort bitte auf der aktuellen Position bleiben und auf weitere Anweisungen warten. Die Einsatzzentrale wird uns in den nächsten Minuten einen neuen Koordinationsplan durchgeben.*

Sattler blieb stehen und tat, als suche er etwas in seiner Jacke. Dabei drehte er sich unauffällig um die eigene Achse und gab dann vor, das Kettenkarussell zu betrachten. In Wirklichkeit versuchte er nur, nicht durchzudrehen.

Schräg gegenüber stand ein Paar mit einem kleinen Mädchen. Süß, die Kleine. Wäre Sattler gläubig gewesen, er hätte gebetet. Gebetet, dass das Kind gesund nach Hause kam. Dass es unbeschadet blieb. Dass es den morgigen Tag noch erlebte. Am liebsten wäre er hingegangen, hätte dem Mann seinen Dienstausweis unter die Nase gehalten und gesagt: »Kinder gehören um diese Uhrzeit ins Bett!« Nur, um die Kleine hier wegzubekommen, ehe noch wirklich was passierte. Ging aber natürlich nicht. Er hätte gar keine Befugnis gehabt, den Eltern zu verbieten, dass sich ihr Kind am Freitagabend mit ihnen auf dem Dom herumtreibt, egal, wie spät es war.

Er schloss kurz die Augen und atmete tief durch. Silvia würde heute Abend vergeblich auf ihn warten. Die Lage ließ nicht einmal zu, dass er sich bei ihr meldete. Stattdessen war sie sauer auf ihn und wusste gar nicht, auf welchem Pulverfass er gerade saß. Silvia, mit der er seit sieben Jahren zusammen war, und sie hatten es nicht geschafft, ein Baby zu bekommen. Dabei hätte er so gerne ihre Stimme gehört. Vielleicht ja zum letzten Mal.

Ein Schuss riss ihn aus seinen Träumen. Instinktiv griff er nach seiner Waffe und duckte sich hinter einen Mülleimer. Ein paar junge Kerle liefen johlend vorbei, einer hielt ein Bündel Luftballons in der Hand, ein anderer schlug mit seinem Gürtel danach. »Komm schon! Einer geht noch!« Und im selben Augenblick zerplatzte auch schon der nächste mit lautem Knall.

Stefan Sattler wischte sich den Schweiß von der Stirn und fluchte innerlich. Diese Idioten könnten mit ihren Albereien die reinste Apokalypse auslösen! Wenn da einer etwas falsch versteht und die Pistole zieht, dann war alles möglich. Mit seinen Blicken verfolgte Sattler die jungen Männer. So ein Auftritt konnte natürlich auch ein Ablenkungsmanöver sein. Alle schauten zu den herumjohlenden Kerlen hin und keiner bemerkte, wie sich der Selbstmordattentäter in Position brachte oder wie die Henker zu ihren Waffen griffen.

Sattlers unruhige Augen blieben plötzlich an einem anderen Augenpaar hängen. Die junge Kollegin aus Helgoland stand dort drüben und blickte direkt zu ihm herüber. Er versuchte ein Lächeln. Aber es kam nur ein Nicken dabei heraus. Er hatte die Angst in ihrem Blick genau erkannt. Ob sie auch die Angst in seinem erkannt hatte?

*

Da war er wieder, der Kollege, dem sie den Ausweis gegeben hatte. Offenbar war er dabei, den Dom durchzukämmen, so wie vermutlich Dutzende anderer Einsatzkräfte, vor allem zivile. Anna ließ ihren Blick schweifen und überlegte, hinter wem sich mehr oder weniger gut getarnte Polizisten verbergen könnten. Einen hatte ja sogar die kleine Pauline schon entdeckt. Mit einem Mal schien ihr eine ganz eigenartige Atmosphäre auf dem Rummel zu herrschen, aber das war natürlich Einbildung. Es lag schlicht daran, dass sie mehr wusste als andere. Die ganz normalen Leute hier hatten keine Ahnung, was vor sich ging, und amüsierten sich einfach nur.

Pauline. Sie musste jetzt endlich hier weg. Und dann würde Anna auch den anderen sagen, was los war. Wenn hier jeden Augenblick eine Bombe hochgehen konnte, dann war das ein Tanz auf dem Vulkan. Mit der Pointe, dass außer ihr niemand wusste, dass es ein Vulkan war. »Und Sie fahren jetzt nach Hause?«, fragte Anna die Frau, mit der Paul immer noch verheiratet war, auch wenn er seit fünf Jahren auf Helgoland lebte und nur noch nach Hamburg kam, um seine Tochter zu besuchen.

»Ich hab es jedenfalls vor«, sagte Frau Freitag und lächelte wissend, als ahnte sie, wie nah Anna sich ihrem Mann fühlte. Dabei war zwischen Anna und Paul absolut nichts vorgefallen. Würde es wohl auch nicht. Es fehlte Anna einfach am Mut. Am Talent, mit anderen Menschen zu können. Nähe war nun mal ein ganz großes Problem für sie. Leider. Egal. »Eine wirklich süße Tochter haben Sie da, Frau Freitag.«

Die Frau blickte zu Pauline hin und nickte. »Ja«, sagte sie. »Das ist sie. Mein Augenstern. Aber jetzt muss sie ins Bett.«

»Obwohl Wochenende ist?«

»Haben Sie Kinder?«

»Nein.« Wahrscheinlich wäre die Welt für Anna eine ganz und gar andere gewesen, wenn sie welche gehabt hätte. Aber dass es jemals welche geben würde, das schien ihr praktisch ausgeschlossen.

»Klar«, sagte Frau Freitag gar nicht mal unfreundlich. »Sonst wüssten Sie, dass es nichts bringt, die Kinder am Wochenende länger wach bleiben zu lassen. Sie kommen dann einfach am Montag nicht mehr aus dem Bett und pünktlich zur Schule, weil sich ihr Rhythmus umgestellt hat.«

Anna nickte. »Das leuchtet mir ein.« Sie seufzte, als täte es ihr wahnsinnig leid. »Dann werden Sie sich wohl oder übel schnell auf den Weg machen müssen.«

»Sieht so aus.«

»Was sieht wie aus?«, fragte Paul, der zu ihnen getreten war.

»Paul, wir müssen los«, erklärte seine Noch-Ehefrau. »Es wird zu spät für die Kleine.«

»Nenn sie nicht *die Kleine*. Sie wird langsam eine richtige Dame.«

»Du siehst sie selten, Paul. Da kommt es dir so vor, als würde sie im Zeitraffer groß.«

»Genauso fühlt es sich an.«

»Pauline!«

»Gleich, Mama. Nur noch einen Moment. Ich bin gleich fertig!« Das Mädchen winkte den Eltern. Was für eine schöne Familie sie hätten sein können, dachte Anna. *Wie aus dem Bilderbuch.* Und trotzdem waren sie alle drei unglücklich. Weil sie es nicht waren. Weil sie es nicht hinbekommen hatten. Weil Glück nun einmal nicht sein *durfte*.

»Sind Sie mit dem Auto hier?«, fragte Anna, der es schwerfiel, nicht ständig umherzublicken, ob sich jemand verdächtig benahm.

»Mit dem Auto?«, erwiderte Frau Freitag und lachte. »Ich habe nicht mal eins.«

»Dann nehmen Sie ein Taxi nach Hause?«

»Wir werden die U-Bahn nehmen.« Frau Freitag blickte etwas verlegen zur Seite. »Ich finde, du solltest deiner Tochter ein Taxi spendieren, Paul«, sagte Anna zu ihrem Kollegen. »In der U-Bahn, zwischen all den Menschen. Betrunkene gibt es …«

Paul sah irritiert von Anna zu seiner Frau und dann zu Pauline. »Ähm, klar. Stimmt schon«, sagte er dann. Er griff nach seinem Portemonnaie. »Ähm, was denkst du, Claudia, wären zwanzig Euro genug?«

»Lass mal, Paul«, sagte die Frau und seufzte. »Das schaffen wir schon.« Sie blickte zu Anna. »Auch mit der U-Bahn.«

*

Die großen Herzen waren viel schöner als die kleinen. Vielleicht würde sie ja doch eines davon kriegen, wenn sie sich genau so eines wünschte. Bestimmt. Papa würde ihr auch ein großes kaufen, da war sich Pauline sicher. Aber ob Mama es erlauben würde? Das war komisch: Wieso durfte Mama alles, was sie wollte, ohne dass sie Papa fragen musste. Aber Papa durfte nicht alles, was er wollte, ohne Mama zu fragen?

»Und? Schon eines gefunden?«, fragte Anna, die plötzlich wieder neben ihr stand.

»Ich weiß nicht«, sagte Pauline. »Das mit dem Bärchen drauf find ich schön.«

»Das, wo *Für mein süßes Bärchen* draufsteht?«

»Kann ich nicht so gut lesen«, stellte das Mädchen fest und blickte zu Boden. »Das ist in Schreibschrift.«

»Oh, klar. Ja. Da ist das noch schwer für dich.«

»Aber ich bekomme es bestimmt nicht.«

»Wirklich? Ich dachte, du darfst dir eins aussuchen.«

»Nur ein kleines. Ein großes darf mir Papa bestimmt nicht schenken.«

Anna lachte. »Ich schätze, du bist ziemlich schlau. Aber weißt du was? *Ich* darf dir eins schenken.« Sie wandte sich an die Verkäuferin und zeigte ihr das Herz. »Einmal das *süße Bärchen* für meine kleine Freundin hier«, sagte sie und nahm ihre Geldbörse heraus. »Was macht das?«

»Sechs Euro, die Dame!«

*

Da waren sie wieder, die drei Engel vom Eingang. Böse Engel. Sie hatten ihn beleidigt, hatten ihn behandelt wie ein Stück Dreck. Aber sie sahen aus wie ein Traum. Eine schöner als die andere. Und sie wussten es, das konnte er sehen.

Eck hatte einen Blick fürs Schöne. Und er hatte einen Blick für Überheblichkeit. Wer auf der Straße lebte, erlebte Arroganz. Jeden Tag. Immer wieder. Sie hielten sich alle für was Besseres. Hätte es keine Penner gegeben, man hätte sie erfinden müssen. Für die anderen. Die, die mehr Glück im Leben hatten. Damit sie es erkannten. Und sich besser fühlten. Toller. Cooler. So wie die drei jungen Mädchen in ihren engen Jeans und mit den engen Tops und den BHs, mit denen sie ihre Brüste nach oben drückten, damit auch jeder kapierte, dass sie geil waren. Eigentlich wollten sie nur gefickt werden. Natürlich nicht von jemandem wie Eck. Sondern von irgendeinem jungen Typen mit Knackarsch und Scheiße im Hirn.

Eck tastete nach dem Flachmann in seiner Tasche. Nein, er würde noch ein bisschen warten. Guter Stoff musste rationiert werden. Viel zu gefährlich, dass er plötzlich alle war und man keinen Nachschub hatte. Aber wenn er so junge Dinger sah, dann musste er an früher denken. An die Zeit, als er selber noch zu der Welt gehört hatte. Zu der Welt, die auf die andere Welt herabsah – auf die, die jetzt seine war. Die Welt der Penner und Stadtstreicher. Der Loser und Wichser. Und das tat weh. Und dann war ein Schluck Hochprozentiges der beste Trost. Der einzige.

Er trank dann doch. Nicht nur einen Schluck. Sondern die Hälfte von dem Stoff, den ihm Türken-Ali abgegeben hatte. Guter Mann, das Glück, dass der so einen Bruder hatte. Eck fuhr sich mit der Hand über den Mund. Sah sich um und schlurfte ein Stück weiter. Nicht stehen bleiben. Das war hier nicht gern gesehen. *Er* war hier nicht gern gesehen. Aber wenn er nicht irgendwo stand und die Leute belästigte und wenn er sich nicht irgendwo hier schlafen legte, konnten sie ihm nichts anhaben. Mussten sie mit ihm leben. So war das.

Sogar die drei Engel da drüben mussten damit klarkommen, dass es einen wie ihn gab. Ob sie wollten oder nicht.

Sie zogen eine fette Duftwolke hinter sich her. Hatten sich mit Parfüm eingesprüht. So unauffällig wie möglich schlenderte Eck hinter den Mädchen her. Er wollte nicht, dass sie ihn bemerkten. Sonst hätten sie ihn wieder blöd angemacht. Hätten ihm wer weiß was an den Kopf geworfen, vielleicht sogar die Polizei geholt – und die konnte er nicht brauchen. Die machten sich zwar nicht gerne die Hände schmutzig mit einem wie ihm. Aber sie behandelten ihn wie den letzten Dreck. Und immer per Du. Das ging in Ordnung, wenn es ein Kioskbesitzer war oder ein Sozialarbeiter. Aber die Polizei hatte gefälligst per Sie zu sein! Denn die waren der Scheißstaat. Und der durfte nicht von oben herab sein. Der musste ihn als gleichberechtigten Bürger behandeln. Immerhin hatte Eck sogar einen Ausweis, den er immer bei sich trug. War zwar längst abgelaufen, aber ein original amtliches Dokument: Josef Dieter Eck. Geboren am … Hatte er vergessen. Da musste er selber nachschauen, wenn das einer wissen wollte. Aber die Adresse, die wusste er noch. Cäcilienstraße 14. Sein letzter offizieller Wohnort. Vor der Scheidung. Vor dem Rauswurf aus der Firma. Vor dem Arbeitsamt, dem Sozialamt, den ersten paar Aufgriffen mit anschließender Ausnüchterung. Manchmal, wenn keiner guckte, fummelte Eck das Ding aus seinem Schlafsack, wo er es in einen kleinen Schlitz am Fußende geschoben hatte, um sich das Foto anzusehen. War er gewesen. Mit geschnittenen Haaren, gut rasiert, in Hemd und Sakko. Sogar mit Krawatte. Wo war das verdammte Zeug eigentlich alles geblieben? Er konnte sich nicht erinnern. Nur an den Mann konnte er sich erinnern, der er mal gewesen war. Vor langer Zeit. In einem anderen Leben in einer anderen Welt. Er war jetzt so nah an einem der Mädchen, dass er ihre Wärme spüren konnte. Wenn er sich das so überlegte, hatte er damals viel mehr Scheiß gebaut als heute. Er musste nur seine Hand ausstrecken, dann würde er ihre Haut berühren, den nackten Arm, so glatt, so unschuldig. Hatte ausgesehen wie ein Saubermann. Wie ein Lamm. Wie einer, der sein Leben im Griff hatte. Eck musste lachen. Bekam einen Hicks. Wurde unaufmerksam. Prompt drehte sich einer der geilen Engel um und entdeckte ihn. »Hey, da ist der Penner von vorhin wieder!«, rief sie angewidert. »Lisa, guck mal, dein Verehrer! Der dich angefasst hat!«

Zwei von ihnen lachten. Die Dritte drehte sich zur Seite und zischte. »Hör auf mit dem Scheiß! Ich muss gleich kotzen!«

Eck torkelte zur Seite. Irgendwohin, dachte er. *Ich muss irgendwohin.* Eigentlich war es mehr ein Reflex, denn die Situation kannte er so gut, dass er gar nicht groß dachte. Er wusste, was er zu tun hatte. Wusste, wie man sich kleinmachte. Wie man mit den dunklen Winkeln und den schmutzigen Ecken eins wurde. Unsichtbar. Das war es, was er sein musste. Verschwinden, das war's. Das wollte er. Wollte sich in nichts auflösen. Denn das Nichts hatte es gut: Niemand wollte was von ihm, niemand machte es runter, es musste sich vor niemandem rechtfertigen.

Er war schon dabei, etwas zu sagen, irgendetwas. Aber dann merkte er, dass die drei bösen Engel schon wieder mit anderen Dingen beschäftigt waren. Sie hatten sich über ein Handy gebeugt und ihn von einem Augenblick auf den anderen vergessen. Fast, als wäre er wirklich nichts.

Eck stieß gegen einen Mülleimer, entschuldigte sich, kicherte über das Versehen und zog sich noch ein bisschen weiter zurück in den Schatten zwischen den zwei Buden. Blieb stehen und atmete durch, was ihm schwerfiel, weil da dieser

Druck in seiner Brust war, dieser elende Druck, der nicht mehr wegging. Er sah sich um. Wenn er schräg nach oben blickte, konnte er die Sessel des Kettenkarussells über seinen Kopf fliegen sehen. Viele Erwachsene um die Uhrzeit. Frauen. Mit Kleidern und Röcken, sodass man die Beine sah, manchmal sogar das Höschen. Eck atmete schwer. Guckte lieber wieder weg. Wozu ständig Sehnsüchte schüren? Wer das Essen nicht ständig vor sich sah, wurde nicht ständig daran erinnert, dass er Hunger hatte. Aber so ... Er nahm noch einen Schluck aus dem Flachmann. Wenn er so weitermachte, würde ihn der Schnaps nicht mal über Mitternacht bringen. Er schraubte den Deckel zu und steckte die Flasche wieder weg. Der Mantel hatte ein Loch. Gut aufpassen, dachte Eck. *Sonst ist die Buddel irgendwann plötzlich weg.*

Er blickte nach vorne, dorthin, wo eben noch die geilen Dinger gewesen waren. Jetzt waren sie weg. Und ganz in der Nähe, an dem Stand, an dem er sich vorbeigedrückt hatte, betrachtete mit großen Augen das kleine Mädchen die Lebkuchenherzen. Ja, dachte Eck, so sind Kinder. *Gerade heulen sie noch über den verlorenen Luftballon, und im nächsten Moment wollen sie schon das nächste Ding haben.* Gott, was war die Kleine süß. Kam langsam ganz schön ab von ihren Alten. Und die hatten mal wieder nur ihre eigenen Dinge im Sinn. Keiner achtete auf die Kleine, die von Stand zu Stand ging. Langsam schlich Eck hinter ihr her. Nicht, dass ihr noch was passierte. Man konnte schließlich nie wissen. Es war längst nicht jeder so kinderlieb wie er. Eck kicherte leise vor sich hin, als er ihr folgte. Die Kleine merkte nichts. Wenn er gewollt hätte, hätte er sie ruckzuck schnappen und mitnehmen können. Wollte er natürlich nicht. Aber für einen Augenblick kitzelte es ihn in den Fingern. Die hätten einen schönen Schreck gekriegt, die Eltern. Und die Kleine erinnerte ihn so an seine Tochter, die er mal gehabt hatte. Vor langer, langer Zeit.

*

Es war verrückt, aber irgendwie tat ihr der Penner fast ein bisschen leid. Nicht, dass Lisa scharf darauf gewesen wäre, sich von so einem anfassen zu lassen. Aber sie hatte seinen Blick gesehen. Und, warum auch immer, sie hatte sich geschämt. Geschämt, dass er so leben musste. Obwohl sie doch überhaupt nichts dafür konnte! Trotzdem … irgendwie war das nicht richtig.

Lisa war einen halben Schritt abgerückt von ihren Freundinnen. Die hätten echt nicht so krass über ihn lästern müssen. Der war doch eh schon gestraft mit seinem Pennerleben. Vielleicht hatte der sie nicht mal berühren *wollen*. Dass der nicht ganz klar war, das konnte man schließlich sehen. Hatte garantiert schon ein paar Flaschen Bier intus.

Eigentlich konnte sie Conny gar nicht ausstehen. Die ätzte immer so über andere. Wahrscheinlich auch über sie. Aber das würde sie ihr selbst natürlich nie sagen. Conny war ein verlogenes Stück. Aber wenn sie jetzt nachdachte, dann fand Lisa, dass es erlaubt war, über sie zu lästern: Sie fand sich selbst nicht okay. *Ich muss gleich kotzen*, hatte sie gesagt. Nein: geschrien. Und der Typ, der Penner, hatte ihr einen Blick zugeworfen, einen Blick … Der ging ihr gar nicht mehr aus dem Kopf.

*

»Hey, Junge, mach so was nicht noch einmal, klar?« Der Typ, der sich vor Ante aufgebaut hatte, war ungefähr zweimal so hoch und viermal so breit wie er. Gefühlt. Ein Schrank. Und er sah aus, als würde er Ante jeden Augenblick ungespitzt in den Boden rammen.

»Alles klar, Mann«, sagte Ante so lässig wie möglich, was verdammt schwer war, weil auch seine Beine noch wacklig waren von dem kleinen Abenteuer auf dem Riesenrad. »Hab's kapiert.«

»Das hoffe ich. Denn wenn du das noch mal machst, dann kümmere ich mich eigenhändig darum, dass du dich nie wieder irgendwo danebenbenimmst.«

»Schon gut, Alter.« Hätte sein Fuß nicht so scheiße wehgetan, wäre das alles gar nicht passiert. Aber das hatte ihn unsicher gemacht. Der Schrank war jetzt so nahe gekommen, dass Ante seinen Zwiebelatem riechen konnte. »Hier hast du jedenfalls ab sofort Hausverbot. Ist das klar?«

Kathy zog an Antes Ärmel. »Komm«, flüsterte sie. »Lass uns gehen.«

»Moment«, sagte Ante, mutiger, als er sich fühlte. »Der Typ will noch diskutieren.«

Da packte ihn der Schrank mit einem Griff wie ein Schraubstock an der Schulter und beugte sich ganz nah zu ihm hin. »Hier wird überhaupt nichts diskutiert. Ich hab gesagt, was Sache ist. Und du machst dich jetzt mit deiner ... Begleitung vom Acker, sonst hol ich die Polizei, und wir diskutieren mit denen, ob du hier einen auf Bedrohung der öffentlichen Sicherheit gemacht hast.«

Ante wollte noch etwas erwidern. Doch Kathy stemmte sich gegen ihn und drückte ihn an dem Typen vorbei Richtung Kettenkarussell. »Jetzt komm schon!«, zischte sie. Und Ante ließ sich nicht allzu ungern von ihr aus der Schusslinie ziehen. Gegen den Schrank hätte er keine Chance gehabt. Absolut keine. Wenn der einmal die Fäuste geschwungen hätte, wäre der Abend vorbei gewesen – und nicht nur der. »Okay«, seufzte Ante etwas theatralischer als nötig. »War sowieso nicht so megageil, das Riesenrad, oder?«

»Ich fand's eigentlich schön«, sagte Kathy leise. »Bis du Superman gespielt hast. Das war scheiße.«

»Hm.« Wenn er das blöde Ding erwischt hätte, hätte sie ihn jetzt für einen Helden gehalten und es megastolz über den Dom getragen. Aber so natürlich … Helden sind immer nur Helden, wenn es klappt mit der Heldentat. »Kettenkarussell?«, schlug er vor.

Kathy schüttelte den Kopf. Und dann lachte sie. »Du bist vielleicht ein Spinner!«, rief sie. »Erst fällst du fast aus dem bescheuerten Riesenrad. Und als Nächstes willst du mit dem Kettenkarussell fahren. Was hast du dann da vor? Bisschen Trapez turnen?«

Trapez. Er war nicht ganz sicher, was das war. Aber was mit Zirkus. Ante lachte ebenfalls. Er mochte Frauen mit Humor. Wenn man mit einer lachen konnte, das war überhaupt das Beste. Gute Stimmung war wie … Was auch immer, sie war einfach absolut wichtig. »Oder Geisterbahn?«

»Geisterbahn? Das is' doch Kinderkram.«

»Is' doch lustig. Komm schon.«

Kathy zuckte mit den Achseln. »Warum nicht?« Sie grinste. Geisterbahn. Da war es dunkel, und niemand guckte einem zu. Das Gleiche schien Ante gedacht zu haben, denn er zog sie enger an sich heran, vergrub das Gesicht in ihrem Haar. Es duftete nach Apfelshampoo. Und sie hatte Parfüm genommen. Sie roch so gut, dass er sie am liebsten gefressen hätte. »Du bist echt wunderbar«, flüsterte er ihr ins Ohr. Und obwohl er dachte, sie hätte es bei dem Lärm sowieso nicht gehört, schob Kathy ihn ein kleines bisschen weg und blickte ihm in die Augen. »Danke«, sagte sie leise. »Du auch.« Und

Ante hatte das Gefühl, als würde ihm gleich das Herz aus der Brust springen. Er zog sie an sich und küsste sie. So richtig heftig. Sie schmiegte ihr Bein an seines. Eigentlich geil. Aber leider kam sie mit dem Fuß an seinen Knöchel, und es tat augenblicklich höllisch weh. Er zuckte zusammen.

»Alles okay?«

»Alles super«, sagte Ante mit gepresster Stimme. Dieser scheiß Fuß würde ihm noch den besten Abend seines Lebens versauen. »Entschuldige.« Er küsste Kathy auf die Wange. »Ich muss mal schnell wohin.«

Sie nickte. »Okay. Ich warte hier.«

Sie standen schon neben der Geisterbahn. Ante zwängte sich in den schmalen Spalt zur nächsten Bude, wo es Fritten gab und Bockwurst, Fischbrötchen und Shrimps mit Dip. Es roch nach jeder Menge ungesundem Zeug, Kathy bekam richtig Hunger. Sie ging ein paar Schritte weg von dem Stand, damit sie das nicht die ganze Zeit riechen musste.

Beinahe hätten die drei Tussen aus der Schule sie wieder alleine herumstehen gesehen. Aber diesmal hatte Kathy sie zuerst entdeckt und hatte sich schnell neben einen Stand mit Luftballons gedrückt. Lebkuchenherzen gab es auch. Und alberne Hüte für Betrunkene. Sie wartete, bis die drei verschwunden waren, dann ging sie langsam wieder zur Geisterbahn zurück. Wo blieb Ante nur? Wie lange konnte es dauern, ein Bier loszuwerden? Sie linste zwischen den Ständen durch, konnte ihn aber nicht entdecken. Hätte auch blöd ausgesehen, wenn er sie dabei erwischt hätte. Als wollte sie ihm beim Pinkeln zusehen. Sie musste kichern.

Okay, dann würde sie schon mal die Tickets für die Geisterbahn kaufen. Schließlich hatte er das Bier und das Riesenrad bezahlt. Und Kathy gehörte nicht zu den Mädchen, die dachten, der Typ müsse immer einladen.

»Diese Nacht wird dein Albtraum!«, plärrte eine metallene Stimme aus den Lautsprechern. *»Du denkst, du hast den Horror schon gesehen? Hahahahaha ... Heute wirst du den wahren Horror kennenlernen! Hahahahahaha ...«*

»Zwei Erwachsene«, sagte Kathy. Und es klang immer noch komisch in ihren Ohren. Obwohl sie sechzehn war. Aber es klang auch gut.

»Mach dein Testament!«, kreischte es aus den Lautsprechern. *»Und steig ein, wenn du den Mut hast.«*

*

Der Dom war wirklich irre groß. Die Fiona hatte echt recht gehabt. Die war schon zweimal hier gewesen. Oder noch öfter. Pauline war zum ersten Mal auf dem Volksfest. Angeblich war sie schon hier gewesen, als sie noch klein war. Aber daran konnte sie sich nicht mehr erinnern. Jedenfalls hatte sie es sich nicht so groß vorgestellt. Auch nicht so laut. Und die ganzen Lichter! Das sah schon richtig cool aus. Luftballons hatten sie hier und Schokofrüchte und Zuckerwatte und gebrannte Mandeln. Es gab Dosenwerfen und Autoscooter, Karussells, Achterbahnen und Schiffsschaukeln. Nur die Geisterbahn mochte Pauline nicht. Da ging sie lieber schnell ein bisschen weiter weg. Zuerst hatte sie die gar nicht gesehen, weil so viele andere Sachen zu sehen waren. Aber dann hatte einer so gekreischt, dass ihr ganz gruselig wurde. Hoffentlich würde sie heute Nacht schlafen können. Es war nämlich so, dass es in ihrem Zimmer auch ein Monster gab. Aber eines, das nur sie sehen konnte und sonst niemand. Und das Monster guckte auch immer nur sie an. Vor allem, wenn es dunkel wurde. Immer wenn Mama das Licht in Paulines Zimmer löschte, kroch es unter dem Bett raus oder kam langsam aus dem Schrank oder hinter dem Vorhang hervor. Manchmal war es nur ein Schatten, manchmal war es sogar ganz unsichtbar. Aber Pauline konnte es trotzdem sehen. Oder nicht sehen, sondern *spüren*. Sie spürte genau, wenn das Monster langsam durch das Zimmer auf sie zukam. Manchmal musste Pauline dann schreien, und Mama kam. Oder Bernhard, der jetzt immer bei ihnen wohnte, obwohl er doch gar nicht Paulines Papa war.

Bernhard war nett, aber er war nicht so nett wie Papa. Er machte oft Späße. Pauline mochte das zwar, musste dann aber immer wieder an Papa denken, weil der auch immer Späße gemacht hatte, als er noch da war. Na ja, nicht immer. Aber manchmal. Manchmal hatte er Späße gemacht. Das machte er jetzt nicht mehr so oft, wenn sie sich sahen. Vielleicht war das so, weil Papa traurig war. Das sagte er jedenfalls immer: dass er traurig war, weil er Pauline nicht so oft sehen konnte. Und auch Mama nicht.

Aber das verstand Pauline eigentlich nicht. Wenn sie beide traurig waren, weil sie sich nicht mehr so oft sahen, dann sollten sie sich doch einfach wieder öfter sehen. Wenn Pauline traurig war, weil sie Fiona nicht treffen durfte, dann wusste sie, dass sie gleich nicht mehr traurig wäre, wenn sie sie sah. Mama konnte das doch selber entscheiden. Und Papa auch. Nur Pauline musste immer fragen, ob sie Zeit hatte, eine Freundin zu treffen, und wen sie treffen durfte. Wenn sie erwachsen gewesen wäre, hätte sie nur noch die Menschen getroffen, die sie gerne traf. Nicht mehr den blöden Viktor. Und auch nicht Frau Banz. Die war so doof! Neulich hatte sie sie im Religionsunterricht ausgelacht, weil Pauline nicht gewusst hatte, wann man in der Kirche Amen sagt. Dabei ging sie einfach nie in die Kirche! Und dafür konnte sie schließlich nichts. Denn das entschied auch ihre Mama.

Wo waren die eigentlich jetzt? »Mama?« Pauline drehte sich um. Sie war schnell an der Geisterbahn vorbeigegangen, um die Stimme nicht mehr hören zu müssen, die so hässlich klang. Und dann war sie bei einem Stand stehen geblieben, wo es Lose gab und ganz tolle Preise. Da hatten sie einen Paddington-Bär gehabt, der so groß war, wie Pauline noch nie ein Kuscheltier gesehen hatte. Größer, als sie selbst war! Oder jedenfalls fast.

»Moin, junge Dame!«, rief ihr jemand zu. Pauline stolperte erschrocken einen Schritt zurück. Es war ein Lose-Verkäufer mit einem riesigen Korb vor dem Bauch. »Na? Gefällt dir der?« Er roch nach Zigaretten und deutete auf den Paddington-Bär.

Pauline nickte automatisch und wich noch einen Schritt weiter zurück.

»Kannst dir ja ein paar Lose kaufen lassen!« Der Mann mit dem Korb kam auf sie zu. Seine Nase war riesig, und er hatte ein Doppelkinn. »Kosten nur einen Euro das Stück!«

»Papa?«, rief Pauline und sah sich um. Wo war sie noch mal hergekommen? »Und für fünf Euro gibt es sogar sechs!«, rief der Mann und rollte mit den Augen. »Mhm«, machte Pauline und drehte sich weg. Da war so ein Haus gewesen, in dem alles schaukelte und sich drehte, wo man durchgehen konnte und … Und das war … ja, wo war das noch mal gewesen? Sie war sich nicht ganz sicher. War sie links oder war sie rechts an der Würstchenbude vorbeigegangen? Und welche Würstchenbude war das noch mal gewesen? Das Riesenrad jedenfalls war hinter ihr gewesen. Oder vor ihr? Wenn sie sich umdrehte, stand es vor ihr. Drehte sie sich noch mal um, war es hinter ihr. Das war komisch. Irgendwie sah mit den vielen Lichtern, die überall blinkten, alles so gleich aus.

Sie lief ein paar Schritte. Entdeckte den Luftballonhändler wieder und rannte auf ihn zu. Aber es war dann doch nicht der, von dem sie die Biene Maja bekommen hatte. Pauline spürte, wie ihre Augen wieder feucht wurden. Und wenn sie Mama und Papa jetzt gar nicht mehr fand? Wieder hörte sie hinter sich ein Kreischen, ganz nah bei sich. Die Geisterbahn! Sie erschrak, aber gleichzeitig war sie froh. Sie drehte sich um – aber dann war es nur der *Teufelsschlund*, in dem jemand schreckliche Angst zu haben schien. Ein riesiger Arm mit einer Gondel dran sauste aus dem Himmel herunter und wurde durch eine Felsspalte geschleudert, dass Pauline ganz vergaß zu atmen. Dann wurden die Fahrgäste auf der anderen Seite der Spalte wieder nach oben katapultiert und standen so weit oben in der Luft, dass man kaum noch ihre Gesichter erkannte. Pauline schluckte. Ob die da alle freiwillig mitfuhren? Sie würde das nicht tun. Niemals! Dazu hätte sie viel zu viel Angst. Aber die Fahrgäste sahen ja auch aus, als hätten sie Angst. Und sie schrien ganz schrecklich, dass Pauline sich am liebsten die Ohren zugehalten hätte. Aber dann würde sie auch Mama und Papa nicht hören, wenn sie nach ihr riefen. Also tat sie es nicht, sondern ging tapfer ein paar Schritte weiter. Doch da war niemand. Nur ein komischer alter Mann.

*

Ausgerechnet hier. Ausgerechnet in diesem kalten, weißen Raum. Das Licht an der Decke ist ganz ähnlich wie dort, wo sie ihr das angetan haben. Es ist ein eisiges Licht. Irgendwo summt etwas, ein Kühlschrank vielleicht oder ein Stromgenerator. Sie sitzt da und blickt aus dem Fenster. Das heißt: Sie blickt auf ihr eigenes Spiegelbild, denn das Fenster ist schwarz. Dahinter ist die Nacht. Alles, was drinnen ist, ist in dem Fenster deutlich zu sehen. Alles, was draußen ist, bleibt unsichtbar. Es ist genau umgekehrt wie bei Anna. Da sieht man alles, was außen ist. Wie es in ihr aussieht, kann man nicht erkennen. Niemand kann es erkennen. Auch der Arzt nicht, den sie aufgesucht haben. Ein Psychologe. Eigentlich ist er »Allgemeinmediziner und Facharzt für Allergologie«. So hat sie es auf dem Schild neben der Eingangstür gelesen. Aber als er sich ihr gegenüber an seinen Schreibtisch gesetzt hat, hat er sie als Erstes gefragt: »Du weißt, warum du hier bist?« Sie dachte, er sagt: wegen deiner Schmerzen. Stattdessen sagte er: »Weil ich auch Psychologe bin.«

»Ich dachte, ich wäre meinetwegen hier«, hat sie geantwortet. Kein guter Start für ein gutes Gespräch. Aber sie wollte auch gar nicht mit ihm sprechen. Will es immer noch nicht. Obwohl er jetzt seit einer halben Stunde so tut, als würde es ihn interessieren, wie es ihr geht. Dabei hat sie genau gesehen, dass er schon zweimal zu der Uhr auf seinem Schreibtisch geblickt hat. Wahrscheinlich rechnet er nach Stunden ab. Wahrscheinlich wartet draußen schon der nächste Patient.

»Deine Mutter sagt, du liegst oft den ganzen Nachmittag auf deinem Bett und hast die Vorhänge zugezogen.«

»Ist das ein Verbrechen?«

»Nein. Ich möchte nur gerne wissen, warum du das tust.«

Sie würde gerne sagen: weil die Kopfschmerzen dann nicht so unerträglich sind. Sind sie aber trotzdem.

»Du gehst auch nicht mehr raus.«

»Ich gehe zur Schule.« Weil ich muss. Aber ich gehe.

»Triffst dich nicht mit Leuten.«

»Was für Leuten?«

»Freunden.«

»Ich habe keine Freunde.«

»Deine Mutter sagt, du hattest welche.«

»Sie muss es ja wissen.«

Freunde. Der Typ hat doch keine Ahnung. Hat sich eine von ihren Freundinnen gemeldet, nachdem das passiert ist? Eine? Nein. Aber Anna hat auch gar keine Lust mehr, mit ihnen zu sprechen, sie zu treffen, irgendwas zu unternehmen. Nicht mit Astrid. Nicht mit Stefanie. Mit niemandem eigentlich. Nur mit Leo würde sie gern zusammen sein. Aber der ist tot. »Sie sind alle tot«, sagt sie, noch ehe sie darüber nachdenken kann.

FÜNF

Natürlich denken sie, du bekommst nichts mehr auf die Reihe. Alle denken sie das. Die vier da drüben würden das auch denken, da machte sich Eck nichts vor. Er machte sich überhaupt nichts mehr vor im Leben, er sah alles sehr realistisch. Aber die taten das nicht. Dachten, sie wären der Mittelpunkt der Welt. Dabei bekamen sie's selbst nicht auf die Reihe. Ein Mann und drei Frauen. Eine guckte sich Zeug an, Plunder am Kiosk. Eine hatte die Nase ständig in ihrem Handy. Und mit der Dritten … Das sah aus, als wäre es die Frau von dem Mann. Und dann auch wieder nicht. Vielleicht war es seine Ex. Ja, wahrscheinlich war sie seine Ex, das sah man. Eck kannte das. Und auf das Kind guckte keiner. Keiner schaute hin. Dachten alle, sie wären so Supermamas und Superpapas. Er bekäme nichts auf die Reihe, und sie bekämen alles hin. Dabei konnte er gut auf so ein Kind aufpassen. Süß war sie, die Kleine. Eck hatte mal so ein Mädchen gehabt. War lange her. Tat immer noch weh, an sie zu denken. Ein anderes Leben war das gewesen – und klar, er war selber schuld gewesen, dass es kaputtgegangen war. Aber dass ihm seine Frau die Tochter weggenommen hatte, das war trotzdem nicht richtig gewesen. Das durfte eine Frau nicht mit einem Mann machen. Mit dem Vater des Kindes. Er hätte gut auf sie aufpassen können. Hatte sie aber nur jedes zweite Wochenende gesehen. Meistens. Manchmal war's nicht gegangen. Ein paarmal hatte er sie nicht selbst zurückbringen können, zu ihrer Mutter.

Okay, das war nicht gut gewesen. Aber dafür hätten sie ihm nicht das Umgangsrecht entziehen dürfen, Scheiße noch mal. Er war ein guter Vater gewesen. *Wäre* ein guter Vater gewesen. Wenn man ihn gelassen hätte.

Keiner passte auf die Kleine auf. Es hätte sonst was passieren können. Jemand hätte sie mitnehmen, jemand hätte ihr was antun können. Aber die vier waren nur mit sich selbst beschäftigt. Minutenlang ging das jetzt schon so, Eck hatte es genau beobachtet. Dachten alle, sie hätten es im Griff. Aber das hatten sie nicht. Keiner passte auf die Kleine auf. Keiner, außer Eck. Er war der Einzige, der ihr nachgegangen war.

»Warum guckst du so?«, fragte das Mädchen, als er vor ihr stand.

»Du erinnerst mich an jemanden«, sagte Eck und lächelte, schloss aber gleich wieder den Mund, damit sie seine zwei Zahnlücken nicht sah.

»Echt? An wen denn?« Die Augen waren wirklich ganz ähnlich. Groß und blau und neugierig.

»An ein Mädchen«, sagte Eck heiser. »Eines, das ich früher mal kannte. Sie hieß …« Er wusste es nicht mehr.

»Ich heiße Pauline.«

»Und hast du dir schon was ausgesucht, Pauline?«

»Ich weiß noch nicht genau.«

»Schau mal, da drüben gibt es auch schöne Sachen.« Ja, er würde ihnen zeigen, wie gut er aufpassen konnte auf so ein kleines Mädchen.

*

Sechs Euro. Für ein kleines Mädchen, mit dem sie eine Menge Spaß gehabt hatte. Anna versuchte, den Gedanken zu verdrängen. Aber Tatsache war, dass sie ständig versucht war, sich vorzustellen, wie es wohl wäre, wenn sie selbst so eine Tochter hätte. Würde sie jemals eine haben? Sie war zwar erst siebenundzwanzig. Aber sie war denkbar weit davon entfernt, so etwas wie eine Beziehung zu haben. Eine Partnerschaft. Von einem Kind ganz zu schweigen. Wofür es viele Gründe gab. Aber keine freiwilligen, das wurde ihr immer klarer, wenn sie mit Kindern zu tun hatte. Sie sah zu, wie der Verkäufer das Lebkuchenherz vom Haken fädelte, es noch einmal drehte und von allen Seiten ansah, nickte und dann zu seiner Geldbörse griff. Wie viele von den Dingern mochte er tagtäglich verkaufen? Wie viele davon an kleine Mädchen, die damit getröstet werden sollten, weil sie nur Papa oder Mama hatten, aber nicht beides zusammen. Familienleben war ein kompliziertes Ding. Und Anna hatte Zweifel, ob sie irgendeinem Kind gerne antun würde, was in ihrem Fall zu erwarten war: ebenfalls ein kompliziertes Familienleben zu führen. Eines mit einer Mama, die ständig zu Unzeiten im Dienst war, die manchmal tagelang mit Migräneattacken im Bett lag und die immer wieder die Wunden ihrer eigenen Vergangenheit leckte. Nein, Anna Krüger war ein schwieriger Fall. Zu schwierig für irgendein Kind, das klare Verhältnisse brauchte, eine heile Welt und eine Mutter, die sich kümmerte und die nicht ständig durch tiefe Täler wanderte. »Bitte schön!«, sagte der Verkäufer und reichte ihr das Herz.

»Danke.«

»Und vier zurück.«

Anna nahm das Wechselgeld entgegen und drehte sich zu dem Mädchen um. »Hier. Dein Herz …« Doch die Kleine stand nicht mehr neben ihr. »Pauline?« Paul war im Gespräch mit seiner Frau. In einem sehr ernsten Gespräch, wie es schien. Saskia lehnte an einem Pfosten und hatte den Blick wieder auf ihr Handy geheftet. Anna machte einen Schritt weg von dem Süßwarenstand. »Pauline?« Sie trat zu Paul und seiner Ex. »Ist Pauline nicht bei euch?«

»Ich dachte, sie ist bei dir«, sagte Paul und machte ein Gesicht, dass Anna eine Gänsehaut bekam. »Pauline?« Er drehte sich suchend um die eigene Achse. »Pauline?!«

*

Nur eine kleine Dosis. Eine kleine Tablette. Mehr nicht. Aber der Schmerz in seinem Knöchel killte ihn. Ante zog das Röhrchen aus seinem Hosenbund. Hoffentlich war nichts gebrochen. Es tat so scheiße weh, dass er laut hätte schreien können. Solche Schmerzen kannte er gar nicht. Fast nicht.

Damals. Im letzten Jahr. Da hatte es mal ein paar Tage Stress mit den Afghanen vom Schanzenviertel gegeben. Zwei von denen hatten ihn damals erwischt und ihm beinahe die Eier abgerissen. Okay, *das* hatte wehgetan. Wenn er daran dachte, war er fast schon dankbar für den beschissenen Knöchel. Auf der Pille war ein Smiley abgebildet. Sah so harmlos aus, dass man die Dinger für Smarties oder so was halten konnte. Er warf sich eine ein und zermalmte sie mit den Zähnen. Wirkte dann schneller, das Zeug. Obwohl man sie besser nicht kauen sollte. Einer seiner üblichen Sätze: *Kau das Zeug bloß nicht, Mann. Die Dinger sind stärker, als du denkst.*

Waren sie auch. Und es wirkte auch schon. Schmerzen? Na und! Eine warme, bunte Welle trug sein Hirn weg. Ließ ihn sich augenblicklich leichter fühlen. Machte sein Herz riesengroß. Hey, Mann, du bist hier mit der geilsten Frau des Planeten! Das ist dein Tag! Deine Nacht!

Schnell stopfte er das Röhrchen zurück in seine Jackentasche und machte sich auf den Weg nach vorne. Stolperte fast, weil der Boden ein wenig schwankte. Wie schaukeln, dachte er und grinste. Und da stand sie schon, Kathy die Große. Kathy die Geile. Kathy die Traumfrau. »Hey, Süße!«, rief er, doch sie hörte ihn erst nicht. Stand an der Kasse und löhnte für zwei Tickets. »Hey, Süße«, flüsterte er ihr ins Ohr.

»Hey, Süßer«, antwortete Kathy. Und guckte ihn ein bisschen skeptisch an.

»Alles okay?«

»Bei mir schon«, sagte sie.

»Find ich echt süß, dass du zwei Chips gekauft hast.« Ante zog sie an sich. Sie drückte ihn weg. »Warte mal«, sagte sie leise. »Wenigstens bis wir drin sind.«

»Oh ja.« Er konnte sie nackt sehen. Hier. Jetzt. Mitten auf dem Dom. Alles konnte er sehen. »Klar.«

»Du hast ganz feuchte Hände.«

»Ich bin aufgeregt. Echt jetzt.« Er sah ihr in die Augen. »Ich bin glücklich.«

Sie war plötzlich ganz ernst. »Ich auch«, sagte sie dann und küsste ihn. Ein bisschen fester als vorhin. Ganz, als wären sie schon richtig ein Paar. Und Ante hörte das Blut in seinen Ohren. »Nehmen wir den?«, fragte Kathy und zog ihn zu einem der Wagen.

»Welchen du willst.« Ante stolperte hinterher, aber es machte ihm nichts. Den verdammten Knöchel spürte er überhaupt nicht mehr. Stattdessen spürte er so irre viel, dass er gar nicht wusste, was das alles war. Er spürte sein Herz hämmern. Er spürte, wie ihm das Blut zwischen die Beine schoss. Er spürte, wie er ganz nass wurde im Nacken. Er spürte, dass seine Nase kribbelte. Und er spürte Kathys Hand in seiner. Die andere lag auf seinem Schenkel. Er musste tief Luft holen. Wow, dachte er, wenn mich Marco jetzt sehen könnte.

Der Vorhang schwang auf, und der Wagen fuhr hinein in die dunkle Höhle. Aus dem Augenwinkel konnte Ante noch ein paar Uniformierte sehen, die draußen stehen blieben. Na und? Er war jetzt erst mal gut versteckt im *Tunnel of Love*.

»Ich liebe dich, Kathy«, flüsterte er ihr ins Ohr.

»Aaaaaaaahhhhhhhhhhh!«, kreischte ein Zombie und stürzte sich auf sie.

*

Der Einsatzplan sah vor, dass an allen Ausgängen des Doms, außer an der Budapester Straße, Ecke Glacischaussee, die uniformierten Einsatzkräfte abgezogen und durch zivile Ermittler ersetzt wurden. In den Nebenstraßen bezogen Sondereinsatzkräfte ihre Stellung. Sie blieben zum Teil in ihren gepanzerten Fahrzeugen, zum Teil schwärmten sie in die umliegenden Gebäude aus. Neben öffentlich genutzten Gebäuden hatte das LKA es geschafft, kurzfristig Zugangserlaubnis zu einigen Bürogebäuden zu bekommen. In den oberen Stockwerken beziehungsweise – wo möglich – auf den Dächern würden Scharfschützen ihre Posten einnehmen. Die Sichtverhältnisse waren durchaus problematisch: Einerseits fehlte Tageslicht, andererseits ließ sich im Lichtermeer des riesigen Volksfestes nicht mit Nachtsichtgeräten arbeiten. Bei einigen Spezialisten würde das nichts ausmachen, sie waren unter allen Bedingungen fähig, nahezu jedes Ziel exakt ins Visier zu nehmen. Allerdings war auch für sie ein Faktor nicht wegzudiskutieren: Überall waren Tausende von Menschen unterwegs, die sich ununterbrochen durcheinanderbewegten. Selbst wenn in einem Augenblick die Zielperson identifiziert und angepeilt war, ließ sich nicht verhindern, dass im nächsten Augenblick eine unbeteiligte Hausfrau ins Bild kam oder ein argloses Kind. Mit anderen Worten, zu der perfekten Professionalität der Schützen musste auch noch extremes Glück kommen, um den mutmaßlichen Attentäter ins Visier zu bekommen und frei auf ihn zielen zu können – und dann sollte der Schuss nicht tödlich sein, sonst hatten sie am nächsten Tag Politik und Justiz am Hals, die ihnen Unverhältnismäßigkeit, Ermessensmissbrauch und fahrlässige Tötung vorwarfen. Vor allem, falls sich herausstellte, dass tatsächlich keine unmittelbare Gefährdungslage bestanden hatte. Wenn sie ihn andererseits nicht erschossen und er dadurch erst die Möglichkeit bekam, doch eine Bombe zu zünden, dann würde man sie dafür niedermachen. Irgendwer fand immer Argumente, warum die Polizei ihren Job nicht richtig gemacht hatte.

Stefan Sattler hatte sich kurz in sein Einsatzfahrzeug gesetzt, um sich mit dem Revier abzustimmen. Durch die Scheiben drang nur gedämpft der Lärm vom Dom. Die Menschen zogen lachend und feiernd vorbei, als gäbe es kein Morgen. Aber vielleicht gab es das ja auch nicht. Wenn sie das hier vergeigten, dann würden sie alle ihres Lebens nicht mehr froh werden – falls sie noch eines hatten. So viel war klar.

»Einsatzwagen 14?«

»Ja?«, meldete sich Sattler.

»Gehen Sie mit einem Kollegen wieder rein. Wir haben jetzt zweimal zwei Kollegen des MEK in Zivil hinter Ihnen, um Sie zu sichern.« Okay, das war eine klare Ansage: Sattler und die anderen uniformierten Kollegen sollten den Lockvogel spielen und das Schwein aus der Deckung holen, falls es sich irgendwo da drinnen befand. Scheißgefährlich. »Alles klar«, sagte Sattler. »Route?«

»Einmal quer über die ganze Länge und hinten links wieder raus.« Hinten links, das war der Ausgang zur Feldstraße, Ecke Heiligengeistfeld. Beim Bunker. Die Strecke hätte Sattler auch genommen, wenn er nach Hause gegangen wäre. Gut möglich, dass er nie wieder nach Hause gehen würde.

»Sollen wir Igel bilden?« Das war immerhin die übliche Strategie bei erhöhter Gefahrenlage: Immer vier bis fünf Einsatzkräfte bildeten eine Gruppe, die sich so weit wie möglich nach allen Seiten absicherte.

»Nein. Zu auffällig. Der Gesuchte könnte den Braten riechen.«

»Okay. Wann sollen wir los?«

»In zwei Minuten. Das MEK müsste bereits vor Ort sein. Jeweils zwei Leute, Mann und Frau: einmal gut gekleidet, sie trägt eine Handtasche und ein geblümtes Kleid, er hat ein hellblaues Jackett. Die anderen sehen aus wie normale Grufties.«

»Emos.«

»Bitte?«

»Ich denke, man nennt diese Typen heute Emos.«

»Wie auch immer. Gehen Sie raus, Sie sind dran. Bleiben Sie auf Kontakt.« Das musste ihm niemand sagen. Er blickte auf sein Handy: noch fünfundvierzig Prozent Akku. Immer noch hatten sie keine Diensthandys, sondern benutzten ihre eigenen im Dienst, um wenigstens halbwegs professionell arbeiten zu können. Das Ding würde er erst wieder ausschalten, wenn er aus der Geschichte lebend raus war. Wenn. »Alles klar. Over.«

*

Do., 03.08., 20:42 Uhr, LKA Hamburg, Lagezentrale

»Ist das das Dossier?«

»Alles, was wir auf die Schnelle kriegen konnten.«

»Marco Kovac, geboren am 10.04.1995 in Sarajewo. Eltern Zlatan und Sonja Kovac, beide Muslime. Asylantrag am

30.04.1995 in Frankfurt/Oder. – Sie sind mit dem Neugeborenen geflohen?«

»Tja, muss eine beschissene Zeit gewesen sein in Sarajewo damals.«

»Hm. Wie sind sie nach Frankfurt an der Oder gekommen? – Okay, weiter: biometrische Daten: negativ. Fingerabdrücke: liegen vor. Strafregister, mhm, ist alles bekannt. Visapflichtige Reisen ... das ist interessant. Sicher, dass wir da lückenlos sind?«

»Soweit sich das zuverlässig einschätzen lässt, ja.«

»Der Vater, was wissen wir über den?«

»Wenig bis nichts. Wir arbeiten daran.«

»Ich will wissen, ob es da eine Art Clan gibt, ein muslimisches Netzwerk oder so was.«

»Klar.«

»Bruder Ante, geboren 2002 in Hamburg. Mehrere Einträge im Jugendstrafregister. Nette Familie ist das.«

»Nichts Ungewöhnliches für das Viertel.«

»Steindamm. St. Georg. Schon klar. Wahrscheinlich wohnen sie überm Sex-Shop.«

»Pornokino.«

»Klar. Oder das. Soweit ich das sehe, haben wir die Handynummern. Haben wir eine Ortung veranlasst?«

»Marco oder sein Bruder?«

»Beide. Man kann ja nie wissen.«

»Ist meines Wissens in Arbeit.«

»Fragen Sie noch mal nach. Die Wohnung: Sind wir vor Ort?«

»Wir arbeiten dran. Eine Streife ist vor Ort. Aber die Kollegen mit der Technik noch nicht. Wir planen eine Drohne, Richtmikrofon, bewegliche Optik, falls das die Tür hergibt.«

»Kameras in der Umgebung?«

»Etliche. Da sind wir schon dran. Diese ganzen Rotlichtschuppen haben alle Überwachung.«

»Rücken sie die auch raus?«

»Keine Sorge. Die wissen, dass sie keinen Stress mit uns brauchen.«

»Dann bitte Bericht in zehn Minuten.«

»Es gibt noch ein Problem.«

»Ein Problem? Außer dem Problem, dass wir einen Killer auf dem Dom haben?«

»Es gibt nicht nur einen Marco Kovac in unserer Liste.«

*

Sie war weg. Wie vom Erdboden verschwunden! Anna drehte sich nach allen Seiten, rief nach Pauline, genau wie die Eltern, und spürte die Schuld wie einen Schlag in den Magen. *Du hast nicht aufgepasst. Du hast sie aus den Augen gelassen. Deinetwegen könnte ihr etwas zustoßen!* Und sie wusste, was das hieß, wusste es zu genau. Für einen Moment hatte Anna das Gefühl, als müsste sie sich übergeben, so schlecht war ihr. Das war die Panik. Denn sie *hatte* Panik. *Was, wenn wir die Kleine nicht wiederfinden? Was, wenn einer sie mitnimmt und …* »Pauline!«, schrie sie. »Pauline!«

Paul hatte sich als Erster gefasst. »Anna! Such du in der Richtung!« Er deutete dorthin, wo sie hergekommen waren. »Saskia …«

»Die kommt schon wieder«, sagte die Kollegin und verdrehte die Augen. »Sie ist ein *Kind*, Paul.«

Paul starrte Saskia Berneking an. Nur den Bruchteil einer Sekunde dauerte es, aber Anna erkannte sofort, dass etwas zerbrochen war. »Du sagst es, Saskia«, erwiderte Paul, seinen Zorn mühsam unterdrückend. »Sie *ist* ein Kind. Und deshalb müssen wir sie verdammt noch mal suchen!« Er trat noch einen Schritt näher auf sie zu. »Und dabei ist es völlig gleichgültig, dass sie *mein* Kind ist.« Er wies in die andere Richtung.

Anna hastete los, ohne sich weiter um Paul oder Saskia zu kümmern. Sie wollte nur Pauline finden, und zwar so schnell wie möglich. Sie *musste* sie finden! Immer wieder den Namen des Mädchens rufend, lief sie den Weg entlang, vorbei an Würstchenbuden, Fahrgeschäften und Schaustellern. Sie war schon fast wieder am Eingang zum Dom, als ihr etwas einfiel. Mit wenigen Schritten war sie an dem Polizeifahrzeug der Beamten, denen sie den gefundenen Ausweis gegeben hatte. »Hallo«, keuchte sie. »Anna Krüger von der Polizeidienststelle Helgoland.«

»Ja«, sagte die Kollegin in Uniform. »Ich weiß. Hören Sie …«

»Entschuldigen Sie. Ich muss eine Meldung machen.«

»Aha? Und zwar?«

»Ein kleines Mädchen. Neun Jahre …« Anna stützte sich auf ihre Knie. Die Rennerei hatte ihr den Atem genommen. »'tschuldigung. Ist verloren gegangen.«

»Ein neunjähriges Mädchen wird vermisst?«

»Richtig. Pauline Freitag. So heißt sie.«

»Und das wissen Sie, weil …«

»Weil die Kleine in Begleitung von mir und zwei Kollegen hier ist. War.«

Die Polizistin, die bisher in dem Einsatzfahrzeug gesessen hatte, nahm ihr Funkgerät und stieg aus. »Sie wollen sagen, dass Sie ein kleines Mädchen dabeihatten, zu dritt, und Sie haben sie verloren? Hier auf dem Dom?«

Anna nickte. »Ich weiß, das ist irre. Drei Polizisten sind nicht in der Lage, auf ein Kind aufzupassen. Aber hören Sie, können wir das ein andermal diskutieren? Es wäre wirklich wichtig, dass Sie Ihren Kollegen vor Ort durchgeben, dass die Kleine vermisst wird.«

»Okay. Schießen Sie los.«

In wenigen Worten gab Anna eine Beschreibung Paulines, kurz darauf gab die Polizistin die Beschreibung an ihre Kollegen an den anderen Eingängen zum Dom und auf dem Festplatz selbst durch. So jedenfalls hatte sie es Anna gesagt, die unmittelbar nach der Meldung wieder umgedreht war und weitersuchte. Wie viele Menschen hatten eigentlich Platz auf so einem Volksfest? Es schien, als gäbe es kein Durchkommen. Die Besucher bildeten geradezu eine Mauer vor ihr. Immer wieder musste sie sich mit Gewalt hindurchzwängen, musste rempeln und schieben, wurde angepöbelt und zurückgerempelt. Vor einem Süßigkeitenstand glaubte sie, Pauline entdeckt zu haben. Aber dann war es ein anderes Mädchen, und die Mutter, die neben ihr stand, ging auf Anna los, als hätte die ihr Kind entführen wollen. Ein andermal entdeckte sie im Gewimmel ein Stück Stoff, das sie für Paulines Kleid hielt. Doch es war eine Handtasche mit ähnlichem Motiv. Und dann entdeckte sie doch etwas, was sie aufatmen ließ.

*

Keine Waffe. Natürlich nicht. Er hatte sie nicht mitgenommen. Wieso auch! Das hier war schließlich ein privater Ausflug. Die Dienstpistole war wohlverwahrt im Waffenschrank der kleinen Polizeidienststelle auf Helgoland. Aber er war hier. Und hier sah es für ihn gerade so aus, als hätte er dringend eine Waffe brauchen können. Aber vielleicht sah er ja auch Gespenster. Der Typ hatte die Hand wieder aus der Jackentasche genommen, ohne eine Waffe zu ziehen. Vielleicht hatte er ja auch nur etwas hineingesteckt? Jedenfalls trat er jetzt auf eine junge Frau zu, ein Mädchen fast, und küsste sie. Okay, nur eine Liebesgeschichte. Cooler Typ mit hübscher Freundin. Nichts, worüber Paul Freitag auch nur eine weitere Sekunde nachdachte. Es ging schließlich um seine Tochter. »Pauline?«, rief er wieder. Ein älteres Paar schlenderte an ihm vorbei. »Haben Sie ein kleines Mädchen gesehen?«, fragte er. »Ungefähr so groß und blond. Ich habe sie verloren.«

»Leider nein.« Die Frau schüttelte den Kopf. Der Mann lächelte freundlich, als wäre das nur eine weitere nette Attraktion auf dem Rummel.

Paul lief weiter und fragte immer wieder. Fragte Frauen und Männer, andere Kinder und deren Eltern – Eltern, die intelligent genug waren, auf ihre Kinder aufzupassen! Von ferne sah er Saskia, die mit ein paar jungen Männern sprach – hoffentlich auch, um sie nach Pauline zu fragen. Es kümmerte ihn nicht, er musste weiter. Hastete über den Dom, als wäre der Teufel hinter ihm her. Schaute in jedes Fahrgeschäft, ging in jedes Lokal, blickte hinter jeden Stand, an dem er vorbeikam. Bis er plötzlich buchstäblich in Anna lief. »Anna!«

»Paul! Nichts?«

»Nichts.«

»Oh Gott! Und es ist alles meine Schuld.«

»Deine Schuld? Wieso sollte es deine Schuld sein?«

»Paul, ich muss dir etwas sagen …«

»Später, Anna. Jetzt müssen wir suchen.«

»Trotzdem musst du es wissen.«

Paul drehte sich wieder um die eigene Achse, streckte sich, um über so viele Menschen wie möglich blicken zu können. Es wurde immer voller auf dem Dom. Und mit jeder Minute wurde es schwieriger, ein Kind hier zu finden. »Jemand hätte dortbleiben müssen«, presste er hervor. »Bei dem Stand, wo wir zuletzt waren.«

»Wo *ich* zuletzt mit ihr war.«

»Egal. Nur, damit sie uns findet, wenn sie die Stelle wiederfindet.«

»Paul, es gibt ein Problem. Die Situation ist viel schlimmer, als du denkst.«

»Schlimmer, als nachts ein Kind auf dem Rummel zu verlieren, gibt es nicht, Anna. Tut mir leid.«

»Oh doch, Paul. Leider. Das ist möglich.« Und die Art, wie sie ihm in die Augen blickte, ließ ihm das Blut in den Adern gefrieren.

*

Zwei Betten. Getrennt an den gegenüberliegenden Wänden des Zimmers stehend. War schon immer so. Jedenfalls, solange Anna zurückdenken kann. Aber irgendwie scheinen die Betten noch weiter auseinandergerückt zu sein. Dazwischen stehen zwei Nachtkästchen, auf der Seite ihres Vaters mit einem Radio drauf, auf der Seite ihrer Mutter mit einem Glas und einer Packung Tabletten. Schlaftabletten. Anna kann das nur schemenhaft erkennen, es ist zu dunkel. Auf dem Kopfkissen der dunkle Umriss von Mutters Kopf. Sie schnarcht leise. Friedlich, denkt Anna. Und es tut ihr weh, dass es so friedlich aussieht. Auch wenn sie weiß, dass es nicht friedlich ist. Denn ihre Mutter findet ohne Tabletten keinen Schlaf mehr, seit der Sache mit Anna. Wenn sie keine Tabletten nimmt, liegt sie wach. Die ganze Nacht. So wie Anna.

Nimmt sie Tabletten, ist sie am Morgen kaum ansprechbar. Aber Anna will sowieso nicht mit ihr sprechen. Am liebsten würde sie nie wieder mit ihr sprechen. Aber das wird sie ohnehin bald nicht mehr. Leise schleicht sie näher, obwohl sie weiß, dass sie eine Bombe explodieren lassen könnte und ihre Mutter nicht aufwachen würde. Das Bett ihres Vaters ist leer. Der ist in Cuxhaven. Kommt immer öfter nicht nach Hause, wenn er dort was zu erledigen hat. Er trinkt. Das weiß Anna. Aber sie hat kein Mitleid. Soll er sich doch zu Tode saufen.

Das Päckchen mit den Schlaftabletten ist halb leer. Ob ein halbes Päckchen ausreicht? Anna nimmt es mit nach draußen. Noch sechs Stück. Scheiße. Sie stopft den Blister wieder in die Packung. Okay, dann eben anders. *Diazepam*. Die kann sie sich auch selbst besorgen.

SECHS

Hamburg, Dom, 3. August, 21:04 Uhr

»Einsatzzentrale an Einheit 3: Sind die Eingänge an der Glacischaussee gesichert?«

»Hier Einheit 3. Eingänge gesichert. Zwei Männer MEK vor Ort, vier Einsatzkräfte draußen, die restlichen in zwei Sondereinsatzfahrzeugen auf Beobachtung. Alles Material einsatzbereit.«

»Einsatzzentrale an Einheit 6: Hunde bereit?«

»Einheit 6, Fischer, an Einsatzzentrale: Drei Mann MEK von der Hundestaffel mit zwei Sprengstoffexperten und drei Tieren bereits im unmittelbaren Einsatz. Aktuell auf Höhe Eingang Planten un Blomen.«

»Einsatzzentrale an Einheit 4: Feldstraße gesichert?«

»Hier Einheit 4, Turgüt. Feldstraße gesichert. MEK 4 eben eingetroffen, wir besprechen gerade den Verteilplan.«

»Bitte schnell, wir brauchen eine Zange in spätestens zehn Minuten, vielleicht früher.«

»Alles klar.«

»Einsatzzentrale an Einheit 8: U-Bahnhof Feldstraße gesichert?«

»U-Bahnhof Feldstraße gesichert. Keine besonderen Vorkommnisse.«

»Einsatzzentrale an Einheit 7: U-Bahnhof St. Pauli gesichert?«

»Einheit 7, Frommer, an Einsatzzentrale: fast. Wir warten noch auf Entlastung im Bahnsteigbereich, damit wir die Schranke oben sichern können.«

»Einheit 7 bitte sofort nach oben. Der Einlass ist jetzt wichtiger als die Sicherung des Bahnsteigbereichs. Entlastung muss in drei Minuten vor Ort sein. Wir erledigen die Übergabe von hier.«

»Alles klar. Over.«

*

Kathy spürte Antes heißen Atem an ihrem Hals. Wow, er hatte es echt eilig. Sie versuchte, den Kopf in seine Richtung zu drehen, um ihn zu küssen, da merkte sie schon, wie er mit seiner Hand am Knopf ihrer Hose fummelte. »Hey, warte«, flüsterte sie, während ihnen irgendwelche kalten Fäden über Kopf und Schultern glitten.

»Komm schon, das ist der Tunnel of Love«, keuchte Ante und zog ihr Shirt aus der Hose.

Kathy probierte es mit einer Umarmung, doch Ante ließ sie nicht so richtig nah ran, weil er unbedingt seine Hand unter ihren BH schieben wollte. Sie ließ ihn machen und streichelte seinen Schenkel. Von hinten sprang eine riesengroße Spinne auf sie herab und ließ ihre Beine über ihnen baumeln. Kathy bekam Gänsehaut. »Ey, bist du geil!«, murmelte Ante heiser, als er merkte, wie ihre Brustwarzen hart wurden. Kathy stöhnte. Er hätte echt zärtlicher sein können.

Plötzlich blieb der Wagen stehen, machte eine Vierteldrehung, dann flackerte bläuliches Licht auf, und es sah aus, als würden sie in einer Gruft versinken. Sogar Ante hielt inne und sah kurz auf. »Hey, ist besser hier, als ich dachte«, sagte er, und seine riesigen Augen blickten kurz auf den monströsen

Sargdeckel, der über ihnen zuklappte. Doch dann ging die Fahrt weiter, jetzt wieder aufwärts, und er beugte sich über Kathy und küsste sie oder vielmehr: schob ihr seine Zunge in den Mund, dass sie kaum mehr Luft bekam. Okay, das war nicht so heiß, wie sie es sich gewünscht hatte. Immerhin zog er seine Hand zurück, allerdings nur, um sie im nächsten Moment in ihre Hose zu schieben. »Hey, lass mal«, keuchte Kathy und drückte ihn auf seinen eigenen Sitz. »Lass mich mal, ja?«

Während sie langsam unter einer Leiche am Strick hindurchglitten, immer noch weiter aufwärts, zog Kathy den Reißverschluss seiner Hose auf und fummelte sein Ding heraus, das schon so prall war, dass sie es kaum freibekam. Und gerade, als sie es in die Hand nahm, machte der Wagen einen Schwenk und bog durch einen Vorhang, um plötzlich auf einem Gleis im Freien über dem Eingang zu fahren. Ante schien es gar nicht zu merken, denn der hatte sich zurückgelegt und die Augen geschlossen. Kathy beugte sich nach einer Schrecksekunde über ihn, damit man ihr Gesicht nicht sehen konnte. »Guck mal, Mami«, rief unten ein Kind, »die zwei sind aber keine Geister, oder?« Und schon waren sie wieder drin, und ein Sensenmann begrüßte sie mit höhnischem Lachen. »Oh, ist das schöööön«, flüsterte Ante, und sein Glied zuckte in Kathys Hand. »Nicht hier«, flüsterte sie in sein Ohr. »Lass uns nachher woandershin gehen, ja?«

Er hielt ihre Hand, damit sie ihn nicht losließ. Doch dann setzte er sich grinsend auf und nickte. »Klar, Babe. Wohin du willst. Ich liebe dich.« Er hatte es gesagt. Er hatte es gesagt. Er hatte es scheiße noch mal gesagt! Und er konnte sehen, dass sie glücklich war. Oder? Sie sah doch glücklich aus, oder?

*

»Stefan? Warum bist du nicht hier?«

Silvia. »Tut mir leid, Schatz«, sagte er schuldbewusst. »Ich bin in einem Einsatz. Komme hier nicht weg.«

»Was heißt das? Nicht weg? Bis wann?« Silvia war ganz klar die Frau seines Lebens. Aber sie war eben auch enorm anstrengend. Sehr selbstbewusst und manchmal etwas zu fordernd, zumindest für einen Polizisten. »Das kann ich noch nicht sagen, Liebes. Ist eine größere Sache.« Er musste ihr ja nicht unbedingt auf die Nase binden, wie groß. Sie neigte sowieso dazu, sich Sorgen zu machen.

»Aber ungefähr wirst du das doch einschätzen können, oder?«

»Leider. Wirklich, ich kann es nicht sagen.« Auf elf Uhr bewegte sich ein Mann auffällig so, als wollte er möglichst unauffällig bleiben.

»Eine Stunde? Zwei? Ich hab hier Lachs vorbereitet und Kartoffelgratin. Den Fisch kann ich nicht ewig warm halten.«

Jetzt stellte er sich hinter eine Säule am Tombolastand. Wieso stellte er sich hinter eine Säule? Stefan Sattler bewegte sich langsam auf ihn zu und tat, als suchte er in der anderen Richtung jemanden. »Verstehe ich, Schatz. Ich ruf dich an, sobald ich es einschätzen kann, ja?«

»Du hast mich auch nicht angerufen, dass du *überhaupt* später kommst.«

Es sah aus, als würde der Mann etwas aus seiner Tasche ziehen. Instinktiv griff Sattler zu seiner Dienstpistole, die er aber weiterhin unter der Jacke verborgen hielt. »Schatz, ich kann jetzt nicht länger telefonieren.«

»Ja, verstehe. Das sagst du immer, wenn ich dir lästig bin.«

»Das bist du nicht. Ich schwöre es. Aber hier wird es gerade ein bisschen …«

»Ein bisschen was?«

Sattler sah sich nach einer eigenen Deckung um. Wenn der Gegner hinter einer Säule stand und er auf freiem Feld, hatte er keine Chance, in einem Feuergefecht nicht den Kürzeren zu ziehen.

»Stefan?«

»Ja?«

»Du hörst mir nicht mal zu«, sagte Silvia so trocken, als hätte sie nur auf diese Bestätigung gewartet.

»Silvia …« Aber sie hatte schon aufgelegt. Sattler stellte sich neben das Kassenhäuschen der Geisterbahn und entsicherte vorsichtig die Waffe, die er unter seiner Jacke im Holster trug. In dem Moment zog der andere etwas aus seiner Tasche.

*

»Wo sind wir hier?«, fragte Pauline ängstlich. »Wo ist mein Papa?« Die Kleine war wirklich süß. Eck hatte schon immer was für Kinder übriggehabt. »Keine Sorge, ich bring dich gleich wieder zu ihm. Da vorne! Wenn wir da gehen, sind wir schneller bei ihm.«

»Aber wir sind doch von *dort* gekommen«, sagte die Kleine unsicher.

»Aber inzwischen ist dein Papa weitergegangen. Jetzt müssen wir in *die* Richtung gehen, damit wir ihn wieder treffen. Komm.« Er hielt ihre Hand fest. Vielleicht ein bisschen zu fest. Aber er wollte sie schließlich nicht verlieren. Nicht auszudenken, wenn sie in diesem Trubel verloren gegangen wäre! Nein, nein, sie sollte schön bei ihm bleiben. Eck packte sie kräftig mit seinen rauen Fingern. »Au!«, beklagte sich das Mädchen.

»Ich muss auf dich aufpassen. Damit du nicht verloren

gehst. Das ist gefährlich hier. Und was würde denn dein Papa sagen, wenn ich nicht richtig auf dich aufgepasst hätte.«

»Ich weiß es nicht …« Die Mundwinkel der Kleinen gingen gefährlich nach unten. Wenn sie jetzt bloß nicht heulte. Erstens hatte Eck heulende Kinder noch nie leiden können. Und zweitens, und das war viel wichtiger, konnte er niemandem beim Heulen zusehen, ohne nicht selber zu heulen. Das war aber verdammt noch mal sein Tag, und den würde er sich nicht von irgendeinem Geflenne kaputt machen lassen! »Schau mal«, sagte er. »Ich hab was für dich.« Und er holte seinen Flachmann aus der Manteltasche. »Das musst du probieren.«

»Was ist das?«

»Zauberwasser«, erklärte Eck und musste direkt ein bisschen kichern. Dass ihm das eingefallen war, amüsierte ihn. Manchmal hatte er doch noch Witz. »Das trinken die … die Zwerge im Märchen.«

Das Mädchen blieb stehen. »Aber Zwerge gibt's doch gar nicht, oder?«

»Hm, das weiß man nicht«, erklärte Eck. »Aber Zauberwasser gibt es.«

»Echt?«

»Das siehst du doch. Hier hab ich welches dabei.« Und er schraubte mit der freien Hand den Deckel ab und hielt ihr die Flasche hin. Die Kleine führte sie vorsichtig zum Mund und roch erst einmal daran. »Riecht komisch.«

»Und schmeckt wunderbar.« Nun mach schon, Kind, trink endlich, damit du ein bisschen ruhiger wirst!

»Was für einen Zauber macht es denn?«

Eck nahm ihr die Flasche wieder aus der Hand und trank selbst einen Schluck. Dann atmete er tief durch und sagte: »Man wird ganz leicht und kann fliegen.«

»Fliegen?« Das Mädchen blickte ihn eine Weile an. »Aber du fliegst doch gar nicht.«

»Ich bin zu schwer. Da brauche ich mehr Zauberwasser. Aber ich fühle mich schon ganz leicht.«

»Wirklich?«

»Wirklich.« Eck hielt ihr den Flachmann wieder hin. »Bei dir wird es ausreichen. Du bist viel leichter als ich. Hier.«

Vorsichtig nahm die Kleine einen Schluck und musste sofort husten. Eck konnte nicht anders, er musste kichern. Kinder waren einfach was Lustiges. »Gut, was?«

»Ich find's eklig«, erklärte das Mädchen und versuchte, ihm die Flasche wiederzugeben. Ein wenig war Eck hin- und hergerissen. Eigentlich war es Verschwendung, der Kleinen den Schnaps zu geben. Er konnte ihn besser brauchen. Andererseits hatte er Angst, dass ihm das alles über den Kopf wachsen könnte, wenn sie nicht ein bisschen ruhiger wurde. »Komm schon, du musst es austrinken. Sonst kannst du nicht fliegen.«

»Ich will es nicht trinken.«

»Dann willst du auch nicht fliegen?«

»Doch. Aber es schmeckt eklig.«

»Da! Schau nur.« Er hatte irgendwo oben im Nachthimmel einen großen Luftballon entdeckt, irgendeine von diesen aufgeblasenen Figuren, die sie jetzt auf den Jahrmärkten überall für viel Geld verkauften. Aber so, wie es von hier unten aussah, hätte es auch ein kleines Kind sein können, das da über den Dom schwebte. »Das Mädchen da hat auch Zauberwasser getrunken!«

Und Pauline blickte in den Himmel und schaute verzaubert dem Luftballon hinterher, der irgendwo hinter dem Riesenrad verschwand und über dem Bunker ins Schwarz des Hamburger Nachthimmels tauchte. »Ohhh. Das ist schön.«

»Siehst du? Und jetzt trink aus, sonst nehm ich es dir wieder weg.«

*

Sie hatte ihn angefasst! Sie hatte sein *Ding* angefasst. Kathys Herz klopfte wie verrückt. Als sie aus dem Geisterbahnwagen stiegen, hatte sie richtig wackelige Beine. »Ich würd am liebsten gleich noch mal fahren«, keuchte Ante hinter ihr, sie konnte seinen heißen Atem in ihrem Nacken spüren.

»Komm jetzt«, sagte sie ganz heiser. Sie nahm ihn an der Hand und zog ihn weg von dem kreischenden Skelett, das sich über ihnen hin und her wand, und lachte, dass einem ganz anders werden konnte. Dass sie das vorhin gar nicht richtig mitbekommen hatte …

»Und wo gehen wir jetzt hin, Baby?« Ante legte den Arm um sie, drückte sie etwas zu fest an sich, küsste sie auf den Hals. Kathy schob ihn ein bisschen auf Abstand. »Hey, jetzt warte doch mal«, raunte sie. »Hier sind eine Million Menschen …«

»Egal, oder? Ich liebe dich!«

»Aber es gibt doch romantischere Orte …«

Ante blieb stehen, sodass Kathy auch stehen bleiben musste. Plötzlich sah er ganz ernst aus, wie verwandelt. »Ich hab leider keine sturmfreie Bude«, sagte er verlegen. »Mein Bruder … Und meine Eltern …«

Kathy musste lächeln. »Kenn ich«, sagte sie und streichelte ihn übers Haar. »Geht mir auch so. Aber es ist doch ein schöner Abend …« Sie blickte ihm so tief in die Augen, dass Ante direkt wieder das Blut zwischen seinen Beinen pulsieren spürte. »Wollen wir runter zum Hafen gehen?«

»Da ist es aber auch nicht wirklich romantisch um die Zeit. Das heißt, romantisch vielleicht schon.« Sie überlegte. »Aber auch ziemlich voll, oder?«

»Hm.« Auf einmal schien er eine Idee zu haben. »Die machen doch nachher die Wasserspiele drüben bei Planten un Blomen. Wollen wir rübergehen?« Er kam ganz nah und flüsterte ihr ins Ohr: »Und anschließend ein bisschen drübenbleiben?«

Kathy nickte. Das hatte sie sich auch überlegt. Lag ja auch nahe. Im wahrsten Sinne des Wortes. Gleich gegenüber vom Dom. Und bis zu den Wasserspielen würde es nicht mehr lange dauern. »Ich hab Hunger. Wollen wir was essen?«

»Gute Idee. Jetzt, wo du's sagst, hab ich auch ein Loch im Bauch. Einen Döner?«

»Currywurst?«

»Pommes?«

»Pommes. Supi.«

Wieder küsste er sie auf den Hals und biss sogar ein bisschen zu. Kathy seufzte und hielt sich an ihm fest. Aus den Augenwinkeln sah sie ein Emo-Pärchen vorbeigehen, und für einen Moment traf sich ihr Blick mit den schwarz geschminkten Augen der Frau, dass sie beinahe fröstelte. Ante an ihrem Hals kicherte und biss ein klein wenig fester zu, und Kathy schloss die Augen.

*

Schwarz. Schwarz stand der Bau vor ihnen. Eck kannte dunkle Winkel. Sie waren seit Jahren sein Zuhause. Dennoch fröstelte ihn, als er diesen Koloss aus der Nähe sah. Wie man sich so ein Monstrum ausdenken konnte … Das machte die Menschen klein. Kleiner, als sie sowieso schon waren. Als er sowieso schon war. Und doch, oder gerade deshalb: genau der richtige Ort, um sich zu verbergen. Die Kleine war schwer. Sie hatte sich an seinen Arm gehängt und ließ sich mitschleifen. Wenn jemand sie gesehen hätte, dann hätte es sicher unangenehme Fragen gegeben, ganz klar. Wollte er lieber vermeiden. »Komm schon«, knurrte er. Vertrug auch gar nichts, die Kleine. Ein paar Schluck besten Stoff und sie hing in den Seilen wie Joe Frazier im Kampf gegen Ali. Hatte er gesehen damals, den Kampf. Thrilla in Manila. Wie lang war das jetzt her? Keine Ahnung. Ewig.

Er zerrte die Kleine wieder ein paar Schritte weiter. Jetzt beneidete er die Kollegen, die mit dem Einkaufswagen unterwegs waren. War ihm immer zu umständlich gewesen, den ganzen Hausstand mit sich zu schleppen. Aber so ein Einkaufswagen wäre jetzt praktisch gewesen. Da hätte er das Mädchen auch einfach mal ablegen können. Konnte er natürlich auch so. Aber nur auf den Boden. Besser als nichts. Vorsichtig ließ er das Kind zur Erde gleiten, sah sich um und warf dann seinen Mantel drüber. War ihm sowieso viel zu heiß geworden. »So«, seufzte er. »Nur ganz kurz.« Er musste einfach mal pissen. War das Problem mit dem Alkohol. Dass man immer pissen musste. Ständig. Manchmal ließ er es auch einfach nur laufen. Aber nur selten. Er wollte nicht zu den verpissten Pennern gehören. Da musste er schon ordentlich einen in der Krone haben, wenn er sich nicht mehr aufraffen konnte, sein Ding zu lüften und sich hintern Busch zu stellen. Oder wie jetzt an eine Würstchenbude. Natürlich auf der Rückseite. Eck musste kichern. Wäre ja witzig gewesen, wenn denen mal einer vor den Laden gepisst hätte. Er seufzte erleichtert, als es floss. Und erschrak, als plötzlich einer vor ihm stand. »Hey! Spinnt ihr?«, schrie ihn der Kerl an. Er stieß Eck mit der flachen Hand an die Schulter, dass der ein paar Schritte zurücktaumelte und beinahe über das am Boden liegende Kind gestolpert wäre. »Haut ab, ihr Penner!« Der Typ hatte eine Kochschürze umgebunden und hielt in der anderen Hand etwas Glänzendes. Eine Schöpfkelle? Ein Messer? Konnte Eck nicht sehen. »Schon gut, Mann. 'tschuldigung«, lallte Eck und zog den Hosenschlitz zu. Mist, er hatte sich selbst angepinkelt bei dem Angriff eben, das rechte Hosenbein war nass. »Nicht nötig, so mit einem umzugehen«, nuschelte er, während er sich wegdrehte und sich vor das Bündel am Boden stellte. Sollte der Typ ruhig denken, dass da noch ein zweiter Penner liegt. Sah zumindest auf den ersten Blick so aus – mit Ecks Mantel und im Halbdunkel hinter der Bude. Er hob die Hand. Entschuldigend vielleicht, abwehrend oder als Gruß, wer hätte das schon sagen können. Egal, Hauptsache, der Würstchentyp hatte das Kind nicht gesehen. Denn das ging den verdammt noch mal nichts an. Und zwar gar nichts. Die Kleine war ganz allein Ecks. Sie gehörte nur ihm. Keiner durfte sie ihm wegnehmen. »Komm«, flüsterte er und zerrte sie auf die Beine. Sie war beinahe eingeschlafen. Vielleicht war sie's auch. Aber jetzt war sie wieder wach. Und fing schon wieder zu heulen an. »Und hör auf mit dem Geflenne«, zischte Eck, während er sich umsah. War aber niemand da. Die waren alle viel zu sehr mit sich selbst und mit dem Rummel beschäftigt. »Hier. Trink lieber noch einen Schluck.«

Das Mädchen guckte ihn mit schläfrigen Augen an. Guckte an ihm vorbei und zum Riesenrad, das sich gerade wieder drehte. Ein bisschen schwankte sie. Kannte Eck. »Das ist kurz, bevor man fliegt«, erklärte er. »Wenn man so ein bisschen wackelig wird.« Und er führte ihr den Flachmann an den Mund. »So, und jetzt mach mal schön auf. Das wird dir helfen.«

Über ihnen im Bunker ging irgendwo ein Licht an. Wenn das kein Zeichen war. Eck nahm auch einen Schluck und wischte sich den Mund ab. »Ahhh. Wenn das kein feiner Tropfen ist, was? Du kleines Luder hättest mir fast alles weggetrunken.« Er zwickte das Mädchen in die Wange, dass es zusammenzuckte und stöhnte. »Und jetzt komm«, sagte er leise. »Und sei bloß nicht so empfindlich. Das Leben ist schließlich kein Zuckerschlecken. Aber das wirst du noch früh genug feststellen.«

*

Ein Anruf. *Mama!* Kathy überlegte kurz, ob sie sie wegdrücken sollte. Aber dann hätte ihre Mutter sie noch ungefähr tausendmal angerufen. Besser, sie beruhigte sie einmal und hatte dann Ruhe. »Warte kurz«, flüsterte sie Ante ins Ohr. Dann drückte sie auf Grün. »Hi!« ... »Klar, Mama. Alles bestens. Du weißt doch, dass ich mit ein paar Freundinnen auf dem Dom bin.« Sie zwinkerte Ante zu, der aber abgelenkt schien ... »Lisa, Conny und äh ...« ... »Klar, mach ich.« ... »Nö.« ... »Weiß ich noch nicht genau. Wird aber nicht so spät sein.« ... »Klar.« ... »Dir auch. Tschüs!« Sie wandte sich wieder Ante zu, der mit einem Mal einen ganz ernsten Gesichtsausdruck hatte. »Alles okay?«

»Da ist so 'n Typ, der dich die ganze Zeit anglotzt«, sagte Ante.

»Na und?«, sagte Kathy und blickte in die Richtung, in die auch Ante schaute, konnte aber niemanden sehen, der rübergeglotzt hätte. »Bist halt mit einer heißen Frau unterwegs.« Sie wollte ihn mit sich ziehen, doch Ante bewegte sich nicht. »Ich nehm mir den mal vor«, sagte er. »Der sollte lieber die Fliege machen.«

»Komm, lass«, sagte Kathy. »Ich will keinen Stress.«

»Der Typ isses, der Stress macht. Ich kann das nicht brauchen, dass einer meine Freundin anglotzt.«

Meine Freundin. Hatte er gesagt! Kathys Herz machte einen Hopser. Zugleich spürte sie ein ungutes Ziehen im Magen. Sie wollte nicht, dass Ante sich um sie stritt. Nicht aus so einem blöden Anlass. »Hey«, sagte sie ganz leise und so sexy wie möglich. »Ich bin mit dir hier, nicht mit ihm. Das ist es doch, worauf's ankommt, oder?« Sie küsste ihn auf den Hals. Und dann entdeckte sie den Typen doch, den Ante meinte. Er glotzte tatsächlich zu ihnen rüber und versuchte dabei sogar noch, irgendwie unauffällig zu sein. »Sag mal«, murmelte Kathy erschrocken. »Der beobachtet doch gar nicht mich.«

»Hä? Klar tut er das.«

»Nein. Der beobachtet dich.«

*

Stefan Sattler hörte nur noch mit halbem Ohr hin. Alle paar Sekunden kamen jetzt Informationen bei ihm an. Aber dass er beinahe auf jemanden geschossen hätte, der nur sein Handy aus der Tasche holte, das hatte ihn endgültig aus der Bahn geworfen. Er war jetzt seit zehn Stunden im Dienst, seit sechs Stunden draußen, wo ständig höchste Aufmerksamkeit gefordert war. Und er hatte seit Stunden nichts gegessen. Vor allem: nichts getrunken. Das zehrte an den Energien, und es ruinierte die Konzentration. Und jetzt stand er hier auf dem Dom, suchte wie die sprichwörtliche Nadel im Heuhaufen einen potenziellen Terroristen und auch noch ein kleines Mädchen, während um ihn herum der Wahnsinn tobte.

Mit wackeligen Beinen lehnte er an einer Blechwand, hinter der ein irrwitziges Karussell seine Runden drehte und alle paar Sekunden an ihm vorbeidonnerte. Keine hundert Meter weiter sah er den Ausgang Feldstraße. Da lungerten schon ein Dutzend Kollegen von ihm herum und taten, als wären sie keine Polizisten. Dabei konnte man es geradezu riechen! Sie hätten mehr Frauen schicken sollen. Die Männer mit den ordentlichen Haarschnitten, mit den gebügelten Hemden und den Lederschuhen – jeder konnte erkennen, dass die keine normalen Dom-Gänger waren. Wer nicht an Polizisten dachte bei ihrem Anblick, der dachte an den Betriebsausflug einer Versicherungsfirma. Fassungslos starrte Stefan Sattler hinüber. Und doch wäre er in dem Moment dankbar gewesen für zumindest so viel Tarnung durch zivile Kleidung. Er lief hier in Uniform über den Dom, das perfekte Ziel für einen fanatischen Attentäter. Der hätte sich jedenfalls dringend eine Ecke gesucht, in der außer ein paar harmlosen Familien mit Kindern auch noch ein Uniformierter in die Luft flogen. Das machte doch am meisten Eindruck in den Nachrichten …

»Geht es Ihnen nicht gut?« Eine ältere Dame beugte sich zu Sattler hin und blickte ihm besorgt ins Gesicht. Er straffte sich und griff automatisch an seine Dienstmütze. »Nein. Danke. Alles in bester Ordnung.«

»Sie sahen nur gerade so …« Die Frau suchte nach Worten.

»Alles in Ordnung. Danke«, erklärte Sattler und nickte ihr zu. »Danke der Nachfrage.« Und dann hastete er davon. Das fehlte noch, dass die alten Damen ihm hier auf dem Dom auf die Beine halfen. Er hätte sich zum Gespött der ganzen Hamburger Polizei gemacht: *Kollege musste von alter Dame unterstützt werden.* Er blickte nicht zurück, sondern zwang sich, die Reihen der Besucher wieder zu mustern. Hin und her wanderten seine Augen, hin und her, immer wieder. Ein dunkelhaariger junger Mann, womöglich mit Bart, womöglich bewaffnet. Und ein kleines Mädchen, blond, neun Jahre.

Es gab viele junge Männer auf dem Dom. Viele dunkelhaarige Männer. Viele Kinder, immer noch, obwohl es nach neun Uhr am Abend war. Aber keiner von den Männern sah aus wie der Gesuchte, und keines der Kinder lief allein über das Heiligengeistfeld. Nicht eines. Stefan Sattler kam sich vor, als wäre er der Einzige, der hier allein unterwegs war. Noch fünfzig Meter bis zum Ausgang. Hoffentlich passierte nichts. Hoffentlich explodierte keine Bombe. Hoffentlich tauchte die Kleine wieder auf. Noch vierzig Meter. Er scannte die Besucher mit seinen Blicken. Noch dreißig. Eine Familie mit zwei jungen Männern. Araber. Könnte einer von ihnen …? Aber nein, die würden nicht mit der ganzen Großfamilie auf den Dom gehen. Noch zwanzig Meter. Dann konnte er endlich eine Pause machen. Nur kurz. Etwas trinken, einen Moment durchatmen. Sich mit den Kollegen besprechen. Noch zehn Meter. In seinem Kopfhörer forderte ihn eine Stimme nachdrücklich auf: »POM Sattler bitte melden!«

»Hier Sattler«, sagte er, den Ausgang fest im Blick.

»Alles in Ordnung bei Ihnen? Sie haben sich auf zwei Rufe nicht gemeldet.«

»Sorry. Alles in Ordnung. Keine Feststellung. Leider.«

»Gut. Drehen Sie um und gehen Sie wieder rein. Zwei Kollegen am bayerischen Bierzelt erwarten Sie. Aus Ihrer Sicht auf neun Uhr.«

Neun Uhr. Das hieß, dass er wieder mitten reinmusste. Ohne Pause. »Alles klar. Over.«

Mitten rein. Sattler schüttelte den Kopf. Bayerisches Bierzelt. Da hätte es was zu trinken gegeben – wenn er denn gedurft hätte. Plötzlich rammte ihn etwas in den Unterleib. Sattler ging sofort in Verteidigungshaltung, doch es war nur ein Kind, das quer über den Weg gelaufen war. Ein kleines Mädchen. Sie guckte nicht mal auf, sagte nicht Entschuldigung, sondern rannte unmittelbar weiter. Einen Moment brauchte Sattler, um sich von dem Tiefschlag zu erholen. Dann setzte er an, die Kleine zu verfolgen. Schon sah er, wie sie zwischen einem Haufen junger Männer verschwand, die sich idiotische Hüte in Form von Bierkrügen auf den Kopf gesetzt hatten und grölend über den Dom wankten. »POM Sattler?«

»Ja?«

»Sie sind in der falschen Richtung unterwegs.«

»Ich habe das Kind entdeckt«, keuchte Sattler. »Glaube ich.«

»Das Kind? Welches Kind? Wir suchen einen jungen Mann.«

»Jemand vermisst ein kleines Mädchen.« Hier musste sie irgendwo sein, hier war sie doch verschwunden! Er zwängte sich durch die jungen Männer, die ihn angrölten und sich künstlich aufregten.

»Das ist jetzt egal, Sattler! Wir suchen einen Terroristen! Bitte sofort auf die angegebene Position!« Der Kollege in der Einsatzzentrale war auf hundertachtzig. Und er konnte ihn sehen, wie Stefan Sattler plötzlich klar wurde. Sie konnten alles sehen! Den ganzen Dom. Oder?

*

»Hallo! Sie! Sie suchen doch ein kleines Mädchen …«

Anna sah sich um, woher die Stimme gekommen war. Sie bekam kaum noch Luft, so war sie in den letzten zehn Minuten über den Dom gehetzt. »Ja«, keuchte sie. Da! Eine junge Frau, eher noch ein Teenager, hatte sie angesprochen. Sie stand mit zwei anderen jungen Frauen vor einer Würstchenbude, und alle drei hatten eine Bierflasche in der Hand. »Ja. Habt ihr sie gesehen?«

»Also, da ist gerade eines vorbeigelaufen.« Sie deutete Richtung Millerntor-Stadion. »Ohne Begleitung.«

Wie wahrscheinlich war es, dass zwei kleine Mädchen ohne Begleitung abends um neun alleine über den Dom liefen? Das musste doch Pauline gewesen sein, oder? Jedenfalls war es eine Chance. Mit zitternden Händen wählte Anna Paul an.

»Ja?«

»Ein kleines Mädchen«, sagte sie, während sie um Atem rang. »Allein. Ist Richtung Stadion.«

»Bin unterwegs.«

»Ich auch.«

Im nächsten Moment rannte Anna wieder los. Doch schon nach wenigen Schritten wurde sie gestoppt. Zwei Männer hatten sich – wie aus dem Nichts kommend – vor ihr aufgebaut. Sie wollte noch ausweichen, aber einer von ihnen packte sie so schnell am Arm, dass sie gar nicht mehr dazu kam, sich zu wehren. Der andere krallte seine Hand in ihre Schulter, sodass Anna beinahe in die Knie ging, und hielt ihr mit der anderen seinen Dienstausweis unter die Nase. »Kontrolle«, knurrte er.

Aus den Augenwinkeln sah Anna, wie der Kollege, der sie im Polizeigriff hielt, die freie Hand an seinen Gürtel legte. Die Pistole, dachte Anna. *Zwei Kollegen in Zivil. Und ich renne hier über den Dom, als wäre ich auf der Flucht. Ich hätte auch kontrolliert.* »Ein Missverständnis«, keuchte sie, um Haltung bemüht. Wenn sie nur nicht so außer Atem gewesen wäre! »Ich bin auch von der Polizei.«

»Ah ja. Können Sie das beweisen?«

»Kann ich. Wenn ich …« Sie versuchte, ihren rechten Arm aus dem Polizeigriff zu befreien, doch der Kollege hatte offenbar nicht die Absicht, sie freizugeben. »Bitte mit der anderen Hand«, sagte er nur ganz ruhig. Anna nickte und fummelte mit der Linken umständlich ihren Dienstausweis aus der Hosentasche und hielt ihn dem anderen hin, dessen Griff sich augenblicklich lockerte. Er nickte und gab seinem Kollegen ein Zeichen. »Warum rennen Sie so über den Dom?«, fragte er dann.

»Wir vermissen ein Kind.«

»Schon gemeldet?«

»Ja.«

»Sind einige Kollegen hier heute Abend. Ihr Kind wird sicher gefunden.«

»Sie ist nicht mein ... egal. Aber ja, ich weiß. Viele Kollegen. Der Araber. Gefährder ...« Die Augen des Polizisten verengten sich. »Woher wissen Sie das?« Er griff an sein Mikrofon und gab seine Kennung durch. Dann meldete er leise: »Unbeteiligte Kollegin auf dem Dom. Kennt die Lage.« Er lauschte. »Ja. Machen wir.« Als er sich wieder Anna zuwandte, erklärte er: »Sie wissen, dass es besser ist, so schnell wie möglich von hier zu verschwinden. Finden Sie Ihr Kind und sehen Sie zu, dass Sie so schnell wie möglich von hier wegkommen. Aber rennen Sie nicht. Sie gefährden unseren Einsatz.«

Anna nickte. »Klar«, sagte sie. »Genau das hatte ich vor.« Sie winkte mit der wieder freigegebenen Hand, spürte einen heftigen Schmerz in der Schulter und ging dann mit strammen Schritten weiter. Finden Sie Ihr Kind, dachte sie, während sie versuchte, das Pochen in ihren Schläfen zu ignorieren. Wenn das mal so einfach gewesen wäre.

*

Manchmal war es Segen, manchmal aber auch ein Fluch, Journalist zu sein. Der Vorteil war, dass man einen untrüglichen Blick für Vorkommnisse entwickelte, einen Instinkt für das Außergewöhnliche, zumindest mit der Zeit. Und Ulrich Weikert war nun lang genug als Reporter für den *Hamburger Kurier* tätig. Er roch die Sensation auf zehn Meilen. Ein Vorteil, wenn man auf der Suche nach einer guten Story war. Aber ein gravierender Nachteil, wenn man sich einfach nur entspannen wollte. So wie an diesem Abend, an dem er ein ganz besonderes Date hatte: mit der Polizistin von Helgoland, die er im letzten Jahr auf der Insel kennengelernt hatte. Eigentlich hatte er schon nicht mehr damit gerechnet, dass sie sich noch mal melden würde. Und genau genommen war es jetzt auch gar nicht mehr so passend, seit er mit einer kolumbianischen Sängerin liiert war. Nun ja, liiert war vielleicht etwas übertrieben. Aber sie hatten immerhin ein intimes Verhältnis, das nun schon mehr als ein Vierteljahr andauerte, und es war eigentlich an der Zeit, dass sie dieses Verhältnis klärten und zum Beispiel zusammenzogen. Hatten sie aber bisher nicht getan, vermutlich, weil es Ines genauso ging wie ihm: Sie wollte ihre Freiheit nicht aufgeben, zumindest nicht ganz. Etwas, womit Ulrich Weikert gut leben konnte, weshalb er auch spontan zugesagt hatte, als die Polizistin ihn wegen eines Treffens angeschrieben hatte. Anna Krüger. Eine Legende auf Helgoland, seit sie vor gut anderthalb Jahren dorthin gekommen war. Sie schien das Drama förmlich anzuziehen. Plötzlich war die Insel der reinste Actionschauplatz. Ein kriminelles Schurkenstück nach dem anderen. Und auch da hatte Weikert sein untrügliches Gespür für die große Story nicht getrogen. Er war länger auf der Insel geblieben als scheinbar nötig und mit einem Krimi der Extraklasse belohnt worden.

Und nun saß er hier vor dem Bierzelt und beobachtete das Treiben, wartete anscheinend vergeblich auf Anna Krüger –

und spürte in jeder Faser seines Körpers, dass etwas vor sich ging, das nicht zu diesem lauen Sommerabend passte. Irgendwas lag in der Luft. Zunächst war es nur so ein Gefühl gewesen, ein unbestimmtes Prickeln in seinen Körperzellen. Und dann hatte er entdeckt, dass eine Reihe von Zivilbullen über den Dom liefen, und zwar deutlich mehr als angemessen. Das hieß: Es kam darauf an, was hier gerade los war. Wenn er mal unterstellte, dass die Anzahl an Polizisten *tatsächlich* im Verhältnis zum Anlass stand, dann musste etwas im Busch sein. Und zwar etwas Großes.

Er blickte auf die Uhr. Einundzwanzig zehn. Sein Date würde nicht mehr auftauchen. Jedenfalls war es mehr als unwahrscheinlich. Er konnte ja noch in der Nähe des Bierzeltes bleiben, falls sie doch noch um die Ecke bog. Aber es interessierte ihn jetzt doch, was da abging. Er nahm noch einen Schluck von seinem Bier, steckte sein Handy ein und schlenderte auf die andere Seite der Budenstraße, wo er zwei Zivilcops ausgemacht hatte. »Schöner Abend heute, was?«, sagte er, als er neben ihnen stand. Schon die Art und Weise, wie sie ihn beim Näherkommen gemustert hatten, hatte ihm klar gezeigt, dass er richtiglag. »Hm«, sagte der eine. Weikert entdeckte ein kleines schwarzes Kabel hinter seinem Ohr und einen Knopf darin. »Jagen Sie was Bestimmtes?«

Sofort griff seine Begleiterin unter ihre Jacke. Aha, dachte Weikert, sie sind bewaffnet.

»Darf ich fragen, was Sie von mir wollen?« Der Typ mit dem Knopf im Ohr wandte sich jetzt dem Journalisten zu, blickte aber dennoch immer wieder auf die vorbeiziehende Menschenmenge.

Weikert zog seinen Journalistenausweis und hielt ihn dem Schrank von Mann hin. »Presse«, sagte er mit verbindlichem

Lächeln. »Ich hätte gerne gewusst, warum auf dem Dom so viel Polizei ist.«

»Keine Ahnung«, sagte der Mann und blickte abschätzig auf ihn herab. »Woher soll ich das wissen?«

»Weil Sie selber dabei sind.«

»Da wissen Sie mehr als ich.« Seine Kollegin ließ die Hand unter der Jacke sinken. »Wir sind hier bloß auf dem Dom und wollen nicht belästigt werden.«

»Sie sehen auch aus wie ein Pärchen, das sich bestens amüsiert«, spottete Weikert, ohne dass die zwei sich hätten aus der Ruhe bringen lassen.

»Sie sind aufdringlich«, sagte der Mann, ohne auf ihn einzugehen. »Lassen Sie uns in Ruhe.«

»Darf ich fragen, wer den Einsatz leitet?«

»Es gibt keinen Einsatz«, knurrte der Schrank.

»Und warum die Polizei so viele Zivilkräfte im Einsatz hat?«

»Fragen Sie die Polizei.«

»Das tue ich doch gerade.«

»Hören Sie!« Es fiel dem Schrank jetzt doch schwer, sich zu beherrschen. Offenbar gab es wirklich ein größeres Problem. Der Mann stand unter Druck. Weikert überlegte, wie er ihn aus der Reserve locken könnte. Da plötzlich sah er, wie ein Ruck durch ihn ging, wie er sich straffte. »Bayerisches Bierzelt. Alles klar«, sagte der Zivilpolizist ins Nirgendwo. Offenbar hatte er einen Befehl über seinen Kopfhörer bekommen. »Komm …« Sein Blick schweifte über Weikert. »Schatz«, fügte er hinzu und griff nach der Hand seiner Kollegin, die sie ihm widerwillig gab. Dann schoben die beiden ab.

Ulrich Weikert sah ihnen kurz hinterher, rasterte die Menge, die sich immer enger vorbeischob. Abertausende von Menschen mussten das sein, die inzwischen auf dem Dom waren. Bayerisches Bierzelt. Ein letztes Mal blickte er hinüber zu dem Platz, auf dem er eben noch gesessen und gewartet hatte: Anna Krüger war nicht da. Dann folgte er den beiden Zivilpolizisten, ehe sie ihm verloren gingen.

*

Die lächerliche Glocke klingelt, als wär's ein Vergnügen, in die Apotheke zu gehen. »Guten Tag, Herr Sievers«, sagt Anna. Ein Lächeln schafft sie nicht. Er aber auch nicht. Zumindest vergeht es ihm in dem Moment, in dem er sieht, wer eingetreten ist. »Guten Morgen, Anna.«

»Ich brauche ...« Sie zögert ganz kurz. Räuspert sich. »Ich soll was für meine Mutter holen.«

»Sicher. Was braucht sie denn, deine Mutter?« Er mustert sie freundlich, vielleicht auch nur neugierig. Anna will lieber gar nicht wissen, was er dabei denkt.

»Tabletten zum ... Schlaftabletten«, erklärt sie. »Sie nimmt immer Diazepam.« Für einen Augenblick stockt ihr der Atem, weil der Kopfschmerz ihr durch den Schädel fährt.

»Diazepam«, sagt Herr Sievers und mustert sie. »Aber die sind doch rezeptpflichtig, das weiß deine Mutter doch.«

»Richtig. Sie ... also, sie liefert das Rezept nach. Ähm, sie ist noch nicht zum Arzt gekommen.«

Der Apotheker nickt. »Sie sollte nicht so viel davon nehmen, weißt du? Das ist gefährlich. Man wird abhängig ...« Er hält inne. »Das ist kein Notfall. Sie soll doch einfach morgen kommen. Mit einem Rezept. Oder heute Nachmittag.«

Anna zögert. »Gibt es denn andere Tabletten, die genauso gut helfen? Und für die ich ... also, für die meine Mutter kein Rezept braucht?«

Der Apotheker wendet sich um und zieht eines seiner Regale auf, in denen Hunderte von Medikamenten sind, sortiert und mit kleinen Plastikkärtchen versehen. Anna hört, wie der Auszug leise rattert. Sie hält den Atem an. »Sie könnte natürlich ...«, sagt Herr Sievers und unterbricht sich. Schaut auf Anna mit einem ganz stechenden

Blick. Dann gibt er dem Regal einen leichten Schubs, und es rattert leise wieder zu. »Wir finden bestimmt etwas. Sie soll doch einfach nachher vorbeikommen, dann bespreche ich das mit ihr.« Er tritt wieder hinter seine Theke und greift zum Telefon. »Oder soll ich sie rasch anrufen?«

»Nein, nein!«, beeilt Anna sich zu sagen. »Sie ist gar nicht zu Hause. Ich gebe ihr schon Bescheid.« Im nächsten Moment ist sie raus, und die grelle Sonne sticht ihr von vorne in die Augen, der Kopfschmerz von hinten.

SIEBEN

Hamburg, Steindamm 12, 3. August, 20:40 Uhr

Eigentlich hatte Marco gar nicht mehr vorgehabt, noch rauszugehen. Er musste am nächsten Morgen früh antreten. Hatte einen Job bei »Pinker« bekommen, wo er jetzt jeden Tag die Zeitungen auspackte und einsortierte. Zwei Stunden lang in allen vier Filialen am Bahnhof. Der Weg war nicht weit, sie wohnten ja praktisch nur einen Steinwurf vom Bahnhof entfernt. Aber er musste eben um sechs Uhr auf der Matte stehen. Täglich. Das war extrem uncool. Aber es war auch extrem gut bezahlt – für Marcos Verhältnisse. Er galt bei »Pinker« als superzuverlässig. Was er auch war. Schon deshalb, weil er um halb neun im »Smoothie's« sein musste, bevor der Laden aufmachte. Also zwei Stunden richtig malochen, damit er dann rechtzeitig bei der Arbeit war. Er hatte vor, das über den Sommer zu machen, denn da war es einfach nicht so schwer, schon früh am Morgen aufzustehen und richtig ranzuklotzen. Ob er das im Winter auch schaffen würde, da war er sich nicht so sicher. Außerdem hoffte er, im Winter die zweite Schicht bei »Smoothie's« zu bekommen. Die brachte eindeutig mehr Trinkgeld. Abends hatte der Laden einfach ganz andere Preise. Nicht diese blöden »Mittagstische«, wo dann vier smarte Typen am Tisch saßen mit jeweils einem Teller Nudeln und zusammen einer Flasche Wasser, sondern schöne Menüs mit Wein und Desserts und allem. Da kamen ganz andere

Rechnungen zusammen – und davon gab's eben zehn Prozent Trinkgeld. Steuerfrei. Geil. Natürlich klammerten Felix und Sarah an den Jobs. Die anderen waren sowieso fest angestellt, da war nichts zu machen. Aber Felix war so was von scharf drauf, in irgendeinem feinen Restaurant anzuheuern … Früher oder später war der Job also frei, und Marco stand in den Startlöchern.

Es war eine Sache, die Schule zu versauen. Aber es war eine andere, den Job zu versauen. In der Schule war er zu cool gewesen, um zu lernen und einen Abschluss anzusteuern. Als er kapiert hatte, wie das laufen würde, war's zu spät gewesen. Aber er hatte was daraus gelernt. Er hatte gelernt, dass Leistung sich lohnte. *Gelohnt hätte*, genau genommen. Aber das galt ja nicht nur in der Schule. Das merkte er jetzt auch schon bei »Pinker« und bei »Smoothie's«. Keiner bekam in seiner Schicht mehr Trinkgeld. Und wenn er anfing, bei »Smoothie's« Geld zu verdienen, hatte er schon dreißig Euro von seinem Job im Zeitungsladen in der Tasche.

Leider wusste das auch Ante. Und der hatte verdammt noch mal keinen Respekt vor Marcos Eigentum. Deshalb war Marco irgendwann zur Sicherheit auf den Flur hinausgegangen und hatte die Geldbörse aus seiner Jackentasche geholt, um nachzusehen. Kohle hatte nicht gefehlt. Aber der Ausweis war weg! »Wichser!«, zischte Marco.

»Was ist denn los, Junge?«, hatte Mama aus der Küche gerufen.

»Nichts, Mama. Alles cool. Ich muss nur noch mal kurz raus.«

»Essen ist aber bald fertig.«

»Heb mir was auf, Mama. Bis später!«

Er wartete nicht, dass sie noch etwas sagte, sondern schlüpfte schnell durch die Tür nach draußen. Denn das kannte er, dass seine Mutter ihm ein schlechtes Gewissen machen wollte, weil niemand da war, um ihr schönes, frisch gemachtes Essen zu essen. Das konnte er jetzt nicht brauchen. Vielmehr wählte er schon Antes Nummer an, während er noch die Treppe runterlief, und wartete auf eine Verbindung. Die Mailbox. Klar. Blödmann. »Hey, du Penner!«, rief er in sein Handy, während unten eine Tür aufging und Frau Kaskowski den Kopf rausstreckte. »Du hast meinen Ausweis mitgenommen! Wo bist du? Ich mach dich einen Kopf kürzer, wenn du damit irgendeinen Scheiß anstellst!« Frau Kaskowski schüttelte den Kopf. Er lächelte freundlich und nickte ihr zu. »Ich bin jetzt raus und such dich, Mann. Und wenn ich dich finde, dann kriegst du richtig Stress!« Er drückte die Verbindung weg und trat auf die Straße. Inzwischen war es dunkel. Schräg gegenüber fuhr gerade ein Polizeiauto vor. Marco drehte sich weg und ging den Steindamm runter in die entgegengesetzte Richtung. Das brauchte er jetzt nicht, dass ihn irgendwelche Bullen kontrollieren wollten, und er hatte keinen Ausweis dabei. Als ihm auch noch zwei Uniformierte entgegenkamen, schlüpfte er schnell in den Stripklub auf der Fünfzehn. Zwei Damen standen neben dem Eingang und taxierten ihn. »Hey, Süßer«, sagte die eine. Doch die andere winkte ab. »Lass mal«, erklärte sie ihrer Kollegin. »Der Junge wohnt hier irgendwo. Der ist ein ganz Braver, der macht so was nicht.«

»Vielleicht weiß er nur noch nicht, was er verpasst«, erklärte die andere und fummelte an Marcos Arm herum. Er schüttelte ihre Hand beiseite und beobachtete, wie die beiden Bullen draußen vorbeigingen, um sich mit den anderen zu treffen, die ihren Wagen ganz in der Nähe seiner Wohnung geparkt hatten.

»Hey«, beschwerte sich die Hure. »Musst nicht so unfreundlich sein, wenn jemand nur nett zu dir sein will.«

»Sorry, Baby. Ich hab's eilig«, murmelte Marco und huschte wieder nach draußen.

»Baby!«, sagte die Hure hinter ihm. »Das sagt der Richtige.«

Dann war er weg, eilte den Steindamm runter Richtung Bahnhof. Gleich würde er in die U-Bahn springen und zum Dom fahren. Denn endlich war ihm eingefallen, wohin Ante hatte gehen wollen.

*

Hamburg, Dom, 3. August, 20:40 Uhr

Die Lichter tanzten. Sie drehten sich in der Luft, sausten auf und ab, blinkten und blitzten. Das war so schön, dass Pauline fast ein bisschen weinen musste. Das hätte sie gerne der Fiona gezeigt. Alle diese Lichter. Und wie sie sich bewegten. Sogar wenn sie die Augen zumachte, konnte Pauline die Lichter sehen. Das war ganz komisch. Denn sie hatte ja die Augen zu! Und trotzdem blinkten und blitzten die Lichter, nur nicht ganz so deutlich.

»Hast du Hunger?«, fragte der Mann, der jetzt auf sie aufpasste.

Pauline schüttelte den Kopf. Aber das war keine gute Idee. Denn davon wurde ihr schrecklich schwindelig. »Nö«, sagte sie leise. Sie wäre jetzt gerne bei Papa gewesen. »Wo ist Papa?«, fragte sie.

»Dein Papa kommt gleich. Der musste noch was erledigen.« Der alte Mann beugte sich zu ihr, aber das mochte Pauline nicht, weil er so komisch roch. Außerdem fehlte ihm ein Zahn, und das sah echt gruselig aus. »Und Mama?«

»Mama ist schon unterwegs«, sagte er und kicherte. »Jedenfalls fast.«

Fast unterwegs, dachte Pauline. Was das bloß heißen mochte. Hieß das, dass sie bald da war? Oder dass sie erst noch losfahren musste. Und wieso sollte sie überhaupt fahren? »Mama war doch mit mir auf dem … dem …«

»Auf dem Dom«, sagte der alte Mann und guckte sie wieder so seltsam an. Pauline machte lieber ganz schnell wieder die Augen zu, damit sie seine Zähne nicht sah. Und vor allem nicht seine Zahnlücken. Ob zu ihm auch die Zahnfee kam? Und was sie ihm wohl brachte? Pauline fühlte sich so müde. »Ich glaub, ich muss schlafen«, murmelte sie.

»Gute Idee. Schlaf ruhig. Ich passe auf.«

Er passt auf, dachte Pauline. *Auf mich passt er auf. Und er passt auf, dass Mama mich findet. Und Papa. Dass sie kommen und mich abholen.*

»Hier, trink noch einen kleinen Schluck. Ich glaube, du warst gerade schon ein kleines Stück über dem Boden.« Er kicherte. »Ich hab's genau gesehen.«

»Echt?« Der Zaubersaft schmeckte aber so eklig. Eigentlich wollte Pauline gar nicht mehr trinken. Aber dann drückte er ihr seine Flasche so fest auf den Mund, dass sie musste. Und sich verschluckte. »Gewöhnst dich schon noch dran«, sagte der Mann und leerte den Rest in seinen eigenen Mund. »Kannst Du zu mir sagen«, erklärte der alte Mann, was komisch war, weil Pauline schon die ganze Zeit »du« gesagt hatte. »Ich bin der Eck.« Pauline sah ihn ganz unscharf. Komisch sah das aus. Als wäre er an den Rändern nicht richtig ausgemalt.

»Ich habe eine Idee«, sagte der Eck, aber Pauline hörte nur halb hin. Sie war so unglaublich müde. »Wir gehen da rauf!« Er zeigte irgendwohin. Irgendwo hinter ihnen musste was sein, wo man hochgehen konnte. Pauline wollte sich umdrehen, schaffte es aber nicht. »Ich glaub, ich muss spucken«, flüsterte sie.

»Musst du nicht«, sagte der alte Mann scharf. Und dann freundlicher: »Du musst nur ganz ruhig atmen. Einatmen und ausatmen, hörst du?« Und er machte es ihr vor: einatmen. Und ausatmen. »Ganz ruhig.« Pauline probierte es, und es klappte wirklich. Sie musste doch nicht spucken. Jedenfalls nicht gleich. »Komm«, sagte er. »Ich helfe dir.« Er nahm sie unter den Armen und hob sie auf die Beine. Die Jacke ließ er über ihren Schultern. »So, jetzt dreh dich mal um und lass uns da rübergehen.«

Pauline stolperte neben ihm her. Da war ein riesiges Gebäude. Pauline hatte noch nie so ein großes Haus gesehen. Es war ganz dunkel. Wer da wohl wohnte?

Gerade als sie bei dem Haus angekommen waren, ging eine Tür auf. Ein junger Mann trat heraus. Guckte sie an und dann den Eck. »Alles in Ordnung?« Er machte ganz kleine Augen, als hätten sie beide etwas angestellt.

»Nichts ist in Ordnung, Blödmann!«, fuhr ihn der Eck an. »Siehst du nicht, dass die Tochter vom Chef krank ist? Halt uns mal die Tür auf!«

»Klar. 'tschuldigung«, murmelte der Mann, der aus dem Haus gekommen war, und gab schnell wieder den Code ein, denn die Tür war inzwischen zugefallen. »Bitte schön.«

»Danke«, knurrte der Eck. Dann schob er Pauline hinein und wartete, dass die Tür sich wieder schloss. »So«, sagte er. »Jetzt suchen wir uns mal ein ganz ruhiges Plätzchen.« Er sah sich um. Schon seltsam. Von außen war das ein düsterer Klotz. Aber hier drin war's gar nicht übel. Weiß getüncht. Durch eine große Glastür konnte er Musikinstrumente erkennen. Geigen hingen da und andere Sachen. Schien ein Musikladen zu sein.

»Ich muss mal Pipi«, erklärte Pauline.

»Kenn ich. Keine Sorge.« Eck überlegte kurz. »Kannst da

hinten machen. Hier.« Er schob sie zu einem Metallteil, das aussah wie die Hälfte von einem Boot. Vermutlich sollte das Kunst sein. »Ich guck auch nicht.« Und wieder kicherte er leise.

*

Während er versuchte, nicht die Ausdünstungen der hundert Menschen wahrzunehmen, die sich um ihn herum in der U-Bahn drängten, überlegte Marco, wozu Ante den Ausweis genommen haben mochte. Was hatte der Kleine verdammt noch mal vor? Kippen kaufen war sicher nicht das Ding, dazu brauchte einer wie Ante keinen Ausweis. Irgendwo auf der Reeperbahn reinkommen, wo sie noch auf den Ausweis guckten? Unwahrscheinlich. Das Mädchen, mit dem er sich hatte treffen wollen, war ja noch mal zwei Jahre jünger als Ante. Alkohol. Vielleicht. Aber eigentlich konnte es das auch nicht sein. Mit seinem Bart sah Marcos Bruder sowieso locker drei, vier Jahre älter aus, als er war. Konnte glatt für zwanzig durchgehen. Je länger er darüber nachdachte, umso sicherer war Marco, dass sein Bruder den Ausweis nur »für alle Fälle« mitgenommen hatte. Und das ärgerte ihn am allermeisten. Denn wenn er was getrunken hatte, konnte Ante verdammt unberechenbar werden. Und das brachte ihn in Gefahr, sie beide genau genommen: Ante und den Ausweis. Am Ende hing Marco noch selber in irgendwas mit drin. Ante hatte schließlich ein Talent, sich in die Scheiße zu setzen. Das war auf der Schule nicht anders als aufm Kiez. Kannte die falschen Leute, hatte die falschen Interessen, machte die falschen Sachen.

Am Bahnhof St. Pauli stieg er aus und blieb erst einmal stehen, um die große Masse vorzulassen. Er setzte sich auf eine Bank und checkte, ob Ante geantwortet hatte. Hatte er natürlich nicht. Dann erst fiel ihm auf, dass es eine Menge Security hier gab. Mehr als sonst, wenn Dom war. Vor allem aber: Die checkten die Leute ab, die zurückkamen. Das war ungewöhnlich. Hatten einen schmalen Durchgang gebildet, sodass sie jeden Einzelnen rauspicken konnten. Auch Polizei war in der abgesperrten Zone. Die schienen jemanden zu suchen. Ein ungutes Gefühl machte sich in Marcos Magen breit. Er beschloss, den Ausgang jenseits des Doms zu nehmen und dann oben rüberzugehen. So viel Security machte ihn immer nervös. Nicht, dass er irgendetwas zu verbergen gehabt hätte. Er nicht. Aber er sah nun einmal aus wie ein verdammter Ausländer, auch wenn er einen deutschen Pass hatte. Immer gehabt hatte. Und immer hier gelebt hatte und nicht mal Bosnisch sprach. Aber erstens interessierte das die arroganten Bullen sowieso nie, und zweitens hatte er den verfickten Ausweis gar nicht dabei. Weil ihn Ante hatte, der Wichser.

Er probierte es noch einmal bei ihm. Diesmal läutete das Handy auch. Sein Bruder ging aber nicht ran, und nach ein paarmal meldete sich dann wieder die Mailbox. Okay. Dann musste er ihn eben suchen. Auf dem Dom. Nachts um halb zehn. Unter einer Million Menschen. Immerhin kannte er seinen Bruder gut genug, um eine Idee zu haben, wo er sich am liebsten aufhalten würde. Ante war nicht der Typ Würstchenbude. Der brauchte immer die Action. Je mehr, desto lieber.

Oben stellte Marco fest, dass noch mehr Polizei unterwegs war. Eine ganze Reihe Einsatzfahrzeuge parkte um die Ecke vom Dom. Gerade so, als wollten sie nicht bemerkt werden. Und es kamen immer neue dazu, aus denen Männer und Frauen ausstiegen, die zwar ganz klar Bullen waren – aber alle in Zivil. Er wechselte die Straßenseite, um ihnen nicht in die Arme zu laufen. Es waren eindeutig auch zu viele

Krankenwagen vor Ort. Und es kamen noch mehr die Budapester Straße runter. »Scheiße«, murmelte Marco und klappte den Kragen seiner Jacke hoch. »Was geht da ab?«

*

Und dann standen sie vor dem Looping. Die drei riesigen stählernen Schleifen, gelb, grün, rot, ragten blinkend in den Nachthimmel. »Geil!«, rief Ante. »Das müssen wir!«

»Nee, oder?«, fragte Kathy etwas verunsichert. Das Ding war gigantisch – und die Passagiere kreischten in einem fort.

»Aber unbedingt«, sagte Ante und drückte sie an sich. »Wir fahren das noch, und dann gehen wir rüber zu den Wasserspielen.«

»Wir können auch jetzt schon rübergehen.« Sie knabberte ein bisschen an seinem Ohr und flüsterte: »Uns fällt schon was ein, womit wir uns die Zeit vertreiben.«

Ante grinste. »Garantiert«, sagte er. »Aber erst fahren wir mit dem Ding!« Und damit machte er sich los von Kathy und ging zwei Tickets kaufen. Zum Glück war er noch flüssig. Hatte die Tage gut was verkauft. Er versuchte, nicht zu humpeln, während er zum Kassenhäuschen schlenderte. Aber das fiel ihm verdammt schwer. Irgendwie wurde das eher schlimmer als besser. Als er die Tablette eingeschmissen hatte, war's erst einmal gar nicht mehr zu spüren gewesen. Aber jetzt … Das Zeug half einfach nicht so lange. Er blickte sich zu Kathy um, die aber nur den Looping mit großen Augen anstarrte. Mit schönen Augen. Wunderschönen! Wow, war die Frau toll! Er hasste seinen Fuß! Der Scheißknöchel versaute ihm noch den ganzen Abend! Hastig fummelte Ante das Röhrchen mit den Pillen aus dem Hosenbund und kippte eine in seine Hand. Zwei? Auch okay. Dann wirkten sie vielleicht länger. Steckte das Röhrchen in die Jacke. Kathy sollte diese Nacht nicht mit einem verdammten Krüppel verbringen, sondern mit dem coolsten Mann der Welt. Und das war er nur, wenn er funktionierte. Ante musste kichern. Funktionierte. Ja, das würde er. Alles an ihm würde funktionieren. Er biss einmal auf die Tabletten, schluckte sie dann aber lieber schnell runter. *Nicht kauen. Niemals kauen*, ging ihm sein eigener Rat durch den Kopf. Sagte er jedem, dem er die Dinger vertickte. Und jetzt kaute er selber drauf rum. »Zweimal«, orderte er und nahm die Fahrkarten entgegen. Schon wieder zwanzig Steine weg. Der Dom war die reinste Geldverbrennungsmaschine. Aber Kathy war es wert. Für Kathy hätte er alles gegeben. Und wenn er nackt über den Dom hätte laufen müssen. Er stellte sich vor, sie liefe nackt über den Dom. Wow! Wenn er jetzt nicht alles falsch machte, würde er sie nachher noch nackt sehen. Zumindest die heißesten Teile. Ante stolperte zurück zu ihr. Schon besser, der Knöchel. Als wäre er gar nicht da. Das Zeug wirkte unglaublich schnell. Er spürte echt nichts mehr. Schon klebten seine Lippen auf ihren, und er hielt sie so fest, dass sie sich befreien musste. »Ich krieg keine Luft mehr, Blödmann!«, lachte sie, nur um ihn einen Atemzug später selber wieder zu küssen.

»Ich hab die Tickets.«

»Oh Gott, du Spinner!«

»Ach was. Das wird geil! Wart's ab!« Er zog sie hinter sich her zum Eingang. Die Schlange war kurz. Kathy fragte sich, ob es Zufall war, dass die beiden von vorhin auch hier waren. Es kam ihr so vor, als würden sie schon wieder zu ihnen rübergucken. »Ante?«

»Yo?«

Er sah so glücklich aus. »Nichts«, sagte Kathy. »Ich liebe dich.« Sollten sie doch gucken. Na und?

»Einsteigen!«, befahl der Mann am Einlass und schubste sie beinahe auf die freie Bank. Sie waren die Ersten in der Reihe. Hinter ihnen stiegen noch drei weitere Reihen von Fahrgästen zu. Einen winzigen Augenblick lang verspürte Kathy so was wie einen Fluchtreflex. Doch dann legte Ante den Arm um sie und zog sie fest an sich. Die Sicherheitsstange rastete ein, und so doppelt geschützt fühlte sie sich dann doch irgendwie sicher, als der Wagen nach draußen geschoben wurde und ratternd aufwärtsfuhr. »Vielleicht hätten wir doch nicht fahren sollen«, sagte Ante leise neben ihr. Als sie ihn ansah, erschrak sie.

Und dann schob sich der Wagen plötzlich mit einem Ruck auf den Abgrund zu.

*

Do., 03.08., 21:05 Uhr, Hamburg, Dom

»MEK 12, Zieblinski, an Einsatzzentrale.«

»Hier Einsatzzentrale.«

»Verdächtige Person am Looping. Vielleicht Zielperson.«

»Beschreibung?«

»Wie Vorlage, aber mit Bart.«

»Ist er allein?« Schmiedeke tippte die neue Info bereits ein, während er sprach.

»Mit einer jungen Frau. Die beiden sind gerade in die Achterbahn gestiegen.«

»Irgendwelche Taschen oder sonstigen Gegenstände dabei?«

»Soweit ersichtlich, nein. Negativ.«

»Gut. Kleidung?«

»Schwarze Lederjacke, schwarze Jeans. Die Frau trägt

helles Top, blaue Jeans, hohe Absätze. Blond, langes Haar mit Pferdeschwanz.«

»Könnte er unter der Lederjacke bewaffnet sein?«

»Lässt sich nicht sagen.«

»Sprengstoffgürtel?«

»Möglich …« *Möglicherweise Sprengstoffgürtel unter Jacke.*

»Gut. Behalten Sie die beiden im Auge, wir schicken ein Team rüber.«

Schmiedeke blickte auf seinen Monitor. Die MEK-Teams waren überwiegend noch an den Rändern des Doms, zum Teil noch an den Kräftesammelstellen. Auf einer der inzwischen zugeschalteten Kameras, die an den Laternenmasten angebracht waren, konnte er den Kollegen Sattler erkennen.

*

Sie standen sich gegenüber, und jeder konnte in den Augen des anderen sehen, dass da Angst war. Paul Freitag hob fragend die Hände. Anna auf der anderen Seite der Straße schüttelte den Kopf. Sie kam zu ihm rüber. »Sie ist weg, Paul. Einfach wie vom Erdboden verschluckt!« Sie wusste, dass ihm – genauso wie ihr – die Bilder vom grausamen Tod eines Jungen auf Helgoland vor Augen standen, der vor ziemlich genau einem Jahr ebenfalls verschwunden war. Bis sie ihn wiedergefunden hatten. Tot. »Aber ich bin sicher, es geht ihr gut, Paul. Ich spüre es.«

Paul sog scharf die Luft ein. Es war ein beinahe übermächtiger Drang in ihm, seiner Kollegin Vorwürfe zu machen. Hätte sie auf Pauline aufgepasst, dann wäre das nicht passiert. Aber er wusste, dass das nur die halbe Wahrheit war. Weniger als die halbe Wahrheit. Denn vor allem wäre es seine Aufgabe gewesen, auf das Kind aufzupassen. Er war schließlich verdammt noch mal der Vater. Und dann war ja auch noch Saskia da gewesen. Und Claudia. Claudia, mit der er geflirtet hatte, als wären sie nicht am Ende ihrer Beziehung, sondern am Anfang. Sie hatte ebenso wenig aufgepasst wie die drei anderen Erwachsenen, in deren Begleitung Pauline gewesen war. Und jetzt stand sie irgendwo bei der Polizei am Eingang Glacischaussee und machte die Kollegen dort verrückt. Verzweifelt schüttelte er den Kopf. Es konnte doch nicht sein, dass ein kleines Mädchen einfach so verschwand. Von einem Augenblick auf den anderen. Und keiner hatte was bemerkt! Sie hatten sicher schon Hunderte Menschen hier auf dem Dom gefragt. Niemand konnte sich erinnern, Pauline gesehen zu haben.

Sein Blick schweifte über die Menschenmassen. Verwundert stellte er fest, dass schon wieder ein paar Zivilkollegen vorbeigingen. Knöpfe im Ohr. Beulen unter den Jacken, dort, wo die Schulterholster waren. Er ging hinüber zu Anna. »Ist dir aufgefallen, wie viel Polizei hier ist?«

Anna starrte einen Moment ins Nichts, als könnte sie dort alles ganz genau erkennen. »Ja«, sagte sie dann mit brüchiger Stimme. »Hab ich bemerkt. Ist auch kein Wunder.«

»Wieso kein Wunder?«

»Die haben hier gerade Terrorlage.«

In dem Augenblick klingelte Pauls Handy. Er ignorierte es. »Terrorlage?«

»Es gibt etwas, das du wissen musst, Paul.« Anna atmete tief durch. Hätte sie es ihm nur vorhin schon gesagt. Jetzt war es schon unverzeihlich, dass sie ihn nicht eingeweiht hatte. Aber noch später würde es völlig unverständlich sein. Wahnsinn. Er musste es jetzt erfahren. »Die Kollegen in Zivil …«

»Ja? Was ist mit ihnen?«

»Ich weiß, warum sie hier sind.«

Erneut klingelte das Handy. Es war Claudia. »Ich glaube, ich habe sie gesehen!«

»Wo?«

»Beim Looping! Da fährt ein Mädchen mit, das sieht aus wie Pauline.«

»Okay. Bleib da. Wir kommen.« Er schleuderte Anna einen Blick zu, der vieles bedeuten konnte, aber nichts Gutes. »Los!«, herrschte er sie dann an. »Vielleicht ist sie auf dem Looping. Bete, dass sie's ist.«

*

»POM Sattler?«

»Ich höre.«

»Bitte Position gegenüber dem Looping einnehmen.«

»Der Looping ist ...«

»Hinter Ihnen. Drehen Sie bitte um und beeilen Sie sich. Wir haben möglicherweise die Zielperson ausgemacht.«

»Okay.«

»Waffe einsatzbereit halten. Die Zielperson ist in Begleitung.«

Die Einsatzleitung gab die Beschreibung der beiden durch. Dann war Stefan Sattler wieder unterwegs in die Gegenrichtung. Er kam sich langsam vor wie eine Schachfigur, die von riesenhaften, unsichtbaren Händen über ein geheimnisvolles Feld geschoben wurde. Nicht zuletzt, weil er wusste, dass der Bereich, in dem die Operation stattfand, in der Einsatzzentrale und bei den technisch entsprechend ausgestatteten Kollegen inzwischen als Koordinatensystem organisiert worden war. Schmiedeke hatte ihn gerade von C4 auf F7 beordert.

Zum Beispiel. Und niemand wusste, welchen Zug der Gegner als Nächstes machte. Würde er Sattler schlagen? Würde sein Spieler ihn opfern? Ausgelaugt und verzweifelt stolperte Sattler über den Dom, vorbei an nie endenden Strömen von Getränken und Speisen, während er selbst völlig dehydriert und halb verhungert war. Es war auch die Hitze. Der Tag war schon so heiß gewesen, am Abend hatte es bisher kaum abgekühlt. Und dieses Hin-und-her-Hetzen hatte zusätzliche Energien gefordert und ihn erst so richtig ausgetrocknet. »Sattler an Einsatzleitung«, keuchte er, während er sich durch die Menschenmengen schob.

»Hier Einsatzleitung.«

»Ich brauche etwas zu trinken. Tut mir leid, ich bin seit acht Stunden im Außeneinsatz und habe ... habe die ganze Zeit ...«

»Das erledigen Sie, wenn die Gefahrenlage am Looping beseitigt ist. Dann machen Sie Pause.«

»Aber ich ...«

»Jetzt geht es nicht, Sattler!«

»Alles klar. Over.«

»Over.«

Sie hatten ja keine Ahnung.

*

Das bayerische Bierzelt war nicht weit weg von Weikerts Treffpunkt mit Anna Krüger – die nicht gekommen war. Die beiden Zivilpolizisten stellten sich unauffällig an einen Stand mit Gewürzgurken. Weikert hätte beinahe gelacht. Gewürzgurken! Das war alles, was die da verkauften. Wer kam denn auf so eine Geschäftsidee. Der Mann, der dort hinter einem riesigen Fass stand, über sich den fragwürdigen Slogan

Die besten Gurken der Stadt und darunter den Spruch *Sauer macht lustig – beiß rein!* schien sich über die beiden zu wundern. Jedenfalls guckte er sie unschlüssig an. Denn sie standen zwar eindeutig vor seiner Bude, hatten aber offenbar nicht die geringste Absicht, etwas zu kaufen, sprich: eine Gewürzgurke zu verzehren. Er sprach sie an – was Weikert von seinem Platz aus nicht hören konnte –, ohne dass die beiden zivilen Einsatzkräfte reagierten. Stattdessen studierten sie scheinbar irgendetwas auf einem Handy.

Weikert kaufte sich gegenüber ein Brötchen mit Brathering und biss ab, während er die Polizisten nicht aus den Augen ließ. Ein paar Schritte weiter stand noch mal so ein Paar. Die gehörten garantiert dazu. Und dann war da noch ein Mann neben dem Eingang zum Zelt, der eifrig telefonierte und sich dabei etwas zu oft in alle Richtungen drehte. Sie suchten etwas. Nein: Sie suchten *jemanden.* Hofften, ihn abzupassen. Entweder vor dem Zelt oder drinnen – oder wenn er rauskam. Weikert machte unauffällig ein paar Fotos von den Einsatzkräften. »Bitte recht freundlich«, murmelte er grinsend. Dann biss er wieder in sein Brötchen und ging ein paar Schritte weiter. Drehte sich wieder um, kehrte zurück, nahm sich noch eine Serviette von der Theke, trat an einen Stehtisch, der eben frei wurde, und kam sich vor wie auf einem Logenplatz im Theater. Jetzt musste eigentlich nur passieren, was passieren sollte.

Vor dem Bierzelt kam Bewegung auf. Ein Sanitäter trat ins Freie, sah sich um und sprach dann den telefonierenden Mann an. Der nickte, worauf der Sanitäter noch einmal den Kopf ins Zelt steckte, offenbar irgendjemandem ein Zeichen gab und dann seitlich verschwand. Keine Minute später folgte ihm ein zweiter Sanitäter aus dem Bierzelt. Und dann gingen die beiden Zivilpolizisten, die eben noch den Gurkenstand belagert hatten, rein: so plötzlich, dass Weikert beinahe nicht schnell genug geschaltet hätte. Eilig nahm er sein Handy und folgte ihnen. Das Brötchen ließ er auf dem Tisch liegen. Er durfte die beiden jetzt nicht verlieren. Er tat, als würde er telefonieren, überquerte die Straße und steuerte auf das Bierzelt zu. Doch gerade als er es betreten wollte, versperrten ihm zwei Security-Männer den Weg. Groß, fett, schwarz gekleidet, ungewaschen: die typischen Türsteher. »Is' gerade voll«, sagte einer.

»Ich war gerade drin«, sagte Weikert hastig. »War nur eben beim Pinkeln.«

»Schon klar. Aber jetzt is' voll.«

»Aber meine Freundin wartet da drin auf mich!« Und weil das als Argument für so einen Muskelprotz womöglich nicht zählte, fügte er hinzu: »Und mein Bier.«

»Tut mir leid«, sagte der andere, wobei er ganz und gar nicht klang, als würde es ihm leidtun. »Du machst jetzt hier die Fliege, ist das klar?«

Kurz überlegte Weikert, ob er seinen Presseausweis zücken sollte. Aber solche Typen ließen sich davon normalerweise nicht beeindrucken. Schlechte Presse war für die so was wie eine Auszeichnung. »Schon okay«, murmelte er und schlich sich zur Seite. Gab ja schließlich noch andere Eingänge. Als er sich abwandte, waren die Pittbulls schon mit dem Abwimmeln anderer Gäste beschäftigt. Rasch lief er um das Zelt herum zum Seiteneingang. Auch hier: Security. Er machte gar keinen Versuch, sich als normaler Besucher zu geben, sondern trat auf die beiden zu, zückte für den Bruchteil einer Sekunde den Presseausweis, sodass man ihn auch für einen Polizeiausweis halten konnte, zumindest wenn man gar keine Ahnung hatte, und erklärte: »Ihr beide bitte nach vorne. Die Kollegen brauchen Verstärkung. Hier übernehmen wir.« Es waren so viele Zivilkräfte hier, dass die beiden glauben konnten, er sei einer davon. Und tatsächlich schoben die Türsteher ab, ohne noch ein Wort zu sagen. Und Ulrich Weikert war einen halben Augenblick später im Zelt.

*

Sie kam kaum dazu, irgendwie zu reagieren, da stürzte der Wagen in die Tiefe, als wäre er im freien Fall. Der Schrei, der ihr auf den Lippen lag, blieb ihr im Hals stecken. Es fühlte sich an, als würde ihr Herz stehen bleiben. Sie klammerte sich an ihn und wusste nicht, ob es war, weil sie panische Angst vor dem Abgrund hatte oder weil sie so schockiert war von seinem Anblick: Ante war weiß wie eine Wand. Er blickte sie aus weit aufgerissenen Augen an, mit Pupillen so groß wie Zweicentstücke. Sie wollte etwas sagen, irgendetwas. Aber es ging nicht. Während der Wagen eine Kurve beschrieb, dass ihr Kopf zur Seite flog, packte sie Ante mit beiden Händen, schüttelte ihn. »Was ist?«, kam ihr endlich über die Lippen. »Was ist!?«

Er sah sie unverwandt an, das Gesicht schweißüberströmt. Der Wagen fuhr wieder aufwärts, viel weiter noch als beim letzten Mal. Kurz geradeaus um eine scharfe Kurve und dann noch weiter hinauf in den Nachthimmel, der sich über ihnen erstreckte wie ein tiefes Loch. »Ante! Sag was!«

Er stöhnte. Schüttelte den Kopf. Stöhnte erneut. Und dann sauste der Wagen abermals in die Tiefe. Viel tiefer als beim ersten Mal. Mit einer Wucht, die sie beide in die Sitze drückte. Dort unten standen Menschen. Starrten zu ihnen hoch. Kamen näher mit der Geschwindigkeit einer Pistolenkugel. Sausten an ihnen vorbei, als der Wagen in die Senke fuhr und dann wieder nach oben katapultiert wurde – in die erste

Schleife. Hinter ihnen Kreischen. Stöhnen. Kathy krallte sich an der Stange fest, versuchte, sich an Ante zu drücken, doch die Fliehkräfte pressten sie so fest in ihren Sitz, dass es wehtat. Und dann waren sie auf einmal über Kopf und schienen für einen winzigen Moment zu schweben. Über den Dingen zu stehen, nur dem Schwindel des Augenblicks ausgeliefert, ehe der Wagen sich wieder in die Tiefe stürzte. Kathy schloss die Augen. Was immer geschehen war, es war schrecklich. Sie wollte nicht mehr hinschauen. Nicht auf Ante. Und nicht auf diese irrsinnige Fahrt, die ihr vorkam wie ein Albtraum. Sie würde nie wieder eine Achterbahn betreten. Sie würde nie wieder mit Ante irgendwohin gehen. Ihr Magen rebellierte. Sie spürte das Bier im Kopf und die Fahrt mit dieser Höllenmaschine wie einen Schlag in den Magen.

Die nächste Schleife schloss sich nahtlos an die erste an, und mit der dritten würde es nicht anders sein. Kathy hatte es von draußen gesehen. Sie spürte das Zittern des Wagens unter sich, hörte das Kreischen, das Brüllen hinter und über sich. Und dann spürte sie Antes Hand auf ihrer. Fest war sie. Und trocken. Kalt, das schon. Aber es war seine Hand. Sie wollte die Augen nicht mehr aufmachen. Aber dann musste sie: Endlich waren sie durch die drei Loopings durch, es ging nur noch halbhoch und dann wieder um eine Ecke, so unvermittelt, als führen sie geradewegs über die Schienen hinaus ins Nichts. »Geil, oder?«, keuchte Ante neben ihr.

Sie spürte, dass sie sich gleich würde übergeben müssen, sagte lieber nichts. Wartete, was passieren würde. Noch einmal wurden sie steil nach oben gezogen, wechselten die Richtung, um dann noch weiter hinaufzurattern. Da wurde ihr klar, dass sie die Loopings zweimal machen würden. Sie hatten gerade erst den Hinweg hinter sich. Und jetzt kam die Strecke zurück. Auf dem höchsten Punkt der Achterbahn sah es aus, als führen sie über den Nachthimmel. Für ein paar Momente war der Wagen plötzlich ganz langsam, als wollte er sie einlullen. Kathy blickte zu Ante. Sein Haar klebte nass an den Schläfen. Aber er lächelte. Nein: Er grinste. Genau genommen grinste er wie ein Verrückter. »Und jetzt ...«, krächzte er. Dann ging es wieder abwärts. Und Kathy betete. Zum ersten Mal. Weil sie wusste, dass sie das hier nicht überleben würden ...

*

»What the fuck«, murmelte Marco, während er mit wachem Blick über den Dom lief. Zum Glück hatte er seine »Pinker«-Kappe dabeigehabt. Die hatte er jetzt aufgesetzt. Einerseits hatte das rote Ding voll die Signalfarbe. Andererseits sah er damit aus wie einer von den Leuten, die hier arbeiteten. Obwohl es natürlich auf dem Dom keinen Zeitungsladen gab. Egal. Kanaken fielen dann nicht auf, wenn sie arbeiteten. Wenn sie mal freihatten, waren sie verdächtig. Immer. Marco wusste das nur zu gut. Von den paar treudeutschen Kumpels, mit denen er ab und zu abhing, war noch nie einer kontrolliert worden. Marco hatte schon ein halbes Dutzend Mal seine Taschen auf den Bürgersteig lehren und aus den Hosen steigen müssen, nur weil so ein paar bekloppte Bullen der Meinung waren, dass alle, die nach Araber aussahen, sowieso Dealer waren. Hatte sich auch nie einer entschuldigt. Wieso auch. War schließlich klar, dass er bloß deshalb nichts dabeihatte, weil er alles verdealt hatte. Und wenn er Geld hatte: »Wo hast du das her?«

»Sie.«

»Was?«

»Wo haben *Sie* das her.«

»Jetzt werd mal nicht frech, ja?«

»Ich habe ein Recht, genauso behandelt zu werden wie jeder andere Bürger auch.«

»Also: Wo hast du das her?«

»Verdient.«

»Verdient, ja? Und wie?«

»Mit Jobs.«

»Die Jobs können wir uns vorstellen.«

»Glaub ich nicht.«

»Vorsicht, Junge. Du bist gerade nahe an der Beamtenbeleidigung.«

»Da bin ich näher dran, als Sie glauben.«

Das war dann so der Punkt, an dem sie rabiat wurden. Polizeigriff. Harter Griff an den Oberarm. Einmal hatten sie sogar Handschellen ausgepackt. Marco hatte schon im Polizeifahrzeug gesessen. Doch nachdem er sich absolut keine Attacke gegen die Bullen hatte leisten wollen – weder körperlich noch mündlich –, hatten sie ihn am Ende doch wieder laufen lassen. »Diesmal kommst du noch davon. Beim nächsten Mal bist du dran, Junge.«

»Schon klar. Ihnen auch.«

»Was?«

»Ihnen auch einen schönen Abend.«

Musste man nicht jedes Mal riskieren. Marco wusste, dass die Cops berechenbar waren. Manchmal waren sie aber auch unberechenbar. Und jetzt ging es schließlich nicht um ihn, sondern um Ante. Wenn er sich ansah, was hier so abging, dann war es besser, wenn er seinen kleinen Bruder möglichst bald fand. Bevor der auf irgendwelche dummen Ideen kam. Und das konnte bei Ante schnell gehen. Hoffentlich hatte er noch nichts ausgefressen. Überrascht hätte es Marco nicht.

Ein kleines Mädchen lief vor ihm her. »Hey!«, sagte Marco. »Du da!« Die Kleine drehte sich um. »Was machst du allein auf dem Dom?«

»Hallo? Was wollen Sie von meiner Tochter?«, herrschte ihn eine schrille Stimme von der Seite her an. Eine Frau in Jeans und Sneakers. Sweatshirt und mit einem Blick, der töten konnte. Marco hob die Hände. »Sorry. Ich dachte, die Kleine wäre alleine unterwegs.« Und weil das auch noch irgendwie missverständlich für die Tante zu klingen schien, schob er hinterher: »Das wäre nicht gut. Ich meine, um die Uhrzeit. Auf dem Dom.«

Die Frau hatte ihr Kind am Arm gepackt und sah sich um. Dann wandte sie sich wieder an Marco: »Sie bleiben jetzt hier, ist das klar?« Sie hob den Arm und drehte sich zur Seite. »Polizei? Ist hier irgendwo Polizei?«

*

Wie immer um diese Uhrzeit herrschte am Looping starker Andrang. Eine lange Reihe von Menschen stand in der Schlange vor dem Kassenhäuschen, viele davon angeheitert. Es waren jetzt weniger Kinder vor Ort als in den zurückliegenden Stunden, es war die Zeit der Erwachsenen. Entsprechend war es für die Einsatzkräfte nicht sehr schwierig, sich unauffällig unter die Fahrgäste und Zuschauer zu mischen. Je vier Polizisten in Zivil hatten den Ein- und den Ausgang besetzt. Mehrere Spezialkräfte sicherten die Budengasse zu beiden Seiten hin ab für den unwahrscheinlichen Fall, dass die Zielperson dennoch durch die Reihen der Kollegen vor Ort kam. Bewaffnete hatten sich hinter der Fassade des gegenüberliegenden »Wunderhaus« verschanzt, um den Verdächtigen mit gezielten Schüssen außer Gefecht setzen zu können, falls er Anstalten machte, eine Waffe zu ziehen oder etwa durch Sprengstoff ein Attentat zu verüben.

Aus der Luft wurde der Platz mit zwei Drohnen überwacht, von denen allerdings eine sich als technisch problematisch erwies: Die Übertragung der Bilddaten erfolgte lückenhaft und zeitverzögert, weshalb die Kollegen von der Technik aktuell dabei waren, das Gerät durch ein mängelfreies auszutauschen.

Beobachtungsposten mit Nachtsichtgeräten und Feldstechern überwachten jeden Quadratmeter der näheren Umgebung mit dem klaren Auftrag, etwaige Komplizen an ihren Bewegungsprofilen zu identifizieren und entsprechende Orders an die unten befindlichen Einsatzkräfte zu geben. Unterdessen arbeiteten in der Zentrale fieberhaft Kollegen daran, die Handys von Marco Kovac und seinem kleinen Bruder zu orten, was einfach gewesen wäre, wenn sie einen der beiden auf dem Mobiltelefon erreicht hätten. Doch beide schienen ihre Geräte ausgeschaltet zu haben – und das machte sie beide nur umso verdächtiger.

Was versäumt worden war, war, den Betreiber der Achterbahn in die Koordination miteinzubeziehen.

*

Wenn sie rüberschaut zur Düne, sieht alles aus, als wäre die Welt wunderschön. Vielleicht gibt es ja zwei Welten. Eine, die so aussieht, als wäre alles in Ordnung. Und eine, die ihr wahres Gesicht erst zeigt, wenn man ihr in die Falle gegangen ist. So wie Anna. Damals in jener Hütte in den Schrebergärten. Es fühlt sich an, als wäre es ewig her – und zugleich kommt es ihr vor, als wäre es gerade eben erst passiert. Wenn sie die Augen schließt, kann sie die Kerle hören. *»Willst du wissen, was passiert, wenn ich Weibergeschrei höre?«* Sie kann sie riechen! *»Na, mal schauen, ob du noch Jungfrau bist.«* Obwohl sie halb besinnungslos war vor Angst. Angst um Leo. *»Wir sind hier überhaupt noch nicht fertig.«* Und auch Angst um sich. Nein, eigentlich Angst um ihre Liebe. *»Ich bin sicher, Leos Freundin hat nichts dagegen.«* Denn die war das Erste, was sie zerstört haben. Man kann nicht mehr so frei und so bedingungslos lieben, wenn so etwas passiert ist. Nicht, wenn der eine es erleidet – *die* eine – und der andere zusehen muss. Immer hätte er daran denken müssen, wenn sie ihn nicht umgebracht hätten, diese Schweine.

Anna merkt, dass sie kaum noch Luft bekommt. Sie reißt die Augen auf, dreht sich in den Wind, der ihr ins Gesicht fährt und die Lungen füllt. Der Wind. Ihr einziger Freund. Er bläst manchmal die dunklen Gedanken weg. Manchmal hilft er ihr, die Kopfschmerzen zu vergessen. Und manchmal schickt sie Leo einen Kuss mit dem Wind, weil sie hofft, dass er ihn auffängt dort, wo er ist. Aber das ist natürlich nur ein Traum. Ein schöner Traum immerhin.

Sie nimmt den Weg am Falm entlang hinüber Richtung Leuchtturm. Es ist ein strahlender Tag, als wollte der Himmel sie verhöhnen. Die Sonne knallt auf ihren Scheitel, dass sie den Kopfschmerz direkt darunter pochen fühlt. Egal.

Bald würde sie es geschafft haben. Ob sie noch einmal an Leos Grab gehen sollte? Nein. Heute nicht mehr. Sie war schon da, hat eine Blume hingelegt, hatte sogar einen winzigen Efeu an das schlichte Holzkreuz gepflanzt. Jetzt ist es Zeit, dass sie sich um ihr Problem kümmert.

ACHT

Der Vorteil von Autoscootern ist, dass sie immer auf mindestens drei Seiten offen sind. Marco war so schnell über die Diagonale, dass die blöde Kuh noch nicht einmal bemerkt hatte, dass er weg war, als er schon schräg gegenüber ums Kassenhäuschen verschwand und in der Menge untertauchte. Der Scooter-Typ, der sich auf der Fahrbahn herumtrieb und ihm hinterherfluchte, mochte sich aufregen, wie er wollte: Er musste schließlich da bleiben, während Marco sich mit einer Gruppe Junggesellen durch die nächste Straße schob und so tat, als würde er mit ihnen mitjohlen. Ein paar Schritte weiter drehte er sich aus dem Rudel Vollidioten raus und schlenderte hinüber zu einem Stand mit Souvenirs. Er tat, als würde er die Penis-Lutscher und die Schoko-Titten bewundern, zückte sein Handy und machte einen auf Schnappschuss, während er in Wirklichkeit auf den Selfie-Button drückte, um hinter sich die Szenerie beobachten zu können. Gut. Ihm war niemand gefolgt. Wie auch. Die Olle mit dem Kind würde kaum hinterhergekommen sein. Der Scootertyp hing an seinem Stand fest, und wenn wirklich Polizei gekommen war, dann stand die jetzt drüben in der anderen Straße und nahm ein Protokoll auf. Trotzdem: Er musste aufpassen. Die »Pinker«-Kappe war jetzt nicht mehr die ganz geniale Idee. An der würde man ihn schnell erkennen. Er nahm die Schirmmütze ab und steckte sie wieder in die hintere Tasche seiner Hose. Dann rief er noch mal bei Ante an.

Wie erwartet sprang nach dreimal Klingeln die Mailbox an. Marco unterbrach die Verbindung und nahm die Suche nach seinem Bruder wieder auf. Irgendwo musste der Blödmann doch sein. Klar, wenn er in der Geisterbahn war, dann konnte Marco lange suchen. Aber er tippte sowieso eher auf Bierzelt oder Achterbahn beziehungsweise irgendein anderes von den bekloppten Fahrgeschäften, bei denen man für ein Schweinegeld sein Leben riskieren konnte. *Höllenritt* zum Beispiel. Marco blieb stehen und musterte die Fahrgäste, die anstanden, um einen der Plätze zu ergattern. Ante war nicht darunter. Auch bei denen, die – fix und fertig – rauskamen, war er nicht. »Immerhin«, murmelte Marco und nahm die Fährte wieder auf.

Es gab einen größeren Dönerstand in der Nähe mit Tischen und Bänken draußen. Da war ziemlich was los. Da hätte sich Marco seinen kleinen Bruder gut vorstellen können. Er streifte durch die Reihen, konnte Ante aber nicht entdecken. Als er an der Theke vorbeikam, bemerkte er, wie hungrig er war. »Einmal mit alles«, sagte er und legte den obligatorischen Fünfer auf den Tresen.

»Macht sieben«, sagte der Malocher an der Kasse.

»Döner macht überall fünf«, erwiderte Marco.

»Willkommen aufm Dom«, sagte der andere. »Legst du zwei Euro dazu, bekommst du Döner, Mann.«

Marco löhnte die zwei Steine nach und murrte. »Du bist doch nicht mal 'n Türke, Mann. Was sprichst du so bekloppt?«

»Gehört zum Service«, sagte der Dönermann und grinste, während er die zwei Euro einsteckte und Marco einen fertigen Döner rüberschob.

»Sag mal, ich suche meinen Bruder. Vielleicht war er ja hier.«

»Hm. Vielleicht …«

»Is ungefähr so groß, dunkle Haare. Bart wie 'n verdammter Salafist. Schwarze Hose, schwarze Jacke. Hast du den gesehen?«

»Klar«, sagte der Dönermann.

»Echt jetzt?«

»Ungefähr hundert davon.« Der Dönermann grinste. »Guck dich um, Mann. Die Hälfte der Typen hier aufm Dom sehen so aus.«

Was nicht stimmte, aber auch nicht ganz falsch war. Es gab jede Menge dunkelhaarige junge Männer mit Bart. »Er ist mit einer Tussi unterwegs. Vermutlich so 'ne Blonde mit 'nem heißen Fahrwerk.«

»Dann waren es nur fünfzig«, erklärte der Dönertyp. »Ich kann dir nicht helfen, Mann. Außerdem behinderst du hier den Verkehr.« Tatsächlich hatte sich hinter Marco eine Schlange gebildet, als wäre Hamburg kurz vor der großen Hungersnot und Döner wären die einzige Rettung. »Alles klar. Danke.«

Hatte ja keinen Zweck. Wie sollte der Typ auch unter all den Leuten hier ausgerechnet Ante abgecheckt haben. Marco trat auf die Budengasse – und rannte voll in einen Mann, der von der Seite angerannt kam. Der Aufprall war so heftig, dass der andere zurückprallte und auf den Boden fiel. »Sorry, Mann!«, rief Marco und packte ihn, um ihm aufzuhelfen – da entdeckte er erst, dass es ein Polizist war. In Uniform, mit Knarre und Handschellen am Gürtel.

*

Die Situation im bayerischen Bierzelt war gespenstisch: Vor jedem Ausgang standen mindestens zwei Sicherheitskräfte und sorgten dafür, dass niemand die Trinkhalle verlassen konnte. Die Musik war abgeschaltet worden, es herrschte gespannte Ruhe, unterbrochen nur von einzelnen Rufen Betrunkener, die gegen die Festsetzung im Zelt protestierten. Von draußen drang gedämpft der Lärm des Volksfestes herein. »Was ist eigentlich los?«, fragte Weikert einen Security-Mann, der den Ausgang sicherte, durch den er eben reingekommen war.

»Sind Sie hier gerade reingekommen?«

»Ich war schon drin. Stand nur dort drüben«, sagte Weikert und deutete vage nach irgendwo. »Ist was passiert?«

»Kann ich nix zu sagen.«

»Wieso dürfen die Leute nicht raus?«

»Sicherheitsgründe«, erklärte der Türsteher. »Setzen Sie sich bitte.«

»Sie können die Leute doch nicht ohne Grund festhalten«, insistierte Weikert.

»Ich spreche nicht mit Ihnen«, beschied ihn der Security-Mann. Da zückte Weikert seinen Presseausweis. »Wer ist hier der Chef?«, fragte er. »Ich habe ein Recht auf Auskunft.«

Ohne zu antworten, hielt sich der Aufseher das Mikrofon seines Headsets an den Mund und sagte: »Ausgang Ost. Ich habe hier einen Pressefuzzi. Könnt ihr bitte mal jemanden schicken?«

Keine zwei Minuten später saß Ulrich Weikert in einer abgetrennten Box des Bierzelts und blickte auf zwei in Zivil gekleidete Polizisten, die seinen Presseausweis, seinen Personalausweis und den Inhalt seiner Taschen vor sich auf dem Tisch liegen hatten und deren Stirnfalten so tief waren, als hätten sie einen Serienmörder vor sich. »Herr Weikert«, seufzte schließlich einer der beiden. »Was wissen Sie von den Vorkommnissen hier?«

Weikert wäre nicht der ausgebuffte Reporter gewesen, der

er war, hätte er sich auf dieses Spiel eingelassen. »Da wir hier nicht vor Gericht sind und ich nicht der Angeklagte, wollen wir doch bitte bei den Regeln bleiben.«

»Den Regeln?«

»Ich stelle Ihnen Fragen. Nicht umgekehrt.« Der Journalist hatte die beiden nur halb im Auge. Der größere Teil seiner Aufmerksamkeit galt weiterhin den Geschehnissen im Zelt, von dem er aus dieser Position allerdings nur einen relativ kleinen Ausschnitt sehen konnte.

Wieder seufzte der Polizist. »Hören Sie. Wir wissen, dass Sie ein Auskunftsrecht haben, wir kennen die Pressefreiheit und den ganzen Mist. Aber erstens kann die Polizei in Ausnahmefällen auch eine Informationssperre verhängen. Und zweitens wären wir Ihnen dankbar, wenn wir dieses Gespräch später führen könnten.« Es war mehr als deutlich, dass die beiden unter Druck standen. Immer wieder waren sie abgelenkt durch irgendwelche Ansagen in ihren Kopfhörern.

»Gibt es denn eine Informationssperre?«

»Noch nicht.«

»Dann besteht also keine Gefahr für die allgemeine Sicherheit?«

»Ich sagte: *noch* nicht.«

»Das heißt, es besteht eine konkrete Gefahr für die Öffentlichkeit?«

»Das versuchen wir herauszufinden. Deshalb sind wir hier«, antwortete der Wortführer der beiden mit einer Miene, als ergäbe er sich nur sehr schwer in sein Schicksal, mit diesem lästigen Pressevertreter sprechen zu müssen.

»Wie viele Einsatzkräfte sind hier vor Ort?«

Der Polizist schüttelte den Kopf. »Das kann ich Ihnen nicht sagen.«

»Weil Sie es nicht wollen oder weil Sie es nicht wissen?«

»Beides.« Er klopfte mit den flachen Händen auf den Tisch. »Können wir?« Doch Weikert ging gar nicht darauf ein. »Der Dom wimmelt vor zivilen Polizeikräften«, stellte er vielmehr fest. »Das kann nur bedeuten, dass Sie die Besucher des Volksfestes nicht in Panik versetzen wollen.«

»Sie haben eine blühende Fantasie, Herr ...« Er warf einen Blick auf den Presseausweis. »Weikert. Aber wenn ich Ihnen was über Polizeiarbeit verraten darf: Sie hat *immer* auch zum Ziel, die Bevölkerung nicht in Panik zu versetzen.«

»Es kann aber auch bedeuten«, führte Weikert seine Überlegung fort, »dass Sie jemanden nicht auf sich aufmerksam machen wollen. Jemanden, den Sie suchen?«

»Hm. Wie gesagt, ich kann Ihnen dazu keine Auskunft geben.«

»Und im Moment suchen Sie ihn hier. In diesem Festzelt. Weil Sie Grund zu der Annahme haben, dass er hier sein könnte. Suchen Sie *jemanden*, oder suchen Sie *etwas*?«

Der Polizist griff sich ans Ohr. »Ja?«, sagte er dann, erkennbar nicht zu Weikert. »Nein. Wir sitzen hier noch mit dem Journalisten, der ... Nein. Klar. Okay.« Er wandte sich an seinen Kollegen: »Ich muss weg. Behalt mal unseren Gast hier im Auge.« Er nickte Weikert kurz zu und verschwand.

»Möglicherweise beides«, sagte der Kollege mit ernstem Blick.

»Beides?«

»Jemanden. Und etwas.«

*

Als die Tür aufflog, dachte Eck für einen Moment, jetzt wäre er dran. Ein paar schwarz vermummte Männer stürmten ins Gebäude, sahen sich nach allen Seiten um, Eck hob automatisch die Hände. Und tatsächlich: Die Kerle hatten Gewehre dabei. Einer blickte zu ihm hin, doch dann gab er seinen Kollegen ein Zeichen, die Treppe zu nehmen – und im nächsten Augenblick waren sie dabei, mit ihren schweren Stiefeln nach oben zu laufen, während einer den Lift holte und wartete, bis alle da waren und sich die Türen öffneten. Leer. Eck dachte schon, der Typ würde jetzt mit dem Aufzug hochfahren. Doch stattdessen blockierte er den Fahrstuhl bloß, indem er drinnen irgendeinen Knopf drückte, um dann ebenfalls die Treppen hochzustürmen, als wäre oben wer weiß was für eine Schießerei im Gange.

Die Kleine kam schniefend hinter dem Bootsrumpf hervor. Sie schwankte ein wenig. War aber ja kein Wunder, schließlich hatte sie einen sitzen. Hätte Eck köstlich amüsiert, wäre er nicht so erschrocken gewesen von diesem Sturmtrupp. Wie im Kino, ging es ihm durch den Kopf. *So was gibt's doch sonst nur im Film.* Hatte er auf diesen schwarzen Jacken den Schriftzug »Polizei« gelesen? Oder bildete er sich das nur ein? Aber warum sollte die Polizei hier das Gebäude stürmen. Denn so hatte es ausgesehen: als hätten sie es gestürmt. Als wären sie wegen einer Geiselnahme hier, um jemanden zu befreien.

Sein Blick fiel auf das Kind, das hilflos dastand in seinem kleinen Kleidchen, mit den zerzausten Haaren und den großen, feuchten Augen. Eine Geiselnahme, dachte er. *Hm.* Wer wusste schon, was die sich so alles einbilden mochten, wenn sie erfuhren, dass ein kleines Mädchen verschwunden war.

War aber ja nicht seine Schuld gewesen! Die Kleine wäre auch so verschwunden. Er hatte sich nur darum gekümmert, dass ihr nichts geschah. Kümmerte sich genau genommen noch immer darum. »Wo ist meine Mama?«, fragte sie und schluckte.

»Schätze, die ist schon unterwegs«, erwiderte Eck. »Komm, wir suchen uns einen ruhigen Platz, wo wir auf sie warten können.«

»Ich möchte aber wieder raus. Hier drinnen findet sie uns vielleicht gar nicht.«

»Doch. Natürlich«, flunkerte Eck und musste innerlich grinsen. »Das ist der Platz, an dem die Kinder immer auf ihre Eltern warten, wenn sie auf dem Dom verloren gehen.«

»Ich bin aber gar nicht verloren gegangen«, erklärte Pauline. »Ich bin ja noch da.«

Nun musste Eck doch ein bisschen kichern. »Stimmt«, sagte er. »Du bist da. Ich auch. Wir sind nicht verloren gegangen. Aber deine Mama. Die ist verloren gegangen, stimmt's?«

»Hm.«

»Na, die ist schließlich nicht da, oder?«

»Stimmt«, musste die Kleine zugeben.

»Und deshalb wird sie hierherkommen. Weil sich alle hier treffen, die verloren gegangen sind – oder die jemanden verloren haben.«

Pauline nickte. Sie sah sich um. »Das ist aber nicht schön hier.«

Eck zuckte die Achseln. Wenn die Kleine wüsste, wo er sonst so seine Tage verbrachte. Und vor allem seine Nächte. »Geht doch«, erklärte er. »Aber wir gucken mal, dass wir ein hübsches Plätzchen finden, wo wir uns hinsetzen können.« Bevor der Sturmtrupp hier wieder vorbeikommt, dachte er. Er konnte sich zwar nicht vorstellen, dass die so nach einem Kind suchten. Aber lieber wollte er nichts riskieren. Wer wusste schon, was die mit ihren Gewehren anstellten, wenn sie nervös waren. »Komm!« Er streckte ihr die Hand hin, die Pauline sehr zögernd nahm. Sie zog die ihre dann noch mal zurück, doch da hatte Eck sie schon kräftig mit seiner schwieligen Pranke gepackt. »Wir verstecken uns im Aufzug.«

»Aber wenn wir uns verstecken, dann findet Mama uns doch nicht.«

Wer auf der Straße lebt, lernt, nicht zu diskutieren. Wenn du der Schwächere bist, ziehst du einfach Leine. Manchmal bist du aber auch der Stärkere. Dann diskutierst du erst recht nicht. »Los. Rein da!«

*

Rund um den Looping standen Leute und guckten hoch. Es war inzwischen extrem voll auf dem Dom, und Paul hatte das Gefühl, als stünden ungefähr achtzig Prozent der Besucher immer genau da, wo er sich gerade befand. Vor allem aber war ihm schlecht von dem Gedanken, dass in diesem Moment auch noch ein Verrückter über das Volksfest lief, der jeden Augenblick für eine Apokalypse sorgen konnte. Eine Apokalypse, in der seine kleine Tochter mittendrin stand.

»Soll sie da drin sein? Oder nur hier in der Gegend?«, fragte Saskia, die von irgendwoher endlich auch mal aufgetaucht war und trotz des ganzen Stress aussah, als wäre sie gerade vom Stylisten gekommen. Aber es war ja auch nicht ihr Stress. »Keine Ahnung«, sagte Paul und versuchte, die vorbeirasenden Fahrgäste mit seinem Blick zu scannen. Verdammt schwer. Wenn sie weiter entfernt waren, ging es leichter. Ja, irgendwo flatterte ein blonder Haarschopf in der Gruppe. Aber ob es Paulines war?

»Das könnte sie sein«, sagte Saskia und deutete auf den anderen Wagen, der am gegenüberliegenden Ende der Achterbahn eine Kurve machte und sich gerade um fünfundvierzig

Grad neigte, um in einem Höllentempo abwärtszudonnern. Ein Kreischen. Ein Stöhnen. Pauls Herz schlug wie wild. Rein rational war ihm klar, dass es nicht gefährlich war, Achterbahn zu fahren. Kaum gefährlicher, als am Straßenverkehr teilzunehmen. Aber emotional war es der reine Wahnsinn. »Ich kann nichts erkennen. Siehst du sie?«

»Ist sie meine Tochter oder deine?«

»Paul«, rief Anna. »Ich seh mich mal hinter dem Kassenhäuschen und auf der Seite um, ja?«

»Ja. Danke. Saskia, schaust du mal auf die andere Seite? Danke.«

Saskia schob ab. Allein das war schon eine Erleichterung für Paul. Er ertrug sie an diesem Abend einfach nicht. Diese Art, diese demonstrative Gelassenheit ... Er hätte ihr eine reinhauen können. Was er natürlich nie getan hätte!

Nein, in den beiden Wagen saßen zwar ein paar Blondschöpfe, aber Pauline war nicht darunter. Das waren größere Mädchen oder schon junge Frauen, kein Kind von neun Jahren. Er wandte sich um und blickte die Budengasse rauf und runter. Jede Menge Kinder. Immer noch. Trotz der Abendstunde. Aber keine Pauline. Pärchen, Mädels-Cliquen, Säuferrunden – und ein Haufen Leute, die aussahen, als gehörten sie zur Firma, allerdings in unauffälliger Alltagskleidung. Auffällig unauffällig. »'tschuldigung«, sprach er einen Mann an, der den Looping so angestrengt beobachtete, als wollte er ihn hypnotisieren. »Sind Sie ein Kollege? Paul Freitag, Polizei.« Er zückte kurz und unauffällig seinen Dienstausweis.

»Mhm«, erwiderte der Mann, der kaum auf ihn achtete. »Was liegt an?«

»Ich suche meine Tochter.«

»Das kleine Mädchen? Neun Jahre. Schon gehört. Wir haben das im Blick.«

Paul nickte. Was immer der Kollege in Zivil hier tat, er war hoch konzentriert. »Danke«, murmelte Paul und wandte sich wieder ab. Hatte ja keinen Sinn, den Mann zu stören – wobei auch immer.

*

Sie muss warten. Aber das macht ihr nichts. Sie ist Warten gewöhnt. Eigentlich wartet sie nur noch. Wartet, dass der Tag vergeht. Der Kopfschmerz. Die Zeit. Alles. Alles sollte vergehen. »Der Doktor ist gleich da«, sagt die Sprechstundenhilfe, die lautlos hinter ihr ins Zimmer getreten ist. Anna erschrickt nicht. Sie nickt nur und blickt wieder aus dem Fenster. Hört, wie sich hinter ihr die Tür leise schließt. Jetzt ist sie allein.

Ihr Blick schweift durch das Behandlungszimmer. Gegenüber dem Fenster an der Wand gibt es eine Arbeitsfläche, eine große Spüle, ein paar Ständer mit Röhrchen. In einigen ist Blut. Anna schaut zur Tür. Alles still. Sie steht auf und tritt zu der Arbeitsfläche hin. In der Spüle liegt eine benutzte Spritze. Ein Blutstropfen, der aus der Spitze getropft ist, hat in dem feuchten Ausguss Schlieren gezogen. Auf der Arbeitsfläche stehen Behälter mit Tupfern, Kanülen, Pflastern, anderen Dingen, die nichtssagend für Anna sind. Zwei Flüssigkeitsspender hängen an der Wand: einer für Seife, der andere für Desinfektionsmittel. Über der Arbeitsfläche hängt ein Schrank mit Milchglasfenstern. Dahinter erkennt Anna Packungen von Medikamenten, Fläschchen auch. Vor ihr liegt eine Schachtel mit Einmalhandschuhen, daneben ein kurzer Gurt – und ein Päckchen Ampullen. Kleine Fläschchen mit einer klaren, gelblichen Flüssigkeit. *Valium Veral* steht darauf. Valium. Irgendetwas klingelt bei Anna. Sie kann sich nur nicht richtig erinnern, was es ist. Mit einer flinken Bewegung lässt sie das Päckchen in ihrer Jackentasche verschwinden, dann setzt sie sich wieder hin. Keinen Moment zu früh. Kaum dass sie sitzt, geht die Tür wieder auf – und diesmal ist es der Arzt. »Moin Anna«, sagt er launig und kommt mit federnden Schritten zu ihr rüber. »Alles klar?« Er streckt ihr die Hand entgegen, doch Anna schaut lieber zum Fenster, hinter dem ein paar Basstölpel im Wind flattern. Der Arzt seufzt und setzt sich auf die andere Seite des Schreibtischs. »Wir haben ja beim letzten Mal gesagt, dass du mir etwas aufschreiben willst.«

»*Sie* haben das gesagt«, entgegnet Anna, und es klingt härter als geplant.

»Ich habe es vorgeschlagen, ja. Und ich hoffe, du bist meinem Vorschlag gefolgt?« Als sie nichts erwidert, faltet er die Hände und beugt sich vor. Sieht sie über den Stiftebecher hinweg an, über Kalender, Rezeptblock, das Stethoskop, das er vor sich abgelegt hat, die kleine Schreibtischuhr, ihre Patientenakte, den Rezeptblock. Den Rezeptblock. »Anna. Ich kann dir nicht helfen, wenn du dir nicht helfen lässt.«

Die Basstölpel steigen in die Höhe und sausen dann wieder ein paar Meter nach unten. Sie lassen sich vom Wind tragen. Und dann, ganz plötzlich, wenn sie die perfekte Beute ausgemacht haben, sausen sie hinunter und pflügen mit ihrem Schnabel durch die Wellen. Aus dem Nichts, so muss das für die Fische wirken, die sie auf diese Weise fangen. »Wer sagt, dass ich mir helfen lassen will.« *Es tut so weh. Vielleicht nicht, dass gerade etwas in ihr zerreißt. Dass er so hart ist wie ein Stein und alles nass ist. Von ihm. Von ihr. Am meisten schmerzt die Erniedrigung. Sie ist nichts. Nur ein Stück Fleisch. Etwas, worauf man spucken kann. Ein Opfer.*

»Hm. Du bist ein schwieriger Fall, weißt du das?« Der Arzt lockert seine Krawatte und lehnt sich wieder zurück. Er faltet die Hände vor den Lippen und betrachtet Anna wie ein Studienobjekt. »Vielleicht denkst du, dass du das nicht willst. Aber tief in dir drinnen, Anna, ganz tief in dir drinnen, da weißt du, dass du es willst.«

Tief in mir drinnen, denkt sie. Ganz tief in mir drinnen, da war ein Kind. In meinem Bauch. Und jetzt ist es raus. *Das Licht. Der Geruch. Die Musik. Als wäre es Unterhaltung. Dann die Geräte. Die Kälte des Metalls. Und wieder die Nässe zwischen ihren Beinen. Aber diesmal ist es das Kind. Sein Blut. Sein Tod.* Tief in mir drinnen, da ist ein Schmerz. In meinem Kopf. Jeden Tag. Manchmal hört er gar nicht auf. Und wenn sie denkt, jetzt ist er endlich vorbei, da schickt er seine teuflischen Grüße und zerrt an ihren Gehirnwindungen, dass ihr die Tränen in die Augen schießen. Helfen? Dagegen kann niemand ihr helfen. Und der »Allgemeinmediziner und Facharzt für Allergologie« schon gar nicht. Wenn sie allergisch ist, dann auf Menschen. Auch auf ihn. Sie zuckt die Achseln. Die Vögel sind weg. Wahrscheinlich haben sie ihre Beute gefunden und sitzen jetzt auf irgendeinem spitzen Felsvorsprung, wo niemand sie ihnen streitig machen kann. Und sie reißen den Fisch bei lebendigem Leib in Stücke, fressen ihn vorne, während er hinten noch zuckt.

»Das Leben geht weiter«, doziert der Arzt. Er ist jetzt aufgestanden und schaut selber aus dem Fenster, die Arme hinter dem Rücken verschränkt. Bla, bla, bla ... Anna hört gar nicht zu. Wartet nur, dass auch das vergeht. Sie kann warten. Eigentlich wartet sie immer. Wartet, dass alles vergeht.

Und dann ist es tatsächlich zu Ende. Der Arzt macht eine hilflose Geste. »Es tut mir leid, Anna«, sagt er, und sie glaubt es ihm sogar. »Ich würde dir gerne helfen. Aber ich bin mit meinem Latein am Ende.«

Anna nickt, steht auf und sagt: »Sie haben mir schon geholfen.« Dann geht sie raus, den Rezeptblock in der Tasche.

NEUN

Do., 03.08., 20:21 Uhr, Hamburg, Dom

Die nächtlichen Bewegungen auf dem Dach des Millerntor-Stadions blieben von den Besuchern des Doms völlig unbemerkt. Ebenso die dunkel gekleideten Gestalten, die auf dem Dach des Amtsgerichts Hamburg-Mitte Stellung bezogen hatten. Über den Betonbrüstungen der ehemaligen Flakbatterien wären Erhebungen sichtbar gewesen, die vorher nicht da waren. Und hinter den Fenstern im obersten Stockwerk des Bürokomplexes an der Günter-Peine-Twiete nahmen ebenfalls Spezialisten Aufstellung, die für die zahllosen Menschen, die sich nur wenige Hundert Meter von ihnen entfernt befanden, unsichtbar blieben.

An allen Ausgängen des Doms hatten sich inzwischen Einsatzkräfte in der Stärke von Hundertschaften aufgestellt, die meisten davon in Zivil, alle aber bewaffnet, jede Gruppe mit Funkgeräten ausgerüstet, während in der Einsatzzentrale eine Koordinationsstelle mit dem LKA die ständige Abstimmung der verschiedenen Polizeikräfte regelte und an der Einbindung von Bundeswehrkräften arbeitete. Denn das Militär hatte gepanzerte Fahrzeuge, die auch Menschen aufnehmen konnten – Verletzte …

Ab Reeperbahn, Holstenwall, Karolinenstraße und Neuem Kamp wurde der Verkehr bereits abgeleitet, auf einer Wiese neben Planten un Blomen sowie in einem Einkaufszentrum hinter dem Hochbunker wurden Verletztensammelstellen eingerichtet, eine Gruppe von Spezialisten arbeitete daran, den Mobilfunk in der näheren Umgebung abschalten zu können, sobald ein entsprechender Befehl erteilt wurde – was den Kollegen von der Einsatzzentrale zugleich Kopfzerbrechen machte, weil viele der auf dem Dom befindlichen Einsatzkräfte nicht mit Polizeifunk ausgestattet gewesen waren, sondern mit Mobilfunk kommunizierten. Das barg Gefahr für die Polizisten und Risiken für das Gelingen des Einsatzes.

An der U-Bahn-Station St. Pauli hielten die Züge »wegen einer Betriebsstörung« nicht mehr. Nicht in Betrieb befindliche Überwachungskameras im weiteren Umkreis waren aktiviert worden. Die »allgemeinen Verkehrskontrollen«, die für den späteren Abend vorgesehen gewesen waren, waren vorgezogen worden und fanden nun an allen Ein- und Ausfallstraßen nach und von St. Pauli statt. Kräftesammelstellen mit weiteren Hundertschaften waren am Hafen und auf den Parkplätzen des Millerntor-Stadions eingerichtet worden.

Die Stadt wurde in konzentrischen Ringen überwacht, wobei die Gegend um das Heiligengeistfeld in jenen Minuten die höchste Polizeidichte ganz Europas aufzuweisen begann. Doch auch weit über Hamburg hinaus rollte ein penibel koordinierter Plan übers Land: Bahnhöfe, Flughäfen, Häfen – wo immer sich Menschen von einem Ort zum anderen bewegten, wo immer Knotenpunkte von Bedeutung waren, wo immer Verdächtige dem System ins Netz gehen konnten, lauerten die Einsatzkräfte auf den entscheidenden Moment und die entscheidende Person.

*

»Es sind eine Million Kollegen hier«, knurrte Paul.

»Da ist irgendein großes Ding am Laufen«, stellte Saskia fest. Ahnungslos, dachte Anna. Aber sie würde die Kollegin nicht einweihen. Nicht jetzt. Saskia war unberechenbar. Jetzt kam es darauf an, Pauline zu finden. Anna ließ den Blick über die Masse gleiten. Ob hier irgendwo das Böse lauerte?

»Wir müssen sie endlich finden!«, rief Paul verzweifelt.

»Alle suchen«, sagte Anna. »Wir, die Kollegen ...«

»Hast du den Kollegen deine Nummer gegeben?«

»Hab ich, Paul.« Anna konnte seine Verzweiflung spüren. Natürlich war er rasend vor Sorge. Pauline war sein Ein und Alles! Und dann noch unter diesen Umständen: Die Mutter würde ihm das Kind nie wieder überlassen. Obwohl sie natürlich selbst auch nicht aufgepasst hatte. Aber so war das halt. Er würde die Kleine nicht mehr bekommen. Wenn sie denn überhaupt wieder auftauchte.

Schreckliche Bilder schlichen sich in Annas Bewusstsein. Es war ziemlich genau ein Jahr her, dass sie den Tod eines Kindes miterleben musste. Sie konnte den Ausdruck auf den gebrochenen Augen des Jungen noch vor sich sehen. Es war ein grauenhafter Anblick gewesen. Wieder spürte sie, wie die Migräne sie immer fester packte. Die Medikamente unterdrückten den Schmerz, aber doch war er da, konnte Anna ihn ganz genau lokalisieren, sich mit ihm auseinandersetzen. Es war wie ein Nagel, der immer tiefer in ihren Kopf hineingetrieben wurde, nur dass es nicht besonders wehtat. Nicht, wenn man Schmerzen kannte, wie Anna sie kannte. Absurd.

»Und meine?«

»Was?«

»Meine Nummer? Hast du ihnen die auch gegeben?«

»Tut mir leid, Paul. Aber daran habe ich in dem Moment nicht gedacht.« Er ärgerte sich, aber natürlich wussten sie beide, dass es ungerecht war: Es reichte, wenn die Polizei Anna Bescheid geben konnte. Sie würde Paul doch sofort informieren.

»Sie müssen die Eingänge abriegeln«, überlegte Paul. »Dann muss sie gefunden werden.« Er atmete tief durch. »Früher oder später.« Es war mehr als deutlich zu hören, dass er eben nicht aussprach, dass später auch *zu spät* bedeuten konnte.

»Ich bin sicher, dass sie das tun, Paul. Aber der Dom ist ja auch so gefährlich genug für ein Kind. In der Nacht. Ohne Begleitung.« Dabei war nur zu hoffen, dass sie ohne Begleitung geblieben war …

»Dann suche ich jetzt wieder in der Richtung«, sagte Paul. »Lauf du da lang.« Er zeigte in die entgegengesetzte Richtung. »Es hat ja keinen Sinn, hier nur rumzustehen.« Er wollte schon losrennen, aber Anna hielt ihn am Arm fest. »Warte«, sagte sie. Und an ihrem Blick konnte er schon erkennen, dass es etwas gab, was er wissen musste, obwohl er es nicht wissen wollte. »Was?«, fragte er, während seine Augen in ihren irgendeine Information suchten.

»Die Frau vom Süßigkeitenstand … wo wir waren, bevor Pauline verschwunden ist …«

»Ja? Was ist mit ihr?«

»Sie fand, dass sich da in der Nähe ein Mann seltsam benommen hat.«

Plötzlich schien ein Ruck durch die Menge zu gehen. Anna und Paul blickten gleichzeitig auf und erkannten, wie sich mehrere der zivilen Einsatzkräfte in Bewegung setzten und nach ihren verborgenen Waffen griffen, während die Wagen auf dem Looping in die letzte Kurve bogen. Offenbar hatten sie einen Befehl zum Zugriff bekommen.

*

»Ist alles in Ordnung mit Ihnen?«, fragte Marco und unterdrückte den natürlichen Fluchtreflex, der immer bei ihm auslöste, wenn er zu nah an einen Polizisten kam. Wobei: So nah war er noch nie an einen rangekommen. Nicht mal, wenn er gefilzt worden war.

Der Mann richtete sich mühsam auf und stützte sich am Boden ab. »Ja. Danke. Können Sie mir was zu trinken besorgen?«

Das wäre der Augenblick gewesen, in dem Marco besser das Weite gesucht hätte. Doch er hatte nun mal dieses verdammte Helfer-Gen. »Klar, Mann. Moment«, sagte er und ging die paar Schritte rüber zur nächsten Bude. »Da drüben ist ein Mann umgekippt«, erklärte er dem Besitzer. »Haben Sie vielleicht was zu trinken für ihn? Einen Becher Wasser?« Er sah zu, wie der Polizist sich aufrappelte und – die Hände auf die Knie gestützt – hinstellte. Der Budenbesitzer füllte einen Plastikbecher voll Wasser und stellte ihn auf die Theke. »Macht drei Euro.«

»Hey, Mann, ich versuche, hier nur zu helfen …«, fuhr Marco ihn an.

»Tja«, sagte der Budenbesitzer. »Und ich versuche, hier nur zu arbeiten.« Er nahm den Becher wieder von der Theke und stellte ihn zur Seite.

»Schon gut, ich bezahl das.« Marco brodelte innerlich. Er sollte die Biege machen. Aber jetzt hing er irgendwie drin. Das war mal wieder so typisch. »Ich Blödmann«, murmelte er.

»Hey! Wenn du hier pöbeln willst, Bürschchen, dann kann ich dir Ärger versprechen«, motzte ihn der Budentyp an.

»Ach, Blödsinn«, zischte Marco, knallte ihm drei Euro auf die Theke und schnappte sich den Becher. Er drehte sich um und reichte ihn dem Polizisten. »Hier. Ich muss weiter.«

Der Bulle hielt ihn am Arm. Nicht fest, nur ganz sacht.

Trotzdem konnte Marco sich nicht von der Stelle bewegen. »Danke«, sagte der Mann. »Das war sehr nett.«

»Keine Ursache, Mann.« Er befreite seinen Arm und machte einen Schritt weg von dem Polizisten.

»Warten Sie!«

Und, Scheiße noch mal, er blieb echt noch mal stehen, während der Polizist den Becher leer trank.

»Sie haben das bezahlt. Sie kriegen noch Geld von mir.«

»Lassen Sie mal, das ist schon okay.« Eigentlich sah der Mann ganz sympathisch aus. Vielleicht taten das ja die meisten Polizisten. Wenn sie gerade hilflos waren und dankbar. Ihre Blicke trafen sich. Und in dem Moment erkannte Marco, dass eine Veränderung in dem Mann vor sich ging. Es war fast, als hätte ihn der Blitz getroffen, so weit riss der Bulle die Augen auf.

*

Vier Spezialkräfte sicherten den Eingang, während sich vier zusätzliche am Ausgang postierten und eine weitere Vierergruppe zum Exit-Korridor stürmte und sich jeden Augenblick an den Fahrgästen vorbeizwängen würde, die den Looping verließen. Die Festnahme war dann eine Sache von Sekunden, jetzt musste jeder Schritt, jede Anweisung, jeder Handgriff exakt sitzen, wenn es nicht zum Blutbad mit fürchterlichen Kollateralschäden kommen sollte. Die Einsatzleitung vor Ort organisierte einen zweiten Sicherungsring um das Fahrgeschäft und hatte sämtliche verfügbaren Sanitätskräfte hinbeordert. Über die Kopfhörer kam der Befehl: »Zugriff in zehn Sekunden. Alle Waffen entsichern und bereithalten. Fünf. Vier. Drei. Zwei. Eins. Rein!«

*

Als der Wagen endlich zum Stillstand kam, war Ante kaum ansprechbar. Kathy, die selbst ganz wackelige Beine hatte, stieg aus und musste sich zuerst an einem Geländer festhalten. Dann packte sie Ante an der Hand und zog ihn aus seinem Sitz, während sie sich in Panik umsah. Einer der Mitarbeiter des Loopings drängte zur Eile. »Gott sei Dank! Mein Freund braucht Hilfe!«, keuchte Kathy und deutete auf Ante, der mit hängendem Kopf mühsam aus dem Wagen kletterte. »Oh ja«, erwiderte der Looping-Mann. »Das sieht nicht gut aus. Hier lang, schnell!« Er drängte Kathy und Ante seitlich am Ausgang vorbei zu einem Seitenkorridor, der nur den Mitarbeitern vorbehalten war. »Wir haben eine Erste Hilfe hier.«

Ante stolperte hinter ihm her, von Kathy mühsam unterstützt, die selbst das Gefühl hatte, sie müsste sich jeden Augenblick übergeben. »Ante?«, flüsterte sie, als er in einem kleinen Verschlag Platz nahm. »Wie geht es dir?«

»Warten Sie hier«, sagte der Achterbahn-Mitarbeiter. »Ich bin in einer Sekunde mit unserem Sanitäter zurück.« Dann war er weg. Und Ante guckte seine Freundin mit einem ganz seltsamen Gesichtsausdruck an. »Hast du gesehen …?«

»Hab ich was gesehen?«

»Wie er geschaut hat?«

»Wer?«

»Na, der Typ da.« Ante nickte dem Looping-Mann hinterher. Von draußen drang wieder der irre Lärm der Achterbahn herein, die offenbar nur wenige Zentimeter über ihren Köpfen vorbeisauste.

»Er holt Hilfe.«

»Hilfe? Wofür?« Ante blickte sich um.

»Für dich!« Kathy spürte, wie ihr Tränen in die Augen schossen. Sie wusste nicht, was mit Ante passiert war, aber sie wusste, dass er nicht der war, mit dem sie sich hier verabredet hatte. Er war wie ausgewechselt. Wie … wie: verrückt!

»Klar, für mich!«, rief er und stand auf, wankte kurz und packte dann Kathy so fest am Arm, dass sie aufschrie. »Wir müssen weg! Wenn er Verstärkung hat, sind wir am Arsch.«

»Aber …« Sie versuchte, ihm ihren Arm zu entziehen, aber Ante hatte eine Kraft, als wäre er die reinste Menschmaschine. »Du tust mir weh!«

»Komm schon!« Plötzlich schien er wieder voller Energie. »Hier raus!« Hinter ihnen klaffte ein schmaler Spalt in der Blechverkleidung, der sich etwas weiter aufdrücken ließ. Mit Gewalt hebelte Ante die beiden Platten auseinander und schob Kathy hindurch, ehe er selbst sich hinter ihr herzwängte.

Sie standen unter einem bizarren Geflecht aus Stahlstreben und Zugseilen, die – von farbig blinkenden Lichtern erhellt in den Nachthimmel ragten, so weit, dass sie das Ende von ihrem Platz aus gar nicht sehen konnten. Und während Kathy sich noch fragte, wie sie hier wieder rauskommen sollten, spürte sie auf einmal den warmen Atem von Ante in ihrem Nacken und seine Hände auf ihren Hüften. »Entschuldige«, flüsterte er, kaum dass sie es in dieser Lärmkulisse hörte. »Es tut mir leid. Ich hab Scheiß gebaut.«

*

»MEK 2, Gärtner, an Einsatzzentrale. Wir haben die Zielperson verloren!«

»Ihr könnt sie nicht verloren haben. Alle Ein- und Ausgänge sind doch besetzt. Flucht aus der fahrenden Achterbahn ist unmöglich!«

»Trotzdem ist er weg.«

»Wir prüfen die Aufzeichnungen. Auf weitere Anweisungen warten! Standort nicht verlassen.«

»Alles klar. Over.«

*

Als sich der Ersatzmann zu ihm setzte, wusste Ulrich Weikert, dass er strategisch unklug vorgegangen war. »Wir haben Ihren Presseausweis überprüft«, sagte der Polizist, der sich als Polizeimeister Rendsberg vorgestellt hatte.

»Und?«

»Alles in Ordnung damit.«

»Dann darf ich Sie also bitten ...«

»Was ich seltsam finde, ist, wieso Sie jetzt schon hier sind.«

»Was ist daran seltsam?«

»Wie konnten Sie zu einem so frühen Zeitpunkt von unserem Einsatz wissen?«

Weikert versuchte, dem Gespräch eine Richtung zu geben. Idealerweise eine Richtung, die zu Erkenntnissen führen würde. »Es gibt immer Quellen«, bluffte er. »Die Frage ist, wie zuverlässig sie sind.«

»Soso. Und Ihre Quelle hat Ihnen was genau gesagt?«

»Dass ein Großeinsatz auf dem Dom läuft. Können Sie das bestätigen?«

Rendsberg wiegte den Kopf.

»Wonach fahnden Sie?«

»Wer sagt, dass es eine Fahndung ist?«

»Das belegt der Umstand, dass Sie fast ausschließlich Zivilkräfte im Einsatz haben.«

»Zu viele Uniformierte verunsichern die Bevölkerung«, erklärte der Polizist und blickte auf sein Handy, auf dem alle paar Sekunden neue Nachrichten eingingen.

»Die Frage ist, welchen Anlass zur Verunsicherung es gibt.« Weikert tippte unter dem Tisch auf den Button für *Aufzeichnung*.

»Und wenn ich Ihnen sage, dass es keinen gibt?«

»Dann glaube ich es Ihnen nicht. Sie haben da draußen haufenweise Kollegen inkognito. Und Sie haben dieses Bierzelt abgeriegelt. Um Hunderte Unbeteiligter in Geiselhaft zu nehmen, brauchen Sie einen triftigen Grund.«

»Was ich Ihnen sagen kann, ist, dass es im Interesse der öffentlichen Sicherheit ist, momentan noch nichts über den Grund, den Umfang und das Ziel unseres Einsatzes zu sagen.«

»Das heißt, Sie bestätigen hiermit, dass es einen Großeinsatz gibt?«

»Ich bestätige, dass es einen Einsatz gibt.«

»Nur immer das Allernötigste sagen, was? Ihnen ist klar, dass Sie zur Auskunft verpflichtet sind?«

Der Polizist beugte sich vor und fixierte Weikert. »Und Ihnen ist klar, dass es höhere Rechtsgüter gibt, als der Sensationspresse alles haarklein auf dem Silbertablett zu servieren?«

»Es besteht also eine Gefahrenlage für die öffentliche Sicherheit«, stellte Weikert halbspekulativ fest.

»Das haben Sie gesagt.«

»Aber Sie haben sich doch gerade selbst auf diesen Punkt berufen, als Sie mir die Auskunft verweigert haben. Gibt es denn überhaupt eine Informationssperre?«

Das schien Rendsberg überhaupt erst auf die Idee zu bringen. Er stutzte, grinste und sagte dann: »Warten Sie hier. Ich komme gleich mit weiteren Informationen auf Sie zurück.« Dann stand er auf und verließ die Loge, um zu telefonieren. Als er wenige Augenblicke später wieder an Weikerts Tisch trat, erklärte er mit süffisantem Grinsen: »Es gibt neue Informationen.«

»Und zwar?« Aber Weikert wusste es schon: »Für den Einsatz der Polizei auf dem Dom heute Abend gilt ab sofort eine uneingeschränkte Informationssperre.«

*

Es gab keine Zweifel: Er war es gewesen. Wenn Stefan Sattler nicht unter Halluzinationen litt, dann hatte er eben den Gesuchten gesehen, und zwar von Angesicht zu Angesicht. Und wenn ihn nicht alle Erfahrung und aller Spürsinn seines Berufslebens trog, dann hatte in den Augen des jungen Mannes die Angst geflackert. Die Angst wovor? Davor, entdeckt zu werden? Gefasst zu werden? Erkannt zu werden?

Oder doch nur die Angst, die Sattler von beinahe jedem jungen Ausländer kannte, den sie filzten: dass er unschuldig in was hineingeriet, nur weil er dunkles Haar hatte, mehr Bartschatten als die einheimischen Milchbubis und vielleicht eine Sozialisation, die nahelegte, dass er früher oder später selbst auf die schiefe Bahn geriet? Es war nicht so, dass Sattler alle Jugendlichen »mit Migrationshintergrund« für Lämmer hielt. Aber er gehörte auch nicht zu denen, die hinter jeder dunklen Sonnenbrille einen Drogendealer und hinter jedem Goldkettchen einen Zuhälter vermuteten. Und nun dieser junge Mann hier: »Gepflegt sieht er aus«, das war es, was ihm durch den Kopf geschossen war, als er Marco Kovac erkannte. Sanftmütige Augen. Und er hatte ihm geholfen. Einem Polizisten, der eben einen Schwächeanfall erlitten hatte. Hatte ihm sogar ein Wasser am Stand gekauft. Konnte so einer die Polizei als Feind betrachten? Konnte der gerade auf dem Weg zu einem Massenmord sein?

Fassungslos starrte Stefan Sattler dem Gesuchten hinterher, der sich mit der Eile eines Verfolgten durch das Gedränge der

Volksfestbesucher schlängelte und schon nach wenigen Sekunden aus dem Blickfeld verschwunden war. Und er stellte fest, dass er keinerlei Impuls verspürte, ihm zu folgen. Obwohl es natürlich seine Pflicht gewesen wäre. Seine Dienstpflicht. Er hätte ihn sich schnappen müssen. Von einem Augenblick auf den anderen wäre der Großeinsatz beendet gewesen. Hätten die Kollegen nach Hause gehen können. Wäre die vermeintliche Gefahr gebannt und die Menschen in Sicherheit gewesen. Aber genau das war der Punkt: Mit einem Blick in die Augen des Gesuchten hatte Sattler erkannt, dass die Gefahr tatsächlich nur eine vermeintliche war. Der junge Mann führte nichts Böses im Schilde. Er war kein Verbrecher, war nicht auf Mord und Terror aus. Wahrscheinlich wollte er sich nur auf dem Dom amüsieren wie Tausende andere auch an diesem Abend, während sich eine unsichtbare Schlinge immer enger um seinen Hals zuzog.

Einige Atemzüge lang stand Sattler nur da und blickte in die Menge, die sich zu einer undefinierbaren Masse von Menschen geformt und sich zwischen ihn und Marco Kovac geschoben hatte, froh, dass er nicht schnell – und falsch – reagiert und ihn gestellt hatte. Doch dann geriet auch diese Erkenntnis ins Wanken. Hätte Sattler ihn festgenommen – vorausgesetzt natürlich, es wäre ihm in seinem Zustand überhaupt gelungen –, wäre dieser Junge dann nicht aus der Gefahrenzone gewesen? Sie hätten ihn natürlich mitgenommen, ganz klar. Aber er wäre sicher gewesen. Sicher vor Angriffen, gewalttätigen Zugriffen, versehentlichen Exzessen, die nun einmal immer passierten, wenn Einsatzkräfte in großer Zahl unter Stress standen und ein höheres Gut verteidigten. Und der Stress, einen vermeintlichen Terroristen inmitten Tausender Unschuldiger zu identifizieren und unschädlich zu machen, war enorm.

»Sattler?«

Wie lange mochte diese Stimme schon in sein Ohr sprechen? »Ja?«

»Wo sind Sie? Was ist los?«

»Ich hatte einen Schwächeanfall, tut mir leid. Es ist alles wieder in Ordnung. Wohin soll ich kommen?«

»Looping. Der Einsatz am bayerischen Bierzelt ist abgebrochen.«

»Gut. Ich bin unterwegs.«

»Sind Sie sicher, dass es geht?«

»Sicher. Over.«

Und wenn er ihn jetzt sehen würde? Irgendwo in der Menge? Würde er die Kollegen darauf hinweisen? Würde er das Einsatzkommando informieren? Dass der junge Mann kein Massenmörder war, würde ihn womöglich nicht davor bewahren, irgendwie unbedacht zu reagieren. Und dann? Würden die Scharfschützen auf den Dächern jede Bewegung richtig interpretieren? Würden die Kollegen vor Ort alle den Kopf bewahren? Würden die zahllosen Unbeteiligten ringsumher nicht in Panik geraten? Verdammt! Er hätte ihn kassieren müssen. Und sei es, um ihn vor der Polizei zu *schützen*. Um die Menschen auf dem Dom vor tödlichen Zufällen zu bewahren. Um nicht in eine Situation zu geraten, die ihm am Ende sein ganzes Leben lang leidtun würde.

*

Im Vergleich zur kahlen Treppe wirkte der erleuchtete Aufzug mit seiner offenen Türe richtiggehend heimelig. Und wenn ihn sowieso niemand benutzte um die Uhrzeit … Eck merkte schon, dass die Kleine immer müder wurde. Außerdem hatte sie sich einen Fleck auf ihr Kleid gemacht. Da haben es Jungs leichter, dachte Eck. Die können gut im Stehen pinkeln. Ging bei ihm auch nicht mehr so gut. Ständig müssen, aber kaum können, das war die Regel. Und wenn er so drüber nachdachte, dann war er eigentlich auch schon länger dran mit Pissen. »Komm«, sagte er. »Wir gehen mal da rüber. Da ist es gemütlicher.« Er schob das Kind zum Lift hin und deutete auf den Boden an der Wand. »Setz dich mal da hin. Ich bin gleich wieder da.« Wollte schon erklären, wo er hinmusste. Doch die Kleine schien das gar nicht zu interessieren. Sie setzte sich einfach hin und lehnte den Kopf gegen die Aufzugwand. Die Augen waren schon geschlossen, als Eck sich umdrehte und nach seinem Hosenschlitz griff.

Seitlich war zwar irgendein seltsamer Laden beleuchtet, doch offenbar war niemand mehr dort. Schien deren Nachtbeleuchtung zu sein. Seufzend schlurfte Eck neben den Lift und wartete, dass es lief. Tatsächlich kam es besser als erwartet. Vielleicht die Aufregung. Denn das war ja schon mal ganz was anderes als sonst. Nicht allein durch die Nacht zu ziehen, sondern mit einer Begleitung. Er musste grinsen. Und was für eine Begleitung! Die Kleine war ja wirklich ein Zuckerpüppchen. Und absolut drollig. Was sie sich für Gedanken machte. Ein Stechen in seinem Unterleib ließ ihn zusammenzucken. »Scheiße«, fluchte er. War das Neueste, dass er beim Pinkeln Schmerzen hatte. Fiese Schmerzen. Manchmal wachte er auf, und sein Schwanz brannte, dass ihm schlecht wurde. Stöhnend kniff er die Harnröhre zu und ließ es lieber bleiben. Würde auch so gehen. Zumindest für eine kleine Weile. Er verstaute sein bestes Stück, schüttelte den Kopf. Ja, das war es mal gewesen: sein bestes Stück. Hatte er zumindest damals gedacht. Wäre vielleicht manches auch anders gekommen, wenn er es ein paarmal weniger ausgepackt hätte. Seine Frau hatte ihm das übel genommen. Aber gut, die Zeiten waren vorbei. Konnte man nicht mehr ungeschehen machen. Er hatte seinen Frieden damit geschlossen, was sollte er auch sonst tun.

Eck atmete ein paarmal tief durch, presste die Faust gegen seine Brust, um den Schmerz zu lindern, schluckte seinen Frust runter und schlurfte wieder zurück zu dem Aufzug, in dem die Kleine natürlich längst eingeschlafen sein würde. Er konnte nicht anders, er freute sich auf ihren Anblick. So jung. So unschuldig. So hübsch! Denn das war sie. Nur dass er sie nicht sehen konnte. Denn der Lift war geschlossen – und das Kind war weg.

*

Valium. Diazepam. Arzneimittel aus der Gruppe der Benzodiazepine. Psychopharmakon zur Behandlung von Angstzuständen, von epileptischen Anfällen und Schlafstörungen. Die Ampullen sehen aus wie verlockende Lösungen. So aufgeräumt, so ordentlich. Anna fragt sich, wie sie sie nehmen soll. Vermutlich sind sie für Injektionen gedacht. Aber spritzen kann sie sie sich nicht. Also trinken? Bringt es das? Wirken sie dann überhaupt? Und wie wirken sie?

Sie knackt eine der Ampullen auf und riecht daran. Doch da ist fast kein Duft. Sie stellt das Fläschchen vor sich auf das Fensterbrett und betrachtet die Flüssigkeit. Zur Behandlung von Schlafstörungen. Und gegen Angstzustände! Es klingt wie das perfekte Medikament für Anna. Schlafen. Ganz tief schlafen. Und nie wieder aufwachen. Und nie wieder Angst haben. In der richtigen Dosierung hilft jedes Schlafmittel gegen Angstzustände. Die Frage ist, ob auch dieses so dauerhaft hilft.

Sie müsste es probieren. Zögerlich nimmt sie die Ampulle und hält sie gegen das Licht. Die Flüssigkeit glitzert. Verlockend sieht sie aus. Als Anna das Fläschchen an die Lippen presst, fällt ihr Blick auf das Haus gegenüber: Frau Radtke schaut von ihrem Balkon aus direkt ins Badezimmerfenster der Krügers, wo Anna auf dem Badewannenrand sitzt. Als wäre sie ertappt worden, nimmt Anna die Ampulle runter und zuckt zurück. Warum muss die Alte in fremde Badezimmer glotzen? Mit einem Dreh an der Plastikstange stellt Anna die Jalousien so, dass man nicht mehr reinschauen kann. Dann beschließt sie, erst einmal einen Testlauf mit dem Valium zu machen. Prüfen, wie es wirkt, wenn man ein Fläschchen trinkt. Und dann entscheiden, wie es weitergeht. Ja, so würde sie es machen. Schließlich hat sie ja auch noch den Rezeptblock.

ZEHN

Eine kleine Weile überlegte Ulrich Weikert, wie er mit der veränderten Lage umgehen sollte. Doch dann besann er sich auf seine Talente und Methoden. Wo es keine offiziellen Auskünfte gab, musste man eben versuchen, an inoffizielle zu kommen. Und das schließlich brachte ihn darauf, warum dieser Abend so ganz anders als geplant verlaufen sein mochte!

Er zwängte sich durch die Menschenmengen, die zu den Ausgängen strebten und tippte schon im Laufen die Nachricht:

Sind Sie auf dem Dom?

Klar, dass alle das Bierzelt verlassen wollten. Ein ganz normaler Reflex, wenn man gegen seinen Willen festgesetzt gewesen war: Man wollte weg. So schnell wie möglich. Entsprechend groß war das Gedränge an den Ausgängen.

Und um der Frage die richtige Richtung zu geben, schickte er hinterher:

Sie beteiligen sich vermutlich an der Suche?

Tatsächlich dauerte es nicht lange, da kam die Antwort:

Woher wissen Sie?

Das würde er ihr dann persönlich sagen. Weikert grinste, weil ihn sein Instinkt doch nicht getrogen hatte. Ein Monstrum von Mann rempelte ihn an, sodass er das Handy verlor. Beinahe wäre der Fettwanst auch noch draufgetampelt. Gerade noch konnte Weikert es schnappen.

Wo finde ich Sie?

Schrieb er.

Achterbahn.

Er würde sein Rendezvous also doch noch bekommen. »Vorsicht!«, rief er den vor ihm Gehenden zu. »Ich bin Arzt! Lassen Sie mich bitte durch!« Klappte so lala. Die Leute hatten auch nicht mehr den Respekt, den sie mal vor Einsatzkräften gehabt hatten. Aber immerhin ließen ihn eine Handvoll Festzeltbesucher vor, und so stolperte er nach draußen und versuchte, sich zu orientieren. Achterbahnen gab es mehrere auf dem Dom. Die Wilde Maus, den Looping, eine Wildwasserbahn, die auch als Achterbahn durchgehen mochte. Er wählte ihre Nummer an. »Ja?«

»Ich bin es, Ulrich Weikert! Welche Achterbahn?«

»Bleiben Sie einfach stehen. Ich sehe Sie.«

Keine paar Augenblicke später stand sie vor ihm. Und obwohl sie erschöpft und verschwitzt aussah, war sie bildhübsch! Weikerts Herz machte einen Hopser, dass er trotz ihrer angespannten Miene nicht anders konnte, als zu lächeln. »Was immer auch los ist, Anna Krüger, ich freue mich, Sie zu sehen«, sagte er und fasste sie sacht am Arm.

»Tut mir leid, dass ich Sie versetzt habe«, erklärte sie, und schon wanderte ihr Blick wieder über die Budengasse, schien jeden Winkel zu scannen, jede kleinste Bewegung aufzunehmen, obwohl in jeder Richtung geschätzt tausend Menschen gleichzeitig zu sehen waren. Denn längst war es brechend voll auf dem Dom. Die Besucher schoben sich in engen Kolonnen zwischen Buden und Fahrgeschäften hindurch. Und keiner ahnte, was hier los war.

»Sie haben einen Einsatz laufen«, stellte Weikert fest.

»Einsatz? Ja. Auch. Irgendwie.«

»Irgendwie? Was soll das heißen?«

»Kommen Sie. Wenn wir sprechen sollen, müssen wir

trotzdem gleichzeitig laufen.« Ohne eine Antwort von ihm abzuwarten, hastete sie davon. Weikert eilte hinterher. Zu zweit war es noch schwieriger, voranzukommen, ein Nebeneinandergehen war kaum möglich. »Was ist los?«

»Wir vermissen ein Kind«, sagte Anna.

»Ein Kind? Das ist nicht Ihr Ernst.«

»Leider doch. Kleines Mädchen. Neun. Blond. Geblümtes Kleid. Halten Sie die Augen offen. Vier sehen mehr als zwei.«

Sofort übernahm Weikert ihre Methode, den Blick schweifen zu lassen, und suchte mit. »Was macht ein kleines Mädchen abends auf dem Dom?«

»War mit ihrem Vater da. Paul Freitag.«

»Freitags Tochter ist verschwunden? Habt ihr Helgoländer ein Abo auf verschwundene Kinder?« Er spielte auf die schreckliche Geschichte vom letzten Jahr an, als ein Junge bei einer Segelregatta spurlos verschwunden war. »Scheint so«, knurrte Anna. »Ist aber ein bisschen anders, der Fall.«

»Und zwar?« Weikert spürte, wie er Seitenstechen bekam. Laufen war noch nie seines gewesen.

»Wir waren zusammen mit ihr hier. Drei Polizisten! Und die Mutter!«

»Und das Kind verschwindet vor euren Augen?«

»Scheiße, was?« Anna blieb stehen und sah ihn an. Die Panik stand in ihren Augen. »Und hier läuft auch noch eine andere Suche. Ziemlich großer Einsatz der Kollegen. Trotzdem taucht sie nicht auf. Als wäre sie vom Erdboden verschluckt!«

»Aber das ist nicht nur Bereitschaftspolizei, oder?«

Anna nickte. »MEK und SEK.«

»MEK? SEK? Was hat das zu bedeuten?«

Einen Moment lang zögerte Anna. Dann schüttelte sie den Kopf. »Sind Sie hier, weil wir verabredet waren? Oder sind Sie als Reporter hier? Fragen Sie mich als Journalist? Oder …?«

»Oder was? Ich *bin* Journalist!«

»Oh. Verstehe.« Anna wandte sich ab und rannte weiter. Schneller als zuvor. Weikert schaffte es beinahe nicht, Schritt zu halten. »Warten Sie doch!«, rief er, schon völlig außer Atem. »Ich kann nicht so schnell.« Dennoch dauerte es gefühlt eine Ewigkeit, bis Anna noch einmal stehen blieb. Sie stemmte die Hände in die Hüften und drehte sich um die eigene Achse. Irgendwo musste die Kleine doch sein. An den Ausgängen hätten sie die Kollegen von der Einsatztruppe doch gesehen und geschnappt. Irgendwo …

»Oder was?«, fragte Ulrich Weikert, und er klang mit einem Mal längst nicht mehr so selbstherrlich wie sonst. »Sie wollten wissen, ob ich als Journalist gefragt habe – oder …«

»Als Freund«, sagte Anna leise. »Hätte ja sein können. Tut mir leid, wenn Sie das in Verlegenheit bringt.« Im nächsten Augenblick war sie weg.

*

Es stank. Es stank erbärmlich. Man musste einen Euro löhnen, um hier auf die Toilette gehen zu können, und dann brachten es diese Leute nicht fertig, die Klohäuschen sauber zu halten. Immerhin gab es keine zeitliche Begrenzung. Auch wenn inzwischen schon mehrfach an seine Kabinentür geklopft worden war – und Marco hatte den Verdacht, dass sogar der Klomann schon einmal gemahnt hatte.

Er fummelte sein Handy aus der Tasche und tippte eine Nachricht: *Wo bist du? Ich will meinen Ausweis zurück!*

Als die Nachricht raus war, machte er den Ton seines Handys weg. Irgendwie kam er sich schon total paranoid vor. Aber er kannte die Bullen. Wusste, wie sie tickten. Und da konnte man tausendmal ein Deutscher sein. Wenn man nicht

Müller hieß oder Schmidt und vielleicht noch dunkles Haar hatte, dann sahen die immer nur einen Kriminellen vor sich. War ja schon in der Schule so gewesen. Wenn was passiert war, dann fiel der Verdacht direkt auf Marco. Ante ging das nicht anders. Der war ja auch das perfekte Feindbild. Mit der bescheuerten Matte im Gesicht erst recht. Dabei waren sie schon die dritte Generation hier, zumindest der Vater. Die Großeltern waren irgendwann in den Siebzigern aus Jugoslawien eingewandert. Okay, dann noch mal für ein paar Jahre zurück nach Bosnien. Aber dann war der Krieg gekommen und sie waren wieder nach Deutschland gezogen, zuerst nach Frankfurt, dann nach Hamburg. Marco war verdammt noch mal sogar hier geboren worden. Aber mit St. Georg als Viertel machte das irgendwie auch keinen Unterschied. Da warst du einfach Ausi. Oder zumindest Assi. Würden sie immer bleiben. Falls er mal Kinder bekam, würde er sie Jens nennen. Henning. Und Sophie. Oder Anne. Und wenn die mal groß waren, dann konnten sie einen Herrn Schmidt heiraten oder einen Hoffmann. Damit war das Problem endlich gelöst.

»Hallo? Geht es Ihnen da drinnen gut? Ist alles in Ordnung?«

»Alles bestens!«, rief er zurück. »Danke.«

»Andere Leute wollen auch aufs Klo!«

»Bin gleich fertig.«

»Das hoffe ich!«

Klar, der Typ wollte Kohle machen. In der Zeit, in der er hier drinnen saß, hätten andere für zehn Euro kacken können. Marco musste grinsen. Für zehn Euro kacken. Das war wie: für drei Euro Popcorn. War ein komischer Gedanke. Aber trotzdem fühlte er sich scheiße. Er guckte auf die Uhr: Wie lange war er wohl schon hier? Zehn Minuten? Fünfzehn? Wie lange sollte er sich verstecken? Noch fünf?

Wenn er wenigstens gewusst hätte, ob überhaupt jemand nach ihm suchte. Vielleicht war das alles bloß Einbildung. Andererseits: Wenn es keine war, dann war er hier immer noch am besten geschützt. Denn eine Scheißhaustür konnten sie schlecht aufbrechen, oder? Oder konnten sie das?

*

»Entschuldigung, habt ihr vielleicht ein kleines Mädchen gesehen? Sie ist neun Jahre alt.« Völlig schwachsinnig eigentlich, die Teenager zu fragen. Sie sahen schwer danach aus, dass sie vor allem nach Jungs guckten – und ganz sicher nicht nach Kindern, die hier alleine rumliefen. Trotzdem wusste Paul, wie wichtig es war, auch diejenigen zu fragen, bei denen man eher nicht draufkam.

»Kleines Mädchen?« Die drei Teenager guckten sich an. »Also alleine?«

»Ja. Alleine.«

»Echt? Um die Uhrzeit?«, fragte eine andere.

»Deshalb frage ich. Ich bin ihr Vater. Wir haben meine Tochter verloren.«

»Ist voll Scheiße«, erklärte die Erste, die sich ein bisschen wie die Wortführerin der Mädchen gab. »Also ich hab keine gesehen. Ihr?«

Die beiden anderen schüttelten den Kopf. Die Blonde von den dreien blickte immerhin ein klein wenig betroffen drein.

»Falls ihr sie seht, könnt ihr bitte … bringt ihr sie bitte zum Ausgang? Da steht immer Polizei, die können auf sie aufpassen und mir Bescheid geben.«

»Klar.« – »Keine Sache.« – »Okaaay.«

»Das hier ist ein Foto von ihr.« Paul zeigte sein Handy mit dem Bild von Pauline. Jedes Mal, wenn er es aufrief, gab es ihm einen Stich ins Herz. Die drei blickten drauf. Stumpfe Gesichter, dachte Paul. Sie würden sie nicht sehen. Das war ihm schon klar gewesen, als er die drei angesprochen hatte. Und trotzdem. Du weißt es nie. Weißt nie, woher die Rettung kommt. »Danke«, flüsterte er und stürmte weiter.

»Das ist echt Kacke, Mann«, sagte Lulu. »Die ist höchstens acht oder so.«

»Neun«, erwiderte Lisa. »Er hat neun gesagt.«

»Echt? Und so klein?« Conny zuckte die Achseln. »Ich hätte die nie auf neun geschätzt.«

»Ich bin auch mal verloren gegangen«, sagte Lisa nachdenklich.

»Wow«, sagte Lulu lahm. »Im Supermarkt wahrscheinlich, oder?«

»Am Hafen. Wir waren da auf einem Boot. Das heißt, eigentlich waren wir nicht auf dem Boot, sondern wollten nur so 'ne Rundfahrt machen. Aber dann war ich verschwunden. Meine Mutter dachte, ich wär ins Wasser gefallen und ertrunken.«

»Voll gruselig«, grinste Conny. »Jemand Lust auf einen kleinen Feigling?«

»Kleinen was?« Lulu hatte sich schon wieder von Lisa abgewandt.

»Kleinen Feigling. So 'n Schnaps.« Conny griff in ihre Handtasche und holte drei kleine Fläschchen heraus.

»Du hast ja richtig vorgesorgt!«, rief Lulu und schnappte sich eines davon. Lisa schüttelte den Kopf. »Lass mal.« Und während die beiden anderen ihre Erfahrungen mit verschiedenen Schnäpsen austauschten und den Kleinen Feigling nuckelten, dachte Lisa daran, wie sie damals heulend bei der Hafenpolizei gesessen und ihre Mutter genauso heulend endlich in der Tür gestanden hatte. Gefühlt war das nach einer Ewigkeit gewesen, vermutlich für sie beide. Paps hatte sie an dem Abend ziemlich verprügelt. Das einzige Mal. Jedenfalls fast. Und Mama auch. Er hatte sich nicht mehr in den Griff bekommen. Und dann hatten sie beide in ihrem Bett gekuschelt: Lisa und ihre Mama, beide mit blauen Flecken und beide froh, dass nichts passiert war. Oder jedenfalls fast nichts. Sie blickte dem Mann hinterher, der über den Dom stolperte und immer wieder irgendwelche Leute anquatschte, ob sie sein Kind gesehen hätten. Ob er die Kleine auch verprügeln würde, wenn er sie endlich gefunden hatte?

*

»Sattler an Einsatzzentrale!«

»Hier Einsatzzentrale.«

»Wir suchen die ganze Zeit nach einem Besucher des Doms.«

»Worauf wollen Sie hinaus?« Schmiedeke hatte so viele Baustellen zugleich, dass er unklare Aussagen nicht brauchen konnte.

»Er könnte ja auch kein Besucher sein.«

»Sondern?«

»Ein Mitarbeiter. Einer, der bei einem Schausteller jobbt. Irgendwo in der Küche Gläser spült. Oder ein Lieferant.«

»Danke für den Hinweis. Wir sind bereits an der Überprüfung aller gemeldeten beziehungsweise registrierten Personen.«

»Und wenn er nicht registriert ist?«

»Danke für den Hinweis, Kollege Sattler. Wir arbeiten daran. Sind Sie am Looping?«

»Jeden Augenblick vor Ort.«

»Gut. Warten Sie auf weitere Anweisungen.«

»Alles klar. Over.« Schmiedeke rieb sich übers Gesicht.

»Kann es sein, dass dieser Sattler uns gerade vorgeführt hat?«

»Nein. Wir sind dran.«

»Ja? Wirklich? Personal?«

»Wird bereits kontrolliert.«

»Lieferanten?«

»Versuchen wir herauszufinden. Das Problem ist, dass uns die Ansprechpartner fehlen. Lieferantenlisten bekommen wir von den Großen auf dem Dom nur übers Büro. Aber da ist natürlich am Freitagabend kein Mensch zu erreichen.«

»Wird irgendwo registriert, wer an den Zufahrten zum Dom mit dem Wagen in den gesicherten Bereich fährt?«

»Soweit ersichtlich, nicht. Leider.«

»Bitte schnellstens alle verfügbaren Kameraaufzeichnungen in Zufahrtsnähe prüfen. Zumindest alle die, die irgendeinen Firmennamen oder ein Logo auf dem Fahrzeug haben, können wir so identifizieren.«

»Alles klar.«

*

Beim dritten Anruf ging sie ran. »Was?«

»Wie sieht sie aus?«

»Wer?«

»Die Kleine. Das Mädchen! Wie sieht es aus?« Weikert zählte die Sekunden. Hoffte, dass sie nicht auflegen würde. »Hab ich doch gesagt. Neun Jahre …«

»Was ich meine: Haben Sie kein Foto von ihr?« Und als sie nicht antwortete: »Das frage ich nicht als Journalist, sondern als Freund.«

»Sie werden es nicht veröffentlichen?«

»Ehrenwort. Jedenfalls nicht ohne Freigabe.«

»Okay. Ich brauche zwei Minuten.« Sie legte auf, ohne weiter etwas zu sagen. Das war auch nicht nötig. Die Suche nach Pauline ging im Moment über alles. Für Anna ging sie auch über die Suche nach dem potenziellen Terroristen. Sie wählte Paul an. »Ja?«, fragte er. Seine Stimme klang rau.

»Kannst Du mir ein Foto von Pauline schicken?«

»Hab ich schon an die Polizei übermittelt …«

»Schicke es bitte auch mir«, sagte Anna. »Und dann such dir ein paar Leute.«

»Leute? Was heißt das?«

»Wir müssen Suchtrupps gründen, Paul. Du schnappst dir ein paar Helfer in deiner Straße, ich mir in meiner. Saskia …«

»Weiß der Himmel, wo die ist. Wenn ich das *dafür* dürfte, würde ich sie feuern.« Er klang so enttäuscht, dass Anna einen Stich im Herzen spürte. Paul. So ein lieber Kerl. Und so erschüttert. »Schickst du's mir?«

»Ist schon unterwegs.«

Tatsächlich machte ihr Handy »Pling«, und das Foto war eingegangen. »Danke. Ich suche weiter.«

»Danke, Anna. Ich bin so froh, dass ich dich habe …«

»Schon gut, Paul. Sag mir das, wenn ich sie gefunden habe.« Als Nächstes schickte sie das Foto weiter an Weikert. Und dann ging sie auf eine junge Familie zu, Eltern und zwei schon etwas größere Kinder, Mittelstand, Typ Lehrerhaushalt. »Entschuldigen Sie die Störung.« Sie hielt der Mutter und dann dem Vater ihren Dienstausweis unter die Nase. »Wir sind auf der Suche nach einem kleinen Mädchen.« Sie zeigte das Bild auf ihrem Handy.

»Tut mir leid …«, sagte der Familienvater mit entschuldigender Geste. Auf das, was kam, war er sichtlich nicht vorbereitet: »Ich wollte Sie fragen, ob Sie uns suchen helfen können. Die Kleine heißt Pauline – und sie ist hier auf dem Dom verloren gegangen. Vor ...« Sie blickte auf die Uhr, erschauderte: »Vor einer Dreiviertelstunde.«

»Tja, also eigentlich wollten wir uns auf dem Dom einen schönen Abend machen ...«, erklärte der Vater, doch seine Frau fiel ihm ins Wort. »Natürlich helfen wir. Wie erreichen wir Sie, wenn wir sie finden? Und wo sollen wir suchen?«

Anna gab ihre Handynummer heraus, schickte die Familie die Straße hinab und wandte sich an ein junges Paar, das neben ihnen stand und das Gespräch offenbar mitbekommen hatte: »Würden Sie uns auch helfen? Je mehr Menschen suchen, umso wahrscheinlicher ist, dass wir sie finden, bevor etwas passiert.«

Der junge Mann sah seine Begleiterin an. »She's asking if we'd help her finding a little girl?«

Sie zuckte die Achseln. »Sure. Why not? What does she look like?« So schwarz ihre Haut war, so blendend weiß blitzten ihre Zähne. Neugierig musterte sie Anna. »Is she a cop?«

»Yes«, sagte Anna und zeigte ihren Ausweis. »Police. Thank you so much for helping us! Here's a picture of the child.« Sie ließ die beiden Paulines Foto auf dem Handydisplay studieren, diktierte dem Mann ihre Nummer ins Mobiltelefon und erklärte: »I have to search! Would you please take this direction?« Sie deutete die Budengasse hinunter Richtung Feldstraße. Dann machte sie sich selbst in die entgegengesetzte Richtung auf die weitere Suche.

Sie hatte inzwischen so gut wie jedes Fahrgeschäft überprüft, jede Würstchenbude inspiziert, hatte bei der Geisterbahn herumgefragt, bei Autoscootern, Achterbahnen, Karussells, Schaukeln, in Zelten, an Ständen und Souvenirläden: Nirgends hatte jemand ein kleines Mädchen ohne Begleitung gesehen. Sie musste mehr Leute in die Pflicht nehmen, auch wenn sie wusste, dass sie damit den Einsatz der Kollegen in der Terrorabwehr problematischer machen würde. Denn je mehr Menschen erkennbar suchten, umso eher würde der Gefährder gewarnt sein. Dennoch. Sie musste alles versuchen, jeden Helfer rekrutieren, den sie gewinnen konnte, an jedem Ort nachschauen, auch wenn er noch so abseitig wirkte. Wie die Toiletten, an denen sie eben zum wievielten Mal vorüberlief. Warum war sie dort eigentlich noch nicht gewesen?

*

Natürlich war Saskia Berneking genervt. Das war so vorhersehbar gewesen! Es war einfach eine hirnverbrannte Idee, ein kleines Kind mit auf den Dom zu nehmen. Noch dazu am Abend … Und jetzt war sie weg. Alle suchten. Sie ja auch. Mit halber Kraft vielleicht, aber eben doch ernsthaft genug, dass jeder Spaß, den dieser Abend hätte mit sich bringen können, vorbei war. Paul war so ein Weichei! Einmal wollten sie ihn dazu bringen, seine Überkorrektheit zu vergessen, einmal sollte er aus sich herausgehen, einmal sich einfach nur amüsieren. Und was tat er: brachte sein neunjähriges Gör mit.

Anna drehte natürlich total durch. Wie immer. Suchte wie verrückt. Als würde das Mädchen nicht früher oder später sowieso wieder auftauchen. Klar, es wäre natürlich scheiße gewesen, wenn jetzt ausgerechnet irgendein pädophiler Arsch auf dem Dom gewesen wäre und ihm das Kind in die Hände geraten wäre. Aber mal ehrlich: hätte, wäre, wenn … So viele Zufälle gab's im echten Leben einfach nicht. Irgendwann würde einer die Kleine beim Fundbüro abliefern, die würden dort die Polizei anrufen – und die würden Paul benachrichtigen, fertig. Bis dahin hätten alle sich einen netten Abend machen können. Mal ehrlich: *Einmal* waren sie nicht im Einsatz.

Und dann büxte die Kleine aus. Warum eigentlich hatte die verdammte Mutter nicht auf das Kind geschaut? Man schaffte sich doch kein Kind an, wenn man dann nicht aufpasste. Stattdessen hatte die Frau an Paul geklebt, als wäre er noch ihrer. Ob er ihr erzählt hatte, dass sie schon mal miteinander im Bett gewesen waren? Sicher nicht. Paul war da viel zu sehr Gentleman. Oder vielleicht auch bloß ein Feigling. Den Stress hätte er sich gespart. Dabei hatte seine Ex längst selbst einen Neuen.

Der Neue! Was, wenn der ihr auf den Dom gefolgt war. Und dann hatte er gesehen, wie seine Frau ihren Ex anhimmelte … War doch total naheliegend, dass die Kleine mit dem Freund der Mutter mitging, wenn der sagte, wir gehen jetzt heim. Oder wenn er ihr was von Karussell erzählte oder so. Sie zückte ihr Handy und wählte Pauls Nummer. »Paul?«

»Saskia! Irgendwas Neues?«

»Nein. Sag mal, ist deine Ex eigentlich alleine auf den Dom gekommen?«

»Wie alleine? Pauline war doch bei mir.«

»Aber ihr Freund. Sie hat doch jemand Neuen, oder? Ich meine, könnte es sein, dass der … Paul?«

Er hatte aufgelegt. Saskia schüttelte den Kopf und steckte das Handy weg. Schon klar, er würde jetzt seine Immer-noch-Ehefrau anrufen und fragen. Vielleicht war dann der ganze Spuk ja vorbei. Wahrscheinlich saß der Typ zu Hause auf dem Sofa und guckte Fußball, während die Kleine längst in ihrem Bettchen lag und schlief. Und sie schlugen sich hier den Abend mit einer blöden Suchaktion um die Ohren. Da, Anna! Diskutierte mit dem Wärter des Toilettencontainers. Mann, wie abgefuckt war das denn. Wurde wirklich immer bizarrer, der Abend.

*

Als Stefan Sattler den Looping erreichte, waren die Kollegen gerade dabei, sich zu zerstreuen. »Was ist los?«, fragte er Theessen, den er von der Gewerkschaftsarbeit ganz gut kannte.

»Unser Freundchen ist uns irgendwie entwischt.« Der Kollege blickte so frustriert drein, wie nur ein Polizist im spätabendlichen Sondereinsatz gucken kann, wenn im Fernsehen gerade ein Pokalspiel mit dem HSV läuft und er normalerweise längst Feierabend hätte. »Wenn er's überhaupt war.« In dem Moment kam über die Generalleitung:

»Einsatzkommando an alle. Wir haben die Zielperson verloren. Möglicherweise ist sie durch unseren Versuch des Zugriffs gewarnt. Bitte alle Kräfte in möglichst unauffällige Positionen zurückziehen. Kollegen in Uniform an ihre ursprünglichen Standorte. Wir verstärken die Kontrollen an den offiziellen und an den inoffiziellen Zugängen. Weitere Anweisungen abwarten.«

Sattler nickte. »Ein Schlag ins Wasser«, sagte er. »Warum wundert mich das nicht?«

»Klingst nicht, als hättest du viel Vertrauen zu unseren Freunden in der Zentrale.«

»Ach, das ist es gar nicht«, sagte Sattler und gab ihm ein Zeichen, ihn Richtung Glacischaussee zu begleiten. »Ich hab nur das Gefühl, dass wir hier ein Gespenst jagen.« Im Geiste sah er das Gesicht des jungen Mannes wieder vor sich, der sich über ihn beugte, sich kümmerte. Diese dunklen, freundlichen Augen. Und dann den erschrockenen Blick, als er nach Sekundenbruchteilen erkannte, dass er einen Polizisten im Arm hielt. Was mochte Marco Kovac in seinen Augen gesehen haben. Angst? Überraschung? Ratlosigkeit? Vielleicht ja auch nur eine schon ans Gefährliche grenzende Erschöpfung. Sattler trabte dem Ausgang entgegen. Was für ein verrückter Abend. Was für eine verrückte Welt.

Das Mädchen fiel ihm wieder ein. Wenn man schon den vermeintlichen Gefährder nicht fand, warum suchte man nicht das Kind? Gerade jetzt, wo so viele Polizisten auf dem Heiligengeistfeld waren. Da wäre es doch ein Leichtes gewesen. Aber Sattler hatte auch dazu ein untrügliches Gefühl: Solange sie einen mutmaßlichen Terroristen jagten, interessierte sich kein Mensch für eine Neunjährige, die auf dem Dom verloren gegangen war. Da steckte einfach kein Ruhm drin. Die Hamburger Polizei konnte nach mehreren unrühmlichen Einsätzen auf Großveranstaltungen einen plakativen Erfolg gut brauchen. Und Köln war sowieso nur auf der Jagd nach ganz großen Fischen.

»Findest du nicht?«

»Bitte?«

»Jeder Zweite könnte doch der Gesuchte sein.«

»Wieso.«

»Na, guck dir doch nur die Araberdichte an hier!« Theessen warf einen demonstrativen Blick in die Runde. Klar, er hatte schon recht: Auf dem Dom waren unglaublich viele Türken und Araber und Iraner und was es sonst noch gab – und jeder von denen, wenn er nur männlich und unter sechzig war, sah dem angeblichen Gefährder irgendwie ähnlich. Man hatte so eine Schablone im Kopf, dagegen konnte man gar nichts tun. Dunkles Haar, Bartschatten, dieser typische olivfarbene Teint … Schon hatte man den natürlichen Reflex im Kopf, dass man den Kerl überprüfen musste, ging irgendwie davon aus, dass er eine menschliche Gefahrenquelle darstellte: extremistisch, radikalisiert, verblendet. Dabei waren sie selber alle verblendet, die vermeintlich Guten. Die Kolleginnen und Kollegen, die das Böse bekämpfen, die es finden und unschädlich machen sollten. Auch er. Das hatte er vorhin mehr als deutlich vor Augen geführt bekommen. Der Gesuchte war kein gefährlicher Islamist. Der war kein potenzieller Massenmörder. Der war einfach nur ein junger Mann, der hilfsbereit war und selbst Angst hatte. Kein Wunder, dachte Sattler. Wenn alle nur eine tickende Zeitbombe in ihm sehen …

»Wenn's nach mir ginge, sollten wir sie alle abschieben«, sagte Theessen.

»Der Gesuchte ist Deutscher«, erwiderte Sattler.

»Na ja. Was eben so als Deutscher gilt, heute.«

»Ich denke nicht, dass das früher anders war.« Theessen nervte Sattler. Dieser latent aggressive Unterton … »Deutscher bist du, wenn du die deutsche Staatsangehörigkeit hast.«

Aber der Kollege ging gar nicht darauf ein. »War früher alles schöner hier«, sagte er nur.

»Stimmt«, knurrte Sattler bissig. »Da haben wir noch gepflegte Messerstechereien unter Luden bekämpft und Rockerkriege. War irgendwie idyllischer.«

Theessen sah ihn von der Seite an. »Zumindest waren davon nur die Beteiligten betroffen. Und nicht Hunderte von unschuldigen Unbeteiligten.«

Sattler nickte. »Stimmt. Hatten wir allerdings heute Abend hier auch nicht.«

»Noch nicht. Und ich hoffe, dass es dabei bleibt und dass wir den Typen finden.«

»Tja«, erwiderte Sattler. »Wenn wir mal bloß nichts mit diesem Einsatz heraufbeschwören.«

»Heraufbeschwören?«

»Irgendwie hab ich das Gefühl, dass hier ausschließlich Unschuldige in Gefahr sind.«

*

»Nö. Keine Kinder hier«, erklärte der Klowärter knapp. »Wollen Sie auf Toilette? Macht einen Euro.«

Anna schüttelte den Kopf. »Danke«, sagte sie. »Muss ich gar nicht. Aber ich würde mich gerne umsehen.«

»Umsehen? Auf dem Klo? Da werden mir die Kunden was erzählen!« Er sah nicht aus, als würde er es Anna gestatten. Zum wievielten Mal war Anna froh über den Polizeiausweis, den sie mit einer routinierten Bewegung zückte und dem Klomann unter die Nase hielt. »Dauert nicht lang«, sagte sie nur. Dann stieg sie die paar Treppen hoch und betrat den Container. Rechts die Frauen, links die Männer. Typisch: Vor den Damentoiletten hatte sich eine Schlange gebildet, bei den Herren war es ganz gechillt. Anna zwängte sich an den Frauen vorbei und rief: »Pauline? Pauline?«

»Hey, hinten anstellen!«, motzte eine der wartenden Frauen sie an.

»Ich suche nur jemanden.«

»Schon klar. Und dann geht die Tür auf und Sie sind drin.«

»Nein, wirklich. Ich suche ein kleines Mädchen. Haben Sie vielleicht eines gesehen? Ein Mädchen von neun Jahren. Alleine!« Anna wandte sich an die Wartenden, die jedoch alle den Kopf schüttelten. Hastig arbeitete Anna sich vor und klopfte an alle geschlossenen Türen. »Pauline?« Nichts. »Pauline?« Keine Reaktion. Das hieß: natürlich doch Reaktionen. »Besetzt!« – »Hauen Sie ab!« – »Hey, was soll das?« Aber keine Pauline.

Anna wechselte die Seite und probierte es bei den Herren. Da gab es nur vorne drei Kabinen und hinten einige Pissoirs. Nachdem sie sich schnell einen Überblick verschafft hatte, klopfte sie auch dort an die Türen. »Pauline?« – »Du mich auch, Schätzchen!«

»Pauline?« – »Kann man hier mal in Ruhe kacken? Frauen sind sowieso auf der anderen Seite!«

»Pauline?« – Nichts. Anna klopfte noch einmal. »Pauline?« Doch es kam keine Reaktion. »Ist jemand hier drinnen?« Anna pochte gegen die Metalltüre. »Hey! Sagen Sie was!« Sie lauschte. Nichts zu hören. Okay, wozu gab's einen Klomann. Im nächsten Moment stand sie wieder vor dem Container, wo der Typ an seinem Tischchen saß und Zeitung las. »Und? Was gefunden?« Eine rhetorische Frage. Er hatte ja gewusst, dass es nichts für Anna zu finden gab. Das jedenfalls machte seine Miene überdeutlich.

»Da ist eine Kabine, aus der sich niemand meldet.«

»Wieso meldet? Haben Sie etwa geklopft?«

»Sicher. Woher soll ich sonst wissen, wer da drin ist?«

Der Mann schüttelte den Kopf. »Sie spinnen doch«, sagte er, aber er sagte es leise. Schließlich war sie Polizistin. Und Anna überhörte es, so wie sie es normalerweise immer überhörte, wenn jemand auf die Bullen schimpfte. Sonst hätte sie jeden zweiten Menschen, mit dem sie sprach, festnehmen und wegen Beamtenbeleidigung verklagen müssen. »Hören Sie, ich möchte, dass Sie mir die Kabine aufsperren.«

Der Klomann lachte laut auf. »Das können Sie vergessen!«, rief er. »Das dürfen Sie auch gar nicht von mir verlangen.«

»Und wenn da drin einer gerade an einer Überdosis krepiert? Bei Gefahr im Verzug darf ich das absolut verlangen!«

Einen Augenblick zögerte der Toilettenbetreiber. »Hm. Männerseite oder Frauenseite?«

»Männerseite.«

»Dann ist es der Typ, der hier schon ewig das Klo blockiert. Wissen Sie was? Finde ich gut, wenn Sie den mitnehmen.« Er grinste und holte einen Schlüsselbund aus der Hosentasche, an dem auch ein paar Hohlschlüssel hingen. »Dann gehen wir mal rein.«

*

Sie war weg! Eck konnte es erst nicht glauben, guckte noch mal um die Ecke, obwohl er da selbst gerade erst gewesen war, lief sogar einen Absatz hoch. Doch das Kind war nirgends zu sehen. Sie musste mit dem verdammten Aufzug hochgefahren sein. Oder runter. Ob es hier eine Tiefgarage gab? Konnte er sich nicht vorstellen. Das war schließlich ein Weltkriegsbunker, ein wahnsinniger Klotz. Da konnte man wahrscheinlich gar nicht druntergraben. Und die Nazis hatten ganz sicher keine Tiefgarage von ihren Sklaven bauen lassen. Hatte Eck mal irgendwann vor langer Zeit gehört: dass das Sklaven gewesen waren, die das Ding hier hatten bauen müssen. Hatten sie natürlich damals nicht Sklaven genannt. Aber das richtige Wort dafür fiel ihm jetzt nicht ein. Irgendeinen Keller würden sie schon gehabt haben. Und in den würde heute der Lift hinabreichen. Sicher war das so. Aber was hieß das schon. Eck war sich in dem Moment nicht mal sicher, ob es dieser Aufzug gewesen war. Denn es gab ja eine Armlänge daneben noch einen zweiten. Vielleicht saß sie auch in dem? Wenn sie überhaupt noch drin war. Würde sie aber sein. Die Kleine schlief schließlich. Gegenüber war der Lastenaufzug und stand offen. Immerhin.

Er drückte auf alle Knöpfe und wartete. Nichts passierte. Nur die Knöpfe leuchteten. Und die Pfeile. In beide Richtungen: aufwärts und abwärts. Und jetzt? Er könnte die Treppe hochlaufen, um zu gucken, ob der Fahrstuhl irgendwo stand. Vielleicht war er ja wieder blockiert, so wie vorhin. Von einem dieser Vermummten.

Plötzlich schauderte ihn. Und wenn die die Kleine gesehen und sich geschnappt hatten? Wer wusste schon, was das für Typen waren. Und wozu solche Typen fähig waren. Waffen hatten die gehabt! Gewehre! »Oh Gott«, flüsterte Eck und tastete nach seinem Flachmann. Aber der war leer. Jetzt fühlte er sich richtig scheiße. Er hatte die Kleine hier reingebracht. War zuletzt auch ein bisschen grob gewesen. Und jetzt war sie weg. Verschwunden. Einfach so!

Es waren viele Treppen, und Ecks Knochen waren alt. Und sie fühlten sich noch viel älter an. Sein Hals war ganz ausgetrocknet. Im ersten Stock hielt er sich kurz an der Wand fest, zählte innerlich bis zehn, dann nahm er die Stufen zum zweiten Stock in Angriff. Auch hier: Die Fahrstuhltüren waren zu. Er überlegte, ob er noch mal auf den Knopf drücken sollte. Entschied sich dann dagegen. Wo sollte der Aufzug denn hin, wenn er irgendwann in jedes Geschoss gerufen wurde? Nein. Außerdem bewegte sich da drinnen sowieso nichts. Immer wieder blieb Eck stehen und lauschte. Aber außer gedämpften Geräuschen von draußen hörte er nichts. Sehr gedämpften Geräuschen. Klar, die Mauern hier waren mehrere Meter dick. Dass man überhaupt etwas mitbekam vom Dom, war schon ein Wunder. Aber das lag vermutlich an den Fenstern. Ob sie die hier von Anfang an gehabt hatten?

Im dritten Stock musste er sich einen Augenblick hinsetzen. Er wollte nach der Kleinen rufen. Aber dann traute er sich nicht. Erstens hätte er nicht gewusst, was er rufen soll. Zweitens hatte er Angst, die Falschen könnten ihn hören. Die Männer mit der schwarzen Kleidung und den Gewehren, die vor ein paar Minuten erst hier hochgestürmt waren und von denen jetzt nichts mehr zu sehen war. Zumindest bisher. Er hoffte, dass es so bleiben würde. Aber so betrunken konnte man gar nicht sein, nicht zu wissen, dass irgendwann jeder wieder runterkam, der irgendwo hochging. Und Eck war nicht einmal ansatzweise betrunken. Im Gegenteil: Je weiter er lief und je mehr leere Treppen und geschlossene Aufzugtüren er sah, umso nüchterner wurde er. Er war so nüchtern, dass es wehtat. »Kleine?«, flüsterte er. »Mädchen?« Hatte sie ihm ihren Namen verraten? Er wusste es nicht mehr. Vielleicht. Wahrscheinlich. Scheißgedächtnis. Eck wünschte, er hätte sich längst um den Verstand gesoffen. Das wäre besser gewesen, als zu wissen, dass man ein Wrack war. »Mädchen?« Sein Herz pochte heftig, als er mit pfeifendem Atem im vierten Stock ankam. Wieder musste er sich hinsetzen, wäre beinahe gestürzt. Ihm war schwindelig. Er schwitzte. Und jetzt heulte er auch noch. Was, wenn sie weg war? Er hatte doch auf sie aufpassen wollen! Er … er … Sie war so ein süßes Kind. Richtig süß. Wenn er jetzt so an sie dachte, merkte er, dass da etwas in seiner Brust war, was er lange, ganz lange nicht gespürt hatte: Er spürte fast so etwas wie … Damals, vor langer Zeit, hatte er es gekannt, dieses Gefühl. Nur dass er nicht gewusst hatte, wie unendlich kostbar es war. Nicht einmal, wie köstlich es war. Ein winziges Stäubchen davon hatte sich in seine Brust verirrt und ließ ihn jetzt schluchzen, weil es sich so schön und so traurig anfühlte: Liebe.

*

Plötzlich sah er so zerbrechlich aus. Seine Augen flackerten leicht, sein Atem ging so schnell. Der Bart, vorhin noch so dicht und kräftig, wirkte auf einmal zerzaust und dünn, sein Lächeln beinahe schüchtern. »Sorry, Baby«, flüsterte er. »Ich bin ein Idiot.«

Kathy, die neben ihm kniete und seinen Kopf auf ihren Schoß gelegt hatte, beugte sich hinunter und küsste ihn.

»Was ist los, Ante?«, fragte sie, ohne sicher zu sein, dass sie die Antwort wirklich wissen wollte.

»Ich habe Schmerzen«, sagte er mit gepresster Stimme. »Im Fuß. Ich glaube ... ich vertrage die Schmerzmittel nicht.«

Obwohl das natürlich schrecklich war, atmete Kathy innerlich auf. Diese Augen, die riesigen Pupillen, das Grinsen vorhin, als sie diesen bescheuerten Höllentrip auf dem Looping hatten, und dann all die Menschen, die sie plötzlich angeblich anstarrten: Sie hätte fast geglaubt, Ante hätte was genommen. Zu viel von irgendwas. »Schon gut«, sagte sie. »Ruh dich einfach ein bisschen aus. Vielleicht hätten wir einfach nicht auf den Dom gehen sollen.«

Ante schüttelte den Kopf. »Und ob! Das ist der schönste Tag in meinem Leben, Baby.«

»Na ja ...« Sie lächelte zurück und küsste ihn dann nochmal. Hörte, wie er tief einatmete. »Du riechst so gut«, flüsterte er. »Bleib da.« Er legte ihr eine Hand in den Nacken und zog sie ganz nah an sich. »Aber eine kleine Pause geht schon in Ordnung. Dann kommt der verkackte Knöchel vielleicht wieder zur Ruhe.«

»Sehr romantisch, wie du das sagst ...« Kathy musste lachen. Auch Ante lachte. Dann waren sie beide still und blickten sich in die Augen. Und Kathy hätte schwören können, dass in dem Moment auch sonst kein Mucks auf dem Dom zu hören war. Sie schwebten irgendwo über allem, hier hinten, wo kein Mensch vorbeikam. Vorne, ja, da trampelten Leute über die Blechrampe. Und obendrüber ratterte die Achterbahn. Aber das alles war für diese paar Sekunden völlig lautlos. Die ganze Welt hielt den Atem an, als sie Ante ein drittes Mal küsste, ganz fest, und seine Zunge einließ und mit ihr spielte. Sie spürte, wie sie eine Gänsehaut am ganzen Körper hatte, wie sie richtig heiß wurde. Am liebsten hätte sie ihr

Top ausgezogen. Und alles andere auch und ... »Willst du's mit mir machen?«, fragte in dem Moment Ante und blickte sie ganz ernst an.

»Wie jetzt? Hier?«

»Klar. Hier. Sieht uns doch niemand.« Jetzt grinste er wieder. »Das hätte doch was ...« Er fummelte an ihrem Top herum, wollte es hochschieben. »Warte mal«, sagte Kathy. »Es kann doch trotzdem jeden Moment jemand hier auftauchen.«

»Wieso? Hier is doch nix. Keine Fahrgäste. Keine Technik. Kein Klo oder so ... Nee, hier is' save.«

Kathy pustete sich ein paar Haare aus der Stirn. Sie wollte ja auch. Aber Ante war echt schnell. »Von wegen save und so«, murmelte sie.

»Kein Problem, Baby«, sagte er grinsend und pfriemelte etwas aus seiner Hosentasche. Ein Kondom. Die Verpackung war ein bisschen zerknautscht. »An alles gedacht. Ich bin schließlich ein braver Junge.«

Kathy musste kichern. »Komische Art, brav zu sein, oder?«

»Überhaupt nicht! Die beste Art, brav zu sein.« Er öffnete den Knopf ihrer Jeans und zog den Reißverschluss runter, ganz zart, so als wäre es etwas ganz Kostbares. War es ja auch. Wusste er bloß noch nicht. Und Kathy überlegte, ob sie's ihm sagten sollte. Jetzt. Vorher. Oder ob er es erst dann merken würde.

*

»Hey, was soll das?« Marco hatte gleich gemerkt, dass etwas nicht stimmte, als jemand vor seiner Kabine stehen geblieben war. Er war gerade dabei, unter den Türschlitz zu gucken, und konnte zwei Paar Füße ausmachen, die vor der Tür standen, als sich plötzlich jemand am Schloss zu schaffen machte. Spontan packte er den Griff und hielt ihn fest, damit man ihn nicht von außen aufdrehen konnte. Und tatsächlich: Jemand versuchte genau das! »Hauen Sie sofort ab!«

»Nun mach mal halblang, ja?«, polterte draußen eine Männerstimme. »Du sitzt hier schon eine halbe Stunde!«

»Tu ich nicht! Das ist höchstens eine viertel. Und hier gibt's auch keine Beschränkung, Mann! Ich kann hier auf der Toilette bleiben, solange ich will.«

»Andere wollen auch aufs Klo«, polterte der Mann draußen weiter und probierte es mit mehr Kraft. Marco musste den Griff mit beiden Händen packen, damit er ihn nicht aufdrehte. »Ich ruf die Polizei!«, schrie er. »Hauen Sie sofort ab!«

»Die Polizei ist schon hier«, erklärte Anna mit ruhiger, aber fester Stimme. »Wir müssen hier alle Kabinen durchsuchen. Machen Sie bitte auf, sonst müssen das die Kollegen tun – und dann wird es teuer.«

»Moment! Moment, ja? Ich muss mir noch die Hose hochziehen.«

»Okay. Aber beeilen Sie sich.« Anna wusste jetzt schon, dass sie Pauline nicht hinter dieser Tür finden würde. Das wäre anders gelaufen, wenn jemand sie hier mit reingeschleppt hätte. Und außerdem hätte der Klomann die Kleine höchstwahrscheinlich gesehen. Selbst wenn nicht: Einer der anderen Kunden hätte das Kind in der ganzen Zeit, in der sich der Typ hier gemütlich hingesetzt und wer weiß was gemacht hatte, gehört – wenn denn ein Kind mit in der Kabine gewesen wäre.

Die Tür öffnete sich langsam einen Spaltbreit. »Sie hauen jetzt ab, verstanden?«, raunzte der Containerbetreiber den jungen Mann an, dessen blasses Gesicht schuldbewusst wirkte und der Anna einen Blick zuwarf, der sie unter anderen Umständen direkt zu einer Personenkontrolle bewogen hätte.

Stattdessen drückte sie die Tür auf und blickte in die leere Kabine. Wie erwartet: keine Pauline. Nichts Ungewöhnliches. Das hieß: Doch, etwas war doch ungewöhnlich.

*

Als die Türen sich schlossen und der Aufzug mit einem Ruck losfuhr, wachte Pauline wieder auf. Sie war nur ganz kurz eingenickt. Jetzt blickte sie sich verwundert um: niemand mehr da. Sie war allein. Und sie saß in einem großen Kasten, der vor sich hin ratterte. Jetzt fiel es ihr wieder ein, sie war ja in einem Fahrstuhl. Komisch. Aber warum war sie alleine? Ob sie jetzt zu ihrem Papa fuhr?

Sie wäre gerne aufgestanden, aber ihre Beine und eigentlich alles fühlte sich so schwer an. Überhaupt war ihr ein bisschen kalt. Sie schlang die Arme um die Schultern und spürte, dass sie gleich weinen würde. Sie fand es total blöd, dass alle weg waren. Wo waren die eigentlich alle hin? Und wieso war keiner bei ihr geblieben? Der komische alte Mann war jetzt auch weg. Der Eck. Dabei hatte der doch gesagt, dass er sie zu ihrem Papa bringen würde. Ob er sie angelogen hatte?

Der Aufzug wackelte etwas stärker. Pauline konnte die Lichter über ihrem Kopf sehen, die Lichter der Knöpfe: 1 – 2 – 3 –

Sie schniefte und wischte sich mit dem Handrücken über die Nase. Ein Taschentuch hatte sie auch nicht. Mama schimpfte sie immer, wenn sie sich die Nase mit der Hand abwischte. Oder wenn sie sie gar nicht abwischte. Dann sagte sie immer, Pauline sehe aus wie ein Straßenkind. Eigentlich wusste Pauline nicht so richtig, was ein Straßenkind war, aber jedenfalls war es nichts Gutes. Hoffentlich entdeckte Mama nicht, dass sie sich die Nase mit der Hand abgewischt hatte. Kurz überlegte Pauline, ob sie ihr Kleid nehmen sollte. Aber dann tat sie es lieber doch nicht. Das hätte Mama bestimmt auch nicht gemocht.

Mit einem Ruck blieb der Aufzug stehen. Pauline guckte zu den Knöpfen. Die 4 leuchtete jetzt. Das hieß, sie war im vierten Stock angekommen. Das wusste sie, weil sie in dem Haus, in dem sie wohnten, auch einen Fahrstuhl hatten. Da mussten sie allerdings immer nur in den dritten Stock hochfahren. Und manchmal lief Pauline auch die Treppen hinauf, während Mama den Lift nahm. »Lauf ruhig! Du hast zu viel Energie«, sagte Mama dann immer.

Ob sie wohl im vierten Stock auf Pauline wartete? Vielleicht war diesmal ja Mama die Treppen hochgegangen. Sonst hätten sie ja gemeinsam den Aufzug nehmen können. Pauline wischte sich über die Augen und versuchte, freundlich zu gucken, so wie Mama das immer von ihr wollte. Dann ging die Tür auf – und Pauline musste doch schreien.

*

Es ist dunkel. So dunkel, dass sie schreien könnte. Wo sie ist? Was spielt es für eine Rolle. Sie lebt. Denn wenn sie tot wäre, hätte sie nicht mehr diese entsetzlichen Kopfschmerzen, oder? Einen Moment lang packt sie Panik. Wer sagt denn, dass alles gut ist, wenn man tot ist? Was, wenn die Schmerzen dann weitergehen bis in alle Ewigkeit? Was, wenn es keine Befreiung davon gibt? Niemals. Nicht im Diesseits und auch nicht im Jenseits?

Endlich schafft sie es, die Augen aufzumachen. Es ist Nacht. Trübes Mondlicht fällt ins Zimmer, in dem all die bösen Erinnerungen um sie herumtanzen. Alles tanzt, alles fühlt sich an wie auf einem schwankenden Schiff. Langsam dringt ihr ins Bewusstsein, dass sie dieses Fläschchen getrunken und sich dann auf ihr Bett gelegt hat. Ja, die Ampulle war das! Und plötzlich befällt Anna ein Gefühl des Triumphs, ein Hochgefühl, wie sie es lange nicht mehr verspürt hat. Trotz der Schmerzen, trotz des Schwindels. Denn jetzt weiß sie: Diese Medikamente wirken!

Mühsam kämpft sie sich hoch und geht ans Fenster. Der bleiche Mond grinst auf sie herab mit seinen hohlen Augen. Die Messer des Leuchtturms zerschlitzen den Himmel. Irgendwo scheppert ein Blech, schlägt in unregelmäßigen Abständen gegen Annas Nerven, die längst so zerklüftet sind wie die roten Felsen hinter den Häusern. Durch das gekippte Fenster greift der kalte Wind nach ihr, langt ihr ins Haar, fährt ihr an den Hals wie die Hand des Todes. Der Kopfschmerz tobt wie verrückt in ihrem Schädel, nebenan stöhnt ihre Mutter. Eine einsame Gestalt läuft mit krachenden Schritten die Friesenstraße hinab. Als sie unter dem Haus angekommen ist, zögert sie kurz und schaut herauf, und es ist der Tod mit seiner Fratze. Keuchend stößt sich Anna vom Fenster ab und taumelt rückwärts ins

Zimmer. Hört, wie ihre Mutter stöhnt und immer lauter stöhnt, und rennt hinüber. Reißt die Tür zum Schlafzimmer ihrer Eltern auf, wo sich ein schwarzes Monster über ihre Mutter geworfen hat, um sie zu fressen. Ohne lange nachzudenken, packt Anna die Stehlampe in der Ecke, reißt das Kabel aus der Wand und schlägt mit dem Teil auf das Wesen ein, das sich unter die Bettdecke gewühlt hat und nun auf ihrer Mutter tobt. Schlägt zu. Wieder. Und wieder. Bis eine eiserne Hand sie am Arm packt und eine ebenso harte Faust ihr ins Gesicht schlägt und sie in eine gnädige Ohnmacht schickt.

ELF

Do., 03.08., 21:40 Uhr, Hamburg, Heiligengeistfeld, Hochbunker

»Einheit 11/2 auf Position.«

»Alle Kräfte einsatzbereit?«

»Ja. Acht Mann auf dem Dach des Bunkers. Je drei Richtung Millerntor und Heiligengeistfeld, zwei Richtung Feldstraße. Gewehre geladen und entsichert.«

»Nachtsichtgeräte?«

»Sollten wir besser nicht benutzen. Zu viel Licht aus der Umgebung.«

»Trotzdem bereithalten.«

»Okay.«

»Möglich, dass wir die Stromversorgung des Doms unterbrechen müssen.«

»Gut. Over.«

*

Im Himmel gab es zweiundsiebzig Jungfrauen. Sagten die Scheißmoslems. Die konnten ihm alle gestohlen bleiben. Brauchte er nicht. Die eine, die er hier unten hatte, die war das Glück auf Erden. Er hatte es sich gleich gedacht, sie war irgendwie umständlich gewesen. Hatte gezögert. Hatte nicht richtig gewusst, wie sie ihn anfassen soll. Und die Tüte hatte er sich selber drüberziehen müssen. Aber dann … dann war sie so aufgeregt gewesen, dass er wie von selbst reingerutscht war. Dass sie richtig ein bisschen aufgestöhnt hatte. War der Schmerz gewesen, klar. Sie hatte sich auf die Lippe gebissen. Und dann war sie doch mitgegangen. Und wie! Voll die Rakete, diese Frau. Ante grinste in die Nacht, die in tausend bunten Lichtern über ihnen blinkte. »Du bist ein Naturtalent, weiß du das?«, sagte er.

Statt etwas zu entgegnen, boxte sie ihn in den Arm. Und dann sagte sie doch: »Du aber auch.«

»Jederzeit wieder, Baby.«

Er wusste nicht, ob es noch die Pillen waren oder einfach nur das Glück – jedenfalls fühlte sich dieser platt getrampelte Boden unter ihnen an wie eine Wolke, auf der sie mit dem ganzen Dom über die Welt segelten. »Wir müssen weg«, flüsterte sie ihm ins Ohr. »Wir können nicht ewig hierbleiben.«

»Ewig«, seufzte Ante. »Das wär geil.«

Sie rüttelte an ihm, versuchte, sich aus seiner Umarmung zu befreien. Wusste nicht, ob sie es mochte oder ob es sie nervte, dass er mit einer Hand ihre linke Pobacke gepackt hatte und die andere unter ihrer Achsel lag, ganz nah an ihrem Busen. »Komm schon.« Sie fuhr mit der Hand über seinen Bauch und nahm sein Ding in die Hand, das schon wieder steif werden wollte. Doch dann zog sie den Gummi ab und warf ihn in eine Ecke. »Hey!«, rief er. »Ich hatte nur den einen!«

»Soll man ja auch nur einmal benutzen.«

»Sonst was? Platzt er vor lauter Saft, oder was?«

»Keine Ahnung, echt. Will ich auch gar nicht wissen.« Sie legte ihre Hand wieder zwischen seine Beine. Er regte sich. Sie hielt die Luft an. »Wow! Ich dachte nicht …«

»Was? Dass er schon wieder kann?« Ante blickte ihr tief in die Augen. »Bei dir schon, Baby«, sagte er. Und es stimmte ja auch. Kathy war die reinste Lustdroge. Da wäre er auch ohne Pillen sofort für eine zweite Nummer gestanden. »Wir könnten uns ja noch Gummis besorgen«, schlug Kathy vor.

»Das klingt nach einem coolen Plan. Ich weiß auch, wo's einen Automaten gibt. Ganz in der Nähe. Ist gleich drüben hinterm Bunker.«

»Du bist echt gut informiert.« Sie musterte ihn. »Hast schon öfter welche besorgt. Ganz schnell. Oder?«

»Ach, ich kenn den Automaten, weil ich da manchmal vorbeigekommen bin. Jobs und so.«

»Mhm.« Sie nickte und wand sich endlich unter seinem Arm heraus. Irgendwie war plötzlich ein bisschen der Zauber weg. Als sie sich aufsetzte und einen halben Schritt wegrückte, um sich anzuziehen, betrachtete er sie bewundernd. Sie war so schön, dass er nicht glauben konnte, dass sie sich für ihn entschieden hatte. »Hey«, sagte er mit rauer Stimme.

»Hm?«

»Danke.«

»Danke?«

»Dass ich dein Erster sein durfte.«

*

Polizei? Ohne Uniform? Ob der Polizeiausweis wirklich echt gewesen war? Trotzdem: Marco fragte lieber nicht nach. Er konnte keinen Stress brauchen. Besser nicht darauf ankommen lassen. Ohne noch ein Wort zu verlieren, zwängte er sich an der angeblichen Polizistin und dem Klomann vorbei und lief eilig nach draußen, die kurze Treppe hinab, und verschwand in der Menge. Es war jetzt so voll auf dem Dom, dass man keine zehn Meter weit sehen konnte, was auf einen zukam. Eigentlich mochte Marco das nicht, er wollte sehen, was abging. Aber andererseits verschaffte ihm die Menschenmenge auch Deckung. Die Frage war, was er mit Ante machte, diesem Vollidioten. Inzwischen hatte er absolut keinen Bock mehr, nach ihm zu suchen. Dass sein Bruder sich nicht meldete, nervte ihn allerdings auch. Und er hätte ihm gerne eine in die Fresse gehauen. Wenn der Kleine irgendeinen Scheiß anstellte und sich erwischen ließ, dann hing er selber auch mit drin. Die würden ihn vorladen und nach seinem Ausweis fragen. Und keiner würde glauben, dass Ante ihn ihm geklaut hatte. Alle würden sie denken, Marco hätte ihn ihm geliehen, damit der kleine Bruder Alk kaufen konnte oder an irgendwelchen Türstehern vorbeikam, um sich Sexshows anzusehen oder sich für 'n Fuffi einen blasen zu lassen. Vielleicht wollte er auch bloß vor seiner Tussi angeben.

Beinahe wäre er in zwei Typen reingerannt, die so dermaßen nach Zivilbullen aussahen, dass sie sich's auch hätten auf die Stirn kleben können. Er konnte gerade noch auf ein Knie niedergehen, um sich den Schnürsenkel zu binden. Die einzige Haltung, in der man den Kopf ganz gesenkt halten konnte, ohne dass es verdächtig wirkte. Im nächsten Moment waren die beiden vorbei. Marco stand wieder auf, nahm sein Handy raus und wählte – zum wievielten Mal! – Antes Nummer. »Geh schon ran, Mann«, knurrte er, während er es läuten hörte. Dann sprang die Mailbox an. »Ante, du Idiot! Ruf mich gefälligst an! Du hast meinen Ausweis, du Ratte. Den brauch ich selber. Du meldest dich gefälligst und bringst mir das Ding, sonst hast du Stress, den du dir noch gar nicht vorstellen kannst.«

*

Weikert stand nicht ungern unter Stress. Im Grund liebte er es, auf der Jagd zu sein. Auf der Jagd nach einer guten Story. Auf der Jagd nach einer attraktiven Frau ... Ein Kind zu jagen interessierte ihn an sich weniger, das überließ er gerne anderen. Aber für Anna Krüger hätte er weniger spannende Jobs unternommen. Er hatte sie kennengelernt, als er im vergangenen Jahr als Reporter auf Helgoland gewesen war. Nette Insel, nette Leute, aber auf Anna Krüger schien ein Fluch zu lasten. Seit sie selbst auf der Insel war, geschahen dort die schrecklichsten Dinge. Das machte sie nur noch interessanter für Weikert. Er mochte Frauen, die nicht einfach nur süß oder sexy waren. Er hatte was übrig für die intelligenten, die komplizierten, die mit den dunklen Seiten. Davon hatte Anna Krüger mehr als genug abbekommen. Darüber hinaus aber war sie auch noch genau sein Typ – und sie war so verdammt mutig, dass es schon an verrückt grenzte. »Eine Frau mit Sinn fürs Risiko«, murmelte er, während er die verschiedenen Gruppen seiner sozialen Netzwerke aufrief und überall verkündete: *ACHTUNG! Suche ein Kind auf dem Dom. Die Kleine ist 9 und verloren gegangen. Bitte Augen auf und gleich melden!*

Dann rief er erneut bei Anna an, erreichte sie aber nicht. Vermutlich, weil sie selber dauernd am Telefon hing. Nachdenklich blickte der Journalist über die Szenerie: Unmengen von Menschen, die sich immerfort durcheinanderbewegten. Ein lebendiges Wimmelbild. Wie sollte man da *irgendjemanden* finden. Und dann auch noch ein Kind, das naturgemäß oft von anderen Menschen verdeckt wurde. Es mochte einem praktisch direkt vor der Nase stehen: War nur ein Erwachsener im Weg, würde man es nicht entdecken. Einer plötzlichen Eingebung folgend, nahm Weikert noch einmal sein Smartphone hoch, allerdings nicht, um zu telefonieren, sondern um ein Foto zu machen. Mehrere. Panoramafotos. Die Menschenmassen ließen sich zwar nicht vermindern, aber wenigstens würden sie sich auf einem Foto nicht ständig bewegen. Er sah sich die Bilder an. Doch, das war zumindest ein Anfang: Man erkannte auf den Bildern mehr, als wenn man unmittelbar in die wogende Menge blickte. Rasch sah er sich die Bilder durch: kein einzelnes Mädchen.

Weikert blickte sich um, entschied sich für den Aufgang zum Kassenhäuschen des »Höllenritts« und knipste von dort noch ein paar mehr Aufnahmen. Draufsicht war immer besser, wenn man den Überblick haben wollte. Einmal in jede Richtung. Fotos checken. Gleich wieder löschen. Und weiter. Wenn er sich strukturiert bewegte, war es kaum vorstellbar, dass ihm viele Menschen, die sich in diesem Augenblick über den Dom bewegten, durch die Lappen gingen. Er würde sie mehr oder weniger alle auf dem Schirm haben. Buchstäblich. Alle, die tatsächlich da waren und nicht gerade in irgendwelchen Buden oder Zelten saßen – oder den Dom vielleicht auch schon wieder verlassen hatten. Ob nun freiwillig oder nicht ...

*

Er hatte nicht gespült! Das war es. Der Typ war da drinnen nicht auf dem Klo gewesen. Ganz klar. Ganz eindeutig. Der Blick in die leere Kloschüssel war nur eine Bestätigung. Anna hatte gleich gewusst, dass irgendwas faul gewesen war. Aber jetzt war er weg.

Sie ging nach draußen und blickte sich vom oberen Treppenabsatz aus um. Man konnte hier etwas besser sehen, allerdings nur einen kleinen Seitenabschnitt des Doms, weil sie die Klo-Container natürlich nicht an eine der Budenstraßen gestellt hatten, sondern quer dazu in einen Seitenarm. Irgendwo musste es noch einen geben, vielleicht sogar noch einen dritten. Die würde sie auch noch durchsuchen. Und dann?

Darüber konnte sie nachdenken, wenn das Nächstliegende kein Ergebnis gebracht hatte. Sie blickte auf ihr Handy. Keine Nachrichten. Wieder rief sie das Bild von Pauline auf. »Wo bist du?«, murmelte sie.

In dem Moment stolperte unten jemand auf die Treppe zu. »Was machen Sie hier? Warum suchen Sie nicht?« Es war Paulines Mutter. Sie sah schrecklich aus.

»Frau Freitag! Ich suche ja. Die ganze Zeit! Ich habe gerade hier die Toiletten durchsucht.«

»Die Toiletten?« Claudia Freitag blickte verständnislos von Anna zu dem Container und wieder zurück. »Ja. Klar«, sagte sie dann. »Und?«

»Sie ist nicht da. Ich habe …« Anna spürte, wie ihr schwindlig wurde. Sie hielt sich am Geländer fest und setzte ich auf die oberste Stufe. »Ich habe überall gesucht. Die ganze Zeit. An den Buden. In den Zelten. An den Karussells. Der Achterbahn. Beim Autoscooter …« Stalin hämmerte in ihrem Kopf.

»Achterbahn«, wiederholte die Mutter. »Und Geisterbahn?«

»Da war ich noch nicht. Aber Paul vielleicht …«

Claudia Freitag wankte davon. Es war mehr als offensichtlich, dass auch sie längst völlig erschöpft war. Die Haare klebten ihr am Kopf, ihr Make-up war verschmiert. Sie stolperte ein paar Schritte auf die Budengasse zu und sah sich nach allen Richtungen um. Anna trat neben sie. »Ich habe die Kollegen vor Ort informiert«, erklärte sie, doch die Frau hörte ihr gar nicht zu. »Wo ist die Geisterbahn?«, fragte sie stattdessen.

»Ich weiß nicht. Ich glaube, in der Richtung«, sagte Anna und deutete dorthin, wo sich gegen den Nachthimmel der finstere Koloss des Hochbunkers abhob. »Aber Sie sollten einen Moment Pause machen. Es geht Ihnen nicht gut.«

»Es geht mir nicht gut?«, schrie Claudia Freitag unvermittelt. »Und wenn ich eine Pause mache, geht es mir dann besser? Ich habe mein Kind verloren! Nein, stimmt ja nicht: *Sie* haben mein Kind verloren! Wie soll es mir da gut gehen, verdammt?!« Ihre Augen waren blutunterlaufen. Sie starrte Anna an, als wollte sie sie im nächsten Augenblick niederschlagen. Doch dann atmete sie tief durch und sagte so kontrolliert wie möglich: »Hören Sie, es bringt mir mein Kind nicht wieder, wenn ich mich hier mit Ihnen streite. Suchen Sie weiter. Und ich suche auch weiter. Das ist sowieso das Einzige, was wir tun können.« Mit diesen Worten wandte sie sich ab und strebte Richtung Geisterbahn.

*

Unten ging die Tür. Jemand kam herein. Männer. Sie unterhielten sich. Eck blieb still und lauschte, konnte aber nichts verstehen. Dann hörte er, wie der Aufzug sich in Bewegung setzte. Und jemand die Treppe hochkam. Hektisch stand er auf und drückte auf den Knopf. Wenn der Fahrstuhl irgendwo hielt und das Kind ausstieg … oder schlimmer: wenn jemand es einfach mitnahm … Es war schließlich sein Kind. Die Kleine gehörte ihm! Sie durften sie ihm nicht einfach wieder wegnehmen. *Er* hatte sie gefunden. Und sich um sie gekümmert. Und er würde sich noch weiter kümmern!

Die Schritte kamen näher. Eck spürte, wie er zu schwitzen begann. Wenn der Aufzug durchfuhr, was dann? Das Licht auf dem Druckknopf der Fahrstuhltür erlosch. Hieß das, dass die Fahrstuhltür gleich aufgehen würde? Eck war schon so lange nicht mehr mit dem Lift gefahren, dass er gar nicht mehr genau wusste, wie das eigentlich war.

In dem Moment kam eine Gestalt um die Ecke zum letzten Treppenabsatz und nahm die paar Stufen so sportlich, dass Eck sich vorsorglich in einen Winkel des Flurs drückte, wo ein paar rot lackierte Rohre sich durchs Treppenhaus zogen. Tatsächlich ging die Fahrstuhltür auf. Allerdings konnte er von seinem Platz aus nun nicht sehen, ob das Mädchen drin war. »Pauline?«, sagte er mit brüchiger Stimme. Der Mann, der eben in seinem Stockwerk angekommen war, hielt kurz inne, musterte ihn und tat dann einen Schritt Richtung Aufzug. Ein Schrei! »Ihr Kind?«, fragte der Mann ungerührt. Und schon an der Art, wie er es fragte, erkannte Eck, dass er ein Bulle war. Aber irgendwie ein besonderer. Die, die er sonst so kennenlernte, waren nicht so sportlich. Die hatten auch andere Kleidung. Der hier war ganz in Schwarz, so wie die Gestalten, die vorhin nach oben gelaufen waren. Nur dass er keinen Strumpf über dem Kopf trug. Denn das fiel ihm jetzt wieder ein: Die Kerle vorhin hatten irgendwie ausgesehen, als wollten sie eine Bank überfallen. Der hier nicht. Der sah nur gefährlich aus. Aber nicht kriminell. »Schon«, sagte Eck leise. Sein Kind. Konnte man so sagen, fand er. Sie hatte ja sonst niemanden, die Kleine, jedenfalls bis ihr Vater wieder gefunden war. Aber das konnte dauern. Wer wusste schon, wo der war! Irgendwo auf dem Dom vielleicht. Noch. Aber irgendwann dann auch nicht mehr. Ob er überhaupt nach seiner Kleinen suchte? Hatte ja nicht mal richtig auf sie aufgepasst, der …

»Sie sollten sie nicht allein mit dem Aufzug durch die Gegend fahren lassen. Das ist gefährlich.« Der Mann musterte Eck wieder.

»Schon klar. Sie haben recht«, sagte Eck, der befürchtete,

dass der andere ihn als Penner erkennen würde und dann eins und eins zusammenzählte. »Komm, mein Schatz, der Mann hat recht! Du gehörst außerdem ins Bett.« Er guckte in den Aufzug, wo die Kleine in der Ecke stand und den Fremden mit großen Augen anstarrte. Als sie Eck sah, atmete sie auf. Das war so deutlich erkennbar, dass Ecks Herz einen fröhlichen Hüpfer machte. Und auch der andere schien es zu bemerken. Er knurrte nur noch einmal, dann hastete er die Treppe weiter hinauf, die Hand am Funkgerät. Eck hörte noch, wie er sagte: »Hier hatte einer seine Tochter verloren. Kleines Mädchen. – Nein, er hat sie wieder. – Ja. – Habt ihr die Aufzüge nicht kontrolliert? Ihr solltet sie stilllegen …«

»Ich habe Hunger«, murmelte Pauline vorwurfsvoll, als sie mit kleinen Schritten aus dem Aufzug tappte. Eck zuckte innerlich die Achseln. Hunger. Hatte er auch. Eigentlich meistens. Kinder waren ja so verwöhnt. Sollten eigentlich alle mal ein paar Wochen auf der Straße leben. Das würde sie abhärten. Dann wären sie weniger weinerlich. Wobei er zugeben musste, wenn sie weinte, die Kleine, dann war sie besonders süß. Das brachte ihn auf eine Idee. »Guck mal«, sagte er und fummelte an seiner Hose herum. Dann zog er etwas heraus. »Ist das nicht toll?«

*

Do., 03.08., 21:43 Uhr, Hamburg, Heiligengeistfeld, Hochbunker

»Kommando 11/2, Bunker, Schmiedeke, an Einsatzleitung.«

»Einsatzleitung hier. Wir hören.«

»Das Kind, das ihr sucht, ist aufgetaucht. War hier im Bunker. Es ist jetzt wieder bei seinem Vater.«

»Immerhin etwas. Danke für die Nachricht. Alle wieder auf Position?«

»Alle auf Position.«

»Gut. Wir ziehen jetzt den Ring enger. Der Verdächtige am Looping ist uns entweder entwischt oder war ein Fehlalarm.«

»Alles klar. Over.«

»Over.«

*

Zuerst nahm er sie kaum zur Kenntnis. Aber dann ließ etwas ihn innehalten und noch einmal auf das Bild blicken. Anna merkte sofort, dass etwas in ihm klick gemacht hatte. »Hm«, murmelte er. Er war im Lärm der Umgebung kaum zu verstehen. »Sieht ein bisschen aus wie so eine Kleine, die vorhin hier vorbeigekommen ist.«

»Wirklich?« Annas Herz schlug augenblicklich schneller. Vielleicht hatte sie eine erste Spur gefunden! »Von wo? Und wohin?«

»Hm. Kann ich gar nicht so genau sagen.« Ein paar Jugendliche schlenderten auf den Stand zu. Der Verkäufer war sofort abgelenkt. Klar, er musste sich um seine Kunden kümmern. »Hören Sie!«, sagte Anna. »Die Kleine ist jetzt seit über einer Stunde weg. Verschwunden. Sie ist allein auf dem Dom unterwegs. Ich meine, hey, sie ist neun! Bitte versuchen Sie, sich zu erinnern.«

»Zwei Bier!«, rief einer der Jugendlichen.

»Und zwei Schnaps«, der andere. »Wodka. Hast du Wodka?«

»Klar hab ich Wodka!«, erwiderte der Budenbetreiber. »Macht vierzehn achtzig.«

»Vierzehn achtzig«, wiederholte einer der beiden, die schon jetzt einen sitzen hatten. »Halsabschneider.«

»Kriegst du hier woanders auch nicht billiger, Kumpel«, stellte der Budenbesitzer klar. »Also: Bleibt's bei der Bestellung?«

»Yo, Mann. Mach schon.« Der Junge knallte einen Zehner und einen Fünfer auf den Tresen, und Anna fragte sich, ob er überhaupt volljährig war. Den Wirt schien es nicht zu interessieren. Der zapfte ein Bier in einen Pappbecher und sagte zur Seite: »Sie war doch gar nicht allein.«

»Die Kleine? War nicht allein?« Wenn das eine gute Nachricht sein sollte, dann … »Wer war denn bei ihr?«

»Irgend so 'n Penner«, sagte der Budenbesitzer und zapfte das zweite Bier. Die fünfzehn Euro waren bereits von der Theke verschwunden.

Anna beugte sich zu ihm hin. »Was heißt das: so 'n Penner? Was für eine Art von Penner?«

Der Wirt zuckte die Achseln. »Was soll das für eine Frage sein? Und wer sind Sie überhaupt? Woher weiß ich, dass Sie hier nicht irgendein' Scheiß erzählen?«

Anna zückte ihren Dienstausweis und hielt ihn ihm unter die Nase. »Okay, Mann«, sagte sie. Aus den Augenwinkeln konnte sie erkennen, wie sich die beiden jungen Typen wegdrehten. »Jetzt mal ein bisschen mehr Engagement, ja? Ich suche dieses Mädchen, weil es hier verloren gegangen ist. Wenn sie mit *irgend so 'nem Penner* unterwegs ist, dann ist das verdammt keine gute Nachricht. Weil der sie nämlich bisher nicht bei der Polizei abgeliefert hat. Ich will jetzt wissen, wann Sie die beiden gesehen haben. Und ich will eine Beschreibung des Mannes, den Sie als Penner bezeichnet haben. Und zwar sofort.«

»Hören Sie, ich hab hier zu arbeiten«, protestierte der

Budenbesitzer. »Die beiden Herren wollen bedient werden und …«

»Die beiden Herren können mir gerne ihre Ausweise zeigen. Dann machen wir mal eine kleine Personenkontrolle. Und wenn sich herausstellen sollte, dass Sie harte Getränke an Minderjährige ausschenken, dann sperren wir Ihren kleinen Laden hier zu, so schnell können Sie gar nicht Scheiße sagen.«

Im nächsten Moment waren die jungen Männer verschwunden, um die Ecke, ohne noch mal nach den Schnäpsen zu fragen. »Nun?«, sagte Anna und steckte ihren Ausweis wieder weg. Der Wirt zuckte die Achseln. »Is' schon 'ne Weile her, dass die beiden hier waren.« Er deutete vage auf die Budenstraße. »Die standen da drüben neben der Pommesbude. Die Kleine trug ein Kleid, das weiß ich genau. Aber fragen Sie mich nicht, was für eins.«

»Und der Mann?«

»Mein Gott, wie so 'n Penner eben aussieht.«

»Sie meinen also mit Penner wirklich Penner, ja? Ein Obdachloser.«

»Yo. 'n Penner. Ganz typisch. Mit 'nem Mantel. Vollbart. Ungepflegt. Genau der Typ Kunde, den hier keiner will. Wenn er dich nicht beklaut, kotzt er dir den Tresen voll. Oder er pisst dir hinter den Wagen.«

»Schon klar. Wie alt war der Mann, was denken Sie?«

»Boah, das kann ich echt nicht sagen. Keine Ahnung. Fünfzig? Hundert? Die sehen alle irgendwie aus wie hundert, oder?«

»Also jedenfalls kein junger Mann.«

»Nee, jung war der sicher nicht.«

»Sonst noch irgendetwas, das Ihnen aufgefallen wäre?«, fragte Anna, während sie bereits Saskias Nummer wählte.

»Hören Sie, ich arbeite hier. Das is' hier kein Fernsehen für mich.«

»Okay. Ich hätte gerne noch Ihren Namen und Ihre Telefonnummer.«

»Steht alles hier.« Er tippte mit dem Finger auf einen Aufkleber am Rand des Tresens: Inh.: Erich Volland. Gefolgt von Adresse und Telefonnummer. Anna machte den Lautsprecher an und wechselte auf die Kamera, um ein Foto von der Adresse zu schießen. »Anna?«, hörte sie Saskias Stimme am anderen Ende.

»Ja! Hör mal: neue Informationen!«, sagte Anna atemlos, während sie auf den Auslöser drückte und dann dem Wirt noch einmal zunickte. »Jemand hat Pauline gesehen und …«

»Entwarnung«, unterbrach Saskia sie cool. »Die Kleine ist wieder bei Paul.«

»Echt?« Eine zentnerschwere Last wich von Annas Brust. »Echt?«

»Yep. Hab es gerade von den Kollegen hier erfahren.«

»Okay. Du bist sicher, dass es Pauline ist?«

»Hey, Paul wird ja wohl seine Tochter kennen, oder?« Anna konnte die Miene ihrer Kollegin förmlich vor sich sehen, den mokanten Ausdruck um ihre Mundwinkel, die hochgezogene Augenbraue, während sie wahrscheinlich einen jungen Kollegen von der Bereitschaftspolizei bezirzte. »Und ist alles in Ordnung mit ihr? Ist sie unverletzt?«

»Ich bin sicher, wir hätten es erfahren, wenn ihr was passiert wäre. Die Kleine wollte einfach ein bisschen Spaß und nicht dauernd betüdelt werden.«

»Hast du mit Paul selber gesprochen?«

»Nein, Anna, das habe ich nicht. Ich finde, jetzt ist auch mal gut.«

»Das kann ich nur hoffen, Saskia«, erwiderte Anna und unterbrach die Verbindung. Dann wählte sie Pauls Nummer.

*

Beinahe wäre sie mit ihrer Mutter zusammengestoßen! Sie kann gerade noch um die Ecke biegen, als Frauke Krüger aus der Apotheke kommt. Zum Glück hat sie offenbar nicht vor, nach Hause zu gehen, sonst wäre sie im nächsten Augenblick hier gewesen. Aber sie geht die Friesenstraße runter in Richtung Mittelland, warum auch immer. Und Anna bleibt schwer atmend hinter dem kleinen Mauervorsprung stehen und sieht ihr hinterher. Wie sie mit ihrer Einkaufstasche die Straße langgeht, als wäre nichts passiert. Als wäre ein ganz normaler Tag. Aber es gibt keine normalen Tage mehr. Und irgendwann wird Frauke Krüger das auch einsehen. Bald schon. Vielleicht wird sie dann auch kapieren, dass sie daran selbst mitschuld ist. Sie und ihr Mann, der mal Annas Vater war. Aber jetzt ist er das nicht mehr. Wenn sie an ihn denkt, wird ihr schlecht und die Kopfschmerzen werden stärker. Zumindest das wird auch vorbei sein. Bald.

ZWÖLF

Die Szenerie kam Stefan Sattler zunehmend surreal vor. Während immer mehr Menschen auf den Dom strömten, zog sich das Netz um den Gesuchten unweigerlich immer enger zu – er sah das Gesicht des jungen Mannes immer noch vor sich. Hörte seine sanftmütige Stimme. Ein hilfsbereiter Mensch. Inzwischen suchten Hunderte von Einsatzkräften mehr oder weniger verdeckt nach ihm. Kaum denkbar, dass sie ihn immer noch nicht entdeckt hatten. Andererseits: Irgendjemand hier vermisste sein Kind. Und auch das war noch immer nicht aufgetaucht. Jedenfalls nicht, soweit er wusste. Er beugte sich zu seiner Kollegin. »Astrid?«

»Ja?«

»Das Kind, das vermisst wird … Haben wir da irgendeinen neuen Kenntnisstand?«

»Ist gefunden.«

»Na, Gott sei Dank! Wurde aber auch Zeit.«

»Kannst du laut sagen.« Sie nickte zu seinem leeren Becher hin. »Noch einen?«

»Gerne.« Sie hatte ihn mit Apfelsaft versorgt. Zehn Minuten Pause. Selbst der dümmste Einsatzleiter wusste, dass er seine Leute nicht einfach verheizen konnte, noch ehe ein Zugriff auch nur in Sicht war. Die Einsatzkräfte mussten fit sein. Der Saft war eine gute Idee gewesen. Sattler spürte förmlich, wie ihn der Zucker wieder aufbaute. Und die Flüssigkeit. Vermutlich hätte er drei Liter trinken können. Aber dann wäre ihm übel geworden.

Das Funkgerät knackte. »Zentrale an Einsatzfahrzeug C2.«

»POM Sattler hier, C2. Die Kollegin ist gerade raus.«

»Können Sie sie zurückholen? Der Wagen soll rüber auf die Stadionseite.«

»Machen wir. Und melden uns, wenn wir drüben sind.«

»Alles klar. Danke.«

Stefan Sattler versuchte, seine Kollegin im Gewimmel vor den Frittenbuden und Schnapsschänken auszumachen, konnte sie aber vom Wagen aus nicht entdecken. Fluchend stieg er aus und streckte sich, um über die Köpfe der Dom-Besucher hinwegzublicken. Hatte er ihre Nummer? Er nahm sein Handy raus und durchsuchte die Kontakte. Da. Astrid Wegebusch. Privat. »Mann!« Kopfschüttelnd wählte er sie an. Ob sie ihr privates Handy dabeihatte? Und wieso eigentlich hatte er ihre Privatnummer?

Silvia fiel ihm wieder ein. Er hätte ihr Bescheid geben können in den paar Minuten, die er im Einsatzwagen gesessen hatte, um zu regenerieren. Und er hatte es vergessen. Hatte *sie* vergessen. Das nahm er sich selbst übel. Er mochte ja vielleicht kein Traumehemann sein, aber ein Arsch wollte er ganz sicher auch nicht sein. Da kam die Kollegin! »Astrid!«

»Alles klar?« Sie hielt ihm den Becher hin.

»Wir müssen rüber. Das heißt: Ihr müsst rüber. Auf die Stadionseite. Mit wem bist du eigentlich unterwegs?«

»Bin alleine hier. Kollege Zeman war ausgefallen.«

Sattler blickte sich um. Sein eigener Einsatzwagen mit dem Kollegen vom Revier war ebenfalls weg. Überhaupt eine seltsame Strategie hier, dachte er. Eine gewisse sichtbare Polizeipräsenz war wichtig. Erstens war es verdächtig, wenn bei einem solchen Ereignis keine Uniformierten zu sehen waren. Zweitens brauchten die Menschen dieses Bild, um sich sicherer zu fühlen. Ein wichtiger Aspekt, damit keine

Panik aufkommen konnte, wenn wirklich etwas passierte. Polizei war vielleicht nicht sonderlich beliebt bei solchen Veranstaltungen. Aber keine Polizei war ein faktisches und ein psychologisches Problem. »Ich fahr mit dir«, sagte er kurz entschlossen. Vielleicht, weil er keinen konkreten eigenen Einsatzbefehl hatte, vielleicht auch, weil er die Kollegin nicht einfach alleine lassen wollte. Als Polizist allein bist du das perfekte Ziel für jeden Wahnsinnigen oder Besoffenen. Niemand da, der dich sichert, niemand, der den Kontakt zur Zentrale hält … Gefundenes Fressen für Gewalttätige aller Art. Da wollte er in der aktuellen Situation Astrid Wegebusch nicht allein lassen. Er kannte die Kollegin vom Betriebssport. Sie war vielleicht ein bisschen naiv, aber sehr nett – ein guter Kumpel. Sicher nicht mehr.

»Tja, wenn du meinst. Dann gib aber deiner Stelle Bescheid.«

»Klar.« Sattler setzte sich wieder in den Wagen und wählte mit seinem Diensthandy die Nummer seiner Dienststelle. Trank zwei Schlucke, während es klingelte, und machte Mitteilung, dass er zur Verstärkung der Kollegin mit dem Einsatzwagen C2 unterwegs war. »Steigen Sie sofort wieder aus, Sattler«, blaffte ihn sein Dienststellenleiter an. »Wie sollen wir den Einsatz koordinieren, wenn jeder hinfährt, wo er will.«

»Ich kann die Kollegin nicht alleine lassen. Der zweite Kollege ist ausgefallen.«

»C2 ist …«

»Wegebusch. Astrid.«

»Ja. Hab ich hier. Gut. Bleiben Sie zusammen, Sie sind jetzt auf C2 eingeteilt.«

»Gut«, sagte Sattler und beendete das Gespräch.

»Stress?«, fragte Astrid Wegebusch mit einem Seitenblick.

»Nö. Alles in Ordnung«, erklärte Sattler und nahm einen Schluck Saft. »Ich gehöre jetzt zu deinem Team.« Was seltsam klang, weil er der ranghöhere Polizist von ihnen war.

»Okay, wenn die es sagen …« Sie kaute auf der Lippe. Inzwischen waren sie auf die Budapester Straße abgebogen. »Was zum Teufel ist da los?« Fassungslos starrte sie auf die Szenerie, die sich ihnen auf dem Gehweg neben der Straße darbot.

*

»Paul?«

»Anna! Sag, dass du was Neues weißt!«

So hatte sie Paul noch nie gehört. Und ihr wurde schlagartig klar, dass ihre Vermutung richtig gewesen war: »Sie ist nicht bei dir, richtig?«

»Pauline? Nein! Herrgott!«

»Paul, hör mir zu.« Sie hatte keine Ahnung, wie sie es ihm sagen sollte, aber manche Dinge kann man sich einfach nicht vorher überlegen. »Sie gehen davon aus, dass Pauline bei dir ist.«

»Wer geht davon aus? Wovon sprichst du?«

»Die Polizei, Paul. Die anderen Kollegen. Alle. Es kam eben über die Zentrale, dass die Kleine wieder bei ihrem Vater ist.«

»Die Kleine?«

»Pauline.«

»Aber sie ist nicht hier, verdammt!«

»Das habe ich mir gleich gedacht. Weil du sonst bei mir angerufen hättest.«

»Ja, aber was …«

»Paul«, fiel sie ihm ins Wort. »Ist dir klar, was das bedeutet?«

»Was das bedeutet …« Einen kurzen Augenblick lang schwieg Paul Freitag. Anna fragte sich, was er wohl gerade vor sich sah. Die Menschenmassen auf dem Dom? Einen dreckigen Winkel hinter einem der Kioske? Kreischende Besucher eines irrwitzigen Fahrgeschäfts? »Das heißt«, sagte er schließlich mit gepresster Stimme, »dass sie mit einem anderen Mann unterwegs ist. Jemand hat sie in seiner Gewalt, Anna!«

Anna seufzte. »Ja, Paul. Vorausgesetzt, das Mädchen, das gesehen wurde, ist tatsächlich Pauline. Kann natürlich sein, dass es jemand anderes war, ein anderes Mädchen, das mit seinem Papa gerade …«

»Ja, aber wenn nicht, Anna! Was, wenn das irgendein Schwein ist, das meine Tochter gerade mitnimmt und …« Er schwieg. Im Hintergrund schrie jemand in einer Sprache, die Anna nicht kannte. Anna wusste, dass Paul in diesem Augenblick genau wie sie an den grauenhaften Tod des Kindes auf Helgoland denken musste, das ums Leben gekommen war, weil es jemand *mitgenommen* hatte. »Ich gebe sofort Bescheid, dass sie nicht gefunden wurde und dass die Suche intensiviert werden muss«, sagte sie, während sie sich das andere Ohr zuhielt, damit sie bei dem Lärm überhaupt noch etwas verstand. »Und du sagst Saskia Bescheid.«

»Saskia?«

»Von der hab ich die Info.«

Paul stöhnte. »Warum hat sie nicht mich angerufen?«

»Paul, das ist jetzt alles egal. Wir müssen weitersuchen!«

»Du hast recht.«

»Und Paul?«

»Ja?«

»Noch eine Info.«

»Ja, was denn?«

»Einer der Budenbesitzer hat sie vielleicht gesehen.«

»Wo?«

»Ganz in der Nähe, wo wir sie verloren haben. Ist aber schon länger her, wie er sagte.« Paul schien zu überlegen, ob diese Information irgendetwas brachte, da schob Anna hinterher: »Sie war nicht allein. Also, das Mädchen, das er gesehen hat.«

»Okay.« Er atmete schwer.

»Sie war in Begleitung von einem Obdachlosen.«

»Einem Obdachlosen?«

»Vielleicht der Mann, mit dem sie die Polizei gesehen hat. Den sie für den Vater gehalten haben. Ich weiß es nicht.«

»Verstehe. Wahnsinn. Was für ein Albtraum.« Paul zögerte. Dann sagte er: »Danke.« Und drückte ihren Anruf weg, und Anna hätte sich gewünscht, ein eigenes Einsatzkommando zu haben. So, wie das im Moment gerade lief, war es eine Katastrophe. Und was dabei herauskommen konnte, war gar nicht auszudenken. Während sie zum Eingang an der Glacischaussee hastete, damit die Vermisstenmeldung noch einmal neu in die Runde gegeben werden konnte, überlegte sie fieberhaft, wie sie ihre Strategie verändern konnten.

Wenn es wirklich einen Mann gab, einen vermeintlichen »Vater«, mit dem die Kleine unterwegs war, dann mussten sie als Erstes herausfinden, welchen Ursprung diese Information hatte. Wie der Typ aussah. Wo die beiden – der Mann und das Kind – genau gesehen worden waren. In welche Richtung sie unterwegs warten. Kurz blitzte in Anna die Hoffnung auf, dass das Kind immer noch irgendwo Karussell fuhr und der angebliche Vater davorstand und wartete. Aber wenn es einer war, der kleine Mädchen einsammelte, dann würde er genau das nicht tun: sich irgendwo in der Öffentlichkeit präsentieren und warten, bis man ihn gefunden hatte. Solchen

Gefahren setzten sich die Schweine, die es auf Kinder abgesehen hatten, nicht aus. Der würde sie auf dem schnellsten Wege vom Dom runterbringen, in sein Auto bugsieren und dann mit ihr irgendwohin fahren, wo er … »Saskia!«, rief sie in ihr Handy, als sich die Kollegin, die sie im Laufen angewählt hatte, meldete. »Von wem stammt die Info, dass Pauline wieder bei ihrem Vater ist?«

»Hey, Anna, jetzt komm mal wieder runter. Was spielt's für eine Rolle.« Anna konnte sie förmlich vor sich sehen. Saskia hatte eine Art, auf Anna zu blicken, in der etwas Verletzendes lag – obwohl sie Freundinnen waren, irgendwie, seit sie im letzten Jahr gemeinsam die Hölle durchgemacht hatten. »Ich unterstütze hier die Kollegen bei …«

»Saskia! Pauline ist nicht bei Paul. Ich habe gerade mit ihm telefoniert. Er hat sie nicht gesehen. Sie ist mit einem anderen Mann unterwegs. Wenn wir von ein und demselben Kind sprechen.«

»Oh. Scheiße! Aber die haben mir gesagt …«

»Wer, Saskia? Wer hat es dir gesagt?«

»Das war einer von der Einsatzzentrale.«

»Okay. Ich frage da nach.« Eine Sekunde später war die Verbindung weg, und Anna stand am Eingang Glacischaussee. Wo, verdammt, sind die Einsatzfahrzeuge? schoss es ihr durch den Kopf. *Vorhin hatten doch noch drei Wagen da gestanden.*

*

Do., 03.08., 21:47 Uhr, LKA Hamburg, Einsatzzentrale

»Einsatzzentrale an alle: Wir haben inzwischen vier Drohnen über dem Dom. Einsatzzentrale an alle: Die Drohnen, die über dem Heiligengeistfeld fliegen, sind unsere. Sie unterstützen unsere Einsatzkräfte. Over.«

*

Eck fragte sich, wann er das letzte Mal etwas so Schönes gesehen hatte. Er saß da, nippte ab und zu an seinem Flachmann, in dem nur noch ganz wenig drin war, ein paar Tropfen und betrachtete die Kleine, wie sie vor ihm lag. Ein Wunder. Diese Haut, so rein, so zart ... Die winzigen Härchen, man konnte geradezu sehen, wie sie zitterten. Die Brust der Kleinen hob und senkte sich beim Atmen. Eck steckte die Flasche weg. Er wollte sich jetzt ganz darauf konzentrieren, wollte den Moment hundertprozentig genießen. Wer wusste schon, wann er wieder Gelegenheit haben würde ... Ob überhaupt noch jemals! Es war doch so: Als Penner waren diese kleinen Freuden gar nicht mehr für dich vorgesehen. Da dachte doch jeder, du kannst damit gar nichts anfangen. Und selbst wenn: Sie hätten ihre Kinder weggesperrt, damit du ihnen ja nicht zu nahe kommst. Aber jetzt, hier und jetzt, spürte Eck so etwas wie ... Er musste eine Weile nachdenken, denn es kam ihm so seltsam vor, so fremd. Und doch: Es war so etwas wie – Glück!

Er beugte sich über sie, ganz vorsichtig, er wollte ihr ja keinen Schreck einjagen, obwohl sie inzwischen schon ganz vertraut mit ihm war. Beugte sich über sie und vergrub seine Lippen in ihrem Haar. Atmete tief ein, spürte die Wärme, die von der Kleinen ausging. Roch ihren Duft. Sie hatte frisch gewaschenes Haar. So etwas Gutes hatte er lange nicht gerochen. Am liebsten hätte er sich eine Strähne abgeschnitten. Aber vielleicht würde er das ja später noch machen. Jetzt wollte er einfach genießen.

Als er sich wieder aufrichtete, entfuhr ihm ein so tiefes Seufzen, dass er beinahe selbst darüber erschrak. Gott, wie ausgehungert war er. Er schüttelte den Kopf und nahm dann doch noch mal die Flasche zur Hand, steckte sie aber wieder weg, weil der Duft des frisch gewaschenen Haars, den er in der Nase hatte, gleich verschwunden sein würde, wenn er erst den Schnaps aufmachte. Lächelnd blickte er auf die Kleine hinab. Sie sagte nichts, gab keinen Mucks von sich. Und auch wenn er ihr ganz gerne zugehört hatte mit ihrer lustigen Stimme, dass sie jetzt schwieg, gefiel ihm genauso gut. Es war wie eine Bestätigung. Eine Bestätigung, dass alles richtig war, wie es war. Dass alles so sein sollte. Und das sollte es auch. Denn wirklich: Er wusste nicht, wann er zuletzt etwas so Schönes gesehen hatte wie dieses schlafende Kind.

Die nackten Ärmchen zeigten eine Gänsehaut. Eck legte die Hand darauf, um sie zu wärmen. Na ja, wahrscheinlich eher, weil er die Kleine gerne streicheln wollte. Aber dann nahm er ihr die Glasmurmel aus der Hand, mit der sie gespielt hatte, bis sie eingeschlafen war, und deckte sie doch lieber zu. Denn ein schlafendes Kind soll man nicht wecken.

Sie waren wieder zu dem Platz mit dem halben eisernen Boot zurückgekehrt, wo es zwar auch nicht gemütlicher war als irgendwo sonst in diesem Treppenhaus. Aber nachdem die schwarzen Männer mit ihren Waffen wieder abgezogen waren und Eck das Gefühl hatte, dass sie alleine wären, wollte er die Kleine nicht noch länger kreuz und quer durch die Gegend zerren. Sie war so müde gewesen, dass sie praktisch noch im Hinsetzen wieder eingeschlafen war. Er hatte sie dann vorsichtig auf die Seite gelegt, damit sie nicht umkippte und sich den Kopf anschlug. Und jetzt saßen sie da. Das hieß: Er saß, sie lag. Wie ein Vater mit seinem Kind.

Ganz friedlich. Eben fast so, dass er sich vorstellen konnte, alles war, wie es sein sollte.

*

»Warte«, sagte er mit rauer Stimme. »Bitte. Nur einen Moment noch.« Kathy zögerte. Sie wollte sich anziehen. So nackt dazuliegen unter freiem Himmel mit einer Million Menschen rundherum, die nur durch eine Blechwand von ihnen getrennt waren, das war ihr unangenehm. Überhaupt war es komisch, so nackt vor einem Mann zu liegen und er guckte sie an – auch wenn es Ante war. Andererseits fand sie seinen Blick auch schmeichelhaft. Er sah wirklich aus, als hätte er sie am liebsten aufgefressen. »Aber nur kurz«, erwiderte sie leise und hob das Shirt noch mal über ihren Busen. Sie hatte den BH einfach in ihre Tasche gestopft. Zu Hause würde sie aufpassen müssen, dass sie Mama nicht über den Weg lief. Die hätte das sofort gecheckt, dass sie nichts drunter anhatte.

»Du bist so wunderschön, Baby«, flüsterte Ante. Er beugte sich vor und küsste sie auf den Bauch. Sein Bart kitzelte sie, und es kribbelte sie sofort wieder zwischen den Beinen. Den Slip würde sie jetzt aber nicht noch einmal für ihn runterziehen. »Wir sollten weg«, sagte sie und atmete schwer. Es war viel schöner gewesen, als sie es sich vorgestellt hatte. Einerseits. Andererseits machte ihr Ante Angst. Auch jetzt. Er war so … so seltsam. Mal total zärtlich und lieb, dann sah er wieder aus, als wäre der Teufel hinter ihm her. Sie musterte ihn. Erst war er so aufgekratzt gewesen, dann war es ihm so schlecht gegangen. Und jetzt hatten sie miteinander geschlafen, und es war wunderschön gewesen irgendwie. Sie war auch so aufgeregt gewesen wegen der Leute rundrum. Es tat ihr richtig ein bisschen leid, dass sie das niemandem erzählen konnte. Konnte sie doch nicht, oder? Dass sie Sex auf dem Dom gehabt hatte. Hinter einer Blechwand vom Looping. Und oben waren die Verrückten drübergesaust. So wie sie vorhin mit Ante über diesen blinden Fleck gesaust war. Natürlich hatten sie hier nicht hingeguckt, weil man auf dem Looping für nichts einen Kopf hat als für die nächste Kurve und weil man sowieso aufpassen musste, dass man nicht kotzte.

Der Gedanke brachte sie runter. Schnell zog sie das Shirt über ihre Brüste und grinste Ante an, dessen Blick enttäuscht wirkte. »Komm«, sagte sie. »Lass uns gehen, okay?«

Er nickte nur, sagte nichts. Langsam drehte er sich auf den Rücken und zog sich selbst die Hosen hoch. Dabei stöhnte er leise. Ob ihm sein Knöchel immer noch so wehtat? Bestimmt. Er hatte das bloß ausgeblendet, als sie sich geliebt hatten. Aber jetzt spürte er den Schmerz natürlich wieder. »Vielleicht setzen wir uns irgendwo rein?«, schlug Kathy vor.

Wieder nickte er und knöpfte sich im Liegen den Bund zu, stopfte sich das Hemd rein und rollte sich dann wieder auf den Ellbogen. »Kathy.« Er sagte es so schön, dass ihr Herz einen Hüpfer machte. »Kathy, du bist die tollste Frau, die …«

»Die was?«, fragte sie halb amüsiert, halb ein bisschen ängstlich. *Bitte sag jetzt nicht so einen Scheiß wie … die ich je gehabt hab. Bitte.*

»Die tollste Frau auf der ganzen Welt. Echt.«

Und dieses *Echt* war es, das sich so unglaublich gut anfühlte. Warum auch immer. Wenn Ante das so sagte, dann meinte er es so. Und Kathy fühlte sich so glücklich wie noch nie. »Du auch«, flüsterte sie, packte ihn im Nacken und zog ihn auf einen langen, langen, ewig langen Kuss zu sich. »Der tollste Mann.« Grinste sie dann, während sie sich in die Augen blickten. Er in ihre und sie in seine. Diese schönen dunklen Augen, in denen sie sich spiegelte – aber das konnte sie natürlich nicht sehen, denn dafür tanzten allzu viele Lichter um sie herum in dieser Nacht, die sie nie, nie, niemals vergessen würde. Sie fühlte sich, als wenn ihr Herz doppelt so groß wäre wie sonst. Und es schlug so heftig, dass sie bei dem Kuss fast keine Luft mehr bekommen hätte. »Ich liebe dich«, flüsterte sie.

»Hey, und ich dich, Baby«, sagte Ante, und es sollte sicher cool klingen. Aber für Kathy klang es nur süß. Süß und wundervoll. Es war der schönste Abend ihres Lebens. Sie griff ihm ins feuchte Haar, streichelte es, betrachtete sein Gesicht, streifte über seinen Bart. »Mach ihn ab«, sagte sie lächelnd. »Du bist viel zu schön für einen Bart. Den brauchen nur Männer, die nicht gut aussehen.«

»Echt jetzt?«

Sie lachte. Fragte sich, ob er schon mal ein Kompliment bekommen hatte. Also so eines. Streichelte seine Stirn. Und dann, plötzlich, schrie sie auf. »Ante! Was ist das?«

*

Do., 03.08., 21:49 Uhr, Hamburg, Heiligengeistfeld, Hochbunker

»Funkeinheit an Kommandozentrale.«

»Wir hören.« Buchstäblich. Endlich hatte Schmiedeke einen zweiten Mann an die Seite bekommen. Schweißgebadet lauschte er der Meldung.

»In einem toten Winkel hinter der Achterbahn zwei Menschen. Scheinen Jugendliche zu sein oder junge Erwachsene.«

»Erklären Sie *toter Winkel.*«

»Möglicherweise aufbaubedingter ungenutzter Raum hinter einer Metallwand und einem Transportwagen. Vielleicht vier, höchstens fünf Quadratmeter.«

»Irgendwelche Anhaltspunkte, dass die beiden etwas mit unseren Ermittlungen zu tun haben?«, fragte der Kollege.

»Bilder müssten jeden Moment bei euch sein.«

»Ah ja, sind eben eingetroffen. Oh! Das wäre jedenfalls eine ungewöhnliche Beschäftigung während der Vorbereitung eines Anschlags. Wir schicken zur Sicherheit zwei Einheiten hin.« Der Kollege nickte Schmiedeke zu, der sofort Kontakt zum MEK aufnahm.

»Echt jetzt?«

»Kann ja nicht schaden.«

»Gut. Wir suchen weiter.«

*

Einerseits war klar, dass jeder einigermaßen schlaue Entführer das Kind auf dem schnellsten Weg vom Dom bringen und irgendwo verstecken würde. Andererseits war ein Entführer von Haus aus nicht schlau, sondern ein Idiot und ein Schwein und wahrscheinlich auch noch ein Psychopath. Außerdem konnte er natürlich auch den Schutz der Masse suchen. Das hieß: konnte er? Mit einem Kind war das schwieriger, wenn das Kind es womöglich wagte, um Hilfe zu rufen. Würde Pauline das tun? Er hatte keine Ahnung. Und das machte ihn am allermeisten krank: dass er das Gefühl hatte, sein eigenes Kind nicht wirklich zu kennen. Am Ende war sie weggelaufen! Am Ende war es keine Entführung und auch kein zufälliges Verlorengehen, sondern ein Versuch, sich von den Eltern und von allem zu befreien. Paul war sich nicht einmal sicher, ob er das hoffen sollte. Denn das hätte ja geheißen, dass sie so unglücklich mit der Situation war und auch mit ihnen, ihren Eltern, dass sie nur noch fortwollte. Aber ob ein so junges Kind schon so dachte?

»Verdammt«, schrie Paul, ohne auf die Menschen zu achten, die um ihn standen. Er hatte sich einen Platz auf dem Eingangsbereich der Geisterbahn gesucht, der etwas erhöht lag, um besser über die Menschen hinwegsehen zu können. Es war inzwischen unglaublich voll auf dem Dom. Und jeder Mensch mehr, der hier durchlief, war einer mehr, der seinem Blick im Weg stand. Er hätte sie alle auf den Mond schießen können. »Mann, Sie können hier nicht stehen bleiben«, pflaumte ihn ein Mitarbeiter der Geisterbahn an. Paul machte sich gar nicht erst die Mühe, ihm zu antworten, sondern zog den Polizeiausweis, den er inzwischen in der Hosentasche trug, weil er ihn sowieso alle zwei Minuten zückte, und hielt ihn ihm kommentarlos hin.

»Trotzdem«, insistierte der Mann. »Das ist hier alles legal und vom TÜV abgenommen. Wir brauchen den Platz. Das hat auch feuerpolizeiliche Gründe.«

»Schon klar, Mann!«, fuhr Paul ihn an. »Ich bin gleich weg.« Er musterte den Geisterbahner. »Das heißt: Ich muss da mal rein.«

»Wo rein?« Der Typ hatte jedenfalls keinen besonderen Respekt vor der Polizei, was mehr oder weniger gleichbedeutend war mit: Er hatte keinen größeren Dreck am Stecken. Vielleicht war er sogar ein ganz anständiger Kerl. Paul seufzte: »Wir suchen ein Kind, das verloren gegangen ist.«

»Verloren? Oder entführt?«

»Wissen wir nicht. Aber ich wäre Ihnen dankbar, wenn ich mal Ihre Geisterbahn inspizieren könnte.«

»Inspizieren? Sie können wie jeder andere da drüben ein Ticket kaufen und dann einmal durchfahren.«

»Nein, nein«, versuchte Paul zu erklären. »So auf die Schnelle beim Durchfahren kann ich ja nicht ernsthaft …«

»Tut mir leid«, fiel ihm der andere ins Wort. »Bei laufendem Betrieb geht sowieso nichts. Und wenn sie uns hier sperren wollen, dann besorgen Sie sich mal lieber eine richterliche Keineahnungwas. Aber so geht das jedenfalls nicht. Und jetzt sehen Sie bitte zu, dass Sie den Weg hier frei machen.«

Paul schwankte zwischen einem Ausbruch und totaler Resignation, weil sich scheinbar alles gegen ihn verschworen hatte und weil ihm die Zeit davonlief. Der Typ hatte ja schließlich recht. Aber dann blitzte doch wieder ein Hoffnungsschimmer auf. »Ich besorg mir einen Fahrchip«, sagte er. »Besser als nichts.«

»Wie Sie meinen.«

*

Wie sieht sie denn aus? Sind gerade am Dom und helfen gern mit. Mitch.

Ja, das wäre natürlich hilfreich gewesen, wenn man ein Foto von der Kleinen hätte weitergeben dürfen. Weikert probierte es wieder bei Anna Krüger. Einmal mehr vergeblich. Inzwischen hatte er ungefähr hundert Bilder von den Menschen auf dem Volksfest gemacht, jedes mit Adlerblick durchforstet und wieder gelöscht. Kinder gab's. Nicht mal zu knapp, wenn man bedachte, dass Abend war. Aber es war eben Freitag, da durften die Kiddies schon mal ein bisschen länger aufbleiben. Außerdem waren viele Touris da, die natürlich mit der ganzen Familie über das Heiligengeistfeld schlenderten. Seufzend hielt Ulrich Weikert inne und ließ den Blick über die große Szene schweifen. Schon Wahnsinn, wie viele Menschen sich an einem Ort versammelten, nur um völlig sinnlos Spaß zu haben, einen Haufen Kohle rauszublasen oder sich die Birne wegzuballern. Und was man alles sah, wenn man den Irrsinn einfror und heranzoomte. Auf einem Bild hatte er einen Taschendieb bei der Arbeit entdeckt. Zwei-, dreimal hatten Typen Frauen angegrapscht. Einer hatte sich ausgekotzt, einer in einen Mülleimer gepinkelt und einer hinter den Tresen einer Würstchenbude gegriffen – wozu auch immer. Er hatte einen Mann gesehen, dem das Toupet seitlich am Schädel hing, eine Frau mit Nasenbluten, zwei Jungs, die sich so richtig die Fresse polierten, während ein paar Erwachsene völlig unbeeindruckt danebenstanden. Aber kein Mädchen, das alleine durch die Nacht irrte. Dafür ungefähr eine Million Polizisten in Zivil und auch eine stattliche Anzahl in Uniform. Während Weikert darüber nachdachte, dass man mal eine große Dom-Doku machen könnte, einen Artikel, in dem dokumentiert wurde, was in einer Nacht auf dem Volksfest so passierte, ging ein Anruf ein. »Weikert.«

»Gesthuisen hier. Ich hab Ihren Post gelesen.«

»Wegen des Mädchens?«

»Ja. Ist da eine Story drin?«

Sein Chefredakteur. Wie immer heiß auf eine Story, mit der man die Tränendrüsen massieren konnte. »Weiß nicht«, sagte Weikert. »Kommt drauf an, ob wir sie finden.«

»Wenn nicht: Sind Sie an den Eltern dran?«

»Mehr oder weniger.«

»Versuchen Sie, mehr dran zu sein. Wenn Sie eine schöne Story hinbekommen, bringen wir sie morgen auf dem Titel. Die Kleine vom Dom, so was.«

»Die Kleine vom Dom?«

»Verloren. Vergessen. Ver… Was weiß ich. Uns fällt schon was ein. Schreiben Sie mal Ihre Geschichte.«

»Na ja, meine Geschichte ist es nun nicht wirklich«, widersprach Weikert, der für einen Augenblick dachte, er hätte ein kleines Mädchen bei den Luftballons stehen sehen. Hatte er auch, allerdings in Begleitung eines Paares, offenbar der Eltern.

»Jetzt schon«, sagte Gesthuisen. »Machen Sie was draus.« Und schon war er raus aus der Leitung. »Arschloch«, sagte Weikert und starrte auf das Display. Aber aus seiner Sicht hatte der Chef natürlich recht. Ein kleines Mädchen ging auf dem Dom verloren. Am Abend. Niemand findet es. Das gab Raum für Spekulationen. Das befeuerte die Fantasie! Falls er das Kind fand: Wem würde es schon schaden, wenn er erst einmal ein paar Worte unter vier Augen mit ihm sprach, bevor er es bei Anna Krüger ablieferte? Allerdings musste er die Kleine dazu erst einmal finden. Aber aus irgendeinem Grund schien sie wie vom Erdboden verschluckt. Und das konnte nun mal einfach kein guter Grund sein, dachte Weikert und spürte, wie ein bitterer Geschmack seine Zunge überzog.

*

Sattler bewunderte seine Kollegin. Es wirkte fast, als ruhte Astrid Wegebusch ganz und gar in sich. Sie erweckte keinerlei Anschein, unter Stress zu stehen. Dabei taten das doch jetzt alle: die Kollegen von der Bereitschaftspolizei ebenso wie die Sondereinsatzkräfte, die Uniformierten wie die Zivilen, die Jungen wie die alten Hasen. Sie waren gerade um die Ecke gerollt und am Stadion vorbei Richtung Bunker an der Günter-Peine-Twiete gefahren, als sie vor sich dieses Bündel Menschen sahen: Männer, die aufeinander einschlugen, als wollten sie sich mit bloßen Händen gegenseitig abschlachten. »Autsch«, sagte die Kollegin nur und ließ das Blaulicht einmal aufblitzen, dann war sie schon draußen, so schnell, dass Sattler sich noch nicht einmal seine Dienstmütze gegriffen hatte. Fluchend stolperte er aus dem Wagen und hinter ihr her. Sie hatte den Schlagstock gezogen und rief: »Aufhören! Polizei! Gehen Sie sofort auseinander.«

Für den Bruchteil eines Augenblicks schien die Szenerie einzufrieren, die Schläger hatten realisiert, dass etwas passiert war. Dann aber – völlig entgegen Sattlers Erwartung – schlugen sie nur umso härter aufeinander ein, offenbar, weil jeder dachte, er könnte die Schrecksekunde ausnutzen, in der sein Gegner irritiert war. Ein Ächzen, ein Stöhnen, ein Hauen und Treten, dass sanfteren Gemütern schlecht geworden wäre. »Aufhören!«, schrie jetzt auch Sattler, kaum bei Stimme, weil er so erschöpft war. »Sofort!« Und dann sah er zu, wie Astrid Wegebuschs Schlagstock in die Menge fuhr, mit aller Kraft, auf Schultern, Hüften, Nieren ... Schmerzensschreie, Gegenwehr. Schon traf eine Faust die Kollegin an der Schläfe. Sie taumelte kurz und hämmerte dann ihren Schlagstock aus der Drehung heraus mit solcher Wucht gegen den Gegner, dass es krachte. Stöhnend fiel der Mann auf die Knie. Auch Sattler war jetzt auf Tuchfühlung und setzte zwei weitere Männer mit gezielten Ellbogenchecks außer Gefecht. Das war der Augenblick, in dem drei Männer flüchteten. Einer rannte am Polizeiwagen vorbei Richtung Reeperbahn, die beiden anderen nahmen die entgegengesetzte Richtung. »Bleib du hier und halt die beiden in Schach, ich nehme die Verfolgung auf«, rief Sattler und fummelte sein Handy aus der Tasche.

»Okay. Ich ruf die Sanitäter. Den einen scheint's heftiger erwischt zu haben«, erwiderte die Kollegin. Da war Sattler schon einige Schritte weg. »Einsatzzentrale? Sattler hier. Auf dem Heiligengeistfeld, also der Straße ...« Er musste Luft holen, kniff die Augen zusammen, um die Kerle nicht aus dem Blick zu verlieren. »... der Straße neben dem Stadion ... eine Schlägerei. Verletzte. Kollegin Wegebusch ist vor Ort.

Ich ... ich ... verfolge zwei Täter, die Richtung Bunker ... Feld ... Feldstraße ... türmen.« Er wartete nicht auf Bestätigung, sondern steckte das Handy wieder weg und rannte, als sei der Teufel hinter ihm her, auf den Bunker zu, der riesig, unglaublich riesig und schwarz vor ihm in der Nacht stand.

*

»Die beobachten uns! Irgendein Schwein ist hier mit seiner Drohne unterwegs. So ein mieser Spanner!« Kathy sammelte schockiert ihre Sachen zusammen und stieg so schnell wie es ging in ihre Jeans, nicht, ohne zweimal dabei hinzufallen. Oh Gott, dachte sie, ich fühle mich richtig schmutzig. Wie lange das Ding da oben wohl schon in der Luft stand? Wie lange sie irgend so ein Dreckschwein beobachtet hatte? Und wenn er das alles aufgenommen hatte? Dann konnte ihr morgen jeder online beim Ficken zugucken. Wenn sie daran dachte, wurde ihr richtig schlecht.

»Das ist echt schräg«, lachte Ante. »Die Dinger sind so leise, man hört die gar nicht.« Fasziniert blickte er nach oben und beobachtete die Drohne, die sich ein wenig zurückzuziehen schien. Dann sammelte er ein paar Steine vom Boden und begann, sie nach dem Ding zu werfen, das prompt etwas weiter hochstieg. »Hey, der schaut echt zu uns runter!«, rief er. »Ich fass es nicht. Hey, du Wichser! Verpiss dich!« Die nächste Ladung Steine flog eher noch weiter an der Drohne vorbei als die erste. Er hatte einfach nicht die nötige Konzentration.

»Komm lass«, keuchte Kathy, die sich aufrappelte und noch einmal umsah, ob noch irgendetwas von ihr auf dem Boden lag. »Lass uns lieber abhauen.«

»Abhauen? *Der* soll abhauen!«, schrie Ante und bückte

sich ein drittes Mal nach Munition. Dass ihm das Röhrchen mit den Smileys aus der Tasche fiel, bemerkte er erst, als Kathy es schon in der Hand hielt.

»Was ist das, Ante?«

»Oh Mann, Schmerzmittel eben«, stöhnte er und griff danach. Doch Kathy zog die Hand zurück und betrachtete die Tabletten genauer. »Schmerzmittel mit einem Smiley drauf? Das glaubst du doch selbst nicht.«

»Ich nehm die gegen die Schmerzen, Mann. Echt!«, sagte Ante und schleuderte die Steine, die er in der Hand hielt, gegen die Metallwand, von wo sie zurückprallten, sodass einer Kathy am Bein traf. »Au!«

»Oh, sorry. Echt, das tut mir voll leid.« Ante griff nach Kathy, um sie an sich zu ziehen, doch sie wich zurück. »Du nimmst so einen Scheiß!«, schrie sie. »Ich hab's mir gleich gedacht. Du bist wirklich ein Dealer. Und du nimmst den Scheiß auch noch selber!«

»Hey, Kathy, jetzt lass mal stecken.« Er drängte sie in eine Ecke, aus der sie nicht wegkonnte. »Mach mal keinen Stress, ja? Das Zeug ist total harmlos.« Sie steckte fest. Er presste sich gegen sie und griff um ihre Taille. Plötzlich war ihr sein heißer Atem unangenehm, machte ihr Angst. »Lass mich in Ruhe!«, schrie sie.

»Hey, wir hatten doch gerade so 'n Spaß, oder? Was is 'n jetzt los? Bist du jetzt unter die Zicken gegangen?«

»Lass mich los«, rief sie und versuchte, ihn zurückzustoßen. Ein Fehler: Jetzt hatte er ihre Hand mit dem Röhrchen zu packen bekommen und entwand ihr die Pillen. »Besser, du gibst die Dinger wieder mir, Baby. Da sind sie gut aufgehoben.«

»Du dealst mit Drogen. Das find ich so scheiße.« Sie konnte ihn gar nicht mehr ansehen.

»Kathy, echt jetzt, das ist total übertrieben. Das sind nur ganz harmlose Pillen, die ich gegen die Schmerzen nehme. Sonst nehm ich die gar nicht.«

»Du bist nicht sauber«, sagte sie und versuchte, die Tränen, die in ihr aufstiegen, runterzuschlucken. »Ich hätt's mir denken können. Das vorhin in der Achterbahn ... das war doch nicht normal. Da warst du auf Drogen!«

Ante drückte sie mit einem Arm gegen die Blechwand, während er mit der anderen das Röhrchen gleichzeitig hielt und öffnete. »Jetzt pass mal auf. Die Dinger sind wirklich total harmlos. Das sind gar keine Drogen. Schau!« Und im nächsten Moment kippte er sich ein, zwei, vielleicht sogar drei davon in den Mund und schluckte sie runter. »Die machen gar nix. Außer dass sie ein bisschen gegen die Schmerzen im Fuß helfen. Deshalb brauch ich die.«

Kathy wusste nicht, was sie sagen sollte. Einerseits hoffte sie, dass das, was er sagte, wahr war. Andererseits fürchtete sie, dass alles nur noch schlimmer würde. Alles, was sie eben noch so glücklich gemacht hatte: diese Nacht, dass sie mit Ante geschlafen hatte, dass er sie so bewundert und dass er gesagt hatte, dass er sie liebte – alles war plötzlich nichts mehr wert. Alles fühlte sich nur noch mies an. Jetzt heulte sie wirklich. Sie war so enttäuscht. Konnte es nicht verhindern. Und wenn sich jetzt herausstellte, dass es doch nur Schmerzmittel waren und alles ganz harmlos? Dann würde er sie für eine blöde hysterische Kuh halten und ... Aber Schmerzmittel hatten keine Smileys aufgestempelt. Sie zog die Nase hoch und blickte nach oben, um ihre Tränen einzufangen. Nach oben, wo die Drohne kreiste. Und die war plötzlich ganz nah gekommen. Und Kathy schaute in die Kamera und sagte lautlos: »Hilfe!«

*

Do., 03.08., 21:51 Uhr, Einsatzzentrale

»Meldung von A6. Angriff auf unsere Einsatzkräfte. Mehrere gewalttätige Personen. Zwei Einsatzkräfte vor Ort. Einer hat die Verfolgung aufgenommen.«

»Sofort MEK dorthin beordern, Drohnen auf A6, Sicherheitsstufe 1, Straße abriegeln. Meldung an die Scharfschützen auf dem Millerntor-Stadion und auf dem Bunker.«

»Bunker könnte hilfreich sein, Stadiondach wird nichts bringen. Der Winkel ist zu steil.«

»Gut, die sollen auf dem Posten bleiben.«

*

Immer noch kontrollierten die Bullen an der U-Bahn St. Pauli. Marco wäre fast in sie reingerannt, weil er in sein Handy geglotzt hatte. Zum Glück hatte irgendein Betrunkener rumgepöbelt und ihn so auf die Situation aufmerksam gemacht. Buchstäblich im letzten Augenblick hatte Marco abgedreht und war über die Budapester Straße die Helgoländer Allee runter. Dann würde er eben an den Landungsbrücken in die S-Bahn springen. War scheiße viel Polizei unterwegs an diesem Abend. Die standen praktisch um jede Ecke mit ihren Mannschaftswagen. Dabei war gar kein Fußballspiel. Und die heftigsten Zeiten, als die St. Pauli-Fans dem Gegner und der Staatsgewalt so richtig eingeheizt hatten, waren auch längst vorbei. An die konnte Marco sich gar nicht erinnern, die kannte er nur aus Erzählungen seines Alten, der mal eine Weile selber Fan des FC gewesen war.

Richtung Hafen nahm die Polizeidichte immerhin merklich ab. Zunächst. Doch an der Hafenstraße reihte sich plötzlich Einsatzfahrzeug an Einsatzfahrzeug. Irre. Zum Glück nicht in seiner Richtung, sondern Richtung Fischmarkt. Konnte ihm egal sein, er bog nach links ab. Ein schöner Abend war das. Immer noch warm. Viele Leute unterwegs. Ein Mädchen zwinkerte Marco zu, als er an der Hafenstraße stand. Er zwinkerte zurück. Eine Frau wäre schon was Feines gewesen. Aber irgendwie fand er nicht die richtige. Er dachte an Jenny, mit der er mal eine Weile gegangen war, seine erste und bisher einzige Freundin. Auf der Schule war das gewesen. Leider war sie weggezogen. Aber er machte sich da keinen Stress. Das würde schon werden mit der Liebe. Lieber wartete er noch ein bisschen, statt sich irgendeine anzulachen, mit der er dann doch nicht glücklich war. Tat trotzdem gut, wenn man jemandem gefiel. Schwungvoll nahm er die Treppen nach oben und hatte Glück: Die S-Bahn fuhr gerade ein. Fünf Minuten und er wäre zu Hause.

*

Do., 03.08., 21:25 Uhr, Einsatzzentrale

»Irgendwelche Neuigkeiten zu den überwachten Objekten?«

»Dem Objekt. Ist nur eines.«

»Ich denke, wir haben drei Männer mit demselben Namen.«

»Ja, aber nur einen Gefährder.« Die Zwischenberichte waren das Anstrengendste. Schmiedeke jonglierte inzwischen mit mehr als dreihundert Polizisten, kommunizierte mit acht Einheiten, beobachtete ein knappes Dutzend Bildschirme und war immer noch die alleinige Schnittstelle in der Einsatzzentrale.

»Und?«

»Männliche und weibliche Stimmen in der Wohnung, ein Mitschnitt der Gespräche ist unterwegs zu Übersetzern, da wird jede Minute ein Protokoll kommen.«

»Gut. Weiter.«

»Mindestens zwei Personen in der Wohnung, möglicherweise mehr. Vorhänge leider zugezogen, Drohnenüberwachung ist deshalb erfolglos geblieben. Tür mit einfachen Sicherheitsschlössern ausgestattet, aber dadurch keine beweglichen Optiken möglich.«

»Die Gespräche ...«

»Aggressiver Ton.«

»Lässt sich das Alter der Beteiligten einschätzen?«

»Leider nein.«

»Mieter?«

»Zlatan Kovac. Jahrgang 64. Deutscher mit bosnischer Herkunft. Muslim. Keine Vorstrafen.«

»Beobachten wir ihn?«

»Nein.«

»Warum nicht?«

»Kein Anlass.«

»Wenn der Sohn Islamist ist und auf unserer Gefährderliste steht?«

»Tja. Ich kann nur sagen, was die Aktenlage sagt.« Schmiedeke hasste es, wenn er sich für die Entscheidungen anderer rechtfertigen sollte. Aber klar, hier ging es am Ende nur darum, dass der Chef seinen Arsch rettete, wenn irgendetwas schiefging.

»Kein Wunder, wenn die uns vor sich hertreiben. Wir verhalten uns wie ein Haufen Küken mit Wasserpistolen.«

»Oder wie Demokraten.«

»Oh Gott. Sind Sie einer von denen?«

»Von wem?«

»Den Illusionisten! Den Fantasten. Den Gutmenschen.«

»Illusionisten sind professionelle Zauberer …«

»Dafür haben wir jetzt keine Zeit, Mann. Sorgen Sie dafür, dass wir die Bande unter Kontrolle haben.«

»Unter Kontrolle …«

»Gehen Sie rein, Mann! Bevor noch was Schlimmes passiert.«

Okay. Ab jetzt also Krieg.

*

»Diese Nacht wird dein Albtraum!«, kreischte die Stimme. Paul hörte sie gerade noch, als sein Wagen in das Dunkel der Geisterbahn einfuhr und der Vorhang sich hinter ihm schloss. Es ging um eine Ecke, und zwar so schwungvoll, dass er für einen Moment unsicher wurde, ob sein Plan wirklich klug gewesen war. Aber was war schon klug angesichts solcher Umstände. Er versuchte, etwas zu erkennen. Solange seine Augen sich nicht an die Dunkelheit gewöhnt hatten, war es sinnlos. Er musste zuerst sicher sein, dass er genügend sah. Mit beiden Händen hielt er den Rand des Wagens umklammert. Er hatte sich extra einen ausgesucht, in den sich niemand sonst gesetzt hatte, und war erst im letzten Augenblick reingesprungen. Jetzt galt es, den richtigen Zeitpunkt abzupassen. Er lauschte auf das Heulen und Dröhnen der einzelnen Stationen, das den ganzen Bau durchdrang – und dann rauschte der Wagen plötzlich ein Stück abwärts, und vor ihm tat sich eine Grube auf, in der sich – schlecht gemacht und dennoch widerlich – ein Haufen Schlangen wand. So unvermittelt, wie es angegangen war, erlosch das Licht wieder, und der Wagen machte mit einem Ruck eine Seitwärtsbewegung, um dann ganz langsam geradeauszugleiten. Das war der Augenblick! Paul hob ein

Bein aus dem Gefährt, tastete nach dem Boden, blieb an etwas hängen und versuchte, das Bein zurückzuziehen. Stattdessen hebelte ihn der Zug aus dem Wagen, und er landete hart neben den Schienen. Ächzend blieb er liegen und schnappte nach Luft. Er war auf die Rippen gefallen und kämpfte einen Moment mit der Besinnungslosigkeit. Doch dann hatte er sich wieder im Griff und rappelte sich auf. Gerade rechtzeitig, um nicht vom nächsten Wagen erwischt zu werden. Erschrocken starrte er die Kinder an, die darin saßen, während hinter ihm irgendwo ein Licht aufflackerte. »Boah, nicht besonders gruselig«, sagte ein Junge.

»Echt nicht«, stimmte ein anderer zu. Der Wagen fuhr weiter. Um die nächste Ecke dann schrien beide auf.

Paul unterdrückte den Impuls, ihnen zur Rettung zu kommen. Das Kreischen der Fahrgäste gehörte schließlich zum Wesen einer Geisterbahn. Und dass sie ihn für einen Teil der Show gehalten hatten, ließ seinen Mut eher sinken.

Immerhin, der Fuß hatte nichts abbekommen, und abgesehen von einem fiesen Ziehen in der Leiste schien ihm nichts zu fehlen. Vorsichtig machte er sich auf den Weg. Er hielt sich dicht an den Gleisen, stellte aber nach wenigen Metern schon fest, dass hier drinnen alles mit schwarzen Tüchern abgehängt war. Alle paar Meter gab es eine Stelle, an der man durchschlüpfen konnte. Dahinter herrschte Dämmerlicht und Technik. Alles war durchzogen von Kabeln und Stangen. Paul versuchte, nicht so häufig auf einen der Wagen zu treffen. Die Gefahr war einfach zu groß, dass ihn jemand nicht für einen Teil der Show hielt und stattdessen unten verpfiff. Deshalb wechselte er immer wieder zwischen drinnen und draußen.

Er kam vorbei an Skeletten, Gehenkten, rollenden Totenköpfen, Blutbrunnen und Zombies, huschte unter riesigen

Spinnenarmen und mörderischen Tentakeln durch, stolperte über die Füße von Frankensteins Monster und sah der Guillotine bei der Arbeit zu. Hinter jeder der Attraktionen war ein kleiner Raum versteckt, in dem die Technik ihre Arbeit tat. Aber in keinem dieser Räume, auf keinem der verborgenen Pfade, auf keiner der von außen unsichtbaren Plattformen entdeckte er ein Zeichen von Pauline. Es war eine Schnapsidee gewesen, hier zu suchen, während seine Tochter irgendwo da draußen vielleicht den wahren Horror erlebte.

*

»Die Luftaufklärung meldet zwei Personen in einem verborgenen Winkel hinter der Achterbahn. D3.«

»Luftaufklärung? Haben wir Hubschrauber da?«

»Drohnen. Hubschrauber wären zu auffällig.«

»Verstehe. Irgendwelche Verdachtsmomente?«

»So weit nein. Nur der Ort ist ungewöhnlich.«

»Nähere Angaben zu den Personen?«

»Jugendliche oder junge Erwachsene. Offenbar haben sie da hinten Sex gehabt.«

»Drohneneinheit müsste man sein.«

»D3 ist in der Nähe des Bunkers.«

»Etwas näher am Stadion.«

»Moment! Wir hatten vorhin eine Verdachtsmeldung an der Achterbahn. Ist das dieselbe?«

»Prüfen wir. Zu dem Zeitpunkt hatten wir unser Koordinatensystem noch nicht. – Ich höre gerade, dass es dieselbe Achterbahn ist: der Looping.«

»Dann könnte es sein, dass die Personen dieselben sind, die uns vorhin beim Zugriff durch die Lappen gegangen sind.«

»Theoretisch möglich.«

»Nicht nur theoretisch. Schicken Sie sofort vier von unseren Leuten hin. Nein, acht.«

*

»Geisterbahn?« Conny gluckste. Der Kleine Feigling zeigte offenbar Wirkung.

»Geisterbahn«, sagte Lulu lahm. Lisa zuckte die Achseln. »Weiß nicht«, ergänzte sie. Doch Conny war in ihrer Begeisterung nicht zu bremsen. »Kommt schon!«, rief sie. »Ist doch geil!« Sie streckte die Hand aus.

»Was?«

»Na, Kohle! Oder denkt ihr, die lassen uns gratis mitfahren?«

»'kay. Was kostet es denn?«

»Acht.«

»Wow«, seufzte Lisa. Acht Euro. Sie hatte jetzt schon fünfzehn ausgegeben und noch nicht mal richtig was dafür bekommen.

»Die ist so abgefahren«, erklärte Conny. »Die wirst du lieben.«

»Na gut.«

Augenblicke später löhnte Conny für die drei Chips, während Lisa sich die Fassade der Geisterbahn anguckte. War natürlich alles billiges Plastikzeug. Und auch kein bisschen gruselig. Aber eklig war's. Sie sollten sie Ekelbahn nennen, dachte sie. Wahrscheinlich hätten sie dann gleich noch mehr Fahrgäste. Denn gruseln konnte sich da drinnen ja wohl keiner.

Conny schob ihre beiden Freundinnen zu einem freien Wagen. »Ich geh nach hinten«, sagte Lisa und setzte sich in die zweite Reihe. »Wir sitzen vorne!«, bestimmte Conny und schubste Lulu auf die Vorderbank, um dann neben sie zu springen. Keine drei Sekunden später öffnete sich auch schon der Vorhang, und sie fuhren in ein dunkles Loch. Komischerweise bekam Lisa doch eine Gänsehaut. Vielleicht, weil sie nicht wussten, was sie erwartete, wo und wann genau, aber weil klar war, dass es kommen würde. Ein Angriff, von dem du weißt, dass er kommt, aber nicht weißt, wann und wo, das gehörte vielleicht zum Gruseligsten, was man sich vorstellen konnte. Der Vorhang schwang hinter ihnen zu, und Lisa hörte noch diese fiese, blecherne Stimme kreischen: *»Heute wirst du den wahren Horror kennenlernen! Hahahahaha …«* Und dann kreischten Conny und Lulu auch schon.

*

Der vordere Eingang war gesichert. Es war wichtig, dass die ganze Aktion nicht nur so schnell, sondern auch so unauffällig wie möglich stattfand, damit die Anwesenden nicht gewarnt wurden. Über die Einsatzzentrale kamen ständig neue Anordnungen rein. Links und rechts nahmen zwei Teileinheiten ihre Position ein. Die Kollegen von der Luftaufklärung hatten ihre Drohne in der Luft, falls es tatsächlich einer verdächtigen Person gelingen sollte, den Einsatzkräften durch die Finger zu schlüpfen.

Jetzt warteten alle auf den Befehl zum Zugriff. Es war der Augenblick, in dem die Nerven zum Zerreißen angespannt waren. In zwei Kreisen war die Straße von allen Seiten her abgeriegelt. Auch das hatten die Kollegen so raffiniert wie möglich arrangiert. Auf der einen Seite stand ein Lieferwagen quer, auf der anderen hatte sich eine Truppe Polizeikräfte in Zivil in zwei Gruppen so aufgestellt, dass es aussah wie das typische Treffen einer Kiez-Gang. Keiner würde freiwillig an ihnen vorbeigehen.

Unter den Helmen war es heiß. Die Hände in den Handschuhen glühten, obwohl die Außentemperaturen abzukühlen begonnen hatten. Aber in den zwanzig Kilogramm schweren Einsatzanzügen mit Schutzweste, Rückenprotektor, Nackenschutz und vor allem Helm herrschte immer Sauna.

»Noch eine Minute.«

Die Kollegen blickten sich gegenseitig an, nickten sich zu. Alles klar. Der Zugriff stand unmittelbar bevor. Und niemand wusste, was sie erwarten würde. Würden sie die Zielpersonen überrumpeln? Würden sie auf Gegenwehr treffen? War einer von ihnen bewaffnet? Wie skrupellos würde dann der Empfang sein? Gerade bei den Islamisten musste man damit rechnen, dass sie kein Problem damit hatten, draufzugehen, wenn sie es nur schafften, einen Ungläubigen mit in den Tod zu reißen. Oder mehrere.

»Noch dreißig Sekunden.«

Die Stiefel waren die Hölle. Aber sie waren auch ein unglaublich raffiniertes Kampfmittel. Man konnte beinahe lautlos mit ihnen schleichen, und das taten auch alle. Aber man konnte sie auch krachend aufsetzen und damit den Eindruck einer ganzen marschierenden Kompanie schwer bewaffneter Kämpfer erzeugen. Das würden sie in dem Fall aber nicht tun. Jedenfalls nicht gleich. Erst wenn sie drin waren, hieß es, umzuschalten: von lautlos auf gewaltig.

»Noch zehn.«

Der Puls beschleunigte.

»Noch fünf.«

Jetzt gab es kein Zurück mehr.

»Drei. – Zwei. – Eins. Und rein mit euch!«

*

Als Herr Sievers endlich in die Mittagspause geht, ist es Punkt 13.00 Uhr, wie jeden Tag. Bis 15.00 Uhr hängt nun das Schild »Geschlossen« im Fenster. Anna weiß aber, dass man klingeln kann. Dann öffnet seine Angestellte, deren Namen sie nicht kennt. Eine junge Frau, die immer wahnsinnig gelangweilt ist. Genau auf sie hat Anna es abgesehen. Nachdem Herr Sievers Richtung Aufzug verschwunden ist – er wohnt im Oberland –, huscht sie zur Tür hin und klingelt. Es dauert einige Zeit, und sie muss auch noch einmal klingeln, ehe die Mitarbeiterin endlich an das kleine Fensterchen neben dem Eingang kommt, das für Notfälle vorgesehen ist. »Ja? Wir haben gerade Mittag.«

»Ich weiß«, sagt Anna und guckt treuherzig, »Tut mir leid. Es ist wegen meiner Mutter.«

»Was fehlt ihr denn?«

»Sie kann nicht schlafen.«

»Es ist mitten am Tag, oder?«

»Ja. Sie hat schon zwei Nächte nicht geschlafen. Und jetzt ist sie ganz fertig.«

»Oh je, die Arme. Was braucht sie denn?«

»Ich hab ein Rezept. Diazepam. N3.« Anna zückt den Wisch, den sie selber vorhin mit fahriger Schrift ausgefüllt hat. Verzweifelt hat sie zu Hause nach einem anderen Rezept gesucht, um die Unterschrift des Arztes zu sehen. Doch klar, ihre Mutter hat die Rezepte natürlich alle bei der Apotheke abgegeben. Zuerst hat sie überlegt, die Unterschrift einfach wegzulassen, als hätte der Doktor sie vergessen. Doch dann hatte sie die geniale Idee und hat »i.V. Bauer« hingeschrieben. Trotzdem zittert ihre Hand ein bisschen, als sie der Apothekerin das Papier reicht. Doch die guckt gar nicht drauf, sondern schlurft nach hinten und lässt Anna an der Tür stehen.

Zwei Minuten später ist sie wieder da. »Deine Mutter weiß, dass das ein ziemliches Hammermedikament ist? Niemals mehr als eine auf einmal nehmen. Viel Flüssigkeit dazu. Und keinen Alkohol.«

»Meine Mutter trinkt gar keinen Alkohol. Und sie hat das Medikament schon länger.«

»Gut. Dann mal einen schönen Tag noch.«

»Ebenfalls!«

Und weg ist sie. In der Hand die Packung mit Schlaftabletten, die ihr vorkommt, als würde sie glühen.

DREIZEHN

Seine Hände waren so schwitzig, dass sie ihm fast entglitten wäre. Aber dann packte er sie am Ärmel ihres Shirts und bekam sie endlich richtig zu fassen. »Wir müssen weg!«, keuchte er. »Sie sind hinter uns her.«

»Wer, Ante? Wer soll denn hinter uns her sein? Und warum?« Sie hatte Angst vor ihm. Klar. Er war so ... so ... anders. Jetzt hatte er wieder diesen irren Blick, den er schon im Looping gehabt hatte. »Ante, lass mich!«, schrie sie. »Ich will nicht mit!«

»Baby, du kannst nicht hierbleiben.« Seine Stimme überschlug sich fast. Er wandte sich zu ihr um und stierte sie an, dass sie fast aufgeschrien hätte vor Angst. Seine Nasenflügel bebten, er atmete, als hätte er gerade einen Tausendmeterlauf gemacht. Seine Augen waren riesig, das Gesicht ganz rot. Er sah überhaupt nicht mehr aus wie er selbst!

»Lass mich!«

»Sie können jeden Augenblick hier sein, Kathy, kapierst du das denn nicht?«

Irgendwie hoffte sie inzwischen, dass es so war. Denn wenn es wirklich jemanden gab, der es auf Ante abgesehen hatte, dann kam sie vielleicht von ihm los. Sein Griff war eisern. Er hielt sie wie ein Schraubstock fest. Kurz überlegte sie, ob sie ihm in die Eier treten sollte. Doch dann hatte er sich schon wieder umgedreht und zerrte sie hinter sich her. Sie wehrte sich, stolperte und ließ sich dann doch widerwillig davonziehen. »Wo willst du denn hin?«, rief sie. Es kam ihr auf einmal so wahnsinnig laut vor hier auf dem Dom. Ein ständiges Kreischen und Heulen und Krachen. Aber wahrscheinlich war das Lauteste der Lärm in ihrem Kopf. Denn da herrschte ein unglaubliches Dröhnen. Er wird mich umbringen, dachte sie. *Wenn er sich nicht selbst umbringt, bringt er mich um. Oder uns beide.* Sie hatte wirklich Angst um ihr Leben.

Schon waren sie an der Blechwand, die Ante aufdrückte, um nach draußen zu sehen, ehe er Kathy hinter sich her auf die andere Seite der Achterbahn ziehen würde. Über ihnen sauste der Looping vorbei. Die Drohne schien verschwunden. Kathy guckte nach oben, suchte verzweifelt, hoffte, dass ihr stummer Hilfeschrei irgendwo angekommen war. Irgendwo, wo jemand saß, der ihr helfen konnte. Aber so ein Spanner würde sich wahrscheinlich auch nur einen darauf runterholen. Sie war so verzweifelt, dass sie sich auf den Boden fallen ließ.

»Was ist los?«, herrschte Ante sie an.

»Ich kann nicht mehr.«

»Kann nicht mehr? Nicht mehr was? Wir müssen weg!« Seine Augen sahen aus wie die Augen eines Monsters. Ein riesiges schwarzes Loch in einem roten Augapfel. Alles Weiß war verschwunden, keine Iris mehr zu sehen.

»Ich kann nicht mehr weiter, Ante.«

»Klar kannst du!« Wenn sie geglaubt hatte, er hätte sie bereits mit all seiner Kraft weggezogen, dann wurde sie jetzt eines Besseren belehrt: Als wäre sie nichts, wuchtete er sie vom Boden hoch, ging nur kurz einmal selber in die Knie, als er seinen Knöchel belastete, und schleuderte sie dann gegen die Blechwand, dass diese laut dröhnte. Sie presste die Augen zusammen. Als sie sie wieder öffnete, war er so nah vor ihr, dass sich ihre Nasenspitzen fast berührten. »Du kommst jetzt mit«, knurrte er ihr ins Gesicht. »Für Gezicke ist jetzt nicht die Zeit. Die haben uns gleich am Arsch, und du bist schuld. Du hast ja keine Ahnung, was die mit uns machen, wenn sie uns erwischen.«

»Wer denn, Ante?«, schluchzte Kathy. »Wer?«

Doch Ante schüttelte nur den Kopf, dann wuchtete er die Blechwand auf und riss Kathy mit sich auf die andere Seite.

*

»Und?«, fragte Ulrich Weikert. »Suche erfolgreich?« Der Polizist, der neben dem Einsatzwagen am Ausgang Feldstraße stand, musterte ihn von oben bis unten. »Darf ich fragen, wer Sie sind?«

»Weikert. Ulrich. *Hamburger Express.*«

»Tut mir leid. Ich kann Ihnen nichts sagen.«

»Na gut, dann geh ich wieder rein. Offensichtlich ist es ja bloß eine Übung.«

»Gehen Sie lieber nach Hause, guter Mann.«

»Nach Hause? Sie meinen, weil es eine Übung ist.«

»Nein. Weil es …«

»Sicherer ist?«

Der Uniformierte zuckte die Achseln. »Gut«, sagte Weikert. »Ich verstehe, dass Sie mir nicht mehr sagen können. Leider sieht es so aus, als ob wir beide aus beruflichen Gründen hier den Abend verbringen müssten, was? Sagen Sie mir nur eines, damit ich meinen Beruf korrekt machen kann: Sollte ich einen Fotografen anfordern?« Er konnte den Polizisten Luft holen hören. Neben Fotografen waren Reporter nur das Zweitschlimmste, was sich Einsatzkräfte in einem akuten Fall vorstellen konnten. »Lassen Sie mal«, sagte der Polizist so ruhig wie möglich. »Den brauchen Sie nicht.

Passiert bestimmt nichts. Schon gar nichts, was man knipsen müsste.«

Klar. Das wollten sie nicht. Fotodokumente waren gefährlich. Sie zeigten Dinge, die besser ungesehen geblieben wären. Die Kamera war unbestechlich. »Danke«, sagte Weikert und wandte sich ab. Zehn Sekunden später hatte er seinen Chef am Apparat. »Gesthuisen?«

»Weikert hier. Ich brauche einen Fotografen.«

»Gut. Wann und wo?«

»So schnell wie möglich.« Er blickte sich um. »Tom Zey. Am Eingang Feldstraße auf der U-Bahn-Seite.«

»Geben Sie ihm fünfzehn Minuten.«

»Ich gebe ihm zehn.«

*

»Anna Krüger hier, Polizei Helgoland, können Sie mir bitte die Einsatzzentrale geben, die gerade für den Dom zuständig ist?«

»Für den Dom ...«

»Das Volksfest auf dem Heiligengeistfeld. In Hamburg.«

»Aber Sie rufen von Helgoland an?«

Die Kollegin beim Notruf schien nicht die Hellste zu sein. »Nein«, erwiderte Anna und spürte, wie ihre Geduld schon wieder ganz am Ende angekommen war. »Ich rufe vom Dom an ...«

»Dann sind Sie ja vor Ort.«

»Vor Ort auf dem Dom, ja, aber nicht in der Einsatzzentrale.«

»Und Sie wollen was genau?«

Wie sie diese Bürotypen hasste! »Ich habe einen wichtigen Hinweis an die Einsatzzentrale, den ich dringend und schnell loswerden muss.«

»Ich weiß nichts von einem Einsatz auf dem Dom.«

»Müssen Sie nicht wissen. Es reicht, dass ich es weiß«, erklärte Anna und versuchte, ganz ruhig zu atmen. »Sie haben bestimmt eine Stelle, die das alles koordiniert. Wenn Sie mich dahin durchstellen, bin ich schon dankbar.«

»Da kann ich aber nicht einfach jeden durchstellen. Am besten, Sie sagen mir, was Sie …«

»Ich bin nicht jeder!«, blaffte Anna die Kollegin an. »Ich bin Anna Krüger von der Polizeidienststelle Helgoland, zurzeit auf dem Heiligengeistfeld in Hamburg, wo in diesen Minuten ein Antiterroreinsatz stattfindet und außerdem ein Kind vermisst wird.« Sie holte Luft. »Wobei nicht klar ist, ob diese beiden Sachverhalte zusammenhängen.«

»Okay«, sagte die Kollegin vom Notruf langsam. »Dann gebe ich Sie jetzt mal weiter. Die Kollegen können Ihnen sicher helfen.«

»Ich danke Ihnen.« Allerdings klang es ganz und gar nicht so. Wenige Augenblicke später hatte Anna einen Mann am anderen Ende der Leitung, der sich gar nicht erst die Mühe machte, so zu tun, als hätte man ihn nicht gestört. »Ja?«

»Anna Krüger hier …«, wiederholte Anna ihr Sprüchlein und erklärte dann: »Am besten wäre es, wenn Sie mich mit der Einsatzleitung verbinden könnten, die die Aktion auf dem Dom koordiniert.«

»Klar«, sagte der Kollege. »Da stellen wir grundsätzlich jeden durch. Weil die auch gar nichts anderes zu tun haben dort. Woher wissen Sie eigentlich von dem Einsatz? Falls er überhaupt stattfindet.«

»Hören Sie, Herr Kollege, mir ist klar, dass Sie hier eine Nachrichtensperre haben. Das ist auch gut und richtig. Könnte es nicht sein, dass Sie daraus schließen, dass ich weiß, wovon ich spreche?«

»Hm. Könnte es nicht sein, dass Sie jetzt mal lieber mir Ihre Information anvertrauen, und ich entscheide dann, ob sie relevant ist und ob ich sie weitergebe?«

Kurz überlegte Anna, ob sie ihn anschreien, ob sie ihm mit einem Disziplinarverfahren oder damit drohen sollte, dass die Nachrichtensperre ganz schnell vom Tisch wäre, wenn sie mit ihrer Information an die Presse ginge. Doch dann erinnerte sie sich an ihren Ausbilder, der immer gesagt hatte: »Immer sichern. Jede Situation sichern, ehe du den nächsten Schritt unternimmst. Jede Kleinigkeit, die du sicher im Sack hast, kann am Ende die entscheidende sein, die deinen Einsatz zum Erfolg macht.« Und so musste sie es halten, das wusste sie, auch wenn sie am liebsten eine Bombe in den Behördenladen geworfen hätte, der die Polizei der stolzen Hansestadt offensichtlich war. »Gut«, sagte sie also. »Es geht um das Kind, das vermisst wird. Ihre Einsatzzentrale hat die Info durchgegeben, dass es wieder sicher beim Vater sei. Ist es aber nicht. Ich habe eben mit dem Vater telefoniert. Er hat das Kind nicht gesehen und …«

»Wieso hat er Sie informiert und nicht uns.«

»Er hat nicht mich informiert!«, erklärte Anna ungehalten. »Ich habe ihn angerufen, um ihn danach zu fragen. Und er hat nichts davon gewusst.«

»Wovon …«

»Dass das Kind wieder beim Vater wäre! Weil es nämlich nicht bei ihm war!«

»Und wieso haben Sie überhaupt bei ihm angerufen. Sie konnten doch nicht wissen …«

»Ihre schlaue Einsatzzentrale hat das so durchgegeben! Aber ich habe der Information nicht getraut. Und siehe da: Sie war ja auch falsch! Könnten Sie jetzt bitte der Einsatzzentrale durchgeben, dass das Kind nicht beim Vater ist, sondern weiter gesucht werden muss! Die können dann ja von sich aus entscheiden, ob ihnen das Leben eines neunjährigen Mädchens den Aufwand wert ist. Okay?«

»Ich finde nicht, dass Sie deswegen so ausflippen müssen, werte Kollegin. Aber gut, ich gebe das weiter. Sofort.«

»Du mich auch«, knurrte Anna, während sie das Gespräch wegdrückte – und sie hoffte, dass sie ein bisschen zu spät aufgelegt hatte.

*

»MEK 3, Tenberg. Scharfschützen auf dem Bunker haben ihre Position jetzt geändert. Zielfeld Richtung Heiligengeistfeldstraße unterhalb Stadion.«

»Können Sie flüchtende Verdächtige ausmachen?«

»Nein. Eine Polizistin hält zwei Männer am Boden in Schach, wir sehen, dass sie gerade Verstärkung bekommt.«

»Gut. Auf Position bleiben. Auf weitere Befehle warten.«

Während er mit den Männern auf dem Dom sprach, ließ Schmiedeke den Monitor mit den Live-Bildern der Helmkameras keinen Moment aus den Augen. Es war, als wären sie alle vor Ort, als stünden sie mitten drin in der Szene. Keiner konnte den Blick losreißen. Und keiner konnte noch aufhalten, was nun geschehen würde.

*

Er hasste Geisterbahnen. Hatte sie immer gehasst. Aber jetzt verachtete er sie abgrundtief. Ob er sich freute, dass Pauline nicht in diesem Horrorladen gefangen gehalten wurde, das konnte er sich selbst nicht beantworten. Er verzehrte sich danach, sie endlich, endlich, endlich zu finden. Aber er hoffte auch, dass sich am Ende doch alles als ganz harmlos herausstellen würde. Nur dass dagegen jede verdammte Minute sprach, die verstrich. In jeder Minute konnte ihr irgendein Schwein etwas antun, jede Minute konnte sie sich weiter von ihm entfernen, jede Minute konnte ihr durch einen dummen Zufall etwas zustoßen. *»Mach dein Testament!«*, kreischte draußen das Monstrum, um die Kunden mit seinen schaurigen Versprechen zu fangen. *»Und steig ein, wenn du den Mut hast!«* Paul hätte gute Lust gehabt, den ganzen Laden mit einem gezielten Griff in die Technik lahmzulegen, um den Wahnsinn nicht mehr hören zu müssen. Das alles mochte lustig sein, wenn man keine Angst hatte. Aber wenn man selbst gerade in Panik war, war es der reine Katalysator für Albträume. Er hätte kotzen können.

Inzwischen hatte er alles abgesucht und nichts und niemanden gefunden. Nirgends. Stattdessen waren kreischende und jaulende Frauen an ihm vorbeigefahren, künstlich lachende Männer, Jungs, die sich mit blöden Sprüchen übertrafen und sich über jede Abscheulichkeit lustig machten, denn alles, was hier ausgestellt wurde, war ja nichts anderes als die Präsentation von Abgründen und Urängsten, die dunkelsten Kapitel der menschlichen Psyche. Zweimal hatten sich ein paar Jugendliche gegenseitig in die Hosen gegriffen, ohne zu wissen, dass er nur ein paar Zentimeter entfernt stand und absolut nicht zu den Ausstellungsstücken gehörte. Aber jetzt war es genug. Hier würde er seine Tochter nicht finden. Er musste schnellstens weiter. Nur dass er keine Idee hatte, wohin um alles in der Welt. Wo hatte er denn noch nicht gesucht?

Während er wartete, dass ein leerer Wagen vorbeikam, in den er sich schwingen konnte, schaute er auf sein Handy, ob Anna oder Saskia eine Nachricht geschickt hatten. Hatten sie aber nicht. Nur Claudia: *Nichts Neues?*

Als würde er es ihr nicht sofort mitteilen, wenn Pauline wieder auftauchte. Die Mutter musste es doch so schnell wie möglich erfahren. Er antwortete nicht. Keine Antwort war auch eine Antwort. »Ihhh, ein alter Knacker mit Handy! Wie gruselig!«, schrie ein Teenagermädchen, das mit zwei anderen vorbeifuhr. Und dann johlten sie alle drei, und der Wagen bog um die nächste Ecke und war weg. Und dann kam ein leerer Wagen. Mühsam wuchtete Paul seinen schmerzenden Körper hinein, er war am Ende seiner Kräfte. Und doch würde er keine Minute Pause machen, sondern weitersuchen. Er würde suchen, bis Pauline gefunden war – oder er tot.

*

Beinahe wäre er selbst eingeschlafen. Aber das wär doch zu schade gewesen. So eine Nacht musste man genießen. Stell dir mal vor, sonst liegst du um die Zeit in irgendeinem beschissenen Winkel unten am Hafen oder auch mal draußen am Elbstrand, wenn es warm ist. Guckst den andern beim Vögeln zu, schnorrst dir hier 'ne Kippe, dort ein Bier. Versuchst, nicht darauf zu achten, dass dir alles wehtut. Am meisten natürlich das Herz. In so einer warmen Nacht kannst du dir sogar mal die Schuhe ausziehen, obwohl dir eigentlich immer scheißkalt ist.

Ist es ihm heute nicht. Weil er die Kleine hat. Die ist fast so was wie eine Wärmflasche fürs Herz. Und für alles Weitere. Süß, wie sie ist. Sie hatte den Mund leicht geöffnet im Schlaf, und ein winziger Spuckefaden lief runter. Eck betrachtete sie und musste an sein eigenes Kind denken, das er mal gehabt hatte. So lange war das her, dass er gar nicht mehr wusste, wie alt die Kleine jetzt wohl war. Seine Tochter. Die musste auch schon zwanzig Jahre alt sein. Nein, eher noch mehr. Zwanzig Jahre, da war er ja schon längst weg gewesen. Weg von zu

Hause, weg aus dem Job, weg von den Freunden. Eck lachte bitter: Freunde. Das hatte er mal gedacht, dass er welche hat. Aber wenn du am Ende bist, dann ist das Erste, was weg ist, die Freundschaft. Frag bloß nicht, ob dir einer was leihen kann, du bekommst sowieso nichts – und die sogenannte Freundschaft ist auch weg. Tun, als würden sie dich nicht mehr kennen. Wechseln die Straßenseite, wenn sie dich sehen! Und tun, als hätten sie dich nicht gesehen. Nein, Freundschaft ist was für gute Zeiten. Frau und Kind auch. Zumindest für ihn war es das gewesen.

Er hatte schon so lange nicht mehr an seine Familie gedacht, dass er manchmal gar nicht mehr sicher war, ob er sich das alles nicht nur eingebildet hatte. Konnte sich auch gar nicht mehr so genau an seine Frau erinnern. Nur an ihre Stimme. Wie sie ihn angeschrien hatte. So hart, so grell, so verletzend, dass er gerne gegangen war. Dunkle Haare hatte sie gehabt, das wusste er noch. Aber sonst? Keine Ahnung. Er wollte nicht mehr an sie denken. Das war der Vorteil vom Alk: Die Dinge entfernten sich, wurden unscharf, man konnte sie leichter vergessen. Und je länger man eine Affäre mit dem Stoff hatte, umso blasser wurde das Bild von dem Leben, das man davor geführt hatte.

Mühsam stand Eck auf und schlenderte in einen der hinteren Winkel des Flurs, um noch mal zu pissen. Er wollte sich nicht in Gegenwart des Kindes in die Hosen machen, auch wenn das vermutlich an seinem Geruch gar nichts mehr geändert hätte. Denn letzte Nacht war es ihm tatsächlich passiert. Mal wieder. Nach Längerem. Vielleicht weil er zu viel Schnaps getankt hatte. Mit Bier passierte es eigentlich nie, mit Wein nur manchmal. Die harten Getränke schienen anders auf die Blase zu gehen. Es war schon verflucht: Einerseits konnte er es manchmal gar nicht halten, andererseits stand er manchmal eine Ewigkeit da und hielt sein Ding an die Luft, ohne dass was kam. Irgendwas funktionierte da nicht mehr, wie es sollte. Aber egal, auch das würde vergehen, so wie alles verging, nicht zuletzt er selbst. Und sogar das Mädchen drüben am Fenster, das da so friedlich lag und seinen Rausch ausschlief und aussah wie direkt aus dem Himmel gekommen. Auch das würde vergehen. Würde irgendwann ein zitterndes, sabberndes altes Weib sein und nicht mehr wissen, ob Montag oder Dienstag war, ob sie schon gegessen hatte oder nicht ... So war das eben. Eck hatte da keine Angst mehr vor. Er nicht. Hatte sich damit abgefunden. »Ihr werdet alle irgendwann in die Hosen machen und euch füttern lassen. Und alle werdet ihr abkacken. Wartet's nur ab«, knurrte er, während er den Hosenschlitz wieder zumachte und zu der Kleinen zurückwankte. Er hätte sie davor bewahren können. Wenn er ihr den Mund und die Nase zuhielt ... Nur eine Minute oder zwei ... Dann würde die Kleine ein Engel bleiben. Schön und rein und lieb. Ja, das würde sie. Zärtlich strich Eck ihr übers Haar, packte es, ließ es wieder los, fuhr ihr mit den Fingern über die Nase und über die Lippen, lächelte und seufzte dann. Aber das würde er nicht tun. Nein, natürlich nicht.

Verloren blickte er über den Flur und durch das Fenster in die buntblinkende Nacht. Da drüben tobte das Leben, und alles war nur Lug und Trug. Sie amüsierten sich, ohne zu wissen, ob sie nicht morgen schon tot waren.

Es war mehr eine Ahnung als eine konkrete Wahrnehmung. Irgendetwas schien sich hinter dem Fenster zu bewegen. Schatten. Seltsame Gestalten. Ob die Männer mit ihren Waffen zurückkamen? Irgendwie bekam Eck es nicht in den Kopf, was das vorhin gewesen sein sollte. Er hatte sich zwar angewöhnt, sich nicht um den Dreck anderer Leute zu kümmern, und er konnte sehr gut verdrängen, wenn etwas für ihn nicht wichtig war. Aber jetzt, wo sie so dort drüben standen und die Wirkung seiner letzten Portion Flüssigkeit zunehmend nachließ, kam es ihm plötzlich vor, als ginge es ihn durchaus etwas an. Was, wenn die seinetwegen zurückkamen? Was, wenn sie kapiert hatten, dass die Kleine gar nicht wirklich zu ihm gehörte? Was wenn sie sie ihm wegnehmen wollten?

Jäh spürte Eck ein Gefühl der Panik in sich aufsteigen. Und er spürte dieses Ziehen in der Brust, stärker denn je. Wieder beugte er sich zu dem Mädchen runter. »Ich will nicht, dass sie dich mir wegnehmen«, flüsterte er. »Das dürfen sie nicht.« Und er streckte seine Hand noch mal nach ihr aus.

*

Der Zugriff erfolgte so plötzlich, dass Schäden unvermeidlich waren. Die Tür zersplitterte wie Sperrholz unter der Wucht des doppelten Aufpralls. »Hände hoch!«, riefen mehrere der Einsatzkräfte, die innerhalb von Sekunden hineinschwärmten und sich wie eine Feuerwalze durch den Flur und die Zimmer fraßen. »Waffen weg! Hände hoch!«

Der Flur: leer. Dunkel. Die Scheinwerfer der Kommandoeinheit tauchten ihn in gleißendes Licht. Zwei Kräfte sicherten die Tür zum ersten Raum, zwei weitere stürmten hinein, warfen sich gegen die Wand und zielten mit ihren Maschinenpistolen in jeden Winkel. Zwei Kräfte drängten hinterher und stürmten auf die zweite Zimmertür zu, die sich in dem Augenblick schloss. Ohne zu zögern, wuchtete einer der Männer den Griff seiner Feuerwaffe gegen Klinke und Schloss, sodass die Tür in weitem Bogen aufsprang und ein Schrei ertönte. »Nicht bewegen!«, rief eine der Einsatzkräfte. »Hände hoch!«

»Was wollen Sie von uns?«, ertönte von drinnen eine panische Frauenstimme. Nachdem das erste Zimmer gesichert war, schlossen drei der vier dortigen Kräfte auf, verständigten sich mit einem Nicken mit den Kollegen an der Tür und stürmten dann hinein. »Runter!« – »Auf den Boden!« – »Keine Bewegung!« Die Frau in dem Zimmer stürzte auf die Knie, als ihr einer der Polizisten den Ellbogen in den Rücken rammte, und rang um Luft. Dann zwang ein zweiter sie, sich flach hinzulegen, und fesselte ihre Hände auf den Rücken. »Wo sind die anderen?«

»Welche anderen?«, rief die Frau panisch. »Wer sind Sie? Was wollen Sie?«

Eine der Einsatzkräfte blieb bei der Frau, das Knie auf ihrem Rücken, eine Hand in ihrem Nacken, die andere am Abzug der Maschinenpistole, während die anderen die Küche stürmten, jetzt zu fünft und eine Macht, der nichts widerstehen würde.

Lärm drang aus dem vorderen Teil der Wohnung. Irgendjemand schien Widerstand zu leisten. »Werfen Sie die Waffe weg!«, rief eine Stimme. »Werfen Sie die Waffe weg und legen Sie sich auf den Boden! Sofort!«

Jetzt kamen auch Einsatzkräfte von oben, die übers Dach ins Haus eingedrungen waren. Einer stellte sich in die Tür zum ersten Zimmer, einer blieb im Flur. Ein weiterer Bewaffneter stürmte vor zur Küche und schloss zu den Kollegen auf, die dort offenbar auf Widerstand gestoßen waren. Aus einem Lautsprecher war die Aufforderung zu hören: »Leisten Sie keinen Widerstand! Sie bringen sich und andere Menschen in Gefahr. Ergeben Sie sich und folgen Sie den Aufforderungen der Polizei! Achtung! Legen Sie die Waffen weg und leisten Sie keinen Widerstand! Sie bringen sich und andere Menschen in Gefahr. Wenn Sie den Aufforderungen der Polizei nachkommen, geschieht Ihnen nichts. Ich wiederhole: Es geschieht Ihnen nichts, wenn Sie sich an die Anweisungen der Polizei halten!«

Die Szene in der Küche wirkte surreal: Einem Kommando von sechs schwer bewaffneten Einsatzkräften stand ein Mann in Unterhemd und Jogginghose gegenüber, in der Hand ein Obstmesser, in den Augen den blanken Horror. »Ihr Schweine!«, schrie der Mann. »Was wollt ihr hier?« Und dann beging er den Fehler, sich nicht unter Kontrolle zu haben.

*

Sie hatten Drohnen! Natürlich hatten sie Drohnen! Warum war er nicht gleich darauf gekommen? Paul Freitag schüttelte den Kopf über seinen eigenen Unverstand. Aber immerhin: Das war ein Hoffnungsschimmer. Mit einer Drohne würden sie sie finden, wenn sie noch auf dem Dom war. Ganz sicher. Denn das war ja genau die Lösung des Problems, dass man nämlich buchstäblich den Wald vor lauter Bäumen nicht sah. Dass man keine paar Meter weit sehen konnte, weil so unendlich viele Menschen hier unterwegs waren. Er überlegte, wen er jetzt anwählen konnte. Den Notruf? Das war unsinnig und wahrscheinlich auch noch Zeitverschwendung. Aber sonst hatte er keine Nummer. Anna hatte eine Nummer, glaubte er. Sie hatte doch mit diesem einen Polizisten gesprochen. Allerdings war Paul sich keineswegs sicher, ob der nun auch zu der großen Fahndung gehörte, die hier und jetzt auf dem Dom lief. Schließlich war das ein ganz normaler Kollege von der Streife gewesen. Egal. Er musste Anna fragen.

Nur dass er sie nicht erreichte. Also hastete Paul durch die Menschenmenge in Richtung des nächstgelegenen Ausgangs. Das war der an der Feldstraße. Er musste unbedingt einen

Kontakt zu der Drohnenaufklärung bekommen. Es machte doch kein bisschen mehr Arbeit, nebenher noch die Augen offen zu halten, ob irgendwo ein kleines Mädchen alleine herumlief. Hoffentlich alleine. Denn die Alternative …

Und dann stand er plötzlich vor seiner Frau. Er hatte sie gar nicht gesehen, weil er nur das Bild von Pauline im Kopf hatte, eine Fokussierung, die nahezu alles andere ausblendete. »Claudia!« Sie sah schrecklich aus, sie wirkte, als hätte sie innerhalb von einer Stunde zehn Kilo abgenommen, unter den Augen hatte sie dunkle Ringe, ihre Brille war verschmiert. »Claudia.« Er wusste nicht, was er sagen sollte. Sie hob die Hände, als wollte sie auf ihn einschlagen, schob ihn dann aber nur zur Seite und drängte an ihm vorbei, nur, um im nächsten Moment stehen zu bleiben und sich an ihm festzuklammern. »Paul«, schluchzte sie und presste ihr Gesicht an seine Brust. Wie klein sie war. Das hatte er ganz vergessen. Seine Frau war zierlich und elegant, sie reichte ihm nur bis zur Brust. Wenn sie kämpfte – und sie hatte die letzten Jahre praktisch nur noch gegen ihn gekämpft, gegen seine Unzuverlässigkeit, seinen Unverstand, seine Weigerung, die Trennung zu akzeptieren – … wenn sie kämpfte, wirkte sie groß und stark. Jetzt aber spürte er ihren bebenden Körper an seinem und merkte, wie er selbst zitterte. Er legte die Arme um sie und hielt sie ganz fest. »Wir werden sie finden, Claudia. Ganz sicher.«

Sie nickte, brachte aber kein Wort mehr über die Lippen. »Es sind so viele Polizisten hier auf dem Dom, Claudia«, erklärte Paul, »dass sie früher oder später gefunden werden muss.«

Wieder nickte sie. »Bitte früher, Paul. Mach, dass es früher ist.«

»Natürlich. Ich tue alles, was menschenmöglich ist«, versprach er ihr und überlegte doch, ob es nicht noch mehr gab, was er versuchen konnte und bisher nur nicht getan hatte. Die Presse einschalten? Dafür war es zu früh. Außerdem würde alles, was über die Presse lief, viel zu lange dauern. Schließlich mussten sie Pauline jetzt finden und nicht erst morgen, wenn die Zeitungen draußen waren. Oder noch später. Soziale Netzwerke? »Warte mal«, sagte er. »Ich habe eine Idee.« Im nächsten Augenblick wählte er Saskias Nummer. »Saskia?«

»Paul? Habt ihr sie?«

»Nein. Aber sag mal, du bist doch auf Facebook, oder?«

»Ja, klar. Warum?«

»Kannst du da nicht posten, dass ein Kind vermisst wird? Mit Steckbrief und so? Damit sich das verbreitet und die Leute die Augen offen halten?«

»Hast du ein Foto von ihr?«

»Sicher. Ich kann dir … Oder nein, lieber nicht. Ich will nicht, dass ein Foto von Pauline rumgeistert. Dann landet es in der Presse und alles. Nein, einfach nur eine kurze Beschreibung. Und die Leute sollen es teilen. Da kann man doch Stichworte dazuschreiben.«

»Du meinst Hashtags.«

»Genau. Dom. Vermisst. Gesucht. Bitte melden. So was.«

»Mach ich, Paul.«

»Danke.«

Claudia hatte sich wieder von ihm gelöst. Sie strich eine Strähne aus dem Gesicht, fuhr sich mit dem Handrücken über die Nase und versuchte, wieder eine aufgeräumte Haltung einzunehmen. »Gut«, sagte sie. »Such du weiter. Ich suche auch.«

»Gut«, erwiderte Paul, der einerseits wusste, dass das jetzt das Wichtigste war, andererseits aber bedauerte, dass der Moment der Intimität, des Zusammengehörens vorbei war. Unter seinen Kleidern spürte er noch die Berührung seiner Frau.

Seiner Exfrau. Der Frau, die ihm Pauline geschenkt hatte. Und die jetzt mehr als alles andere fürchtete, dass er sie verloren hatte.

*

Vermisst. Gesucht. Bitte melden. Saskia schüttelte den Kopf. »Bitte melden«, murmelte sie. Natürlich würde sie Paul den Gefallen tun und die Meldung posten. Aber was sollte das bringen? Auf Facebook oder Instagram konnte man großartig ein Rezept für Canarische Hähnchensuppe finden oder das Ledertop von Bottega Veneta vom letzten Sommer. Aber ein Kind auf dem Volksfest ... Wie sollte man die Community bloß mobilisieren. Saskia blickte ratlos auf ihre Facebook-Seite. Ja, klar, ein paar Hundert Freunde, fast alles Männer. Wie viele mochten von denen in diesem Augenblick auf dem Dom sein. Fünf? Zwei? Keiner? Wahrscheinlich keiner. Und dass der eine, der vielleicht tatsächlich vor Ort war, gerade jetzt auf seinen Account guckte und ihren Post entdeckte, das war ungefähr so wahrscheinlich, wie dass im nächsten Moment ein Meteorit neben der Kleinen einschlug und alle auf sie aufmerksam machte. Nein, sie würden mit der »Meldung« nichts erreichen. Höchstens, dass ein, zwei Leute ihretwegen sich auf den Weg machten und mitsuchten. Nicht, weil sie so eng befreundet waren mit ihr, sondern weil sie hofften, sie anschließend abschleppen zu können. Der Nachteil, wenn man den Ruf hatte, versaut zu sein.

Und dann hatte sie eine Idee. Eine glänzende, eine brillante, eine geile Idee! Grinsend rief sie die Kamera auf, wechselte in den Selfiemodus, stellte sich in Pose und knipste zwei richtig schöne, figurbetonte Bilder von sich – bis zum Kinn. Was man sehen musste, konnte man sehen, nämlich, dass die Kurven am richtigen Platz waren und dass in dem Fummel eine Frau steckte, die die magische Schallmauer der dreißig Jahre noch nicht durchstoßen hatte. Dann tippte sie:

Brauche Hilfe, biete Striptease!
Uns ist ein Mädchen auf dem Dom (Heiligengeistfeld) verloren gegangen. 9 Jahre, blond, Blümchenkleid, brav und süß. Helft alle mitsuchen. Wer sie findet, für den gibt es einen exklusiven, richtig schön verdorbenen Tabledance vom Feinsten. Die Suche beginnt JETZT!

Im nächsten Augenblick war die Nachricht draußen. Es dauerte ungefähr zehn Sekunden bis zum ersten Like. Nach vier Minuten waren es fünfzig, nach sechs Minuten vierhundert, nach acht Minuten waren die ersten zweitausend Likes auf dem Display – und die ersten fünfhundert Männer auf dem Weg zum Dom.

Inzwischen war Saskia selbst wieder auf der Suche. Zumal ihr ein Gedanke gekommen war. »Anna?«

»Saskia!« Sie konnte die Kollegin im Trubel kaum hören. »Was Neues?«

»Nein und ja.«

»Nein und ja?«

»Also die Kleine ist noch nicht wieder da. Aber ich hatte eine Idee.«

»Und zwar?« Anna drehte sich während des Gesprächs unablässig um die eigene Achse. Sie wollte so viel wie möglich sehen, scannte geradezu das Volksfest, das sich vor ihren Augen abspielte.

»Ich hab noch mal den Kollegen gefragt, der gesagt hat, das Mädchen wäre wieder bei seinem Vater.«

»Aber wir wissen doch jetzt, dass es nicht Pauline war.«

»Wissen wir das? Wir wissen bloß, dass es nicht ihr Vater war. Weil es eben nicht Paul war.«

»Mein Gott, du hast recht!«

»Falls es doch Pauline war, ist die Frage, wer sich da als ihr Vater ausgibt.«

»Und konnte der Kollege dazu etwas sagen?«

»Er hat gesagt, der Typ hätte verwahrlost ausgesehen. Mehr wusste er auch nicht mehr.«

Verwahrlost! Etwas klingelte in Annas Hinterkopf. Hatte nicht einer der Budenbesitzer gesagt, er hätte ein kleines Mädchen »mit irgend so ’nem Penner« gesehen? »Hat er gesagt, wo er ihn gesehen hat?« Ein Betrunkener torkelte auf Anna zu. Sie machte einen Schritt zur Seite, stieß gegen einen anderen Mann, der sie wegschubste. »Entschuldige Saskia«, rief Anna, die die Kollegin nicht gehört hatte. »Wo noch mal?«

»He!«, rief der Betrunkene. »Die Braut hat mich angemacht!« Er rülpste, dass Anna dachte, jeden Augenblick käme sein gesamter Mageninhalt zum Vorschein. Doch dann lachten seine Kumpels nur, die hinter ihm angetaumelt waren. »Die da?« Sie umringten Anna, die plötzlich Panik aufwallen spürte. »Anna?«, fragte Saskia am anderen Ende der Leitung. »Alles in Ordnung?« Im nächsten Moment hatte ihr einer der Kerle von hinten an die Brust gegriffen, ein anderer machte Knutschgeräusche und kam immer näher. Mit einem Tritt in die Weichteile schickte Anna ihn auf die Knie. Eine Drehung mit ausgefahrenem Ellbogen – und auch der zweite fiel zu Boden. Nur der Pöbler vom Anfang stand noch und stierte sie aus großen Augen an. »Brauchst du auch noch Nachhilfe in Umgangsformen, du Arsch?«, fuhr Anna ihn an. Und dann kippte er tatsächlich von ganz allein und ohne die geringste Berührung um und fiel auf den Hintern. Am liebsten hätte Anna gelacht – wäre ihr nicht so zum Heulen gewesen. Fluchend hob sie das

Handy auf, das ihr bei der Aktion aus der Hand geflogen war. Sie hielt es ans Ohr: Saskia war natürlich weg. Und als sie versuchte, sie noch mal zu erreichen, meldete sich nur die Mailbox.

Bevor die drei Idioten wieder auf die Beine kamen, verschwand Anna lieber von dem Ort. Sie brauchte jetzt nicht noch eine Auseinandersetzung mit ein paar unkontrollierbaren Spinnern. Doch gerade als sie weiterrennen wollte, wurde ihr bewusst, dass sich um sie und die drei Männer ein Kreis gebildet hatte. »Yeah, mach sie fertig!«, rief ein junger Mann, der sicher auch schon nicht mehr ganz verkehrstüchtig war. Ein paar andere applaudierten, feuerten sie an. Klar, dachte Anna, eine Frau gegen drei Männer, das versprach Spaß. Sie spürte, wie ihr schlecht wurde: Eine Frau gegen drei Männer, das kannte sie, und sie hatte es einmal auf die härteste Art und Weise durchstehen müssen. »Hier gibt es nichts mehr zu sehen!«, rief sie. »Geht weiter, Leute.«

Doch auch von den Betrunkenen schien einer der Ansicht zu sein, dass dieser Kampf noch nicht vorüber war. Er hatte sich hinter ihr aufgerappelt, und nur an der Reaktion der Menschen, die ihr gegenüberstanden, erkannte Anna, dass ihr schon wieder unmittelbar Gefahr drohte. Sie machte instinktiv einen Schritt zur Seite – und tatsächlich torkelte der Kerl an ihr vorbei. Gerade noch rechtzeitig konnte sie ihr Bein so weit vorstrecken, dass er darüber stolperte und erneut zu Boden ging. Er brüllte wie ein Tier, die Zuschauer dagegen johlten. Für die war das hier ein Teil des Volksfestes. Anna hatte den Eindruck, dass es den ein oder anderen bereits in den Fingern juckte, mitzumachen. Ein bekanntes Phänomen: Wenn irgendwo eine Schlägerei im Gange ist, wird die Anzahl der Beteiligten nach Kurzem größer: Unbeteiligte taxieren, wer gewinnt und wer unterliegt, und schlagen sich dann auf die Seite des vermeintlich Stärkeren. Hastig fummelte sie ihren

Polizeiausweis aus der Tasche und hielt ihn hoch: »Polizei!«, rief sie. »Bitte gehen Sie weiter!« Sie sah sich nach den beiden anderen Betrunkenen um, die lauernd am Boden hockten, während sich der Angreifer von eben erneut hochkämpfte und die Fäuste ballte. »Wenn Sie nicht sofort aufhören, hole ich die Kollegen, und wir sperren Sie für die nächsten paar Wochen weg und machen Ihnen den Prozess!« Es klang hysterischer, als ihr lieb war, doch es verfehlte nicht die Wirkung: Tatsächlich wichen alle drei ein paar Schritte zurück. Enttäuschtes Gemurmel unter den Zuschauern. Doch dann war der Reiz offenbar verflogen, und die Unbeteiligten verliefen sich. Ein scharfer Blick auf jeden der drei Angreifer, ein Griff an den Gürtel, obwohl es dort weder Waffe noch Handschellen oder Schlagstock gab – und auch die verzogen sich endlich, nicht ohne noch ein paar gelallte Flüche abzulassen.

»Ziemlich beeindruckende Vorstellung«, sagte jemand hinter Anna. Sie wandte sich um und entdeckte Ulrich Weikert, der sich aus der Menge schälte.

»Sie hätten mir auch zu Hilfe kommen können.«

»Das hätte ich – wenn Sie nicht so schnell gewesen wären. Ich hatte ja keine Chance.« Er lächelte sie an mit einer Mischung aus Respekt und Vertrautheit, die Anna guttat. »Aber so, wie Sie das hier erledigt haben, darf ich froh sein, dass ich nicht zu schnell in der Nähe war. Am Ende hätten Sie mich auch noch um meine nicht geborenen Kinder gebracht.«

Nun musste Anna doch lachen, und auch das tat gut. Diese Nacht war eine Katastrophe in jeder Hinsicht.

»Die Kleine haben Sie nicht gefunden?«

Anna schüttelte den Kopf. »Leider nein. Aber vielleicht haben wir eine Spur.« Sie griff zum Handy und wählte Saskias Nummer noch mal.

»Anna?«

»Endlich! Also: wo? Wo hat der Kollege das Kind mit dem Vater gesehen?«

»Am Bunker. Oder im Bunker. Ich weiß es nicht genau. Erreiche den auch nicht mehr, ich hab's schon ein paarmal versucht.«

»Okay. Dann treffen wir uns alle am Bunker. Sagst du Paul Bescheid? Er soll auch direkt rüberkommen. Der Eingang ist auf der Seite Feldstraße.« Während sie sprach, blickte sie hinüber zu dem schwarzen Ungetüm, in dem kein einziges Fenster erleuchtet waren. Was für ein monströser, Furcht einflößender Bau.

*

Dass er Muskeln hatte, wusste sie längst, sie hatte sie gespürt, hatte sie *gefühlt*, vorhin, als er auf ihr gelegen hatte. Und da hatte sie seinen starken Körper geliebt und bewundert. Aber jetzt machte ihr seine Kraft nur noch Angst. Sein Griff war so eisern, dass sie ihre Hand fast nicht mehr spürte. Und obwohl er doch kaum gehen konnte mit seinem verdammten Knöchel, zerrte er sie hinter sich her, als wäre sie eine Puppe. Kathy schlug mit der anderen Hand auf seinen Rücken und auf seine Schulter, aber er schien das kaum zu merken. Stattdessen blickte er sich immer wieder zu allen Seiten hin um und starrte in die Nacht, ob sie nicht verfolgt wurden.

»Von wem denn, Ante?«, schrie Kathy. »Von wem sollen wir denn verfolgt werden?«

»Alle«, keuchte er. »Sie sind doch alle hinter uns her. Wir sind am Arsch, wenn wir nicht schnell hier wegkommen.«

»Aber wo willst du denn hin?« Sie stemmte ihre Fersen in den Boden, doch das führte nur dazu, dass sie stolperte und auf die Knie fiel.

»Steh schon auf, Mann!«, herrschte Ante sie an. »Bist du zu blöd zum Laufen? Jetzt komm schon, ey!« Er hob sie auf und stieß sie vor sich her, den Arm hatte er ihr nun wie beim Polizeigriff auf den Rücken gedreht, sodass sie bei jeder Bewegung Schmerzen hatte und tatsächlich richtig schnell wurde, weil nur die Flucht nach vorn Entlastung brachte. »Du bist so ein Arsch, Ante!«, rief sie. »Warum machst du alles kaputt?«

»Ich mach nichts kaputt, Baby! *Die* machen es kaputt. Die haben doch angefangen. Die sind uns doch gefolgt und lassen uns nicht in Ruhe.« Es ging nach links. Nach rechts. Noch mal schräg rechts, dann standen sie plötzlich vor einem Metallzaun, und gegenüber ragte ein mächtiges schwarzes Bauwerk vor ihnen auf. Der Bunker. »Da müssen wir rein«, sagte Ante, ganz nah an ihrem Ohr. Sie konnte seinen heißen Atem spüren.

»In den Bunker? Was sollen wir denn da?«

»Wir müssen uns verstecken.«

»Verstecken? Wieso?«

»Bis sie weg sind. Bis sie aufgeben, ist doch klar!« Wieder stieß er sie vorwärts. »Los! Kletter rüber!«

Kathy versuchte, sich zu ihm umzudrehen, doch er ließ es nicht zu. »Wie soll ich denn da drüber, wenn du mich festhältst?« Sie konnte nichts dafür, auf einmal hatte sie Tränen in den Augen und schniefte. Was für ein Scheißabend! Und sie hatte sich so darauf gefreut. Auf alles … Aber jetzt drehte Ante einfach nur noch durch. Wer weiß, was er sich alles ausdachte. Jedenfalls war ihm echt alles zuzutrauen. Und davor hatte Kathy am allermeisten Angst. »Das geht schon«, stellte er klar und presste sie gegen das Gitter. Notgedrungen versuchte sie, mit den Beinen hinterherzukommen, nachdem er ihren Oberkörper über die Absperrung drückte. Und dann verlor sie das Gleichgewicht und plumpste tatsächlich auf die andere Seite. So schnell, dass er ihren Arm loslassen musste. Sie rappelte sich auf, um wegzulaufen. Aber schon war er wieder hinter ihr, griff nach ihrem Handgelenk und rannte los. Sie stolperte hinterher, für Widerstand fehlte ihr inzwischen die Kraft. Und vielleicht beruhigte er sich ja endlich, wenn sie in dem beschissenen Bunker waren. Da konnte er sich endlich sicher fühlen. Vielleicht drehte er dann nicht mehr durch, vielleicht hörte er sie endlich an! Denn eines war Kathy klar: Das hier war so ziemlich die kürzeste Beziehung aller Zeiten. Das Nächste, was sie tun würde, wenn er wieder ansprechbar war, wenn *sie* wieder normal sprechen konnte, war, Schluss zu machen. So einen Wahnsinn wollte sie nie wieder erleben. Ante hatte diese Nacht total zerstört. Schlimmer konnte es gar nicht mehr werden.

Dachte sie.

*

»Wie wär's mit dem«, schlug Lulu vor und deutete auf einen Mann in schwarzer Jacke, der einiges an Muskeln unter seinen Kleidern herumzuschleppen schien. »Lecker«, erwiderte Conny und nahm ihr Handy raus, um ihn zu fotografieren.

»Spinnst du?«, zischte Lisa. Ihr war immer noch ein bisschen übel von der Geisterbahn. »Du kannst den doch nicht einfach knipsen.«

»Warum nicht? Ist doch ein heißer Typ.«

»Ich mag vor allem die Frisur«, erklärte Lulu und nahm ihr Handy ebenfalls raus. »Oben ganz kurz, dazu der Bart, ziemlich gleich lang die Stoppeln.«

»Hauptsache, er hat untenrum keine«, lachte Conny und drückte zwei-, dreimal ab. Gerade in dem Moment, in dem der Typ rüberguckte. Was prompt dazu führte, dass er auf sie zukam. »Hi«, flötete Lulu, die offenbar kein Bier vertrug und schon gar keinen Kleinen Feigling, denn inzwischen hatte sie schon einen leichten Silberblick.

»Hast du mich gerade fotografiert?«, fragte er Conny, ohne auf Lulu einzugehen.

»Nur 'n Fanfoto«, sagte Conny und versuchte, irgendwie sexy zu gucken. Sah aber vor allem lächerlich aus, fand Lisa, die sie am Shirt zog. »Ich finde, wir sollten jetzt mal weiter, Conny!«

»Lösch es«, sagte der Mann, der von vorne älter wirkte als so schräg von hinten.

»Klar«, sagte Conny knapp, und ihr Lächeln gefror. So viel Pennertee hatte sie noch nicht intus, dass sie nicht spürte, wie unlustig der Typ das fand. »Mach ich.«

»Mach's jetzt!«

»Schon gut.«

Hatte der Typ ein Kabel hinterm Ohr? Hörgerät oder Security? fragte sich Lisa. War aber klar Security. Wenn er in dem Lärm hier sogar das leise Geräusch gehört hatte, das ein Handy beim Fotografieren macht … »Ich helf ihr«, sagte sie und versuchte, Conny wegzuziehen.

»Jetzt warte doch mal!«, fuhr die Freundin sie an. »Ich finde, er könnte wenigstens Bitte sagen.« Und sie blickte den Typ so frech an, dass Lisa es schon fast bewundernswert fand. Allerdings auch bescheuert.

Und plötzlich stand noch so einer neben dem Ersten. Genauso groß, genauso muskulös. Und auch mit einer schwarzen Lederjacke. Auch Security, schoss es Lisa durch den Kopf. »Gibt's hier ein Problem?«, fragte der Zweite.

»Alles im Griff«, erwiderte der Erste, worauf der Zweite sich wieder abwandte. Lisa atmete auf. Sie wollte schon gerade was sagen, da klopfte Lulu dem Mann mit der flachen

Hand auf die Brust. »Ich finde, meine Freundin hat recht«, sagte sie mit unsicherer Stimme. »Bitte kannst du schon sagen. Ist schließlich total nett von ihr, dass sie dich fotografiert hat. Und dass sie's jetzt löschen will, ist auch total nett …« Zu mehr kam sie nicht, weil der Typ sie am Handgelenk packte, dass Lulu aufgeschrien hätte, wenn sie nicht so erschrocken wäre. Sie riss die Augen auf und stöhnte leise. Dann versuchte sie, sich loszumachen, was ihr aber nicht gelang. »So, jetzt noch mal für die ganz Langsamen hier: Du löschst das Foto, und zwar jetzt. Vor meinen Augen. Auch aus dem Papierkorb. Darf ich bitten?«

Lulu ächzte. Conny holte Luft, Lisa hielt sie an. Dann, ganz langsam, nahm Conny ihr Handy wieder hoch, tippte ihren Code ein und rief die Bilder auf. Lisa konnte ihr über die Schulter sehen und entdeckte, dass Conny offenbar zuletzt ein paar ziemlich freizügige Spiegelselfies gemacht hatte. Den Mann schien das nicht zu interessieren. Er sah ihr zu, wie sie die Aufnahmen, auf denen er zu sehen war, löschte und gleich darauf den Papierkorb leerte. Als das geschehen war, ließ er Lulu los, die sich das Handgelenk rieb und leise fluchte: »So ein Arschloch. Am liebsten würd ich die Polizei holen.«

»Das wird nicht nötig sein«, erwiderte der Typ, dann wandte er sich ab und stellte sich etwas entfernt an den Rand der Budengasse. »Das wird nicht nötig sein?«, wiederholte Conny und starrte ihm hinterher. »Hat er 'ne Vollmeise?«

»Guck ihn dir doch an«, sagte Lisa. »Der ist von der Polizei.«

»Wie jetzt? Polizei? Sieht er aus wie von den Bullen?«

»Irgendwie schon, finde ich«, sagte Lisa. »Außerdem hat er so ein Ding im Ohr.«

»Ein Piercing?«, fragte Lulu, während sie sich an die Wand einer Frittenbude lehnte, neben der sie standen.

»Ein Mikro. Da war ein Kabel.«

»Wow«, sagte Conny. »So ein Schwein! Der hat mich gezwungen, meine Fotos zu löschen!«

»Der hat dich gezwungen, *seine* Fotos zu löschen«, stellte Lisa richtig, die sich fragte, was an dem Abend eigentlich toll sein sollte. Irgendwie hatte sie es sich mit Conny und Lulu besser vorgestellt.

»Und er hat Lulu beinahe den Arm gebrochen!«

»Ja!«, blökte Lulu. »Mein Handgelenk ist voll Matsch!«

»Ach, ihr spinnt doch«, murmelte Lisa. »Ich meine, hey, warum musstest du ihn denn fotografieren? Und wenn schon, dann hättest du dich ja nicht dabei erwischen lassen müssen, oder?«

»Oh ja, Lisa ist wieder voll auf dem Gutmenschen-Trip. Du hast wahrscheinlich noch nie jemand anderen fotografiert, der's nicht wusste. Du bist so was von die Spaßbremse! Fahr doch Kinderkarussell!« Sie nickte Lulu zu. »Komm, wir feiern alleine weiter. Dann haben wir wenigstens Spaß.«

Und tatsächlich gingen die beiden und ließen Lisa einfach stehen. Und tatsächlich fand Lisa das nicht einmal scheiße, sondern fühlte sich irgendwie erleichtert.

*

»LKA an Einsatzzentrale. Meldung aus Brüssel.«

»Brüssel? Was wollen die denn?«

»Hier liegt vielleicht eine Verwechslung vor.«

»Heißt was?«

»Heißt, dass sie ebenfalls einen Marco Kovac auf ihrer Liste haben.«

»Interpol?«

»Ja. Aber das ist nicht unserer.«

»Wer sagt das? Ich denke, Brüssel hat ihn gemeldet!«

»Ja. Aber einen anderen.«

»Sicher?«

»Sie haben ihn überprüft. Er sitzt in seiner Wohnung und holt sich gerade einen runter.«

»Das wissen die so genau …«

»Klar. Sie sehen ihm dabei zu.«

»Scheiß Online-Ermittlungen. Das war früher ein saubereres Geschäft.«

»Jedenfalls müssen wir reagieren.«

»Und wenn sich herausstellt, dass unser Mann doch gefährlich ist?«

»Weil er den Namen von einem Gefährder trägt?«

»Was, wenn der Wichser vor seinem Bildschirm gar nicht Kovac ist, sondern ein Kumpel. Der sitzt da und guckt Pornos, während hier auf dem Dom ein gesuchter Terrorist rumläuft und …«

»Alles Spekulationen, Kollege. Wir müssen faktenbasiert handeln.«

»Sprich, wir brechen ab?«

»Sieht so aus.«

»Okay. Sobald die Kollegen uns schriftlich benachrichtigt haben.«

»Schriftlich? Aber das kann dauern.«

»Ich ziehe die Aktion nicht zurück, ohne dass ich weiß, wer das Risiko trägt, wenn etwas schiefgeht.«

»Chef?«

»Ja?«

»Wir haben hier ein anderes Problem.«

»Und zwar?«

»Warum auch immer, es ist gerade ein richtiger Ansturm auf den Dom losgegangen.«

»Ansturm? Was heißt das?«

»Offenbar drängen an allen Eingängen Hunderte Leute rein. Nein, nicht Leute, Männer. Überwiegend junge Männer.«

»Mehr als üblich?«

»Sieht so aus.«

»Wieso? Irgendein Grund ersichtlich?«

»Nein, aber die Einsatzkräfte vor Ort sind alarmiert.«

»Abriegeln.«

»Den ganzen Dom?«

»Ja. Wegen Überfüllung geschlossen. Geben Sie's raus. An alle Einsatzkräfte vor Ort. Keiner kommt mehr rein. Wir lassen nur noch Leute raus. Je mehr und je schneller, umso besser. Und ich will wissen, was das für Männer sind. Personenkontrolle und gleich prüfen lassen. Herkunft, Hautfarbe, Religion, Vorstrafen.«

»Aber das ist Racial Profiling.«

»Scheiß auf Racial Profiling! Ich will Fakten! Hier geht's um Menschenleben!«

*

Er hatte nicht wirklich erwartet, dass er einzelne Personen würde erkennen können, nicht bei den Lichtverhältnissen. Sogar ein Smartphone der neuesten Generation kämpfte unter diesen Umständen mit der Belichtung. Tatsächlich waren die Aufnahmen vom Teufelsritt und vom Höllensturz miserabel: bunte Streifen vor schwarzem Grund, die Bilder vom Riesenrad und von der Achterbahn kaum besser. Nachdem die Bodenrecherche nichts ergeben hatte, war Ulrich Weikert auf den Gedanken gekommen, noch die Menschen in den Fahrgeschäften zu durchforsten. Vergeblich. Er war schon dabei, sie wieder zu löschen, da fiel ihm plötzlich etwas ins Auge, was ihn zusammenzucken ließ. Die Schatten auf dem Dach des Millerntor-Stadions … Er zoomte das Detail näher heran. Die sahen fast aus, als … Nach einer Schrecksekunde nahm er das Handy noch einmal hoch und schoss gezielt ein paar Aufnahmen, die das Dach direkt ins Visier nahmen. Wenige Sekunden später verdichtete sich sein Verdacht zur Gewissheit: Da oben waren Leute. Nicht irgendwelche Leute. Und schon gar keine harmlosen Spinner. Er konnte nur hoffen, dass es überhaupt keine Spinner waren. Aber nach allem, was er in der zurückliegenden Stunde mitbekommen hatte, konnte es eigentlich nur eine Sorte von unauffälligen Beobachtern sein, auch wenn das keineswegs beruhigender war, sondern die Alarmglocken in seinem Innern vollends schrillen ließ. Denn was dort drüben auf dem Dach des Stadions Position bezogen hatte, den Dom im Blick, unerkannt von Tausenden und Abertausenden unschuldiger und argloser Menschen, war nichts anderes als eine Einheit von Bewaffneten: Scharfschützen, die mit ihren entsicherten Gewehren in Richtung des Volksfestes zielten. Und in Richtung Ulrich Weikerts.

*

Der Leuchtturm. Hier war sie mit Leo verabredet gewesen. Anna setzt sich ins Gras und lehnt sich an den Zaun. Ihr Blick geht hinüber Richtung Lummenfelsen, wo die Möwen kreisen. Der Wind weht ihr Kreischen zu ihr herüber. Ob sie auch gekreischt haben, als Leo dort runtergestürzt ist? Es war mitten am Tag gewesen. Natürlich haben sie gekreischt, denkt Anna und schließt die Augen. Sie kann ihn vor sich sehen. Sein helles Haar. Den Blick aus diesen blauen Augen. Sein Lächeln. Sie wollte noch einmal alle Orte besuchen, an denen sie mit ihm gewesen ist. Doch jetzt, wo sie am Leuchtturm sitzt, fällt ihr auf, dass es diese Orte gar nicht gibt. Sie hatten gar nicht die Chance, gemeinsame Orte zu sammeln. Sie hatten nicht die Zeit, herauszufinden, wer von ihnen welche Musik mochte, welche Bücher. Anna weiß nicht, welche Leos Lieblingsfarbe war. Sie weiß fast nichts über ihn. Außer dass er sie geliebt hat – und dass er jetzt tot ist. Vielleicht auch deswegen. Weil er sie geliebt hat.

Sie stopft sich die Kopfhörer ins Ohr und macht die Musik laut: Nirvana. Trotzig steht sie auf und wirft einen letzten Blick auf die sonnenbeschienene Insel. Dann wendet sie sich wieder um und stapft davon Richtung Kirche. Vielmehr: Richtung Kirchhof. Sie wird noch einmal an seinem Grab vorbeischauen. Noch einmal mit ihm sprechen. Noch einmal …

VIERZEHN

Treppen sind etwas für normale Leute. Die können den ganzen Tag rauf- und runterrennen, ohne dass es ihnen was ausmacht. Wenn du deine Knochen erst mal ein paar Winter lang unter die Brücke gelegt hast, dann gehen dir Treppen dermaßen in die Beine, dass du nach ein paar Stufen am Ende bist. Normalerweise. Aber jetzt spürte Eck etwas, was er schon lange nicht mehr gespürt hatte, sehr lange: Panik. Aus irgendeinem Grund hatte er das Gefühl, dass etwas mit langen, kalten Fingern nach ihm griff. Ihm im Nacken saß. Etwas Böses.

Er hatte sich aufgerafft, um etwas weiter nach oben zu steigen. Dass sich vor dem Haus ein paar dunkle Gestalten versammelt hatten, machte ihm Angst. Nicht dass er ernsthaft glaubte, sie würden sich für ihn interessieren. Warum um alles in der Welt, hätte sich *irgendjemand* für einen einzelnen Penner interessieren sollen? Normalerweise. Aber es gab ja auch noch das Kind. Dieses hübsche, süße Kind mit dem duftenden Haar und den Wimpern, die im Schlaf zuckten. Dieses Kind, nach dem die Idioten, die nicht darauf aufgepasst hatten, inzwischen sicher längst suchten. Wer wusste schon, *mit welchen Methoden* sie suchten! Und wenn sie die schwarzen Männer dafür engagiert hatten? Ob das Polizei war? Musste es. Obwohl er solche Polizisten eigentlich nur einmal gesehen hatte. Da war irgendeine große politische Sache in der Stadt gewesen, und ein Haufen Verrückter hatte die Straßen unsicher gemacht. War das einzige Mal gewesen, dass Eck froh war, dass die Polente in der Nähe war. Die hatten ihm damals seinen Einkaufswagen mit den paar Klamotten und drei Flaschen Bier davor gerettet, dass die Krawallmacher ihn anzündeten. Na ja, war eigentlich gar nicht sein Wagen gewesen. Er hatte ihn sich nur ausgeliehen, weil er entdeckt hatte, dass es was zu trinken darin gab.

Kam ihm vor, als hätte er unten was gehört. Er blieb stehen und lauschte. Schwer zu sagen. Von draußen war so viel Lärm zu hören, trotz der dicken Mauern dieses Monstergebäudes. Doch: Da war etwas. Zu dem allgemeinen Gepolter und Geheule, das der Dom heraufschickte, waren Geräusche getreten, die erstens näher klangen und zweitens – und das machte Eck eine Gänsehaut – so, als wollte jemand genau das versuchen zu vermeiden: dass man ihn hörte.

Das Ziehen in seinem Brustkorb machte ihm Übelkeit. Aber das kannte er. So ähnlich ging es ihm immer, wenn er zu lange nichts getrunken hatte. Er war nun mal ein Alki, da machte er sich selbst schon lange nichts mehr vor. Aber jetzt, wo er die Treppen hochwollte, spürte er es besonders schmerzhaft.

Und wenn sie wirklich wegen des Kindes hinter ihm her waren? Vielleicht wären sie zufrieden, wenn sie das Kind fanden? Vielleicht würden sie ihn dann in Ruhe lassen. Nicht weiter nach ihm suchen. Wozu auch? Sie hätten ja das Kind wiedergehabt. Und dass sie es finden würden, war ganz klar. Schließlich lag die Kleine auf dem Boden im Treppenhaus. In dem Winkel von diesem seltsamen halben Boot. Wenn sie hinter Eck herrannten, würden sie unweigerlich über die Kleine stolpern.

Und wenn sie nicht hinter Eck her waren? Wenn sie … Plötzlich kam ihm ein schrecklicher Gedanke! Er blieb stehen, überlegte, ob er lieber wieder runterlaufen sollte. Laufen.

Er schüttelte den Kopf. Laufen, das ging nicht mehr. Aber runtergehen, das hätte er noch gekonnt. Wenn die Polizisten in Wirklichkeit gar keine Polizisten waren – und wenn sie vielleicht auch gar nicht hinter ihm und dem Kind her waren … Wer wusste schon, was sie mit dem Kind anstellten, wenn sie es entdeckten. Die Kleine könnte in Gefahr sein, dachte Eck und wollte schon wieder umdrehen, da hörte er wieder etwas: ein Flüstern. Ein Flüstern, das näher kam?

Nervös griff Eck nach seiner Flasche. Ein Schluck zur Beruhigung. Aber der Schnaps war alle. Alles weg. Er schraubte den Deckel auf und roch daran, sog tief den gütigen Atem des Alkohols ein und spürte, wie er sich ein klein wenig beruhigte. Irgendwer war da unten, und er ahnte, wer das war. Die Typen in Schwarz. Und wenn sie ihn kriegten … »Scheiße«, flüsterte er. »Scheiße, Scheiße, Scheiße.« Konnte sich gar nicht mehr daran erinnern, wann ihm mal so die Düse gegangen war. Warum hatte er sich dieses Kind geschnappt! So ein Blödsinn! Und jetzt hing er drin. Wenn sie ihn kassierten, dann wanderte er in den Bau. Und er wusste, was das für einen wie ihn bedeutete. Wenn du im Loch sitzt, gibt es nichts! Keinen Schnaps, keinen Wein, nicht mal ab und zu eine Flasche Bier. Die lassen dich lieber krepieren da. Und die anderen pissen auf dich. Das sind da ja harte Jungs. Die fühlen sich ja beleidigt, wenn sie die Zelle mit einem Penner teilen müssen. Eck kannte das. Hatte ihn zwar selber nie erwischt, aber einige Kollegen hatten ihre Geschichten zum Besten gegeben. Und so, wie die ausgesehen hatten, wollte Eck nicht aussehen.

Er musste sich irgendwo verstecken, irgendwo einen Winkel finden, in den er sich drücken konnte, falls sie hier vorbeikamen! Eck fühlte sich inzwischen wie ein gehetztes Tier. Wo hatte er sich da nur hineinmanövriert? Er merkte, dass er atmete, als wäre er kilometerweit gelaufen. Dabei hatte er die letzten Minuten nur hier gestanden und gewartet, ohne zu wissen, auf was. Links von ihm gab es einen Büroeingang mit einer etwas zurückgesetzten Tür. Aber die Nische war so gut einsehbar, dass er auch gleich hätte stehen bleiben können, wo er war. Rechts: die roten Rohre, die auch nicht genügend Schutz boten. Nichts, wo man sich hätte verstecken können. Er lauschte, hörte wieder irgendwelche Geräusche. Ein Zischen, wie wenn jemand Befehle gibt. Vor Befehlen hatte er Angst. Eck versuchte so leise wie möglich, noch ein Stockwerk weiter hochzusteigen. Die Etagen hier waren einfach so verdammt hoch! Völlig außer Atem blieb er auf einem Treppenabsatz stehen. Doch auch hier: Was es gab, war eine Nische, in die er nicht passte. Und dann diese unsäglichen Treppen, die höher und immer noch höher zu gehen schienen. An einer grauen Tür entdeckte er einen Zettel: *Hier kein Zugang zum Dach*. Das Dach. Das wäre vielleicht die Lösung gewesen! Wenn er dorthin käme … Wer würde schon auf dem Dach nachsehen. Wer würde ihn bis dahin verfolgen. Auf dem Dach wäre er sicher. Aber leider gab es keinen Zugang. Wohin die Tür führen mochte? Wäre ihm völlig egal gewesen, wenn er nicht die Schritte gehört hätte, die nur noch wenige Treppenabsätze entfernt sein konnten. Er drückte die Klinke – und tatsächlich war nicht abgesperrt! Sekunden später schloss er die Tür hinter sich. Dann drehte er sich wieder um, und ein unvorstellbares Schwindelgefühl befiel ihn.

*

Astrid Wegebusch war zurückgetreten. Sie überließ den Rest des Jobs ihren Kollegen, setzte sich wieder in ihren Einsatzwagen und nahm Kontakt zur Zentrale auf, um Bericht zu erstatten. »Hier Wegebusch.«

»Ich höre.«

»Vier bis fünf Männer mittleren Alters. Schlägerei. Es besteht kein Anlass …«

»Sind Sie angegriffen worden?«

»Dazu hatten die gar keine Gelegenheit.«

»Das heißt, Sie sind unverletzt geblieben?«

»Ja.«

Gott sei Dank. Schmiedeke war für jede Kleinigkeit dankbar, die jetzt nicht schiefging.

»Und der Kollege …«

»Sattler. Der auch. Soweit ich weiß. Er hat die Verfolgung von zwei Flüchtenden aufgenommen.«

»Sie haben Kontakt?«

»Nein. Er ist Richtung Bunker.«

Schmiedekes Kollege spielte den Verlauf der Drohnenaufzeichnung zurück. »Ja, ich sehe hier gerade die Aufzeichnung. Leider ist die Drohne über dem Schauplatz geblieben.«

Astrid Wegebusch beugte sich vor und blickte durch die Windschutzscheibe nach oben. Tatsächlich glaubte sie, einen dunklen Flecken am Himmel zu erkennen, womöglich die Drohne. »Irgendwelche Anhaltspunkte, dass der Vorfall mit unserem Einsatz zu tun hatte?«, fragte Schmiedeke.

»Nein. Keine.«

»Irgendwelche sonstigen erkennbaren Gründe für die Schlägerei?«

»Nein.«

»Also wäre es auch möglich, dass es etwas mit unserem Einsatz zu tun hat.«

»Ich wüsste nicht …«

»Das ist nicht die Frage, Kollegin Wegebusch. Wir dürfen hier nichts ausschließen.«

»Klar.«

»Sie bleiben bitte auf Position, wir melden uns wegen des weiteren Vorgehens.«

*

»Paul! Hier!«, rief Anna, als sie ihren Kollegen über den Parkplatz vor dem Bunker laufen sah. Er winkte und kam zu ihr. »Hast du das Gelände schon gecheckt?«

Anna nickte. »Leider ziemlich chaotisch. Zwischen Dom und Stadion …« Sie nickte Richtung Millerntor-Stadion, das zwar im Dunkeln lag, an dem sich aber die tausend Lichter des Festes spiegelten. »Gibt hier mindestens drei Aufgänge.« Sie zeigte auf den Bunker. »Zwei gleich hier, der rechte hat wohl noch einen Kellerzugang und einen Richtung U-Bahn. Wir sollten uns aufteilen. Ich weiß nicht, wo der Kollege von der Einsatztruppe sie gesehen hat.«

Paul nickte. »Wenn sie's denn waren.«

»Wenn sie es waren«, bestätigte Anna und spürte, wie ihr Herz schmerzte angesichts dessen, wie sehr Paul an diesem Abend gealtert war. Sie sah auf die Uhr. »In zehn Minuten wieder hier?«

Paul blickte nach oben. »Mal sehen, ob wir das schaffen.«

»Ich weiß auch nicht, was uns da drinnen erwartet.« Unwillkürlich griff sie nach seiner Hand, drückte sie. »Aber natürlich nehmen wir uns die Zeit, die nötig ist.«

»Na, ihr Turteltäubchen?«, sagte eine Stimme hinter ihnen. Saskia. Paul seufzte. »Danke für dein Mitgefühl.«

»Sorry«, erwiderte Saskia. »Aber wir tun ja, was wir können, oder?«

»Ja, das tut ihr«, sagte Paul. »Und dafür bin ich euch dankbar.«

Anna schüttelte den Kopf. »Blödsinn. Wir sollten nicht rumstehen und quatschen. Saskia«, sie wandte sich an die Kollegin. »Du nimmst bitte den rechten Aufgang, ich nehme den Richtung U-Bahn.«

»Geht klar«, sagte Saskia knapp, hob eine Augenbraue und tippte sich an die nicht vorhandene Dienstmütze. Dann war sie wieder weg.

»Kann die nie irgendetwas ernst nehmen?«, murmelte Anna.

»Hauptsache, sie ist mit dabei«, sagte Paul leise. »Vielleicht ist sie es, die meine Kleine am Ende findet.«

»Ja«, sagte Anna. »Vielleicht.« Dann trennten sie sich und machten sich auf den Weg in die verschiedenen Aufgänge des Bunkers. Wie lange mochte es her sein, dass der Kollege den Mann und das Kind gesehen hatte? Zehn Minuten? Eine Viertelstunde? Eher länger. Und wie wahrscheinlich war es, dass die beiden noch hier waren? Wieso eigentlich waren sie im Bunker gewesen? Anna zermarterte sich den Kopf, versuchte, Stalin zu ignorieren, der regelmäßig seine Schmerzsalven auf sie abfeuerte, stemmte sich gegen die Tür und war überrascht und fast auch ein bisschen erschrocken, dass sie sich tatsächlich öffnete. Denn das hieß, dass hier wirklich jemand sein konnte. Jemand, der hier nicht hergehörte. Sie betrachtete das Schloss: Es war abgeklebt.

*

»Scheiße!«, fluchte Sattler zwischen zusammengepressten Zähnen. Einer der beiden hatte sich für die rechte Seite, einer sich für die linke Seite entschieden, um an dem verfluchten Bunker vorbeizurennen. Und er als einziger Verfolger. Rechts oder links? Er entschied sich für links. Richtung U-Bahn

Feldstraße. Der andere würde im Gewühl auf dem Dom untertauchen, im Zweifel sogar von den Kollegen dort aufgehalten. Gab ja genügend. Der andere war vielleicht noch einzuholen, bevor er im U-Bahnhof verschwand und ebenfalls weg war.

Stefan Sattler hielt sich die Flanke. Seitenstechen. Zu viel Stress in den letzten Stunden. Und keine Kraft mehr. Silvias Bild blitzte vor ihm auf. An diesem Abend kam alles zusammen. Fluchend rannte er weiter, stolperte, wäre fast gefallen, fing sich gerade noch und hastete voran, dem Kerl hinterher, der nach der Schlägerei noch frisch genug schien, ihn mühelos abzuhängen. Aber wahrscheinlich hatte der noch so viel Adrenalin in den Adern, dass er praktisch uneinholbar war.

War er auch. Jedenfalls für Sattler. Der Schläger passierte die Ecke des Bunkers – und als der Polizist an demselben Punkt angelangt war, da war er weg. Keuchend blieb Sattler stehen. Rang um Luft. Spürte sein Herz wie verrückt in seiner Brust wummern. Er musste sich anlehnen, um das Schwindelgefühl niederzuringen, das ihn befallen hatte. »Weg«, keuchte er und blickte in die Richtung, in der der Typ mutmaßlich verschwunden war. Mehrere Kollegen in Uniform, die dort mit ihren Einsatzwagen standen, blickten zu ihm zurück. Einer setzte sich in Bewegung. Doch Sattler hob die Hand, um zu signalisieren, dass alles in Ordnung war. Er sollte lieber zurückkehren zu Astrid Wegebusch, die vielleicht noch Hilfe brauchte. Er wollte sich schon auf den Weg machen, da bemerkte er im tiefen Schatten des Bunkers eine schmale Gestalt, die ihm seltsam vorkam.

*

Von einem Augenblick auf den anderen brannte die Luft. Der Mann mit dem Obstmesser trat einen Schritt auf die schwerbewaffneten Einsatzkräfte zu und hob den Arm. »Wo ist meine Frau? Was habt ihr mit ihr gemacht?«

Gleichzeitig stürzten zwei der Vermummten auf ihn zu, einer schlug ihm mit der Waffe in den Unterleib, der andere hieb ihm gegen den Hals. Ächzend ließ der Mann sein Messer fallen und stürzte auf die Knie. Er rang nach Luft und gab nach einer Sekunde des Schocks bizarre Geräusche von sich, eine Mischung aus Brüllen, Keuchen und Stöhnen. »Polizei!«, rief einer der Bewaffneten. »Sie sind festgenommen!«

Der Mann im Unterhemd fiel nach vorne, ruderte mit den Armen – und bekam das Bein eines der Eindringlinge zu fassen. Er packte ihn an der Hose und zog mit aller Kraft. Der Bewaffnete, überrumpelt von der Aktion, taumelte rückwärts gegen einen anderen Bewaffneten, der sofort einen Schritt nach vorne machte und den Kolben seiner Maschinenpistole gegen den Kopf des Mannes stieß. Ein Dritter sprang dazu und kniete sich auf den Rücken des Mannes. Der gab ein gurgelndes Geräusch von sich, während die Frau im anderen Zimmer kreischte. »Lassen Sie meinen Mann in Ruhe! Hören Sie auf! Hören Sie auf!«

Ein Hieb mit dem Ellbogen und die Frau verstummte. Keine fünf Sekunden später waren beide mit Handschellen fixiert. Der Mann im Unterhemd brüllte auf die Bewaffneten ein, das Gesicht so rot, als hätte er in Blut gebadet.

»Noch jemand in der Wohnung?«, fragte einer der Schwarzvermummten.

»Alles sauber. Nur die zwei«, berichtete ein anderer.

»Gut. Wir nehmen die zwei hier mit. Zwei von uns bleiben hier, um die Wohnung zu sichern.«

»Überwachung?«

»Besprechen wir draußen.«

»Bringen wir sie nach hinten raus?«

»Vorne. Die Kollegen warten schon.«

»Einsatzwagen?«

»Zivil.«

»Alles klar.«

»Ich bring euch um!«, brüllte der Mann, und wie zufällig erwischte ihn der Vermummte über ihm beim Aufstehen mit dem Stiefel am Kopf. »Ihr Schweine!«

Der Chef der Gruppe trat ganz nah zu ihm hin. »Beruhigen Sie sich lieber, dann geschieht Ihnen nichts. Wir nehmen Sie jetzt zu Ihrer eigenen Sicherheit mit.«

»Was wollt ihr überhaupt von uns, ihr Schweine?« Immer noch war der nun Gefesselte so aufgebracht, dass die Adern an seinem Hals dick geschwollen waren. »Lasst gefälligst meine Frau in Ruhe, sonst …«

»Sonst was, Mann!«, fuhr ihn der Vermummte an. »Sie sind festgenommen. Das hier ist ein Polizeieinsatz, und Sie haben uns überhaupt nicht zu drohen, ist das klar?« Er wartete, bis einer seiner Kollegen den Gefesselten wieder unsanft auf die Füße gezerrt hatte. »Sie kommen jetzt mit uns. Und wenn Sie weiter solchen Terror machen, dann wird das Konsequenzen haben. Ein falsches Wort noch und Sie haben eine Anzeige wegen Beleidigung und Widerstand gegen die Staatsgewalt am Hals!«

»Ihr seid keine Polizisten! Verbrecher seid ihr! Das hier ist ein verdammter Überfall! Wir haben überhaupt nichts getan. Und ihr seid hier eingebrochen! Freiheitsberaubung ist das!«

Der Schlag war vielleicht nicht wirklich beabsichtigt, aber er war wirkungsvoll. Der Mann im Unterhemd verdrehte die Augen, als ihn der Helm eines der Vermummten an den Hinterkopf traf. Ein Stöhnen, ein verzweifelter Versuch, sich an irgendetwas festzuklammern und dann, von der Tür her, mit eiskalter Stimme die Aufforderung: »Lassen Sie sofort den Mann los oder Sie sind tot.«

*

Der Steindamm war irgendwie menschenleer. Und doch auch nicht. Richtung Lübecker Straße standen ein paar Typen rum, die hier nicht hingehörten, das erkannte Marco sofort. Ein Stück weiter die Straße runter Richtung Bahnhof blockierte ein Lieferwagen die Straße. Der stand so dämlich, dass keiner vorbeikam. Vor allem: Die Klappe war nur ein Stück weit geöffnet, und es sah nicht so aus, als hätte irgendwer die Absicht, was auf- oder abzuladen. Die Huren hatten sich in den Sexschuppen zurückgezogen, Luden waren auch keine zu sehen. Ein altes Muttchen schleppte seine Einkäufe nach Hause. Und in einem Auto saßen zwei Männer, als würden sie gerade einen Deal abschließen. Aber das dauerte zu lange – und es würde auch gar nicht hier, mitten auf dem Steindamm, stattfinden. Da gab es andere Ecken für. Weniger sichtbare, nicht mal weit weg von hier.

Mit einem komischen Gefühl bog Marco in den Hausflur ein. Die Tür stand offen. Es roch irgendwie fies im Haus. Die Hintertür klappte zu, als er gerade vorne reinkam. Auf den Briefkästen lag ein Handbesen, den er kannte: Seine Mutter fegte mit dem immer die Stufen runter. Sie hatte ja so was wie eine halbe Hausmeisterstelle. Dafür gab's zwar kein Geld, aber sie mussten weniger Miete zahlen, und das war schon mal was. Den Besen hatte sie scheinbar liegen gelassen. Sie wird echt immer vergesslicher, dachte Marco und spürte, wie ihm das wehtat. Er wollte nicht, dass seine Mutter so ein Gemüse wurde wie Frau Schlieker von gegenüber, die irgendwann nicht mehr alleine aufs Klo hatte gehen können, weil sie nicht mehr wusste, dass sie überhaupt musste – geschweige denn, wo das Klo war. Das war echt die Pest, wie die Alten immer dämlicher wurden, bis sie sich selbst nicht mehr kannten. Seiner Mutter sollte das nicht passieren, durfte das nicht passieren! Das wäre einfach zu ungerecht gewesen. Bei seinem Vater hätte er es ja irgendwie kapiert. Der hing zu oft an der Flasche. Wenn der sich das Hirn wegsoff, dann war er eben selbst schuld, verdammt.

Marco nahm den Besen und stieg die Treppen hoch. Klang, als wäre oben irgendwo eine Tür offen und man hörte die Leute. Aber das tat es öfter: In dem Haus wurde viel gestritten, viel rumgeschrien. Die Leute brüllten einander an, so war das hier. Kannte er. Trotzdem war irgendetwas anders als sonst. Lag vielleicht auch an dem seltsamen Geruch im Treppenhaus. Stechend, chemisch, ungut. Marco musste sich räuspern. Man bekam ja kaum Luft bei dem Gestank. Er beeilte sich, nach oben zu kommen, nahm immer ein paar Treppen auf einmal. Als er am Fenster vorbeikam, sah er, wie die beiden Typen in dem Auto wegfuhren. Ganz langsam. Nee, das waren keine Dealer. Sonst wäre nur einer weggefahren, und zwar schnell. Aber die rollten weg wie ein … wie ein Polizeiauto! Mensch, wenn das Bullen gewesen waren? Würde passen. Aber was sollten die … Die Wohnungstür der Kovacs stand offen! Weit offen. Und sie stand nicht einfach nur offen, sie war aufgebrochen worden! Das Schloss war weggefetzt. Marco spürte, wie das Adrenalin durch seine Adern rauschte. Jetzt wurde ihm auch bewusst, dass die Stimmen, die er im Treppenhaus gehört hatte, aus seiner Wohnung kamen, aus der Wohnung seiner Eltern! Er blieb stehen und lauschte. Hörte seinen Vater brüllen, seine Mutter klagen und wusste, dass es jetzt auf ihn ankam. Er hatte schon die Hand an seinem Telefon, um die Polizei zu rufen. Doch dann überlegte er es sich anders: Erstens würden die Bullen zu lange brauchen, bis sie hier waren. Zweitens würden sie wahrscheinlich nicht mal kommen. Der Steindamm! Da sollten die sich doch gegenseitig abstechen, dann gab es eben ein paar Assis weniger. So dachten die. Wer hier Hilfe brauchte, musste sich verdammt noch mal selbst helfen. Aber das würde er tun. Ein weiterer Schrei seines Vaters. Und Marco war drinnen.

*

War das Kathy gewesen? Lisa war sich fast sicher. Sie hatte noch überlegt, ob sie alleine bleiben oder gleich heimgehen sollte, nachdem die zwei blöden Tussen sie stehen gelassen hatten. Dann hatte sie beschlossen, eine letzte Runde zu drehen, am Höllenritt und am Looping vorbei, und sich langsam auf den Heimweg zu machen. Irgendwie war ihr auch die Lust auf Rummel vergangen. Und dann hatte sie die beiden entdeckt: Kathy und einen Jungen, der aussah wie einer von der Schule. Mirko oder so. Sie kannte ihn nicht wirklich, aber es gab nicht viele auf der Schule, die so einen Bart hatten. Machte ihn ziemlich älter, fand Lisa. Das sah schon gut aus, irgendwie. Aber jetzt ... Das wirkte fast, als würde er Kathy hinter sich herzerren. Weg vom Dom.

Irgendetwas surrte über Lisas Kopf. Sie blickte nach oben, konnte aber nichts erkennen. Beinahe hätte sie Kathy und ihren Freund verloren. Doch dann tauchten die beiden wieder in der Lücke zwischen zwei Buden auf. Die liefen hinüber zu diesem Bunker! Ohne zu wissen, warum eigentlich oder wozu, duckte sich Lisa ein bisschen und folgte ihnen. Tatsächlich: Der Typ hatte Kathy am Handgelenk gepackt und schleifte sie buchstäblich hinter sich her. Mit klopfendem Herzen lief Lisa ihnen nach. »Hey, Kathy!«, rief sie. Doch weder das Mädchen hörte sie noch der Kerl. »Kathy!« Ein Zaun! Gott sei Dank. Irgendwie beruhigte Lisa, dass sie da drüben nicht weiterkamen. Bis sie erkannte, dass die beiden tatsächlich drüberkletterten. »Ich fass es nicht!«, keuchte sie und hastete weiter. Irgendwie hatte sie mehr und mehr das Gefühl, dass die Mitschülerin Hilfe brauchte.

»Hey! Was geht?« Plötzlich stand ihr ein junger Mann im Weg, scheinbar aus dem Nichts gekommen, vermutlich aber bloß hinter einem der Container, wo er pinkeln war. Lisa beachtete ihn gar nicht, sondern tat nur einen Schritt zur Seite, ohne Kathy aus den Augen zu lassen. Da spürte sie unvermittelt einen eisernen Griff um ihren Oberarm. »Baby, ich sprech mit dir!«, sagte der Typ, offenbar nicht ganz nüchtern, aber jedenfalls im Vollbesitz seiner Kräfte.

»Lass mich«, zischte Lisa und versuchte, ihren Arm loszureißen.

»Warum hast du's so eilig? Ich will mit dir sprechen.« Auch wenn es mehr nach »Bumsen« klang.

»Keine Zeit, Mann. Lass mich sofort los.« Sie funkelte ihn an und dachte, dass sie ausgerechnet heute ihre Nägel abgeschnitten hatte, ihre Krallen, weil einer abgebrochen war. Jetzt hätte sie die Dinger gut brauchen können.

»Nur ganz kurz, echt. Ich lad dich ein. Komm schon!«

Es war eigentlich mehr ein Reflex. So richtig geplant hätte Lisa das vermutlich gar nicht hingekriegt. Aber dass das Knie so schnell und so zielsicher seinen Weg fand, das überraschte sogar sie. Von dem Typen ganz zu schweigen. Der ließ sie nämlich augenblicklich los und klappte zusammen wie ein Liegestuhl. Ächzend fiel er auf die Knie und hielt sich die Eier, während Lisa zusah, dass sie weiterkam. Wenn der erst einmal wieder Luft bekam, würde er erst richtig unangenehm werden, das war klar.

Augenblicke später stand sie an dem Zaun. Kathy und ihr Begleiter waren weg. Lisa sah noch einen Schatten um die Ecke des Bunkers huschen. Aber ob sie das waren oder jemand anderes? Sie blickte sich um. Der Typ, dem sie in die Weichteile getreten hatte, rappelte sich auf, wankte, sah sich um. Hastig duckte sich Lisa hinter einen Stromverteilerkasten. Wenn der sie mal bloß nicht entdeckte.

*

»Hier sind wir in Sicherheit, Baby«, flüsterte er, nachdem sie sich durch die Tür geschoben hatten. »Alles ist gut.«

»Nichts ist gut, du Arsch«, zischte Kathy und machte sich von ihm los. Endlich gab er ihr Handgelenk frei, das ihr inzwischen richtig wehtat. Sie kämpfte mit den Tränen, suchte nach Worten.

»Hey, hier sind wir sicher«, sagte Ante, immer noch ganz leise, so als könnte man ihn durch die geschlossene Tür hören. Er drängte sich an sie und versuchte, sie zu küssen.

»Lass mich«, sagte sie und drückte ihn weg. »Ich will nicht.«

»Aber jetzt ist doch alles gut, Baby.« Er küsste sie auf die Wange, aufs Ohr, auf das Kinn, weil sie sich immer wieder wegdrehte. »Lass mich!«, forderte sie ihn noch mal auf. »Du spinnst! Und du bist ein Dealer. Du hast mich angelogen. Und wenn sie dich verfolgen, dann … dann … ist es deswegen.«

»Hör auf!«, fuhr er sie an, um sogleich zärtlich seine Hand auf ihre Lippen zu legen und es ganz leise, scheinbar zärtlich zu wiederholen: »Hör auf. Echt, ja? Bitte. Sag so was nicht.«

»Aber es stimmt, Ante. Es ist doch wahr!« Jetzt sah sie ihm doch in die Augen. Das musste er doch verstehen, dass sie enttäuscht war, dass sie sich ausgenutzt vorkam, dass sie nichts mehr mit ihm zu tun haben wollte. Das musste er doch kapieren! »Ich hab keine Lust, hörst du? Ich will so einen Scheiß nicht! Ich will nichts mit einem Dealer zu tun haben. Und auch nicht mit einem, der das Zeug nimmt.«

»Aber ich nehm das Zeug doch gar nicht, Kathy. Hab ich noch nie. Ich hab's nur heute getan. Für dich!«

Fassungslos starrte sie ihn an. »Für mich? Sag mal, geht's noch? Willst du vielleicht sagen, dass ich schuld bin, dass du Drogen nimmst, oder was?«

»Drogen …«

»Aber das sind Drogen, du Blödmann! Ecstasy oder was du da vertickst, das sind Drogen! Und ich will echt nicht, dass du dir so was einwirfst.«

»Nein, so mein ich das ja auch gar nicht. Ich meine: Hey, ich wollte halt mit dir abhängen heute. Und da hat mich dieses Scheißbein genervt und hätte fast alles kaputt gemacht. Da hab ich mal eine von den Pillen genommen. Zum allerersten Mal!« Er war so nah, dass sie das Gefühl hatte, er würde sie mit seinen riesigen Pupillen verschlingen. »Damit das ein schöner Abend wird! Auch für dich, verstehst du?«

Kathy schüttelte den Kopf. »Nein. Echt. Das versteh ich nicht. Wir hätten uns auch irgendwohin setzen und was trinken können oder so. Das hätte mir total ausgereicht. Aber stattdessen machst du einen auf großen Macker und ziehst dir das Zeug rein. Und dann machst du's mit mir und …« Sie musste schlucken. »Und …« Nein, sie konnte nicht mehr weiterreden. Sie konnte nicht mehr weiter dastehen. Sie ertrug ihn nicht mehr. Keine Sekunde länger. Ante war für sie einfach nur noch tot. Aus. Vorbei. Sie sammelte sich einen kurzen Moment, dann stieß sie ihn von sich, dass er rückwärtstaumelte, und lief zur Treppe. »Lass mich einfach in Ruhe!«, rief sie und rannte hoch. »Ich will nichts mehr mit dir zu tun haben!«

*

Als ein Lichtstrahl von einem wendenden Fahrzeug ihre Gestalt streifte, konnte er ihr Gesicht sehen. Stefan Sattler hatte das Gefühl, der Frau schon mal begegnet zu sein. Aber was hieß das schon an einem Abend, an dem man seit Stunden Gesichter auf dem Volksfest filterte und naturgemäß Tausende von Menschen gesehen hatte – etliche davon mehrmals. Und doch, irgendetwas in ihm ließ die Alarmglocken schrillen. Vielleicht auch einfach nur der Umstand, dass eine junge Frau nachts allein in einen Seiteneingang des Bunkers ging. Sattler kannte die Örtlichkeiten. Da gab es nur ein ziemlich gruseliges Treppenhaus, das sich über mehrere Stockwerke bis ganz nach oben zog, ideal für Selbstmörder. Und eine Stahltür, die in die unterirdischen Gänge des Monstrums führte. Was es nicht gab, war irgendein Ort, an den eine Frau nachts alleine gehen sollte. Seinem Instinkt folgend, ging er ihr hinterher. Er war schon fast an der Tür, als er einen Anruf bekam: Silvia. »Schatz!«

»Stefan. Es ist jetzt fast zehn. Wirst du hier noch auftauchen? Denn wenn nicht, dann kannst du gleich woanders übernachten.«

»Hör mal, Schatz …«

»Nein. Ich will nicht hören. Ich habe dir schon lang genug zugehört mit deinen ewigen Entschuldigungen. Du lässt mich hier sitzen, obwohl du seit Stunden zu Hause sein solltest. Und weißt du was? Das ist in diesem Jahr das zehnte Mal!«

»Schatz, ich bin auf dem Dom …«

»So klingt es auch.«

»… in einem Einsatz!«

»Klar. Es ist immer irgendwas. Weißt du was? Ich wünsch dir viel Spaß bei deinem *Einsatz*. Lass dir nur Zeit.«

»Silvia, bitte. Ich kann nicht einfach weg, nur weil ich das gerne möchte.«

»Es gibt auch noch andere Polizisten in Hamburg.«

»Die sind auch praktisch alle hier. Wir haben ein ganz großes Ding am Laufen!«

»Sicher. Gleich neben der Reeperbahn.«

»Da ist nun mal der Dom, und ich hab nun mal meine Einsätze. Die kann ich mir nicht aussuchen. Hör mal, wir besprechen das, wenn ich zu Hause bin, ja? Ich kann jetzt nicht.«

»Nein. Natürlich kannst du nicht«, sagte Silvia bitter, und Sattler hatte das Gefühl, als wäre ihre Stimme gleichermaßen von Tränen wie von Alkohol erstickt. »Aber weißt du was? Nachher kann ich nicht mehr.« Sie schluchzte. »Ach was. Eigentlich kann ich jetzt schon nicht mehr. Mach, was du machen musst.«

»Silvia, ich bitte dich, hier geht es um Menschenleben!«, presste Sattler hervor. Doch seine Frau hatte bereits aufgelegt.

»Menschenleben?«, fragte eine Stimme neben ihm. »Also, was ist hier los?« Ein Mann Mitte oder Ende dreißig war neben ihn getreten und hielt ihm eine Karte hin: *PRESSEAUSWEIS – Ulrich Weikert, Hamburger Express.*

Die Frau am Bunker war weg.

*

Längst spürte sie, dass sie mit ihren Kräften ans Ende kam. Die Fahrt von der Insel nach Hamburg, der Nachmittag in der Stadt, der Abend mit Paul und seiner kleinen Tochter auf dem

Dom – und jetzt diese irrwitzige Suche, vor allem aber: der Frust! Das alles ließ Anna langsam verzweifeln. Jeden Schritt spürte sie als pochenden Schmerz in ihrem Kopf. Jede neue vergebliche Hoffnung drückte sie nieder. Sie durfte gar nicht darüber nachdenken, sich schon überhaupt nicht für einen Moment sammeln, sonst wurde ihr schlecht vor Erschöpfung.

Der Hausflur des Bunkers war erleuchtet, wenn auch nur von einem kalten, bläulich-weißen Licht, das die Kopfschmerzen noch verstärkte. Immerhin: Der Lärm vom Dom drang nur gedämpft in das Gebäude, das ihr – obwohl es riesig war – irgendwie Platzangst verursachte. Sie fühlte ganz einfach, dass Millionen Tonnen Beton und Stahl über ihr lasteten, eine albtraumhafte Vorstellung.

*

Lisa hörte, wie Schritte näher kamen. Trotz des Lärms vom Dom. Die Schritte, die auf dem Kies knirschten, hoben sich deutlich von all den anderen Geräuschen ab. Auch wenn es völlig unsinnig war, hielt sie den Atem an und presste die Hand vor den Mund. Sie machte sich so klein, wie es nur ging. Mann, warum war sie nicht mit Conny und Lulu zusammengeblieben? Warum war sie nicht reingeflüchtet auf den Dom statt hier nach außen, wo kein Schwein war und wenig Licht. Wenn er sie hier entdeckte … Die Schritte waren näher gekommen. Aber jetzt war nichts mehr zu hören. Nichts mehr außer dem Lärm im Hintergrund. Wie nah mochte er sein? Wo mochte er stehen? Vorsichtig kniete Lisa sich hin und krabbelte ein paar Zentimeter vorwärts, um um die Ecke zu gucken. Und noch ein paar Zentimeter. Nur so weit, dass sie irgendetwas erkennen konnte. Flüchten konnte, wenn es nötig war!

Doch da war nichts. Niemand, der auf der anderen Seite gestanden wäre und auf sie gelauert hätte. Lisa atmete auf. Wahnsinn, echt. Sie hätte sich beinahe in die Hosen gemacht, dass der Typ von vorhin sie verfolgt und geschnappt hätte. Für einen Moment schloss sie die Augen und lehnte ihre Wange an den Stromverteilerkasten, spürte das kühle Plastik, hörte das leise Surren im Inneren. Und überlegte. Aber die Schritte, die hatte sie sich nicht eingebildet. Da *war* jemand auf diesen blöden Kasten zugekommen. Jemand, der jetzt nicht dort stand und auch nicht wieder weggegangen war, sonst hätte sie ja die Schritte sich wieder entfernen hören müssen. Irgendwo musste der doch sein ... Sie hatte den Gedanken kaum zu Ende gedacht, da war ihr klar, wo er sein musste. Sie spürte, wie sich die Härchen an ihren Armen aufstellten und ein Schlag in ihren Magen fuhr, als hätte jemand hineingeboxt. Und dann hörte sie auch schon seine Stimme: »Was machst du hier?«

Lisa tat das einzig Richtige: Sie schoss nach vorne weg. Weg von der Stimme hinter ihr. Weg von der dunklen Gestalt, die auf der anderen Seite des Kastens aufgetaucht war. Rüber Richtung Rummel. Am besten mitten rein zwischen die Menschen. Je mehr um sie herum waren, umso besser! Das alles schoss ihr in Bruchteilen von Sekunden durch den Kopf – bis sie der Länge nach hinschlug, mit dem Gesicht voraus, dass das Blut ihr aus der aufplatzenden Lippe spritzte und die Schläfe gegen den hart getrampelten Boden knallte. Er hat mich am Fuß! dachte sie noch in einem entfernten Winkel ihres Bewusstseins, ehe sie es ganz verlor und ihr vollends schwarz vor Augen wurde.

*

Anna musste daran denken, dass einer von den Budenbesitzern von einem Penner gesprochen hatte. Ein Penner, dachte sie, der würde sein Lager so aufschlagen. Ob es der Mann war, der mit dem Kind gesehen worden war? Ob er noch im Gebäude war? Wenn er das andere Treppenhaus genommen hatte, lief sie in die völlig falsche Richtung. Aber wenn er den Weg nach oben hier gesucht hatte, warum auch immer, dann konnte es sein, dass sie hier genau auf der richtigen Spur war. Vielleicht hatte er nur sein Zeug nicht weiter hochschleppen wollen – wenn es denn sein Zeug war.

Sie würde es nicht herausfinden, wenn sie sich nicht beeilte, nach oben zu kommen. Nah am Eingang ragte eine Skulptur in den Raum, ein zersägtes Boot aus Stahl, seltsam irgendwie. In der Ecke lag dieser Haufen Kleider, verdreckt und schäbig. Mit einem schnellen Blick in die Winkel unter der Treppe und bei den Aufzügen und einem Check der geschlossenen Türen erledigte sie das Erdgeschoss und nahm dann, immer mehrere Stufen auf einmal, ihren Weg nach oben. Drei Aufgänge hatte sie ausgemacht, aber vermutlich gab es auch auf der Rückseite des Gebäudes noch Zugänge. Der Bunker war so riesig, dass es Stunden dauern würde, wollte man ihn komplett durchsuchen. Aber die Firmen und Einrichtungen, die sich dieses gruselige Ambiente für ihre Niederlassungen ausgesucht hatten, waren ja jetzt alle geschlossen. Zum Glück. Man musste also nur die Treppenhäuser durchforsten. Und das würde schnell gehen. Ein paar Minuten jeweils. Zu dritt konnten sie in einer Viertelstunde wieder unten sein – und wenn alles gut ging, würde das Kind bei ihnen sein. Lebend, ging es ihr durch den Kopf, und sie schauderte.

Im ersten Stockwerk das gleiche Bild: Türen, Aufzüge, Treppen, nichts weiter. Keine Ecken und Winkel, wo jemand sich verborgen halten könnte. Sie war gerade dabei, die Stufen zum zweiten Obergeschoss zu nehmen, da glaubte sie, von oben Geräusche zu hören. Sie hielt inne, wäre fast gestolpert, fing sich aber noch am Geländer und lauschte: Stimmen. Aber durch den Widerhall in diesem brutalen Gemäuer völlig unverständlich. Möglich, dass da ein Kind sprach. Vielleicht aber auch eine Frau? Und ein Mann, ja, das war deutlich zu hören. Eine Stimme wár die eines Mannes. Langsam schlich sie weiter. Doch schon war es wieder still. Und nachdem sie eine Weile vergeblich gelauscht hatte, entschied sie sich, lieber flott zu machen. Niemand wusste, was in diesem Augenblick mit Pauline geschah. Anna wollte nicht riskieren, dass sie zu spät kam – wobei sie sich gar nicht ausdenken mochte, was *zu spät* im Einzelnen bedeutete.

Also nahm sie all ihre Kraft und all ihren Mut zusammen und stürmte weiter, diesmal ohne Rücksicht darauf, ob sie Lärm machte oder nicht. Es musste jetzt sein. Schlimm genug, dass sie ihre Dienstwaffe nicht dabeihatte. Immerhin den Mut hatte sie im Gepäck. Und den würde sie jetzt einsetzen, komme, was wolle.

*

»Weikert? Wo sind Sie, verdammt noch mal!«

»Aber Chef, wir hatten doch …«

»Wieso bekomme ich die Nachricht von der Striptease-Tusse nicht von Ihnen, sondern von meinem Skatkumpel Dirk?«

»Striptease-Tusse? Ich bin auf dem Dom!«

»Eben. Suchen Sie doch mal unter den Hashtags Dom und Striptease. Und Mädchen.«

»Tut mir leid, Chef«, sagte Ulrich Weikert und versuchte, sich irgendwie einen Reim auf die Aussagen zu machen.

»Ja. Toll«, erwiderte Gesthuisen bitter. »Wissen Sie, was schlimmer ist als ein schlecht informierter Journalist? Ein gar nicht informierter Journalist. So einen braucht kein Mensch.« Ehe Weikert noch etwas erwidern konnte, hatte sein Chefredakteur aufgelegt. Die nächsten fünf Minuten würde Weikert mit der Recherche verbringen, was verdammt Gesthuisen gemeint hatte. Er brauchte nur zwei. Knapp. Denn das Netz vibrierte förmlich vor Links und Likes über das verschwundene Mädchen, die Suche auf dem Dom und vor allem das bizarre Angebot eines heißen Strips für den oder die Finder. »Heilige Scheiße«, murmelte Weikert. Wer postete denn so was! Für den Bruchteil einer Sekunde musste er an Anna Krüger denken. Die war zwar auch sexy, hatte aber eine andere Figur. Außerdem war sie zwar offensichtlich entschlossen, buchstäblich alles zu tun, um die Kleine zu finden. Aber auf die Idee wäre sie nicht gekommen. Ob vielleicht die Kollegin von Anna Krüger, die er auch mal kennengelernt hatte und die in der Tat eine Granate war … Er hatte den Gedanken noch nicht zu Ende gedacht, als er spürte, wie sich eine harte Hand auf seine Schulter legte. »Bitte verlassen Sie das Gelände«, sagte jemand, der klang, als würde er das Wort Widerspruch nicht kennen. Überrascht drehte der Journalist sich um. »Presse«, sagte er und nahm überrascht zur Kenntnis, dass es kein gewöhnlicher Polizist war, der zu ihm getreten war, sondern offenbar ein Mitglied eines Spezialeinsatzkommandos. »SEK?«

»Ich muss Sie auffordern, sich hinter die Absperrgitter zu begeben«, erklärte der Mann noch einmal. »Zu Ihrer eigenen Sicherheit.«

»Hören Sie, ich bin Journalist, und es gilt die Pressefreiheit …«

Doch der Mann im schwarzen Kampfanzug hörte ihm gar nicht zu, sondern griff an sein Mikrofon und sagte: »A28.

Mann, Anfang/Mitte dreißig macht Probleme. Gibt sich als Pressevertreter aus. Bitte übernehmen, ich muss rüber zum Vordereingang.«

Weikert versuchte, sich aus dem Klammergriff des Polizisten zu befreien. Doch der Mann war offenbar gut trainiert. Und mit Widerstand gegen die Staatsgewalt wollte Weikert sich jetzt auch keine zusätzlichen Probleme schaffen. »Okay«, sagte er. »Ich geh ja schon. Wo muss ich hin?« Wenn er geglaubt hatte, der Uniformierte würde ihn loslassen, hatte er sich getäuscht. Lediglich die Haltung veränderte sich. Der Mann drehte ihn mühelos um und stieß ihn, die Schulter immer weiter festhaltend, vor sich her Richtung Ausgang Feldstraße, von wo ihnen schon zwei Polizisten in herkömmlicher Uniform entgegenkamen. Augenblicke später war Ulrich Weikert in der Obhut der Einsatzkräfte. Die Polizisten waren gerade im Begriff, ihn in ihren Einsatzwagen zu zwingen, um seine Daten aufzunehmen, als Weikert den Fotografen um die Ecke kommen sah. »Mein Anwalt!«, rief er und winkte hinüber. Mit etwas Glück ... Tatsächlich blickte Tom Zey auf und hob überrascht die Augenbrauen.

»Herr Doktor Zey!«, rief Weikert. »Können Sie mit den Herren sprechen?« Er wandte sich an die Polizistin, die ihn an den Armen hielt. »Nur ganz kurz. Er ist mein Anwalt. Darf ich zwei Worte mit ihm wechseln?«

Die Frau zuckte die Achseln. »Machen Sie's bitte kurz.«

»Herr Dr. Zey!«, rief Weikert noch einmal. Dann beugte er sich zu ihm und raunte ihm ins Ohr: »Tom, die wollen mich hier außer Gefecht setzen. Ich möchte, dass du es irgendwie zum Bunker rüberschaffst. Haupteingang. Am besten, du filmst schon, während du hingehst. Nimm auf, was du aufnehmen kannst. Das ist ein großes Ding.«

»Was ist denn los?«, fragte der Fotograf leise.

»Wenn du mich fragst, wissen sie's nicht mal selber richtig. Aber sicher ist, es ist was richtig Großes. Und sie haben maximale Panik.«

*

Im Gegenlicht wirkte die Gestalt in der Tür riesig und bedrohlich. Sie hielt etwas in der Hand. Eine Waffe?

»Lassen Sie die Waffe fallen!«

»Waffe?« Am liebsten hätte Marco gelacht, wenn er nicht so wütend gewesen wäre. »Was machen Sie mit meinem Vater? Lassen Sie ihn sofort los!«

»Lassen Sie die Waffe fallen!«

Der Besen! »Ach, Sie meinen das hier?« Er hob den Handbesen hoch – dann wurde es schwarz vor seinen Augen.

*

Meine Mutter trinkt keinen Alkohol. Ja, das war mal so. Hat sich geändert seit der Sache. Und seit der Mann, der mal Annas Vater gewesen ist, sich selbst regelmäßig die Hucke vollsäuft. Anna weiß es genau. Sie weiß, wo ihre Mutter die Flaschen versteckt hat, wie viel drin ist, wann sie trinkt, wie sie es geheim zu halten versucht ... Was sie nicht weiß, ist, ob ihre Mutter selbst den Überblick hat. Wird sie merken, wenn eine Flasche fehlt? Wird sie es merken, wenn die Flasche deutlich leerer ist?

Ausgerechnet heute geht ihre Mutter nicht zum Einkaufen. Sitzt den ganzen Tag zu Hause und guckt Fernsehen. Irgendwelche bescheuerten Nachmittagsshows, in denen kaputte Menschen über ihre kaputten Leben labern. Leute wie wir, denkt Anna und hasst sich dafür. Aber mehr noch hasst sie ihre Eltern dafür. Sie kapiert's nicht. Wieso gehen Leute dahin und erzählen aller Welt, was scheiße gelaufen ist bei ihnen? Sie selbst kann es nicht mal dem bekloppten Arzt erzählen, zu dem sie jede Woche gehen muss, um sich von ihm löchern zu lassen.

Endlich verschwindet ihre Mutter auf dem Klo. Sie hat sich eine Zeitschrift mitgenommen, das heißt, es wird länger dauern. Lang genug für Anna, sich ein Glas von dem Rum abzuzweigen, von dem Mutter immer behauptet, der sei zum Backen. Dabei hat sie schon seit Monaten nicht mehr gebacken. Schon gar keinen Kuchen mit Rum.

Die Flasche steht hinter den Reinigungsmitteln im Keller. Anna geht nicht mehr gerne runter, seit sie ihr in einem kalten Keller unter kaltem Licht das Kind aus dem Bauch gekratzt haben. Sie muss dann immer daran denken, und es wird ihr regelmäßig schlecht. Aber jetzt ist sie so angespannt, dass sie diese Gedanken gar nicht aufkommen lassen kann. Leise steigt sie die Treppen runter und schnappt sich den Schnaps. Sie hat sich ein großes Wasserglas aus der Küche geholt, das sie ziemlich vollmacht. Sie riecht an der Flasche und schraubt sie dann wieder zu. Widerlich. Aber nützlich. Sie hat noch genau im Ohr, was die Apothekerin gesagt hat: *Viel Flüssigkeit dazu. Und keinen Alkohol!*

Das klingt nach einer guten Anleitung. Wenn man es genau umgekehrt macht.

FÜNFZEHN

Hamburg, Heiligengeistfeld, Hochbunker
3. August, 21:53 Uhr

Sie ist weg. Weg. Und ihm ist schlecht. So scheiße hatte er sich noch nie gefühlt. Elend. Er wusste nicht, ob es daran lag, dass er solche Schmerzen hatte, oder daran, dass er es versaut hatte. Ante fragte sich, wann an diesem Abend er den entscheidenden Fehler gemacht hatte. Er wusste es nicht. Wusste eigentlich gar nichts mehr. Nur, dass es ihm elend ging. Und dass er Angst hatte. Angst davor, Kathy zu verlieren, für immer zu verlieren. Und Angst davor, dass sie ihn erwischen würden. Denn sie waren hinter ihm her, das wusste er. Er *spürte* es. Sie waren ganz nah. Und sie würden ihn kriegen, wenn er nicht noch Superkräfte entwickelte. Aber in Wahrheit war er mit seinen Kräften am Ende. Dass er Kathy hierhergezerrt hatte, hatte ihm den Rest gegeben. Nein: Den Rest hatte ihm gegeben, dass Kathy weggelaufen war. Sie war *vor ihm* weggelaufen! Dabei hatte er sie doch bloß beschützen wollen. Sie war doch das Kostbarste, was er hatte auf der Welt! »Kathy«, ächzte er. Natürlich konnte sie ihn nicht hören. Sie war nach oben gerannt, die Treppe hoch, und er konnte nicht hinterher, weil er nicht mehr wusste, wie er den Scheißfuß überhaupt noch auf den Boden setzen sollte. Ante zog die Nase hoch und fummelte das Röhrchen aus der Tasche. Zum Glück hatte er es ihr wieder abgenommen. Zwei von den Dingern waren noch drin. Er schüttete sie in seine Hand und guckte darauf: Smileys guckten zurück. Lustig sahen die aus. Harmlos. Okay, das waren sie nicht. Andererseits hatte er die paar Pillen, die er an diesem Abend eingeworfen hatte, doch super vertragen, oder? Hatte laufen können, hatte vögeln können, hatte flüchten können! Ja, flüchten! Das musste er immer noch, musste den Schweinen entkommen. Aber nicht ohne Kathy. Die würde er ihnen nicht überlassen. Sie würden sie ihm nicht nehmen! Wenn Kathy erst einmal erkannte, dass er sie nur hatte retten wollen, dass er sie gerettet *hatte*, dann würde sie ihm nicht mehr böse sein, würde verstehen, dass er sich die Dinger hatte reinzwitschern müssen, ja, so war das.

Er schluckte. Zögerte. Holte tief Luft. Lauschte auf die Geräusche von draußen, horchte, ob er Kathy oben hörte, konnte aber eigentlich nichts von alledem mehr unterscheiden. Und dann warf er sich die zwei letzten Pillen ein, biss einmal drauf, schmeckte den bitteren Geschmack der Brösel und schluckte sie mit seiner eigenen Spucke runter. Lehnte sich an die Wand und wartete.

Es dauerte nicht lange, nur Sekunden, da passierte etwas mit seinem Körper. Und auch mit seinem Kopf. Die Panik war zwar nicht weg, aber der Mut war wieder da! Und der Schmerz war verschwunden! Der im Fuß und der im Herzen. Ante hörte, wie sein Atem schneller ging, als stünde er neben sich und würde sich selbst beobachten. Seltsam war das. Aber auch gut. Denn jetzt würde er es schaffen. Jetzt würde er Kathy zurückholen, einen Weg finden, wie sie hier wieder rauskamen, oder ein Versteck. Ja, ein Versteck, das war gut. Eines, das keiner entdeckte. Wo sie ihn fest im Arm halten konnte und wo er mit ihr bliebe, bis alles wieder gut war. Bis die Schweine sich verzogen hatten. Bis ein neuer Tag war.

Und das Bein wieder gut. Und dann würde er sie nach Hause bringen, sie würden sich küssen, und alles würde wieder gut werden, alles.

Nicht so schnell, wie es sich anfühlte, aber doch Schritt für Schritt stieg Ante nach oben, Stockwerk um Stockwerk. Kämpfte sich vor, blieb auf jedem Absatz stehen und rief: »Kathy! Keine Angst, ich bin bei dir!« – »Komm zurück, Kathy!« – »Baby, ich komme zu dir. Bleib stehen, ich brauche dich!«

Von oben hörte er ein Geräusch, eine Tür, wie es ihm schien. Das musste sie sein! Die Nähe, *ihre* Nähe gab ihm zusätzliche Kraft. Sein Herz galoppierte richtig, auch wenn er irgendwie das Gefühl hatte, keine Luft zu bekommen. Einen Moment musste er stehen bleiben und sich an die Wand lehnen. Er rang um Atem, versuchte, sich zu beruhigen, aber sein Körper fühlte sich gerade an, als würde es in ihm kochen. Er wischte sich die Hände an der Hose ab, blickte sich um, horchte. Ob sie schon eingedrungen waren? Sie waren ihm auf den Fersen, klar. Und sein Körper, der drängte ihn, weiterzulaufen. Er fühlte sich, als wollte alles, was in seinem Körper war, aus diesem Körper raus, als würde er selbst nicht mehr reinpassen in seinen Körper. Außerdem drehten sich die verdammten Treppen. Sie drehten sich mal hierhin, mal dahin. Er musste sich am Handlauf festhalten, damit er nicht stürzte. Lief er wirklich noch aufwärts? Es fühlte sich an, als würde er mit jeder Stufe abwärtslaufen. Ihm war schlecht. Sein Herz hämmerte wie verrückt! Aber er hörte Kathy! Jetzt hörte er sie ganz genau! »Ich bin oben, Ante«, flüsterte sie mit ihrer sexy Stimme. »Komm zu mir. Komm und halt mich. Du musst mich retten.«

Ja, ich rette dich. Bin gleich da. Ich fliege. Ich fliege ja wirklich! Irre! Ich wusste nicht, dass ich fliegen kann … Und da ist die Tür. Dahinter muss sie sein. Gleich bin ich bei dir, Kathy. Wow, mein Herz, mein Herz, das ist … Luft, ich brauche Luft! – Und dann stolperte er ins Freie. Luft! Kathy! Und die Verfolger. Die waren auch schon oben. Ante spürte, wie er plötzlich riesengroß wurde, so groß, dass er sie alle mit einem einzigen Schlag vernichten konnte. Vernichten *würde*!

*

Sie hatte noch nie ein solches Treppenhaus gesehen. Es war auf seltsame Weise schön und gruselig zugleich. In einer einzigen langen Spirale wanden sich die Stufen in schwindelnde Höhen. Zuerst war Saskia einfach losgelaufen, ohne sich einen Gesamteindruck zu verschaffen – was immer eine Dummheit ist. Weshalb sie auf dem zweiten Absatz innehielt und sich einmal genau besah, wo sie hier gerade langlief: Die Nachtbeleuchtung tauchte das grün gestrichene Treppenhaus zusätzlich in ein ungutes Licht. Als wäre das in einem Turm, dachte Saskia und tastete nach ihrem Handy. Aber dieser beknackte Bunker hatte ja auch vier Türme. War der Eingang unten in einem der Türme gewesen? Sie konnte sich nicht erinnern. Irgendwie hatte sie den Impuls, ein Foto von diesem Ort zu machen. Eigentlich hätte sie das bei Instagram posten müssen. Aber im Moment war das definitiv der falsche Gedanke. Sie musste Pauls kleine Kröte suchen. Auch wenn es überhaupt keinen Grund dafür gab, hatte sie so etwas wie ein schlechtes Gewissen, seit sie falsche Entwarnung gegeben hatte. Fluchend hastete sie weiter. Die Treppen machten ihr nichts aus. Saskia Berneking war sportlich, trainiert, liebte körperliche Anstrengungen. Auch wenn ihr Tanzen oder Vögeln natürlich um einiges lieber gewesen wären.

Zwei Minuten später war sie oben. Ein Metallgitter versperrte die letzten Meter. Abgeschlossen. Es wirkte auch nicht, als wäre in letzter Zeit mal jemand hier gewesen. Saskia leuchtete mit der Handylampe durch die Stäbe. Nichts.

Zwei weitere Minuten und ein paar Hundert Stufen später war sie wieder unten. Es hatte ein paar Stahltüren gegeben, aber sie waren alle abgesperrt gewesen. Auf jedem Absatz hatte sie gestoppt und kurz gelauscht. Keine menschlichen Geräusche, nur der gedämpfte Lärm vom Dom.

Und nun stand sie wieder am Fuß der Wendeltreppe – und bemerkte, dass zu ihrer Rechten ein Gang abzweigte, der durch eine stählerne Flügeltür gesichert war. Nur, dass die einen Spaltbreit offen war. Der Zugang zum Kellerbereich. Klar, es gab in dem alten Gemäuer irgendwelche Firmen, die ihren Kram irgendwo lagern mussten. Vielleicht gab es sogar externe Mieter von der Lagerfläche. Ein so großes Areal wie das blieb in einer Stadt wie Hamburg nicht ungenutzt. Das war bares Geld. Leider auch verdammt schaurig. Wenn man nachts alleine hier langlief. Saskia Berneking war alles andere als eine ängstliche Frau. Sie kannte ihre Kräfte und Qualitäten, war in der Ausbildung eine der Besten in den Fächern Selbstverteidigung und Waffenbenutzung gewesen. Allerdings half ihr zumindest Letzteres hier und heute nichts: Sie hatte ihre Pistole nicht bei sich. Und die meisten Abwehrmaßnahmen im Kampfsport waren schwach, wenn man aus dem Hinterhalt angegriffen wurde. Deshalb stellte sie sich zunächst neben die Tür und lauschte. Nichts.

Dann riss sie in einer zackigen Bewegung die Tür auf und sprang in den Kellergang. Doch auch hier erwartete sie nichts als Stille und Dunkelheit. Im bläulichen Licht ihres Handys tastete sie sich vorwärts. Irgendwo sollte ein Lichtschalter sein, aber sie konnte ihn nicht finden. Metallcontainer säumten den Gang, der sich leicht abwärtsneigte und dann in zwei Richtungen aufspaltete. Instinktiv entschied sie sich für rechts – doch nach wenigen Metern stand sie vor einer verschlossenen Tür. Eine Ratte huschte mit wetzenden Krallen davon, und Saskia unterdrückte einen Schreckensschrei.

Mit pochendem Herzen drehte sie um und probierte es in der anderen Richtung. Wieder zweigte ein Gang ab. Ein Holzverschlag, bis unter die Decke mit Pappkartons gefüllt, versperrte ihr den Weg. Also folgte sie dem Flur, der noch tiefer in den Bauch des riesigen Gebäudes führte. Ein Luftschutzbunker war das gewesen. Damals, im Krieg. Tausende Menschen hatten Schutz gesucht in diesen Mauern. Und oben waren Flakgeschütze installiert gewesen, mit denen man versucht hatte, die Bomber aus der Luft zu holen. Lächerlich. Einerseits. Andererseits war dieses Bauwerk so gewaltig, dass man sich kaum vorstellen konnte, dass der Feind einem hier etwas anhaben konnte. Es sei denn natürlich, er saß ebenfalls im Inneren. Irgendwo hinter ihr war ein metallenes Scheppern zu hören. Blitzartig fuhr Saskia herum, auch wenn das Geräusch ein gutes Stück entfernt gewesen war. Sie lauschte auf Schritte, doch es herrschte absolute Stille. Selbst die Geräusche vom Dom waren hier nicht mehr auszumachen. Auf einmal wurde Saskia klar, was sie da eben gehört hatte: Die Tür war zugefallen. Oder zugestoßen worden? So schnell sie konnte rannte sie zurück, zweigte einmal falsch ab, fand dann die richtige Route – und stand tatsächlich Sekunden später vor der verschlossenen Stahltür. Zu!

Mit zitternden Fingern griff sie nach dem Knauf, versuchte, ihn zu drehen, doch er bewegte sich nicht. Keinen Millimeter. »Scheiße!«, keuchte sie. Sie hatte schon die Hand erhoben, um gegen die Metallplatte zu hämmern, doch dann hielt sie inne: Und wenn sie absichtlich eingesperrt worden war?

Wenn vor der Tür der Entführer von Pauline stand und seine Verfolger einen nach dem anderen unschädlich machte? Sie musste telefonieren und von außen Hilfe holen. Kollegen, die sie befreien konnten. Das war der richtige Weg – allerdings auch einer, der ihr verwehrt blieb. Denn hinter den meterdicken Betonmauern hatte sie keinen Empfang. Sie konnte schlicht keinen Kontakt zur Außenwelt aufnehmen!

Jemand hatte ein paar Verkehrszeichen hier drin abgestellt. Transportable Ständer, in die Stangen mit Halteverbotsschildern gestellt wurden. Ohne lange zu fackeln, schnappte sich Saskia eine von den Stangen, schlug mit dem Schild scheppernd gegen die Metalltür und drehte das Rohr dann schnell um, um es als Waffe nutzen zu können.

Tatsächlich hörte sie von der anderen Seite der Tür ein Geräusch. Jemand schien dort drüben zu sein. Er schien auf die Tür zuzukommen, stehen zu bleiben – und wieder umzudrehen. Noch einmal schlug Saskia das Schild mit aller Kraft gegen die Stahltür und drehte die Stange schnell wieder um, zielte auf den Spalt, um in mittlerer Höhe zustoßen zu können. Schnell, überraschend, effektiv.

»Hallo?«, hörte sie jemanden sagen. Ein Schlüssel bewegte sich im Schloss. »Jemand hier drin?« Dann öffnete sich die Flügeltür, und Saskia machte einen Satz nach vorn.

*

Der Himmel war so klar von hier oben betrachtet, dass Eck ganz feuchte Augen bekam. War schon sehr lange her, dass er sich mal für jemanden gehalten, dass er sich irgendwie groß gefühlt hatte, wichtig. Aber unter diesem Sternenhimmel, da fühlte er sich gleich noch viel kleiner. Sah er sonst natürlich auch manchmal. Blieb ja nicht aus, wenn man auf der Straße lebte. Aber man suchte sich ja eher Winkel, in die man sich zurückziehen, verkriechen konnte, ja, kleine, dunkle Ecken, in denen es nun mal keinen Blick in den Himmel gab. Anders als hier. Hier gab es so viel Blick in den Himmel, dass Eck sich ganz seltsam fühlte. Er fröstelte, obwohl es ein warmer Abend war. Na ja, es war die Angst. Vielleicht auch, dass der Alkoholpegel nicht ganz stimmte. Zu viel los gewesen in den letzten Stunden. Und die Sache mit dem Kind. Die setzte ihm auch zu. Vor allem war's wohl die Angst, dass die schwarzen Männer ihn fanden. Er sah sich um. Das also war das Dach von diesem Ding. Zumindest ein Teil davon, denn es gab irgendwie noch eine Ebene drüber. Aber die Plattform, auf der er hier gelandet war, war allein so groß, dass einem angst und bange werden konnte.

Er wankte ein paar Schritte auf den Rand zu. War nur ein niedriges Mäuerchen, das ihn vom Abgrund trennte. Da unten tobte der Dom. Irgendwo dort war Türken-Ali. Irgendwo dort suchten die drei Leute vielleicht immer noch nach dem Kind. Er hätte ja die Polizei gerufen und gesagt, wo die Kleine war. Aber so etwas wie ein Handy hatte Eck nicht. So etwas war gefährlich, wenn man ein Penner war. Obdachlose waren schon für weniger umgebracht worden. Na gut, sie würden das Mädchen auch so finden.

Die Menschen schoben sich durch die Gassen, es klingelte und kreischte dort unten, blinkte und zuckte, heulte, knatterte. Völlig sinnlos. Eck schüttelte den Kopf. Schon seltsam, die Menschen, dachte er. Was sich die Erde dabei wohl dachte? Er musste lachen, doch das tat ihm nicht gut, schmerzte im Brustkorb, sodass er keuchen musste und sich an dem Mäuerchen festhielt. Seufzend setzte er sich auf den Boden und lehnte sich dagegen. Betrachtete die grauen Wände des Bunkers, lauschte auf seinen eigenen, pfeifenden Atem, presste die Hand auf die Brust und tat, was er schon lange, sehr lange nicht mehr getan hatte, so lange, dass er gar nicht mehr wusste, wann zuletzt: Er betete. Ohne Worte. Ohne zu wissen, wie er es anstellen sollte. Aber mit einer klaren Bitte: *Hilf mir, Gott. Mach, dass diese Nacht ein Ende nimmt. Egal wie.*

Und Gott half.

*

Auf dem Nachtkästchen stehen die Ampullen. Elf Stück. Sie glänzen im Licht der Lampe wie Edelsteine. Anna hat das Fenster aufgemacht und lässt die kühle Luft des Helgoländer Abends herein. Es ist schon dunkel. Ein kräftiger Wind weht. Nordnordwest. Er wird Regen bringen. Die See ist rau und laut. Anna kann die Wellen bis zu ihrem Zimmer hören.

Neben den Ampullen steht das Glas mit Rum. Der ganze Raum riecht danach. Sie hatte das Glas im Schrank versteckt. Als sie ihn geöffnet hat, ist der ganze Schwall alkoholgeschwängerter Luft herausgekommen und steht nun in dem Zimmer wie ein seltsames Parfüm. Anna hat sich aufs Bett gesetzt. Nachher wird sie sich hinlegen. Die Tabletten sind noch in der Verpackung. N3. Das ist die größte Menge, die man in der Apotheke bekommen kann. Sie wird sie alle in dem Cocktail auflösen, sonst kann man sie kaum schlucken.

Behutsam nimmt sie eine Ampulle in die Hand. Sie ist ganz leicht. Ein paar Gramm – und doch so wirksam. Wie wirksam werden erst alle elf Fläschchen sein! Lächelnd knackt sie den Hals ab und schnuppert wieder an der Flüssigkeit. Aber im Schnapsdunst, der sie umgibt, kann sie fast nichts riechen. Der Kopfschmerz hat sich merkwürdigerweise ziemlich zurückgezogen. Es ist fast, als hätte er Angst. Angst davor, dass sie ihn erledigen wird. Dass er in ein paar Stunden ausgelöscht sein wird. Oder sind es nur Minuten? Wie schnell wird das gehen?

Es ist egal. Sie wird es sowieso nicht mitbekommen. Sie wird nach wenigen Augenblicken so tief schlafen, dass der Rest stattfindet, ohne dass sie etwas merkt. Wenn die anderen sie finden, ist es längst vorbei. Morgen früh irgendwann. Kurz nach sieben. Fast tut ihr ihre Mutter leid.

Aber nur fast. Sie hat es schließlich verdient. Und das schlechte Gewissen wird sie hoffentlich ihr Leben lang verfolgen. Und die anderen auch. Die Schweine, die ihr das alles angetan haben. Ihr und Leo.

Mit ruhiger Hand kippt sie das Valium in das Glas, danach die nächste Ampulle, eine nach der anderen, bis alle elf Fläschchen leer sind. Es ist trotzdem kaum mehr drin in dem Glas als vorhin, so winzige Mengen sind das. Aber gut: Jetzt kommen noch die Tabletten. Sie hat sich extra einen Löffel aus der Küche mitgenommen.

Als sie die erste aus dem Blister drückt, spürt sie es in ihrem Kopf zucken. Ganz leicht zunächst. Doch jetzt ist das Monster geweckt. Und mit jedem Knistern der Plastikverpackung dringt der Schmerz deutlicher in den Vordergrund. Die letzte Tablette kann sie nur noch mit zusammengepressten Augen herausdrücken, so heftig pocht ihr Schädel. Sie merkt kaum, dass das Fenster vom Wind zugeworfen wird. Das leise Klirren aber ist wie ein Schlag gegen die Schläfen. Mit Tränen in den Augen nimmt sie den Löffel und beginnt umzurühren, was sie zusammengebraut hat. Das Hochgefühl, das sie eben noch verwundert zur Kenntnis genommen hat, ist verschwunden. Geblieben ist der Hass. Und der wird sich jetzt selbst zerstören. Endlich.

SECHZEHN

»MEK 4/23 an Einsatzzentrale.«

»Hier Einsatzzentrale.«

»Habe den Gesuchten vom Looping wiedergefunden.«

»Position?«

»Zusammen mit einer weiteren Person, weiblich, jung, Richtung Bunker.«

»Entfernung?«

»Die sind gerade rein.«

»Kein Zweifel an der Identität?«

»Kein Zweifel. Ich war vorhin am Looping. Das ist derselbe Mann.«

»Noch einen Abgleich mit den Aufnahmen?«

»Nicht nötig. Bin einhundert Prozent sicher.«

»Alles klar. Auf weitere Anweisungen warten. Over.«

»Okay. Over.«

»Alles konzentriert sich auf den Bunker.«

»Sieht so aus. Die Typen, die unsere Einsatzkräfte angegriffen haben, die junge Frau, die sich hinter dem Stromkasten verschanzt hatte, der Gefährder, der in dem Bunker verschwunden ist …«

»Und jetzt?«

»Jetzt räumen wir den Dom und sehen zu, dass er uns nicht noch einmal entwischt. Wir haben ihn drin.«

»Ihn schon. Aber die anderen?«

»Die gehen uns schon noch ins Netz. Inzwischen haben

wir drei Ringe um den Dom. Straßensperren, Kontrollen an den U-Bahn-Stationen, jetzt die Schleusen an den Ausgängen. Es müsste schon mit dem Teufel zugehen, wenn wir sie nicht innerhalb der nächsten halben Stunde an den Eiern hätten.«

»Tja. Manchmal geht es mit dem Teufel zu.«

*

Auch wenn Stefan Sattler buchstäblich mit allem gerechnet hatte, war der Angriff überraschend gekommen, und er hatte sich im allerletzten Moment wegducken können. Krachend schlug das Metallrohr neben ihm auf den Boden. Er griff nach seiner Waffe, dachte nicht mehr lange nach, sondern stürzte sich auf die Angreiferin, gab einen Schuss in die Luft ab und prallte dann so heftig mit ihr zusammen, dass sie beide zu Boden gingen. »Polizei!«, schrie Sattler und holte mit der bewaffneten Hand aus, während er die Frau mit dem linken Ellbogen niederdrückte und ihr lehrbuchmäßig die Luft zum Atmen nahm. Für den Bruchteil eines Augenblicks war er selbst erstaunt, welche Kräfte er noch aufzubringen imstande war. Letztlich war es vermutlich eine Mischung aus Frust und Verzweiflung, eine Wut, wie er sie lange nicht gefühlt hatte, vielleicht noch nie. »Sie sind festgenommen! Leisten Sie keinen Widerstand, sonst mache ich von der Waffe Gebrauch!«

Saskia Berneking versuchte, sich zu artikulieren, doch sie bekam kaum Luft. Sie nickte. Einmal. Zweimal. Spürte, dass der Druck auf ihrem Brustkorb nachließ, holte Luft, atmete durch und ächzte: »Gott sei Dank. Das ist ein Missverständnis. Ich bin eine Kollegin. Kein Angriff. Jedenfalls kein absichtlicher. Bitte lassen Sie mich los.«

Sattler lockerte den Griff, nahm die Waffe auf halbe Höhe, um sie jederzeit benutzen zu können, wich dann mit einem

Ruck zurück und zielte direkt auf die Frau, die abwehrend eine Hand vor sich hob und dann langsam, ganz langsam aufstand. »Darf ich meinen Dienstausweis rausholen?«

Sattler nickte.

Sie griff in ihre hintere Hosentasche und zog den Dienstausweis heraus, streckte ihn ihm hin. Die Hand mit der Pistole sank langsam herab. »Kollegin? Was sollte das?« Er nickte zu dem Metallrohr hin. »Was machen Sie hier? Wenn Sie nicht im Einsatz sind, ist das mindestens Hausfriedensbruch. Wenn nicht Einbruch.«

Saskia hob entschuldigend die Hände. »Tut mir leid. Das ist eine blöde Geschichte. Wir sind auf der Suche nach einem kleinen Kind. Einem Mädchen, das …«

»Sie auch?«

»Sie wissen davon?«

»Dann war das Ihre Kollegin? Die aus Helgoland?«

»Stimmt. Ist auch mein Standort.«

»Und warum arbeiten Sie nicht mit den Kollegen draußen zusammen, statt sich hier im Dunkeln hereinzuschleichen?«

»Fragen Sie die mal lieber, warum die nicht mit uns zusammenarbeiten!«

*

Do., 03.08., 21:56 Uhr, LKA Hamburg, Lagezentrale/Terrorismusabwehr

»Einsatzzentrale an alle! Die Situation wurde hochgestuft. Wir haben jetzt Terrorlage! Einheiten 3 und 4 sofort zum Hochbunker aufseiten Heiligengeistfeld, Einheit 6 auf die Seite Feldstraße! Ausgänge 2A und 2B sichern. Den Bunker nicht betreten! Unser Zielobjekt ist im Gebäude. Das Zielobjekt ist möglicherweise bewaffnet. Ausgänge sichern. Wenn das Zielobjekt herauskommt, unmittelbarer Zugriff!«

*

Während an mehrere Hundert Sondereinsatzkräfte der Befehl erging, alle Buden- und Fahrgeschäftbetreiber zur Einstellung ihres Geschäftsbetriebs aufzufordern und die Festzelte zu räumen, stolperte eine völlig entkräftete und verzweifelte Mutter über den Dom, auf der Suche nach ihrer kleinen Tochter, dem Wichtigsten, was es in ihrem Leben gab. Claudia Freitag war keine mutlose Frau, schon gar keine hilflose. Aber in diesen Minuten war sie so weit, dass sie ihren ganzen Lebensmut verlor. Trocken schluchzend blieb sie neben einem Kinderkarussell stehen, klammerte sich an eine der Stützen und stierte auf die Kleinen, die sich hier im Kreis drehten, als wäre die Welt in bester Ordnung. Aber das war sie nicht. Im Gegenteil! Sie war eine Katastrophe, ein Grauen aus Angst und Selbstvorwürfen.

Paul hatte vorhin angerufen und gesagt, sie würden jetzt drüben beim Bunker suchen. Aber warum dort, das hatte er nicht gesagt. Spielte es eine Rolle? Sie wusste es nicht. Sie hätten auch auf der anderen Seite des Doms in den Wallanlagen suchen können. Oder gleich auf der Reeperbahn in irgendwelchen Hinterzimmern irgendwelcher fragwürdigen … Claudia Freitag spürte einen Stich mitten ins Herz. Oh Gott, sie wollte sich gar nicht vorstellen, was alles Schreckliches mit Pauline geschehen konnte. Geschehen *sein* konnte! Inzwischen waren schon Stunden vergangen! Sie blickte auf die Uhr. Anderthalb Stunden. Verrückt. Es fühlte sich an wie zehn Stunden. Zehn Tage. Ein ganzes Leben.

Sie riss sich los, stürmte weiter, lief einem Mann in die Arme, einem Polizisten! »Haben Sie … haben Sie ein Mädchen gesehen …«, stotterte sie.

»Sie müssen jetzt bitte nach Hause gehen«, sagte der Mann ganz ruhig, vermutlich hielt er sie sowieso für betrunken.

»Ich suche meine Tochter.«

»Gut. Aber beeilen Sie sich. Der Dom schließt heute schon früher. In fünf Minuten soll hier alles geräumt sein.«

»Geräumt sein? Wieso? Was ist los?«

»Bitte gehen Sie jetzt.« Er schob sie unsanft von sich und wedelte mit der Hand Richtung Glacischaussee. Dann marschierte er weiter, um die Menschen anzusprechen, die ihm in den Weg kamen.

Claudia Freitag sah sich um. Tatsächlich schien es, als würden die meisten Fahrgeschäfte genau das nicht mehr tun: fahren. Und aus den Zelten strömten die Menschen. Was war bloß los hier? Und Pauline? Was bedeutete das für …?

Der Ausgang! schoss es ihr durch den Kopf. Wenn alle gehen mussten, dann mussten alle am Ausgang vorbeikommen. Auch Pauline! Dort konnte sie sie aus der Menge herausfischen. Nur: an welchem Ausgang? Fieberhaft überlegte Claudia Freitag, wie viele Zugänge es wohl für den Dom gab. Einen Richtung U-Bahn St. Pauli. Einen an der U-Bahn Feldstraße. Auf der anderen Seite der Feldstraße gab es aber auch noch einen. Glaubte sie. Paul! Sie musste ihn fragen.

Hastig wählte sie seine Nummer. »Paul?« Aber es war nur die Mailbox. »Paul! Hör zu! Sie schließen den Dom schon früher heute. Alle müssen gehen! Wenn jeder von uns an einem Ausgang steht, dann müsste Pauline doch … sie müsste doch an einem von uns vorbeikommen! Kannst du bitte den anderen Bescheid geben und mich ganz schnell zurückrufen? Ich gehe an den Ausgang Richtung U-Bahn St. Pauli. Ruf mich an!«

Und dann eilte sie weiter. Einer von ihren Absätzen war schon vor Längerem abgebrochen, ihre Bluse war zerrissen, als sie sich durch eine Gruppe Betrunkener gezwängt hatte. Vermutlich sah sie aus wie eine Furie. Wen kümmerte es. Sie hätte ihr restliches Leben so aussehen mögen, wenn sie nur Pauline endlich gefunden hätte.

»Bitte gehen Sie zum Ausgang. Der Dom wird heute früher geschlossen«, sagte ein Mann, der gar nicht aussah wie ein Polizist – der aber einen Dienstausweis vor sich hielt und ihn jedem hinstreckte, der ihm in den Weg kam.

Vereinzelt hörte Claudia Freitag Leute diskutieren. Sie schnappte Wörter auf, die ihr Angst machten: »Terroralarm« – »Bombenalarm« – »Chemieunfall« – »Massenpanik« – »Bewaffnete« ... Vor ihr lief plötzlich ein kleines Mädchen im Kleid, auf dem blonden Kopf einen Haarreif, wie Pauline einen hatte. Allerdings nicht heute. Links und rechts daneben die Eltern, die ihre beiden Händchen hielten. »Passen Sie gut auf Ihr Kind auf«, keuchte Claudia Freitag, als sie vorbeihastete. »Passen Sie bloß gut auf!« Dann tauchte der Ausgang Glacischaussee vor ihr auf. Endlich. Und wenn Pauline schon durch war? Das Handy! »Paul?«

»Claudia. Was Neues?«

»Ich habe dir auf Band gesprochen.«

»Tut mir leid. Ich komme gerade aus dem Bunker. Da ist kein Empfang.«

»Oh. Also: Sie ... der Dom wird geschlossen.«

»Geschlossen? Es ist erst kurz vor zehn.«

»Ich denke, sie räumen ihn.«

»Dann müssen wir die Ausgänge kontrollieren.«

»Genau. Ich bin schon fast am Ausgang Richtung St. Pauli.«

»Gut«, sagte Paul, »ich gebe den anderen Bescheid« und beendete das Gespräch. Doch er erreichte weder Saskia noch Anna.

*

»Drohneneinheit an Einsatzzentrale!«

»Ich höre.«

»Wir haben auf der Eins mehrere Personen auf dem Dach des Bunkers.«

»Das sind unsere Leute. Scharfschützen.«

»Die Scharfschützen haben wir auch gesehen. Die sind aber auf der Seite Richtung Millerntor. Die Personen, die wir nicht identifizieren können, sind auf der anderen Seite. Gegenüber. Richtung Feldstraße.«

»Wie viele?«

»Vier. Zwei Männer, zwei Frauen. Es sieht aus, als wenn sich da etwas zuspitzt.«

»Erklären Sie *zuspitzt.*«

»Gewalt. Mindestens eine Person sieht aus, als hätte sie sich nicht unter Kontrolle.«

»Okay. Wir schaffen sofort einen Teil der bewaffneten Einheit rüber auf die andere Seite. – Einsatzzentrale an alle …«

*

Die perfekte Explosion erfordert eine ruhige Hand. Wer mit dem Feuer spielt, darf nicht nervös sein. Eine halbe Tonne Sprengstoff, ein komplexes System von Zündern, Profimaterial vom Feinsten: Da kam es auf jedes kleinste Detail und auf den perfekten Plan an. Nur dann konnte aus einem

Höllenfeuer ein unvergessliches Kunstwerk werden, eine geniale Apokalypse …

Und nun lag alles bereit. Wenige Handgriffe noch, nur ein paar Augenblicke, dann würde er den Knopf drücken. Und dann gab es kein Zurück mehr.

*

Langsam, ganz langsam fällt Tropfen um Tropfen. Sie beobachtet es, als gäbe es nichts anderes auf der Welt. Die Flasche ist schon halb leer. Und wenn sie durch ist, werden sie eine neue Flasche aufhängen. »Entgiftung« haben sie es genannt – ohne zu erklären, womit sie sie entgiften wollen.

Wenn sie sich ganz stark auf die Tropfen konzentriert, kann sie für wenige Augenblicke die Kopfschmerzen vergessen. Aber das macht es nicht besser. Denn sie weiß ja, dass sie zurückkehren werden. Dann muss sie kämpfen, um nicht in Tränen auszubrechen.

Von Zeit zu Zeit lassen sie sie aufs Klo gehen. Auch das ein Bestandteil der »Entgiftung«. Dann schleicht sie an der Stange über den Flur, gestützt von einer Krankenschwester, die sie bis vor die Toilettentür begleitet. Sie bekommt zwei Minuten. Zwei Minuten, die sie alleine ist. Damit sie sich nichts antun kann. Damit sie nicht flüchten kann. Flüchten dorthin, von wo niemand sie mehr zurückholen kann. Doch sie hat gar nicht mehr die Kraft dazu. Sie hat nur noch Angst. Angst vor dem nächsten Schritt. Vor dem nächsten Gedanken. Vor dem nächsten Augenblick. Und vor dem übernächsten und dem, der danach kommt. Nein, Angst trifft es nicht: Es ist Panik.

Wenn sie aus der Kabine kommt, um sich die Hände zu waschen, sieht sie in den Spiegel. Der irre Blick, der ihr begegnet, trifft sie mitten ins Herz. Das also ist aus ihr geworden? Dieser wahnsinnige Blick …

SIEBZEHN

Sie sieht es in seinem Blick. Ihr ist sofort klar, was mit ihm los ist. »Du hast was genommen, Junge«, sagte Anna so ruhig wie möglich. Die Panik, sie kennt sie. Sie hat sie selbst erlebt. Damals. »Wir sind alle gute Freunde«, erklärte sie sanft. Es war beinahe ein Flüstern. Er durfte jetzt nicht durchdrehen. Wie ein gehetztes Tier stand er vor ihr, seine Augen flackerten, suchten einen Ausweg. Doch da war keiner, natürlich nicht. Denn sein Horror kam von innen. Nur dass er das nicht erkannte. Nicht erkennen *konnte*!

Das Mädchen zwischen ihnen schien auch nicht zu wissen, was sie tun sollte. Sie war so überfordert wie er, allerdings schien sie nichts genommen zu haben. »Was hat er genommen?«, fragte Anna sie, während sie in Richtung des jungen Mannes eine beschwichtigende Geste machte. »Hat er sich was gespritzt?«

»N… nein«, stotterte das Mädchen. »Er hat … ich weiß nicht. Es sind Tabletten.« Sie machte eine hilflose Bewegung in seine Richtung, und er zuckte zurück, als wäre auch sie ein Dämon, der ihn bedrängt. Er stolperte einen Schritt zurück. Die Brüstung war jetzt so nahe, dass er gleich dagegenstoßen würde. Anna ging ein wenig in die Knie, machte sich kleiner, um ihm den Schrecken zu nehmen. »Alles ist gut«, sagte sie. »Alles ist gut. Wirklich. Es sind keine Bösen da. Niemand will was Böses von dir.«

»Du …« Er hatte die Augen so weit aufgerissen, dass sie förmlich aus den Höhlen traten. »Du willst mich auch nur …« Er stockte. Drehte sich um, als hätte er hinter sich jemanden entdeckt, blickte in den Abgrund und taumelte zurück. Schlug um sich und ging vor Anna in Deckung, indem er seine Arme wie ein Boxer vors Gesicht hielt. »Du willst mich auch nur kassieren. Ihr wollt mich einlochen. Alle!« Jetzt fixierte er das Mädchen. »Steckst du mit ihnen unter einer Decke? Ja? Steckst du?«

»Ante!«, rief das Mädchen und machte einen Schritt auf ihn zu.

»Bleib weg von mir!«, brüllte er und schlug sich unvermittelt mit einer Faust an den Kopf. Klar, dachte Anna, dort sitzt der Feind. *Der einzige echte, den er hat. Alle anderen sind nur eingebildet. Aber der dort drinnen ist real.* Die Frage war: Wie viel von dem Zeug hatte er genommen – was immer es war. Denn die Möglichkeit, dass er im nächsten Augenblick vom Dach stürzte, war ja nur eine der akuten Gefahren. Die andere war, dass er an einer Überdosis krepierte oder doch zumindest sein Hirn für alle Zeiten ruinierte. »Lass uns runtergehen«, sprach sie weiter behutsam auf ihn ein, während sie – ohne nur einen einzigen Schritt zu tun – einen Fuß näher an ihn schob und dann den anderen nachzog. Ein paar Zentimeter nur. So würde es ewig dauern. Vielleicht zu lang. »Wir können dann in Ruhe darüber sprechen.«

»Ich will nicht sprechen! Haut ab! Alle!« Sein Haar war klatschnass vom Schweiß, seine Haut glänzte im bunten Wechsellicht des Doms. »Wenn ihr nicht geht, dann …« Das schien ihn auf eine Idee zu bringen. Eine Art irrer Genugtuung blitzte in seinen Augen auf, dann griff er in seine Jacke und zog etwas heraus. Im nächsten Moment blitzte die Klinge eines Messers auf. »Ich stech dich ab!«, schrie er und machte einen Schritt auf Anna zu.

*

»Ich habe ihn gesehen«, flüsterte Sattler, der erschöpft neben Saskia auf dem Boden saß, den Rücken gegen die kalte Wand gelehnt.

»Gesehen? Wen gesehen?«

»Den Jungen, den sie hier suchen.«

»Wir suchen ein Mädchen«, erklärte Saskia verwirrt.

»Nein. Nicht Sie. Sie suchen ein Mädchen, klar. Aber die anderen suchen einen Jungen.« Er überlegte. »Einen jungen Mann. Anfang zwanzig.«

»Okay. Und den suchen sie, weil ...«

»Weil er ein Gefährder ist.«

»Auf dem Dom. Scheiße!«

Sattler schüttelte den Kopf. »Ich glaub das nicht.«

»Nämlich was?«

»Dass er ein Gefährder ist. Es ist verrückt, aber ich hab ihn getroffen. Heute Abend. Hier auf dem Dom. Er hat mir geholfen.«

»Geholfen?«

»Ich war dehydriert. Bin zusammengebrochen.« Der Kollege stockte. Saskia sah ihn von der Seite an. Er sah tatsächlich ziemlich mitgenommen aus. »Er hat mir was zu trinken gegeben. Hat es gekauft!«

»Und Sie haben ihn nicht kassiert? Ich meine, wenn er gesucht wird ...«

»Ich hab ihn nicht kassiert, weil ich ihn erst erkannt habe, als er schon wieder weg war. Das heißt, im letzten Augenblick. Als ich schon nicht mehr zugreifen konnte. Aber ...

aber ehrlich gesagt bin ich froh, dass ich ihn nicht kassiert habe. Überlegen Sie doch mal: Er ist ein Gefährder? Und dann hilft er einem am Boden liegenden Polizisten? Passt das für Sie? Der Mann ist nicht gefährlich. Jedenfalls nicht in dem Sinn. Oder?« Er sah sie an, als ob er Bestätigung suchte.

»Hm. Sie haben es gemeldet.«

Sattler schloss die Augen und schüttelte den Kopf. »Nein. Ich habe gehofft, er verlässt den Dom, bevor sie ihn erwischen. Bevor *wir* ihn erwischen.«

»Weil er Ihnen geholfen hat?«

»Weil er kein Terrorist ist. Deshalb. Und wir wissen alle, was eine solche Beschuldigung für einen Menschen bedeutet. Auch wenn sie nicht stimmt. *Vor allem*, wenn sie nicht stimmt!«

»Verstehe«, sagte Saskia. Irre Geschichte. »Und jetzt?«

Sattler seufzte. »Jetzt gehen wir wieder raus und tun unseren Job.« Ganz leise fügte er hinzu: »Und finden hoffentlich endlich Ihr Mädchen.«

*

Anna hob die Arme, aber nur so weit, dass sie sie jederzeit einsetzen konnte. Der Junge wusste nicht, was er tat. Und genau das machte ihn so gefährlich. Eine falsche Bewegung, eine falsche Reaktion und einer von ihnen hier oben stürzte in die Tiefe. Anna hatte die Stockwerke nicht gezählt, aber dieses Monstrum von Bauwerk war auf jeden Fall hoch genug, dass jeder Sturz vom Dach ein absolutes Todesurteil war.

Aus den Augenwinkeln konnte sie erkennen, dass sich eine weitere Person näherte. Freund oder Feind? Es würde wohl nicht noch ein zweiter Junkie auf dem Trip sein. »Ich hatte das auch mal«, sagte Anna. Und auf den fragenden Blick des Jungen mit dem Messer: »Ich war auch mal so drauf. Wollte mich umbringen.« Er stierte sie an, als wäre sie vom anderen Planeten. Hörte er überhaupt, was sie sagte? Verstand er es? Die vierte Person auf dem Dach kam langsam näher. Der Junge hatte sie noch nicht entdeckt. Anna wagte nicht, hinzusehen. Wenn es Hilfe war, dann wollte sie den Messerstecher nicht zu früh darauf aufmerksam machen. »Zu viel Stoff. Ich wäre fast wahnsinnig geworden«, probierte sie es und schob wieder einen Fuß etwas auf ihn zu und zog den zweiten hinterher. Durch seinen Vorstoß vorhin waren sie jetzt schon so nah beieinander, dass er mit einer plötzlichen Bewegung durchaus in der Lage gewesen wäre, ihr das Messer in den Leib zu rammen. Sie musste auf der Hut sein.

Ja, es war genau der Blick. Der Blick, den sie damals im Spiegel des Krankenhauses gesehen hatte. Der Typ war am Ende. Er hatte sich zu viel von dem Zeug gegeben, was immer es gewesen war. »Aber ich habe Hilfe bekommen«, erzählte sie weiter. »Sie haben mich ins Krankenhaus gebracht und …« Plötzlich zuckte er zur Seite. Er hatte den neuen Ankömmling bemerkt und blickte panisch von Anna zu ihm und zurück. Das Messer in seiner Hand wechselte die Richtung: Mal zeigte es auf Anna, mal auf die Person, die mit einem Mal auf der Bildfläche erschienen war. Auch Anna ging in eine Abwehrposition, man konnte ja nie wissen.

Doch es war nur ein Penner. Grau, zerzaust, elend stand er einige Schritte entfernt und blickte auf die Szenerie, als versuche er zu begreifen, was hier vor sich ging. »He!«, sagte er schließlich, und seine Stimme klang brüchig. »Lass das mal, Mann. Die Frau ist doch unbewaffnet.« Doch der Junge stolperte nur ein, zwei Schritte zur Seite und streifte dabei das Mädchen, das immer noch schreckensstarr danebenstand und sich die Hände vor den Mund gepresst hatte. Verwirrt wirbelte er herum, sah sie, packte sie am Arm und riss sie mit sich, dass sie beinahe beide in den Abgrund gestürzt wären. Zentimeter vor dem Rand des Dachs kamen sie schwankend zum Stehen. »Was wollt ihr von mir?«, rief er. Spucke spritzte aus seinem Mund, sein Adamsapfel zuckte. Er klammerte sich ganz fest an das Mädchen. Erschrocken erkannte Anna, wie ähnlich sie ihr war: Sie selbst hatte auch so ausgesehen als Teenager. Blond, schlank, attraktiv, voller Lebensfreude. Doch von dieser Lebensfreude war bei dem Mädchen nichts mehr übrig. Klar, spätestens jetzt musste ihr bewusst geworden sein, dass sie in Lebensgefahr schwebte. »Ante«, wimmerte sie. Tränen flossen über ihre Wangen. »Ante, hör auf. Ich hab dir doch nichts getan. Niemand hat dir was getan.« Sie schluchzte. Er aber schien sie nicht zu hören. Stattdessen schleifte er sie mit sich über das Dach, während der Penner in seiner Tasche wühlte. Der Penner! Jetzt erinnerte sich Anna wieder an das Kleiderbündel, das sie im Treppenhaus gesehen hatte. Er war das gewesen. Oder zumindest seine Sachen hatten da gelegen.

»Hör mal, das gibt echt Ärger, Junge«, erklärte der Mann, und Anna bewunderte ihn. Er hätte sich raushalten können. Er hätte abhauen können. Niemand wollte doch was von ihm. Und jeder hätte es sogar verstanden. Was um alles in der Welt sollte ein Penner in einer solchen Situation ausrichten. Trotzdem stand er da und sprach ganz ruhig mit dem Wahnsinnigen: »Hier. Ich hab Schnaps. Komm, ich geb dir ein paar Schluck aus.« Er zog eine Flasche aus seiner Jackentasche und hielt sie dem Jungen hin, der jetzt sein Messer an den Hals des Mädchens presste und dabei zitterte, dass Anna schon beim Zuschauen ganz schlecht wurde. »Der ist richtig gut!« Der Penner machte einen Schritt auf den Jungen zu.

»Ich will deinen Schnaps nicht, du Arsch!«, schrie der Junge und schleifte seine Freundin ein paar Schritte weiter. Dabei ließ er das Messer kurz sinken, und sie riss sich von ihm los und taumelte etwas weiter ins Innere des Dachs. Anna atmete auf. Zumindest diese unmittelbare Gefahr war gebannt. »Darf ich auch?«, fragte sie den Penner und streckte ihm ihre Hand hin.

»Klar«, sagte der und reichte ihr die Flasche. Sie tat, als würde sie trinken, wischte sich den Mund ab und hielt sie nun ihrerseits dem Jungen hin.

»Kathy, komm sofort wieder zu mir!«, schrie Ante jetzt und fuchtelte mit dem Messer in der Luft rum.

»Ich komm nicht!«, schrie sie zurück. »Du bist verrückt!«

»Komm sofort zu mir, oder ich …«

»Oder was?«, kreischte das Mädchen. Ihr T-Shirt war zerrissen, das Haar hing ihr wirr um den Kopf. »Bringst du mich um? Wirfst du mich runter? Oder erstichst du mich mit deinem Scheißmesser?«

»Aber Kathy …« Er schleppte sich ein Stück weit auf sie zu, weg vom Rand des Dachs, und Anna wankte zwischen Erleichterung seinetwegen und Sorge um das Mädchen. »Ich liebe dich doch.« Er lallte. Seine Schritte wirkten schwer. Schwerer als vorhin noch. Was immer er genommen hatte, es war dabei, ihn niederzustrecken. Hoffentlich.

»Hier, Mann«, sagte Anna und winkte mit der Flasche. »Trink auch einen Schluck. Wir sind doch Freunde.«

»Scheißfreunde!«, fluchte der Junge und machte eine gefährliche Ausfallbewegung in Richtung des Penners, der aber ungerührt stehen blieb. »Ich will euern Schnaps nicht!«

»Was willst du denn?«, fragte Anna. Es ging jetzt vor allem darum, Zeit zu gewinnen.

»Ich will … ich will …, dass ihr mich in Ruhe lasst!«

»Aber wir lassen dich doch in Ruhe. Ehrlich!« Sie hob wieder ihre Hände. »Hör mal, wir machen es so: Wir bleiben hier stehen, und du kannst wieder runtergehen. Da drüben ist der Eingang zum Treppenhaus. Wir anderen bleiben hier. Noch mindestens eine Stunde. Und du bist weg und hast deinen Frieden.«

Er starrte sie an, die Augen weit aufgerissen, die Pupillen riesig groß, so groß, dass Anna sie sogar im Halbdunkel des Dachs auf diesem Bunker erkennen konnte. »Du verarschst mich doch, du Fotze«, lallte er. »Da unten warten sie. Alle. Warten sie auf mich. Und wenn ich komme, dann …« Er lachte. Es war ein lautes, ein grausiges Lachen, ein Gelächter, das einem das Blut in den Adern gefrieren ließ. »Nein«, sagte er dann plötzlich ganz leise. »Ich nehme den anderen Weg.« Und dann stürzte er auf den Rand des Dachs zu.

*

»Drei Sanitätswagen an die U-Bahn Feldstraße!«

»Wir haben jetzt auch einen gepanzerten Wagen der Bundeswehr zur Aufnahme Verletzter.«

»Perfekt. Den voraus und direkt an den Aufgang zum Bunker. Die anderen beiden hinter die Linie der SEK mit Sicherheitsabstand.«

»Alles klar.«

*

Blitzschnell schaltete Anna von Verteidigung auf Angriff. Es gab nur noch eine Chance, ihn vor einem Sturz in die Tiefe zu bewahren: Sie musste schneller sein als er. Und sie durfte auf sein Messer nicht mehr achten.

Mit vier Schritten war sie fast bei ihm und setzte zum Sprung an, als er plötzlich innehielt. Erst jetzt bemerkte Anna, dass auch das Mädchen auf ihn zugesprungen war und ihn zurückzureißen versuchte. »Ante!«, schrie sie und krallte sich in seine Kleider, zerrte an ihm. Auch Anna packte ihn. Sie umklammerte seinen Arm, versuchte, ihm das Messer zu entwinden und ihn gleichzeitig gemeinsam mit dem Mädchen vom Rand des Dachs wegzuziehen. »Komm schon!«, knurrte sie zwischen zusammengepressten Zähnen. »Lass gut sein! Sei kein Idiot!« Einen Schritt, zwei, die unmittelbare Gefahrenzone lag schon fast hinter ihnen, als er sich losriss. »Hau ab!«, schrie er. »Haut beide ab! Und du …« Er wankte auf den Penner zu, der versucht hatte, sich ihm zu nähern, die Flasche in der Hand, wer wusste schon, wozu. »Du bist …« Wieder packte ihn Anna von hinten und versuchte, ihn niederzuringen. Der Junge wirbelte herum, stieß sie mit aller Kraft von sich, dass sie rückwärtsstolperte und gegen das Mädchen prallte, das immer noch ganz nah am Rand des Dachs stand. Im nächsten Augenblick aber stand sie nicht mehr dort.

*

Zuerst war ihr nicht klar, wo sie war. Doch dann kam die Erinnerung zurück. Der Angriff aus dem Hinterhalt. Der Sturz. »Hören Sie mich?«, fragte jemand. Eine Frau. Lisa blinzelte, versuchte, sich zurechtzufinden. Sie stöhnte, versuchte, sich aufzurichten, doch ihre Glieder gehorchten ihr nicht. »Was … was ist …«

»Können Sie mich hören?«

»Ja. Wer sind Sie?« Jemand leuchtete ihr mit einer Lampe ins Gesicht. Sie kniff die Augen zusammen, versuchte, sich mit der Hand vor dem grellen Licht zu schützen. Doch sie brachte ihren Arm nicht hoch. »Gehirnerschütterung«, sagte jemand. Und zu ihr: »Ist Ihnen schlecht?«

»Ja. Nein. Ich …« Sie wollte sich aufrappeln, doch ihr Körper war wie festgenagelt. Mit Mühe konnte sie den Kopf so weit bewegen, dass sie erkannte: »Ich bin … Sie haben mich gefesselt?« Und jetzt wurde ihr schlecht.

»Drehen Sie den Kopf zur Seite. Drehen Sie den Kopf zur Seite, verdammt!«, rief die Frau, die mit ihr gesprochen hatte. Im nächsten Augenblick erbrach sich Lisa über ihren eigenen Oberkörper, über die Trage, auf die sie gebunden war und auf die Hose der Sanitäterin, die neben ihr saß. Lediglich die Nierenschale, die man ihr hingehalten hatte, blieb völlig unbefleckt. Stöhnend ließ Lisa sich wieder zurücksinken. »Wo bin ich?«, fragte sie. »Was wollen Sie von mir?« Sie brauchte es gar nicht erst zu probieren, sie wusste, dass die Gurte so fest saßen, dass sie sich nicht würde von selbst befreien können.

*

Ein letztes Prüfen der Zünder. Eine letzte Kontrolle der Elektronik. Ein letzter Blick auf die Uhr. Er würde nicht mehr auf ein Signal warten. Es war alles gesagt, alles vorbereitet, die Bedingungen waren perfekt. Der Dom war voll. Die Stimmung war großartig. Die Menschen waren in Feierlaune. Und fünfhundert Kilogramm Sprengstoff waren es auch. Zufrieden strich er über das Kunstwerk, das er in den letzten Stunden im Hintergrund installiert hatte. Und er spürte, wie sich sein Puls beschleunigte. Die Vorfreude war besser als Sex. Der Druck auf den Knopf würde besser sein als jeder Orgasmus. Es war sein erstes Mal. Und es würde gewaltig sein.

*

Sie hatte sich aufgerappelt, halb ohnmächtig vor Übelkeit, weil das Mädchen vom Dach gestürzt war. Bis gerade eben war es noch eine gefährliche Situation gewesen. Jetzt war es Totschlag. Und der Typ war der Täter. Anna spürte, wie jemand ihr hochhalf. Der Penner. »Sie …«, keuchte sie. »Wo …« Da sah sie es selbst. Der Junge stürmte auf die Stahltür zu, hinter der es ins Treppenhaus ging. Er war schon beinahe dort, als plötzlich alles in gleißendes Licht getaucht war. Anna versuchte, ihre Augen zu schützen und zu sehen, was los war, während sie eine blecherne Stimme auf der anderen Seite des Dachs hörte: »Bleiben Sie stehen, lassen Sie Ihre Waffen fallen und heben Sie die Hände über den Kopf!«

Polizei. Einsatzkräfte. Kollegen! Anna machte einen Schritt auf sie zu. Da bellte jemand den Befehl: »Stehen bleiben! Bewegen Sie sich nicht von der Stelle!«

»Ich bin eine Kollegin! Polizei Helgoland!«, rief Anna, hielt aber vorsichtshalber die Hände hoch.

»Die Frau hat nichts getan«, sagte der Penner und ging auf die Stelle zu, von der die Scheinwerfer strahlten. Im nächsten Moment zerriss ein Schuss die Nacht, und der Penner fiel auf die Knie. »Nicht!«, schrie Anna. »Er ist doch harmlos!« Sie hatte es kaum ausgesprochen, da fiel ein paar Meter entfernt die Tür zu: Der junge Mann war weg.

Ehe sie noch etwas unternehmen konnte, fand sich Anna fixiert von drei schwarz gewandeten Einsatzkräften. Ebenso ging es dem Penner, der sich die Hand auf den Oberschenkel presste. »Ihr habt echt auf ihn geschossen?«, schrie Anna. »Das ist doch Wahnsinn!« Sie wehrte sich dagegen, dass ihr Handschellen angelegt wurden. »Hören Sie, ich bin ganz ruhig, okay?«, sagte sie. »Ich bin eine Kollegin. Mein Dienstausweis ist in meiner Jackentasche links. Bitte sehen Sie nach.«

Sekunden später wurde sie losgelassen. Sie kniete sich zu dem Penner nieder, auf dessen Rücken eine Einsatzkraft saß, eine Frau, wie Anna feststellte, und fragte: »Sind Sie das, der mit dem kleinen Mädchen unterwegs war?«

»Wozu wollen Sie das wissen?«, ächzte der Penner.

»Wir suchen sie seit Stunden verzweifelt!«

Jetzt erkannte Eck Anna als eine von den Erwachsenen, die mit dem Mädchen unterwegs gewesen waren. »Ich hab sie unten gelassen«, presste er mühsam hervor.

»Können Sie mich hinbringen?«

»Sieht gerade nicht so aus. Schätze, die Herrschaften haben was anderes mit mir vor.«

Unten! »Hier im Bunker?«

»Hab sie zugedeckt. Mit meinem Mantel. Sie ist sicher.«

Wenn man davon absah, dass ein Verrückter auf dem Weg nach unten war, ein Drogenopfer, dem buchstäblich alles zuzutrauen war. Zugedeckt! Augenblicklich war Anna klar, dass sie an der Kleinen vorbeigelaufen war und nicht erkannt hatte, dass ein Kind unter dem Kleiderhaufen steckte. So nah war sie an Pauline dran gewesen! Und jetzt konnte sie nur beten, dass es nicht zu spät war. Das hieß: Nein, nicht nur beten, sie konnte etwas tun – und sie würde etwas tun! »Wer ist hier der Einsatzleiter?«, fragte Anna die Kollegin, die auf dem Rücken des Penners kniete. Die nickte in Richtung eines Mannes, der zwar ebenfalls in Schwarz gekleidet war, aber keinen Helm trug. »Hören Sie! Hier ist ein Kind in Gefahr. Der Typ, der eben eine junge Frau vom Dach gestoßen hat, ist unterwegs nach unten. Und da liegt ein Mädchen alleine im Treppenhaus. Wir müssen …« Der Einsatzleiter wartete gar nicht erst, was Anna noch sagte. Er gab den Befehl, dass drei der Männer sofort nach unten liefen und die Suche nach dem Kind und die Verfolgung des jungen Mannes aufnähmen. Dann gab er einen Lagebericht an die Einsatzzentrale durch.

Anna aber war schneller an der Tür als die bewaffneten Kollegen und stürmte die Treppen hinunter, als wäre der Teufel hinter ihr her.

*

Als die Tür auffliegt, liegt sie in ihrem Erbrochenen. Halb wahnsinnig vor Angst. Gleich werden sie sie packen und zum Fenster rauswerfen, das schwarz hinter ihr gähnt. Der Schmerz schießt durch ihren Kopf, dass sie ihn zurückwirft und gegen den Boden knallt. Einmal. Noch mal. Und noch einmal. Sie bekommt keine Luft, reißt sich den Kragen auf. Gleich werden sie sie ... sie werden sie ... nach Luft ringend, rappelt sie sich auf, spürt eine Hand an ihrem Arm, reißt sich los, taumelt zum Fenster. Da unten. Der Weg. Freiheit.

Dann wieder der Schmerz. So plötzlich, dass sie auf die Knie fällt und sich an der Fensterbank das Kinn aufschlägt. Jemand packt sie am Rücken. Sie zittert so stark, dass sie sich in keine Richtung bewegen kann. Riecht den fauligen Atem des Monsters. Schmeckt das Erbrochene in ihrem Mund. Ihre Brust, ihre Schulter: besudelt, widerlich. Es würgt sie erneut. Sie klammert sich an die Fensterbank, dann schießt ihr die Brühe aus dem Mund. Sie kotzt, als müsste sie sich selbst auskotzen. Erbricht sich bis zur völligen Erschöpfung. Hört, wie jemand ganz ruhig sagt: »Gut. Das ist gut. Lassen Sie sie.« Versucht, sich umzudrehen und zu schauen, wer da spricht, wird von einer neuen Schmerzattacke aber so heftig geschüttelt, dass sie nur noch die Augen zusammenpressen und die Fäuste an die Schläfen drücken kann. Sackt zusammen, kippt zur Seite und krümmt sich zusammen.

»Tut mir leid, du musst jetzt trotzdem mit rüber ins Bad«, sagt jemand. Ein Mann. Und zerrt sie am Arm wieder hoch. Stützt sie unter den Achseln und schiebt sie vor sich her ins Badezimmer, während ihre Mutter laut heulend hinter ihnen herkommt. Im Bad der Spiegel: ein Albtraum! Eine Fratze starrt sie an mit Augen, so groß wie in einem Horrorfilm, Haaren, die wüst in alle Richtungen stehen, einem wut- oder schmerzverzerrten Mund ohne Lippen und mit blutender Nase. Das bist du, denkt sie. Aber gleich bist du tot, dann ist es egal. Dann packt sie jemand von hinten um die Taille und zieht ihren Bauch nach hinten, dass sie denkt, sie bricht entzwei. Doch stattdessen kotzt sie nur mitten auf den Spiegel: sich selbst ins Gesicht, ehe sie lallend zur Seite taumelt und sich den Kopf an der Duschkabine anschlägt. »Hier!«, herrscht sie der Mann an, der sie langsam zu Boden gleiten lässt. »Trink!« Er greift sich etwas von der Ablage. Ein Zahnputzglas. Füllt es mit Wasser und hält es ihr unter die blutige Nase. »Trink das aus. Schnell!«

Anna greift nach dem Glas. Für einen Moment lässt der Schmerz nach, und sie kommt zur Besinnung. Begreift, was hier vorgeht, und nimmt das Glas. »Klar«, krächzt sie. Dann schlägt sie es ans Waschbecken, dass die obere Hälfte wegsplittert, und rammt sich die untere Hälfte ins Handgelenk.

ACHTZEHN

Hamburg, Dom, 3. August, 21:59 Uhr

Sie werden mich nicht kriegen, nein, das werden sie nicht. Eher bring ich mich um. Die Schweine haben … sie haben … Kathy auf dem Gewissen! Ohne diese … ohne sie wäre … wäre das nie passiert. Sie haben uns verfolgt, haben *mich* verfolgt. Sie wollten uns killen. Beide. Die ganze Zeit. Und wir haben … *ich* hab es nicht kapiert. Oder zu spät. Aber jetzt ist es aus. Ihr habt mir Kathy genommen, aber mich werdet ihr nicht kriegen. Nein, mich nicht.

Komisch, dachte Ante, ich spür meinen Knöchel gar nicht. Der tat nicht mehr weh. Vielleicht war es auch, weil ihm inzwischen alles wehtat, so weh, dass er es gar nicht mehr unterscheiden konnte. Am meisten tat ihm die Seele weh. Sie hatten ihm das Wertvollste geraubt. Das Wertvollste, was er je besessen hatte! Kathy war alles gewesen, was er sich erträumt hatte! Für sie hätte er alles getan! Alles!

Er humpelte die Treppe runter. Und noch eine. Blieb stehen, lauschte, hörte oben Geräusche und lief weiter. Immer weiter. Vorbei an irgendeinem Dreckshaufen. Das Bild dieses Penners blitzte wieder vor seinem geistigen Auge auf. Aber der war zu unwichtig, als dass er sich damit aufgehalten hätte. Jetzt musste er nur noch weg. So schnell wie möglich. Die Treppe runter, raus aus diesem Scheißbunker, durch die Menschen und runter in die U-Bahn. Die Menschen. Wenn er an die nur dachte, hätte er schon kotzen können. Vielleicht stach er ja noch den einen oder anderen nieder. Aus Rache. Rache für alles, was sie ihm angetan hatten, diese arroganten Arschlöcher mit ihren schönen Jobs und ihren coolen Autos und ihren Häusern in Blankenese und in Harvestehude. Die würde er am liebsten alle umbringen. So, wie sie Kathy umgebracht hatten.

Der letzte Absatz. Noch eine Treppe, dann war er unten. Fast wäre er die paar Stufen runtergefallen. Mit der Schulter warf er sich gegen die Tür und polterte nach draußen, ohne die großen Augen zu bemerken, die ihn anstarrten.

*

Pauline war so müde, dass sie sich am liebsten wieder hingelegt hätte. Vielleicht sollte sie doch wieder zu dem komischen Boot gehen? Da hatte sie zumindest einen warmen Mantel als Decke gehabt. Aber der Mantel hatte so eklig gerochen, dass sie es lieber bleiben ließ. Überhaupt wollte sie jetzt nur noch zu Papa. Wenn sie nur gewusst hätte, wo er war! Vielleicht würde sie ihn ja dort wiederfinden, wo sie ihn zuletzt gesehen hatte. Mama hatte ihr das mal gesagt: Wenn wir uns verlieren, geh dahin zurück, wo du mich zuletzt gesehen hast. Wenn wir das beide machen, dann finden wir uns auch wieder.

Das würde aber gar nicht so leicht sein. Denn sie wusste ja nicht, wohin sie genau musste, wenn sie zurückwollte zu dem Lebkuchenherzchenverkäufer. Na gut, sie würde eben fragen. Irgendwer würde es schon wissen.

Gerade als sie sich auf den Weg machen wollte, hörte sie, wie jemand die Treppe runtergepoltert kam. Erschrocken drückte sie sich an die Wand und wartete. Ein komischer Mann mit Bart stolperte vorbei. Er sprach mit sich selbst, war aber ganz außer Atem. Und dann stürzte er auf die Tür zu, und schon war er draußen. Draußen. Da wollte sie auch hin. Sie atmete auf. Irgendwo da draußen war ihr Papa, und den würde sie bestimmt finden. Sie drückte die Tür auf, und das war unglaublich schwer, dann trat sie ins Freie. Und erschrak, als sie vor sich einen Mann stehen sah mit einem Messer in der Hand. Und dahinter eine ganze Reihe von schwarzen Gestalten, die mit Pistolen auf sie zielten. Dann krachte es fürchterlich.

*

Die technischen Möglichkeiten waren nahezu grenzenlos. Und wenn das Budget es zulässt, dann kann ein professioneller Pyrotechniker Unglaubliches bewirken. Zehntausende von Menschen befanden sich noch auf dem Dom, als die ersten Zylinderbomben die Nacht zerrissen. Es waren Sprengkörper mit relativ geringer Zerlegerladung, aber umso größerem Effekt. Die ersten einer unfassbaren Kette von Explosionen, die diese Nacht unvergesslich machen würden. Als er den Auslöser gedrückt hatte, lehnte er sich zurück und betrachtete von seinem sicheren Platz aus das Schauspiel, das nun ablaufen würde – unaufhaltsam bis zur letzten, zur mächtigsten Detonation.

*

Das Letzte, was er sah, waren die Geschirrtücher, die seine Mutter an den Griff des Backofens gehängt hatte. Karierte Geschirrtücher. Er erinnerte sich an ihren Geruch. Und an den Geruch von Hurmasice. An die Blümchenvorhänge in der Küche. An Mamas Kittelschürze, die eigentlich ganz ähnlich gemustert war. Aber die sah er schon nicht mehr. Er hörte noch die Stimme seines Vaters, verstand aber nicht die Worte, nur, dass es gebrüllte Worte waren. Gebrüllt hatte Papa oft. Auch mit ihm. Vor allem aber mit Ante, klar. Komischerweise vermischte sich Papas Gebrüll mit einer Musik, die er irgendwo gehört hatte. Beim Autoscooter! Marco spürte, wie er herumgeschubst wurde. Was komisch war, weil er doch auf dem Rücken schwamm. Er konnte das Wasser fühlen, spürte, wie es ihn ganz leicht trug. Immer leichter eigentlich. So leicht! Aber dann hob ihn jemand hoch, legte ihn auf ein wankendes Bett, und Marco blinzelte noch einmal leicht: fremde Menschen. Eine Tür. Treppen. Dann Dunkelheit. Dunkelheit und Leichtigkeit.

*

Noch nie hatte Pauline so ein schönes Feuerwerk gesehen. In allen Farben glitzerte es über den Nachthimmel, dass es aussah wie in einem ihrer Lieblingsfilme. Rapunzel zum Beispiel. Oder Eiskönigin. Da gab es auch solche Feuerwerke. Ganz viele verschiedene Raketen streuten ihre Funken durcheinander, die wie riesige Blumen leuchteten. Dass es auch krachte und knallte, war gar nicht so schlimm, obwohl Pauline das nicht so mochte. Bestimmt würde Papa das Feuerwerk auch gerade sehen. Und Mami. Und vielleicht würden sie beide gerade an sie denken, so wie sie an ihre Eltern dachte. Ja bestimmt, das würden sie. Ein bisschen fühlte sich Pauline, als wären sie alle beieinander. Die schwarzen Männer hatte sie ganz vergessen. Und den Mann mit dem Messer auch.

Sie hörte nicht, dass da noch andere Geräusche waren als die des Feuerwerks. Und weil sie ein bisschen feuchte Augen hatte, sah sie all die vielen bunten Lichter noch glitzernder und jeden einzelnen Lichtpunkt noch einmal zusätzlich funkelnd, während sie mit offenem Mund dastand, staunend und glücklich, weil sie etwas so Schönes noch niemals gesehen hatte. Davon musste sie Fiona erzählen, morgen, in der Schule.

Aber dann fiel ihr ein, dass sie nicht in die Schule gehen konnte, wenn sie Mami nicht fand. Oder Papa. Denn sie wusste doch gar nicht, wie sie dahin kommen sollte. Wo genau eigentlich die Schule war. Wenn sie das gewusst hätte, dann hätten ihre Eltern sie vielleicht dort gefunden. Aber sie konnte ja nicht alleine hinfahren. Und als ihr das alles durch den Kopf ging, da wollte sie das Feuerwerk plötzlich gar nicht mehr sehen, weil sie viel zu traurig war. Sie sah sich um, drehte sich in alle Richtungen. Und dann spürte sie, wie jemand sie ganz fest packte.

*

Eck wollte sich nicht beschweren. Nach dem anfänglichen Schmerz in seinem Bein und dem Schreck, weil man ihn überwältigt hatte, fühlte er sich jetzt mit einem Mal ganz leicht. Er wusste auch, weshalb: Es war das Blut. Eine ganze Menge Blut. Er hatte gar nicht gewusst, wie viel Blut man verlieren konnte, ohne zu sterben. Aber vielleicht tat er das ja, vielleicht waren das gerade seine letzten Augenblicke. Sogar der Druck auf seiner Brust war weg. Und als er das dachte, musste er doch grinsen. Über ihm funkelte der Himmel, dass es eine wahre Pracht war. Die zündeten ein Feuerwerk für ihn ab! Wer starb schon unter einem Feuerwerk. Ja, das hatte was. Jetzt noch ein ordentlicher Schluck Rum, dann wäre das die reinste Party. Abschiedsparty, dachte Eck. Ja, das war es. Und es war auch völlig okay so. Einer wie er brauchte nicht noch ein paar Jahre länger auf der Straße leben. Wozu? Wenn es vorbei war, war's eben vorbei. So war das Leben. Und so war der Tod. Das ging absolut in Ordnung.

Er spürte, wie ihm schwindlig wurde. Irgendwer hatte was geschrien von wegen »Einsatz beendet«. Dann hatten ihn ein paar kräftige Hände gepackt und irgendwo draufgelegt. Er hatte in den Nachthimmel geschaut, dann an die Deckenleuchte im Aufzug, und schließlich hatten sie ihn nach unten vor den Bunker gebracht, wo neben dem prächtigen Feuerwerk auch noch das Blaulicht eines Notarztwagens blinkte. Sah das geil aus!

Dann war er drinnen in dem Wagen und konnte das Feuerwerk nicht mehr sehen. Schade. Am Ende würde er nun doch unter irgendwelchen kalten Deckenleuchten sterben. Hatte er sich eigentlich nicht so gewünscht. Er hatte immer gedacht, dass er mal auf St. Pauli oder unten am Elbstrand einpennen und am nächsten Morgen nicht mehr aufwachen würde. So war das schließlich bei den meisten, die es nicht mehr von der Straße runterschafften. Blieben irgendwann einfach liegen und wurden meistens von anderen Pennern entdeckt. Dann klauten die ihnen erst alles, was noch brauchbar war, und gaben dann bei der Polizei Bescheid, dass da und da 'ne Leiche lag. Hatte er selber schon so gemacht. Und auch das ging völlig in Ordnung: Die Toten brauchten das Zeug ja nicht mehr.

Aber so, wie es jetzt war, war es doch traurig. Die Party war vorbei. Eck spürte, wie ihm ein paar Tränen über die Schläfen liefen. Er wollte noch etwas sagen, fand aber weder die Worte noch die Kraft dafür. Er hätte auch gar nicht gewusst, zu wem. Ihm war schwindelig. Außerdem bekam er kaum noch Luft. Das Bein spürte er seltsamerweise gar nicht. Aber das war ja nun auch egal. Irgendwo in seinem Gehirn flimmerte eine vage Erinnerung auf, dass man alles weiß sehen würde, wenn es so weit war. Und wirklich, hier war auch alles weiß, und das Licht über ihm, vielleicht war es nur deshalb so hell, weil er sich jetzt auf den Weg machte. Ob er jetzt sein ganzes Leben noch einmal an sich vorbeiziehen sehen würde? Er war nicht mehr jung. Aber so viel Leben war es für sein Alter nicht gewesen. Und eigentlich wollte er es nicht mehr sehen. Wollte nicht mehr sehen, wie alles kaputtgegangen war, was er mal gehabt hatte, wer er mal gewesen war. Wie er immer weiter weg von allem Schönen und Guten gelandet war. Wie er immer tiefer in den Dreck und in den Suff getaumelt war. Nein, das wollte er nicht mehr sehen. Höchstens ein Bild hätte ihn interessiert. Das wäre schön gewesen: wenn er noch einmal seine Tochter hätte sehen können. Denn die hatte er wirklich geliebt, auch wenn er es ihr nie gezeigt hatte.

Jemand sagte: »Blutdruck hundert zu sechzig.«

»Puls?«

»Hundertvierzig.«

»Fünfzig Milliliter Atropin.«

Eck schloss die Augen. Atropin. So ein Quatsch. Sagen die nicht, dass es vorbei war?

»Wie geht es ihm?«

»Na ja. Fragen Sie in drei Minuten nochmal.«

»Darf ich mal?«

»Bitte.«

Ein Schatten schob sich zwischen Eck und die Lampe. Ein Schatten, der seinen Blick ins Jenseits verdunkelte. Mühsam versuchte Eck, an der Person vorbeizugucken, die sich über ihn gebeugt hatte. Er stöhnte.

»Habt ihr die Peronalien?« Der Schatten verschwand.

»Gute Frau, wir sind gerade mit Wichtigerem beschäftigt.«

»Ich kenn den«, sagte eine bekannte Stimme hinter Eck. Türken-Ali! Eck hätte ja gern Auf Wiedersehen gesagt, aber dazu war er nicht mehr in der Lage. »Eck heißt der. Alfred oder so.«

»Eck?« Da war er wieder, der Schatten. Näher und größer als zuvor. Schweigen. Alle schwiegen. Nur ein gleichmäßiges Piepsen störte die Ruhe, und der Hintergrundlärm vom Dom. Und dann, mit brüchiger Stimme, sagte der Schatten: »Papa?«

Es ist hell. Unerträglich hell. Aber sie hat ja auch gehört, dass es hell ist dort. Man geht ins Licht, und alles ist gut. Ist es aber nicht. Sie spürt den Kopfschmerz immer noch. Nicht stark, aber doch deutlich. Schließt die Augen wieder, kann aber nicht anders, als zu weinen. Er ist also mitgekommen, der Schmerz. Er wird sie nie mehr verlassen. Bis in alle Ewigkeit wird sie ihn mit sich tragen und sich von ihm quälen lassen.

Trotzdem weiß sie, dass sie das Richtige getan hat. Es musste sein. Sie wollte das ja alles hinter sich lassen: ihre Mutter, den Mann, der einmal ihr Vater gewesen war, die Schule mit den Schweinen – Helgoland, wo alles geschehen war, was ihr Leben zerstört hatte. Und nun war es also vorbei. Nur den Schmerz hatte sie mitgenommen.

Langsam verzieht sich der Nebel, der sich um ihr Sichtfeld gebildet hat. Über ihr die Sonne, schickt helles, schmerzendes Licht in ihre Augen. Nur dass es keine Sonne ist, wie ihr jetzt auffällt, sondern eine Lampe. Langsam blickt sie zur Seite. Ein Fenster. Dahinter Himmel. Himmel und Möwen. Und ein stählernes Gerüst, das aussieht wie … der Funkturm von Helgoland. Sie schreckt hoch und fällt, vom Schwindel gepackt, wieder aufs Kissen, wo ihr Kopf heftig pochend und schwer wie eine Melone liegen bleibt. Erst nach einer Weile merkt sie, dass sie selbst es ist, deren Schluchzen sie hört. Dass nicht die Umgebung verschwommen ist, sondern dass sie es ist, die zerfließt: in Tränen.

Eine Hand legt sich auf ihren Arm. Eine warme Hand, tröstlich und unangenehm. Sie versucht, ihren Arm wegzuziehen, kann sich aber nicht bewegen. Schnieft, presst die Augen zusammen, dass die Tränen sich verziehen – und sieht, dass sie an ein Bett gefesselt ist.

NEUNZEHN

Als sich die Insel aus dem Dunst herausschälte, musste Anna schlucken. Es war das erste Mal seit langer, langer Zeit, dass sie ein solches Glücksgefühl spürte. Sie hatte ganz vergessen, wie sich so etwas anfühlt. Ergriffen blickte sie auf das kleine Eiland, das vor ihnen lag, auf die rötlichen Felsen, die Schiffe und Boote, die sich rundherum auf die See verteilten, auf die Silhouette der Türme: *der* Leuchtturm, *der* Funkturm, St. Nicolai. Auf das flache Land im Osten, die Nebeninsel Düne. Die Hafenanlagen wurden deutlicher, einzelne Häuser erkennbar. Anna atmete schwer. Aus irgendeinem Grund machte sie der Anblick gleichzeitig traurig und froh. »Gut, dass wir wieder hier sind«, hörte sie Paul neben sich. Und ohne dass sie hätte sagen können, wieso, legte sie ihre Hand auf seine, mit der er sich am Geländer festhielt. »Ja«, sagte sie. »Wenn wir vorher gewusst hätten, was uns erwartet …«

»Wenn man das immer wüsste …« Er schenkte ihr ein Lächeln, und am liebsten hätte sie ihn jetzt geküsst. Paul war der einzige Mensch, von dem sie sich auf unerklärliche Weise verstanden fühlte. Manchmal hatte sie das Gefühl, dass er besser wusste, wie es ihr ging, als sie selbst. Manchmal schien er geradezu vorherzusehen, was mit ihr passieren, was sie anstellen, wo sie hineingeraten könnte. Paul war für Anna ein Teil dieser Insel, und sie fragte sich, ob sie sich vielleicht nur deshalb inzwischen wieder zu Hause fühlte, weil er dort lebte. Wenn auch nicht mit ihr.

»Am besten vergessen wir den Dom ganz schnell«, erklärte er. »Es ist gut, wenn uns der Alltag wiederhat.«

Anna lachte. »Na ja«, sagte sie. »Der ist auf Helgoland auch nicht immer ganz ohne.«

Auch Paul musste lachen. »Stimmt«, sagte er. »Sagen wir: der Alltag ohne die Extras der letzten Zeit.« Und etwas leiser: »Ohne Mord und Totschlag.«

»Und ohne die schreckliche Vergangenheit«, flüsterte Anna. Er hatte sie trotzdem gehört und nickte. »Ja«, stimmte er zu. »Ohne die schreckliche Vergangenheit.« Und sie wusste, dass er damit nicht nur all die Grausamkeiten meinte, die Menschen dieser Insel im Laufe der Jahrhunderte angetan hatten, sondern auch eine andere, ganz bestimmte Vergangenheit: Annas sehr persönliche.

*

Saskia Berneking hatte sich aus einer Laune heraus für Helgoland entschieden. Eigentlich war es eine Schnapsidee gewesen, denn sie war eine Frau für die Stadt: interessiert an Nachtleben, Action, wechselnden Liebschaften. Sie war lebenshungrig. Deshalb hatte sie sich die ersten Monate regelmäßig selbst verflucht, nachdem sie hierhergekommen war. Klar, auch auf einer kleinen Insel gab es ab und an die Möglichkeit einer prickelnden Beziehung. Aber dass man sich anschließend ständig über den Weg lief, machte die Angelegenheit anstrengend. Anfangs hatte Saskia sich noch amüsiert, wenn ihr die Frauen im Supermarkt hinterhergesehen und getuschelt hatten. Auch bei den Männern der Insel als Sensation zu gelten hatte seinen Reiz. Aber das gab sich rasch. Und was blieb, war das Gefühl, am Ende der Welt zu leben, fern von aller Abwechslung und aller

Unterhaltung. Was ja auch stimmte, weil man schließlich genau das tat.

Und doch: Als sie die Insel nun so vor sich liegen sah, hätte sie nicht sagen können, warum, aber sie spürte, wie ihr Herz ganz weit wurde. So sehr das Gefühl, nach Hause zu kommen, hatte sie noch nie empfunden wie in dem Augenblick, als die Fähre im Hafen anlegte und sie das Kreischen der Möwen über sich hörte. Der Kapitän machte seine Durchsage, die Gangway wurde rübergeschoben, die Taue festgemacht. Der Wind wirbelte Saskia durchs Haar, ein Tagesausflügler, der ihr die letzten zwei Stunden lang Avancen gemacht hatte, verabschiedete sich mit einem letzten gierigen Blick und dürren Worten. Und dann machte auch sie sich auf den Weg vom Oberdeck nach unten, wo sie sich anstellte, um das Schiff zu verlassen. Seltsam war das, dass sie es plötzlich eilig hatte, auf die Insel zu kommen. Von draußen hörte sie irgendjemanden im breitesten Helgoländer Platt rufen, über das sie sich immer wieder lustig gemacht hatte – jetzt war es ihr wie ein Streicheln der Seele.

Vielleicht war es aber auch eine Flucht gewesen, als sie sich für die Insel entschieden hatte. Eine Flucht vor ihrer eigenen Vergangenheit, nachdem ihre Mutter mit siebenundsechzig Jahren an Krebs gestorben war. Eine Flucht davor, ganz ohne Familie in der großen Stadt zurückzubleiben. So eine Inselgemeinschaft hatte etwas Familiäres. Hatte sie doch, oder? Na ja, vielleicht war das auch nur Küchenpsychologie. Und jetzt das: Unvermittelt hatte sie ihren Vater wiedergefunden, den Mann, der irgendwann aus ihrem Leben verschwunden und nicht wieder aufgetaucht war, mit dem sie abgeschlossen und vor allem kein bisschen mehr gerechnet hatte. Und dann liegt er plötzlich vor ihr, auf einer Trage im Rettungswagen, angeschossen, vor allem aber: ein Wrack. Mehr tot als lebendig, auch ohne Schusswunde. Ein Penner, ein menschliches Elend. Niemand, mit dem man etwas zu tun haben wollte. Was für ein Leben mochte er geführt haben all die Jahre, dieser Josef Dieter Eck? Sie vermochte es sich nicht auszumalen, wollte es auch gar nicht. Aber angesichts seines Schicksals wollte sie ihm auch nicht mehr böse sein, dass er seine Familie im Stich gelassen hatte, dass er sich nicht um sie gekümmert hatte. Sie mochte es ihm nicht mehr nachtragen.

Nach dem Wahnsinn der zurückliegenden Nacht gab es eigentlich nur eines, was Saskia Berneking im Angesicht der Insel empfand, so lächerlich es ihr selbst vorkam: Dankbarkeit. All die gefährlichen Untiefen, die ein Leben so bot, all die falschen Abzweigungen, die man nehmen konnte, all die Enttäuschungen und Entbehrungen, die einen niederzwangen, all die Härten, die man erlebte, relativierten sich im Angesicht eines so schönen Ortes wie dieser winzigen Insel im Meer. Und mit einem Lächeln setzte sie ihren Fuß auf die Erde und freute sich, als sie ein paar vertraute Gesichter sah, die sie freundlich begrüßten. Ja, dachte sie, so kann es gehen. Erst bist du fremd, dann denkst du, du eroberst die Insel – und dann erobert die Insel dich.

*

Niemand blickte zur Tür, als Stefan Sattler eintrat. Offenbar erwarteten sie nicht, dass irgendjemand zu Besuch kommen könnte. Und es war in der Tat auch denkbar unwahrscheinlich gewesen, dass ausgerechnet ein Polizist auftauchte – allenfalls der Schütze. Doch der war seltsamerweise nicht ermittelbar. »Guten Tag«, grüßte Sattler. Er war in Zivil gekommen. Die beiden Herrschaften, die am Bett saßen, hoben die Köpfe. Eine Frau, blass und kraftlos, und ein Mann, dem der Kummer tiefe Furchen ins Gesicht gegraben hatte. Beide hatten sie eine Hand auf die Hände des Patienten gelegt.

Der Polizist trat näher, verlegen einen etwas dürren Blumenstrauß in der Hand, den er vorhin noch rasch beim Floristen am Klinikeingang gekauft hatte. »Darf ich?« Er nickte den Eltern zu, denn natürlich waren es die Eltern des jungen Mannes. »Wie geht es ihm?«

Der Mann zuckte die Schultern. Die Frau lächelte traurig. »Die Ärzte sagen, es wird wieder gut.« Aus ihren Worten sprachen gleichermaßen Skepsis und Hoffnung.

»Er wird vielleicht nie wieder gehen können«, presste der Mann zwischen seinen Zähnen hervor. Zornig. Verzweifelt. Gequält. »Aber er lebt.«

»Ich bin froh, dass …« Sattler stockte. Sie wussten ja nicht, weshalb das alles passiert war. Vielleicht würden sie es nie erfahren, jedenfalls nicht in den Einzelheiten. Es gehörte nicht zu den Gepflogenheiten der Polizeiarbeit, dass man jedes Detail jeder Panne und jeden Irrtums an die große Glocke hängte. Zu Recht! Die andere Seite würde das schamlos ausnutzen, würde darauf setzen, dass die gleichen Fehler wieder passierten, würde es provozieren.

Eine Weile blieb Sattler schweigend stehen. Dann reichte er den Eltern die Hand. Keiner sagte ein Wort. Sie fragten auch nicht, wer er sei. Alles war unwichtig. Wichtig war allein, dass ihr Sohn wieder gesund würde. Dem Einsatzprotokoll hatte Sattler entnommen, dass die beiden noch einen Sohn hatten, der mit einer schweren Psychose in eine psychiatrische Klinik eingeliefert worden war. Fast ein Wunder, dass angesichts der Umstände in der letzten Nacht nicht noch mehr passiert war. »War es seine Freundin, die ums Leben gekommen ist?«, fragte Sattler und nickte zu dem jungen Mann im Bett hin.

Der Vater schüttelte den Kopf. Die Mutter kämpfte um

Haltung. »Unser jüngerer Sohn war … war mit dem Mädchen zusammen. Anscheinend.«

»Er ist nicht mehr mein Sohn«, sagte der Mann leise zu seiner Frau.

»Sag das nicht …«

»Ich sage es. Und es ist so.«

»Bitte richten sie Ihrem Sohn meine besten Genesungswünsche aus«, sagte Sattler und verbeugte sich noch einmal leicht.

»Wer sind Sie denn?«, fragte die Frau, als er schon wieder bei der Tür war. Da hörte der Polizist die leise Stimme des jungen Mannes, der im Bett lag: »Danke, dass Sie gekommen sind.«

Marco Kovac vom Steindamm in Hamburg war dem Schlimmsten knapp entgangen. Sein Doppelgänger in Brüssel war von der belgischen Polizei festgenommen worden – ohne konkreten Anlass, aber aus Gründen der Terrorabwehr. Mehrere andere Männer gleichen Namens in verschiedenen europäischen Ländern würden ahnungslos bleiben, dass sie eine Nacht im Visier der Polizei verbracht hatten.

Ein Hamburger Journalist wusste zwar, dass er einer großen Story auf der Spur gewesen war, konnte aber verschiedene Informationen nicht verifizieren und war zu sehr auf Mutmaßungen angewiesen, um mehr als eine »Großfahndung auf dem Dom«-Geschichte zu bringen, in der von »mehreren Kriminellen« die Rede war, die »sich das beliebte Hamburger Volksfest ausgesucht hatten«, um sich dort dem Zugriff der Polizei zu entziehen, was immerhin zu zwei Verletzten durch Schusswunden geführt hatte. Ein Zusammenhang mit dem tragischen Unfalltod einer Sechzehnjährigen, die bei einer unerlaubten Party auf dem Dach des Hochbunkers das

Gleichgewicht verloren hatte und zu Tode gestürzt war, bestand offenbar nicht. Immerhin gab es eindrucksvolle Fotos von einem kleinen Mädchen, das blinzelnd in die Scheinwerfer schwer bewaffneter Einsatzkräfte schaute. Aus Gründen des Persönlichkeitsschutzes aber hatte man sich beim *Hamburger Express* gegen eine Veröffentlichung der Bilder entschieden. Aufnahmen von Scharfschützen auf den umliegenden Dächern hatte der Journalist für sich behalten. Sie würden vielleicht zu einem späteren Zeitpunkt nützlich sein. Fürs Erste war Ulrich Weikert nicht unglücklich, dass diese Nacht ein Ende gefunden hatte. Und sein Chef war einverstanden damit, dass sie am nächsten Tag die Story von der Stripperin bringen würden, die sich an der Suche nach einem verlorenen Mädchen auf dem Dom beteiligen wollte. Eine Geschichte, wie sie nun einmal nur in dieser Stadt spielen konnte, in der sogar die leichten Mädchen das Herz immer am rechten Fleck trugen.

*

Am Anleger warteten die üblichen Gepäcktransporter mit ihren gereihten Wagen, die die Koffer und Taschen auf die Hotels und Pensionen der Insel verteilen würden, die paar Hafenarbeiter, einige Einheimische, die Gäste willkommen hießen oder ihre heimkehrenden Angehörigen abholten – und der Kollege aus Pinneberg, der für vierundzwanzig Stunden den Dienst auf der Insel übernommen hatte und dann letztlich achtundvierzig Stunden hatte bleiben müssen. Er würde jetzt wieder zurückkehren zu seiner eigenen Polizeidienststelle, und alles würde wieder seinen gewohnten Gang gehen, als sei nichts geschehen. Und irgendwie war es ja auch so: Menschen hatten Schreckliches erlebt, Menschen waren gestorben, Menschen hatten die dunkelsten Stunden hinter sich gebracht – aber niemand auf dieser kleinen Insel wusste davon oder interessierte sich groß dafür. Gewiss, morgen würden sie es in der Zeitung lesen, wenn sie es nicht heute bereits im Radio gehört oder im Fernsehen oder Internet gesehen hatten. Aber schon übermorgen würden neue Nachrichten die alten Katastrophen ablösen, und niemand mehr würde sich daran erinnern. Niemand außer den Angehörigen der Toten. Und Anna und ihren Kollegen, für die die Nacht auf dem Dom sicherlich zu den auf schreckliche Weise untilgbaren Erlebnissen gehören würde. Erlebnissen, die dann und wann aus dem Schatten des Vergessens krochen und sie mit Trauer und dem schlechten Gewissen der Erleichterung peinigten. Erleichterung, dass sie selbst überlebt hatten. Dass sie selbst niemanden zu betrauern hatten. Dass Gevatter Tod an ihnen vorbeigezogen war, einmal mehr, wenn auch nur um Haaresbreite.

All das ging Anna Krüger durch den Kopf, als sie den Fuß wieder auf die Insel setzte. Sie würde als Erstes einkehren bei ihrem alten Kumpel Henry, dessen Hummerbude nur ein paar Meter weiter am Hafen lag. Vielleicht würde sie sich mit ihrer Freundin Nele auf ein Bier dort verabreden. Sie hatte gerade das Handy gezückt, als eine Nachricht eintraf: *Willkommen zurück, du Überlebenskünstlerin! Ich seh dich von meinem Fenster aus. Wollen wir uns bei Henry treffen? Nele.*

Anna musste lächeln. Sogar der Schmerz in ihrem Kopf fühlte sich vertraut an wie etwas, worauf man sich auf eine gute Art verlassen konnte. Irgendwie erschien es ihr, als wäre sie mit dieser Rückkehr auf die Insel endlich wirklich nach Hause gekommen. Irgendwie hatte sie das Gefühl, dass es sich hier letztlich doch zu leben lohnte. *Gerne*, schrieb sie zurück. *Ich bestell uns schon mal was.*

Dann ging sie den Hafen runter, ohne sich noch einmal umzusehen, während Paul immer noch oben auf dem Schiff stand und ihr nachblickte. Mit Anna war das Grauen über Helgoland gekommen. Aber mit ihr war die Insel für Paul auch endlich vollkommen. Mit ihr war alles irgendwie leichter für ihn. Er gestand es sich nicht gerne ein, aber tief in seinem Inneren wusste er, dass er sein Herz an sie verloren hatte. An die Insel. Und an Anna.

»Moin, Herr Freitag!«, grüßte ihn der Hafenmeister, als er die Gangway runterkam.

»Moin, Stewens. Alles klar?«

»Keine Sorge, wir haben hier gut auf unsere Insel aufgepasst, während Sie Ihren Spaß hatten.« Er zwinkerte dem Polizeichef zu, und Paul hätte beinahe gelacht. Doch dann sagte er: »Danke, Stewens. Da bin ich froh. Muss man auch, bei einem so schönen Fleckchen Erde.«

Danksagung

Zu großem Dank verpflichtet bin ich Polizeioberrat Alfred Geyer, der mir vielfach mit Rat und Tat zur Seite stand. Leider wird er das Ergebnis unserer Gespräche nun nicht mehr lesen können. Sein völlig unerwarteter und allzu früher Tod hat viele Menschen tief getroffen, auch mich.
Lieber Alfred, die »Geisterfahrt« sei Dir gewidmet.

Tim

Leseprobe

Tim Erzberg

Totenfels

Kriminalroman

Harper
Collins

1

SONNTAG

Natürlich musste das an einem Sonntag passieren. Die Insel bekam kaum Luft vor lauter Touristen, der Südstrand war voll von Spaziergängern, Dutzende Kinder tummelten sich auf den Spielplätzen, die Fähren waren bis auf den letzten Platz besetzt, um Ausflügler auf die Düne zu bringen oder von dort zurück auf die Hauptinsel. Vor den Strandcafés warteten die Leute auf einen freien Tisch – und oberhalb der Hummerbuden, wo sich, wie an solchen Tagen üblich, zahllose Menschen zu Krabbensalat, Fischbrötchen, Knieper oder auch nur zu einem Bier versammelt hatten, war geschehen, was irgendwann hatte geschehen müssen: Ein Teil des Hanges war abgerutscht. Eigentlich waren ja gerade Sicherungsarbeiten im Gange gewesen. Aber die Arbeiter waren wegen der starken Regenfälle in der letzten Woche nicht schnell genug vorangekommen. Anna hatte es geahnt. Sie hatte die Baustelle mehrmals besucht, hatte sorgenvoll auf die Stahlträger geblickt, die noch unverbaut an der Seite lagen, statt das Erdreich zu stützen. Und es war eingetreten, was hatte eintreten müssen: Die Arbeiter waren weg – und der Hang war abgesackt. Nur einige Meter. Es waren keine Menschen zu Schaden gekommen. Ein kleiner Teil des Invasorenpfads war verschüttet worden, aber man konnte noch seitlich daran passieren, vorausgesetzt, es kam nicht zu weiteren Erdrutschen. Im ersten Moment hatte Anna sogar eine Art Genugtuung empfunden, weil man ihre Sorgen nicht ernst genommen hatte. Doch dann hatte sich die ganze Dimension des Problems gezeigt. Und es war eine Dimension, die man nicht einmal ansatzweise einschätzen konnte – weder sie noch Paul Freitag, ihr Vorgesetzter, noch gar die Arbeiter, die angesichts des Problems im ersten Moment die Panik gepackt hatte.

Und nun saßen die Inselbewohner auf einem Pulverfass – wortwörtlich. Eine kleine Veränderung, eine Unachtsamkeit, eine unbedachte Aktion und es würde zur Katastrophe kommen. Helgoland war eine zauberhafte Insel. Immer gewesen. Oder jedenfalls fast immer. Aber sie war auch eine zerbrechliche Schönheit. Mehr denn je. Der Fels im Meer, er bot den Menschen Schutz. Aber er war auch auf den Schutz durch die Menschen angewiesen. Eine Gefahr, wie sie jetzt eingetreten war, war schlicht nicht mehr vorgesehen für diese Insel. Auch wenn sie immer wieder eintrat. Immer noch. Nach all den Jahren und Jahrzehnten.

»Wir werden evakuieren müssen«, sagte Paul, der unbemerkt neben seine Kollegin getreten war.

»Sicher«, erwiderte Anna. »Je schneller, desto besser.«

»Ausgerechnet am Sonntag.«

»Solche Dinge geschehen immer zur Unzeit.«

Paul seufzte. »Ich habe schon mit dem Bürgermeister, mit den Reedereien, mit der Kurverwaltung und mit der Hafenmeisterei gesprochen.«

»Der Hafenmeisterei?«

»Wenn es schnell gehen muss, brauchen wir auch die Frachtschiffe. Da können wir nicht warten, bis uns Cassen Eils ihre Flotte rüberschickt.«

Anna betrachtete das Monster, das vor ihnen aus der Erde ragte, und atmete schwer. »Wir werden aufpassen müssen, dass keine Panik ausbricht.«

»Wir werden warten, bis die Tagestouristen wieder weg sind. Dann informieren wir die Insulaner und die Übernachtungsgäste.«

Anna nickte. »Das klingt sinnvoll. Wie lange werden wir brauchen?«

»Beim letzten Mal waren es zwei Tage.«

»Das war im Winter, oder?«

»Ja. Da hatten wir nur die tausend Menschen zu evakuieren, die auf der Insel leben.«

»Wie viele haben wir aktuell?«

»Elftausendvierhundert.«

»Davon fünfzehnhundert Einheimische.«

»Yup. Die sind das Problem.«

Anna musste lächeln. Die Halunder waren ein sympathisches Völkchen, vor allem aber ein eigensinniges. Einem echten Helgoländer zu sagen, er müsse seine Insel verlassen, war ein mehr als schwieriges Unterfangen. Die Insulaner hatten den Fels mehr als einmal verlassen müssen. Jedes Mal zwangsweise. Und ihre Rückkehr war stets ungewiss gewesen. »Wir könnten sie auf den Nordteil evakuieren«, schlug sie vor.

»Vielleicht«, entgegnete Paul. »Wir können es sowieso nicht selbst entscheiden. Aber wenn ich mir das Ding so ansehe … Ich schätze, das Problem ist zu groß, um nur ein klein wenig in Deckung zu gehen.«

Trotz des milden Tages und der strahlenden Sonne lief Anna ein Schauder über den Rücken. Ja, das Ding hatte etwas Furchterregendes. Und das lag nicht nur an seinem Bestimmungszweck, sondern auch daran, dass es so groß war, wie Anna es bisher nur an einem Ort gesehen hatte: drüben beim Schwimmbad. Da hatten sie so eines ausgestellt oder vielmehr: aufgestellt. Eine Fünftausendkilo-Bombe, ein Monstrum mit einer Zerstörungskraft, die man sich in friedlichen Zeiten kaum vorstellen konnte. Und hier ragte sie aus dem Erdreich wie ein schlafendes Raubtier, das, wenn man es weckte, alles zerreißen würde, was ihm unterkam. *»Mitten im Ozean schläft bis zur Stunde ein Ungeheuer, tief auf dem Grunde«*, flüsterte Anna.

Paul atmete schwer. Dann sagte er mit rauer Stimme: *»Ein einziger Schrei – die Stadt ist versunken, und Hunderttausende sind ertrunken.«* Trutz, Blanke Hans, dachten sie beide, und jeder von ihnen wusste, dass der andere es dachte. Liliencrons altes Gedicht über die legendäre Stadt Rungholt, das sie alle in der Schule gelernt hatten, das jeder Halunder kannte und an das jeder bei jedem Sturm dachte. Das Lied von der Insel, die in der Nordsee versunken und von der nur noch die Erinnerung geblieben war. Ob es dem roten Felsen einst auch so ergehen würde? Ob der Tag womöglich näher war, als sie es sich hätten ausmalen können?

Als hätte er ihre Gedanken gelesen, erklärte Paul: »Eine einzige Bombe wird die Insel nicht versenken.«

»Nein, Paul. Das wird sie nicht. Sie kann Menschen töten, aber nicht Helgoland.«

Denn auch das wussten die Insulaner: Helgoland war unsinkbar. Zumindest beinahe. Die Insel hatte unendlich schwere Bombardements überlebt, sie würde nicht an einem einzelnen Monstrum zugrunde gehen, wie groß es auch sein mochte. Und dieses Monstrum war groß. Riesig.

*

Natürlich hatte sich der Fund herumgesprochen. Doch statt sich in sicherer Entfernung zu halten, drängten sich immer wieder und immer mehr Neugierige um die Fundstelle. Anna wurde übel, wenn sie sich bewusst machte, dass etliche der Schaulustigen praktisch genau unterhalb des Blindgängers standen, um mit ihren Handys die besten Fotos für ihre Profile zu schießen. Wenn das poröse Erdreich nur ein wenig mehr nachgab, musste das verfluchte Ding nicht einmal explodieren, um Menschenleben zu kosten. Der Koloss war schwer genug, ein Dutzend Umstehende in den Tod zu reißen oder schwer zu verletzen.

Natürlich hatten sie die Fundstelle notdürftig mit Absperrband gesichert. Und jetzt hielt Anna Wache, während Saskia sich um die Polizeistation kümmerte und Paul das weitere Vorgehen mit der Verwaltung besprach und alle darauf warteten, dass der Kampfmittelräumdienst auf die Insel kam. Ein Einsatz der Seenotrettung verbat sich, weil im Notfall Verletzte evakuiert werden mussten. Also hatte Paul die Küstenwache organisiert, die bereits mit mehreren Spezialisten auf dem Weg war und voraussichtlich in zwei Stunden eintreffen würde. Ein Vorauskommando war inzwischen in der Luft und musste jeden Augenblick auf der Düne landen. Immerhin war die MS Helgoland inzwischen ausgelaufen und der Halunder Jet hatte die Motoren angeworfen, sodass bald eine große Anzahl an Touristen die Insel würde verlassen haben. Jeder Mensch weniger, der sich in dieser Situation auf der Insel aufhielt, war ein Risiko weniger.

»Ganz schönes Kaliber«, hörte Anna jemanden schräg hinter sich sagen. Sie fuhr herum, um den Mann von diesem Ort zu verscheuchen. »Oh, Herr Eck«, sagte sie. Saskias Vater, der seit einigen Monaten auf der Insel lebte. Oder vielmehr: seine Entziehungskur machte. »Ja. Ein gewaltiges Ding. Eine der größten Bomben, die die Briten für Helgoland übrighatten.«

»Aha.« Der alte Mann musterte den rostigen Koloss ungerührt. »Schon erstaunlich, dass man immer noch Bomben aus dem Zweiten Weltkrieg findet, was?«

»Überhaupt nicht, Herr Eck«, erwiderte Anna. »Seit Kriegsende waren es allein auf Helgoland über zweitausend.«

»Zweitausend! Mein Gott …«

»Es sind jedes Jahr mehrere.« Sie betrachtete das Monstrum, das nur sechs oder sieben Meter entfernt aus dem Erdreich ragte. »Aber es war noch nie eine so große. Zumindest nicht, soweit ich weiß.«

»Das heißt, Sie wissen gar nicht, was passiert, wenn das Ding hochgeht.«

»So kann man es sagen.«

Es war schon bemerkenswert. Sie hatte Eck auf dem Dom in Hamburg kennengelernt, einen Penner, der mit Glück eine Schussverletzung überlebt, obwohl er eigentlich schon mit seinem Leben abgeschlossen hatte. Ein verrückter Zufall hatte es gewollt, dass er bei der Gelegenheit seiner Tochter wiederbegegnet war, nach vielen Jahren: Saskia Berneking, Annas Kollegin. Aber dass Saskia ihn zu sich auf die Insel holen würde, damit er wieder zurückfände in ein normales Leben, damit hätte Anna nie gerechnet. Nicht bei Saskia, die ein Biest war, eigensüchtig, eitel und lebenshungrig – vor allem: männerhungrig. Und doch hatte sie es getan. Also war Eck seit einigen Monaten im Inselklinikum untergebracht, das zwar keine Entzugsklinik war, aber immerhin seine neurologischen Ausfälle behandeln konnte. Dass man ihn nebenbei auch noch möglichst schonend trockenlegte, war ein Deal, den Paul für die junge Kollegin eingefädelt hatte.

»Dann hoffen wir mal das Beste«, sagte Eck und winkte müde. »So ein schönes Fleckchen Erde. Wäre ein Jammer, wenn ihm was passieren würde. Und den netten Menschen hier …« Er blickte Anna vielsagend an. »Ja«, murmelte sie und sah ihm hinterher, wie er zum Klinikum hinunterging. »All die netten Menschen hier.«

Zweitausend Bomben. Und doch hatte es sich ergeben, dass sie selbst noch nie bei einer Entschärfung hatte dabei sein müssen. Einmal hatte sie die Stellung auf der Hauptinsel gehalten, während die Männer vom Kampfmittelräumdienst drüben auf der Düne eine Fünfzig-Kilo-Bombe unschädlich gemacht hatten. Einmal war sie nicht auf der Insel gewesen. Einmal war es nur eine verrostete Wassermine gewesen, die die Spezialisten auf die hohe See gezogen und dort kontrolliert gesprengt hatten. Und jetzt dieses gigantische Mordwerkzeug! Es gab auf der Insel einen Krater, einen einzigen, der von einer solchen Bombe in den Fels gerissen worden war, mitten auf dem Oberland. Ein beliebtes Fotomotiv. Das Loch war so groß, dass man ein ganzes Haus darin hätte versenken können. Wenn diese Bombe hier hochging, dann …

Eine kleine Maschine kam aus Richtung Elbmündung herein, um auf der Düne zu landen. Vielleicht der Sprengmeister. Anna atmete auf. Auch wenn er das Monstrum nicht würde entschärfen können, solange nicht mindestens ein Großteil der Insel evakuiert war, war es doch beruhigend zu wissen, dass es zumindest einen Menschen auf Helgoland gab, der sich mit den Dingern auskannte und die konkrete Gefahr wirklich einschätzen konnte.

Sie konnte sehen, wie Paul die Polizeistation verließ und sich auf den Weg Richtung Landungsbrücke machte, wo die Profis mit der Fähre anlanden würden. Er blickte zu ihr herauf und winkte ihr zu. Zögerlich winkte Anna zurück, die von einem plötzlichen stechenden Schmerz in ihrem Kopf getroffen wurde. Stalin. Ihr persönlicher Folterknecht. Der offenbar unauslöschliche Schmerz ihres Lebens. Ein düsterer, perfider Begleiter, der sie immer dann packte, wenn sie nicht mit ihm rechnete. Sie musste nach Hause, brauchte ein paar Tabletten, um das Schlimmste in den Griff zu bekommen. Doch momentan konnte sie hier nicht weg. Denn es gab noch Schlimmeres als das Schlimmste. Und das lauerte in ein paar Schritten Entfernung und wartete seit über siebzig Jahren darauf, sein mörderisches Werk zu Ende zu bringen.

*

Zum wiederholten Male checkte Anna ihre Wetter-App. Regen für die nächsten Tage. Der Vorteil: Es würden weniger Touristen auf die Insel kommen – wenn man sie denn überhaupt noch kommen ließ. Der Nachteil: Der verdammte Hang würde nicht gerade stabiler werden, wenn er sich noch weiter mit Wasser vollsog. Man konnte nur hoffen, dass die Bombe nicht so gefährlich war, wie sie aussah. Oder dass der Sprengmeister sie ruckzuck entschärfte. Was nicht zu erwarten war. Denn nach allem, was Anna wusste, gingen die Spezialisten sehr sorgfältig vor – und das kostete Zeit.

Nun saß sie in der kleinen Polizeistation der Insel, wo sie Saskia abgelöst hatte, die ihrerseits auf Posten am Hang gegangen war. Am Falm, genauer gesagt, jenem vordersten Rand des Oberlands, der sich dreißig Meter über den unteren Teil der Insel erhob. Auf dem Bildschirm hatte sie die Fotos aufgerufen, die sie von der Szenerie gemacht hatten. Natürlich hatten die Kollegen von der Inselverwaltung schon versucht, die Bombe mit Blindgängerkarten abzugleichen. Das taten sie jedes Mal, und sie taten es jedes Mal vergeblich. Denn es war sinnlos, einzelne Sprengsätze lokalisieren zu wollen. Helgoland war wie kein anderer Ort auf dem Planeten bombardiert worden. Buchstäblich. Nirgendwo sonst waren auf so engem Raum so viele Bomben gefallen. Die Hölle. Hell-go-Land hatten die Briten die Insel getauft. Zu Recht. Es war ein Wunder, dass der Fels wieder bewohnbar gemacht werden konnte. Nein, eigentlich war das Wunder, dass es ihn überhaupt noch gab.

Das Telefon klingelte. Anna hob ab. »Polizei Helgoland«, sagte sie automatisch.

»JVA Kiel hier«, meldete sich eine Stimme am anderen Ende der Leitung. »Frau Krüger?«

»Am Apparat.«

»Es gibt eine unschöne Nachricht.«

»Eine unschöne Nachricht?« JVA Kiel. Anna spürte, wie sich die Härchen an ihren Armen aufstellten. Sie wusste, wer dort einsaß. Natürlich. Und sie wusste, warum. »Was ist denn geschehen, Herr Kollege?« Doch sie wusste es im selben Augenblick. Und als der Vollzugsbeamte es aussprach, da hätte sie die Worte mitsprechen können: »Ihr Kollege … Ihr ehemaliger Kollege Weber hat sich das Leben genommen.«

»Ja«, sagte Anna leise. »Ich weiß.«

»Sie wissen?«

»Entschuldigen Sie, so habe ich es nicht gemeint«, erklärte Anna, der plötzlich Tränen in die Augen schossen, obwohl es verrückt war. Weinte sie tatsächlich um den Mann, der sie beinahe ermordet hätte? Sie räusperte sich. »Ich habe es mir gedacht, als Sie sagten, es gebe eine unschöne Nachricht.« Eine *unschöne Nachricht*. War es das für die Vollzugsbeamten? Durfte man beim Tod eines Menschen von einer »unschönen Nachricht« sprechen? War es nicht eine Tragödie? War es nicht letztlich einfach nur traurig? Trotz allem? »Wie ist es geschehen?«, wollte sie wissen.

»Er hat sich in seiner Zelle erhängt.«

»Sie haben ihm nicht …?«

»Natürlich gab es in seiner Unterkunft keine Kabel, keine Seile, keine Betttücher.« Der Mann sog genervt die Luft ein. »Oder gar Gürtel, falls Sie das annehmen. Aber wir können den Insassen ja schlecht die Hosen abnehmen. Nicht wahr, Frau Krüger?« Er schwieg. Er wusste es. Wusste, dass Anna der Grund war, weshalb Marten zum Mörder geworden war. Dass sie außerdem beinahe sein Opfer geworden wäre. Dass sie es war, die ihn überführt hatte und trotzdem in seine Falle gegangen war. Das alles wusste er natürlich. Denn alle, die den Fall Marten David Weber kannten, wussten es.

»Tja«, sagte der Vollzugsbeamte. »Nun wissen Sie Bescheid.«

»Wann wird er beerdigt?«

»Er wird eingeäschert«, erklärte der Mann.

»Aha. Und wann ist dann die Beisetzung?«

»Das …« Ein Zögern. »Das lässt sich noch nicht sagen. Zuerst muss die Pathologie mit ihm fertig sein. Ich meine: Muss ihn der Pathologe …« Wie seltsam seine Stimme klang. »Freigegeben haben. Seinen Körper. Und dann bestimmt der JVA-Leiter einen Termin für die …«

»Entsorgung«, vollendete Anna bitter den Satz.

»Beisetzung«, murmelte der Vollzugsbeamte. Ein erneutes Zögern. »Also, ich spreche mit Frau Krüger, ja?«

»Anna Krüger, POM.«

»Tja, Frau Krüger, dann kann ich es Ihnen auch direkt sagen …«

»Direkt sagen? Was denn?«, fragte Anna irritiert. Was für ein merkwürdiger Mensch. Was für ein seltsamer Anruf.

»Er hat einen Abschiedsbrief hinterlassen. An Sie.«

»An mich.« Sie atmete tief durch. Der Abschiedsbrief eines Mörders und Psychopathen. Wollte sie den haben? Weshalb sollte Marten ihr einen Abschiedsbrief schreiben, nachdem er sie beinahe umgebracht hätte? Andererseits war es ja Liebe gewesen, die ihn in seinem Wahn bestärkt hatte. Oder etwas, von dem er glaubte, dass es Liebe sei. Es schauderte sie, wenn sie sich überlegte, dass er auch nach den Vorkommnissen in jener schrecklichen Nacht, nach dem Gerichtsverfahren, der Zeit in der Psychiatrie, nach den Jahren in Haft noch an sie dachte. Dass *seine letzten Gedanken* ihr gegolten hatten! Sie mochte sich nicht ausmalen, welche Gedanken das gewesen waren. »Ich nehme an, Sie werten das Schreiben noch aus?«, fragte sie.

»Ja«, bestätigte der Justizbeamte. »Das müssen wir leider.«

»Natürlich.« Es gab kein Briefgeheimnis für Strafgefangene. »Und danach?«

»Danach würden wir es an Sie schicken, nehme ich an. Das heißt, wenn die Staatsanwaltschaft keine Einwände hat.«

»Die Staatsanwaltschaft? Was sollte sie dagegen haben?«

»Es war ein gewaltsamer Tod«, sagte der Mann am anderen Ende. »Zunächst muss Fremdverschulden ausgeschlossen werden …«

»War er nicht in einer Einzelzelle untergebracht?«

»Doch, natürlich. Aber wenn keine natürliche Todesursache vorliegt, gehört es zur Routine, dass … das müssten Sie eigentlich wissen.«

»Ja«, bestätigte Anna. »Sicher. Ich weiß.« Für einen Moment herrschte Schweigen zwischen ihnen. »Danke«, sagte sie schließlich und legte auf.

*

Natürlich war ihr erster Impuls, Paul anzurufen und ihm diese traurige Neuigkeit mitzuteilen. Aber Paul war in diesen Minuten mit den Kampfmittelbeseitigern im Gespräch und überhaupt im Stress wegen der bevorstehenden Evakuierung.

Sie würde es ihm später erzählen. Jetzt sollte sie erst einmal rüber zur Fundstelle und auf weitere Anweisungen warten. »Frau Schneider?«, rief sie hinüber ins Büro.

»Ja, Frau Krüger?«

»Ich bin kurz weg.«

»Alles klar. Ich weiß ja, wie ich Sie erreiche.«

Anna schnappte sich ihre Jacke und – einem Impuls folgend – die Dienstwaffe, die sie nicht immer bei sich trug. Das hier war schließlich eine kleine friesische Insel und kein Ghetto.

*

Ein Gesicht, das niemand sehen würde. Niemals. Die Perücke lag auf dem Nachttisch, die Wimpern klebten noch an den Fingern. Die Tränen hatten das Make-up verschmiert. Die Werte? Egal. Sie wollte sie nicht wissen, ließ den Brief ungeöffnet. Sie spürte es auch so, wie das Leben verrann. Ihr Leben. Unwiederbringlich. In ein paar Minuten würde sie wieder bereit sein. Bereit, das Spiel weiterzuspielen, solange es noch ging. Aber sie würde jede Minute auskosten, die ihr noch blieb, jede einzelne.

*

Allein in einer Zelle. Wie gut sie sich das vorstellen konnte. Sie starrte an die Decke. Es war Nacht. Nur der grelle Streifen, mit dem der Leuchtturm in regelmäßigen Abständen durch den Himmel säbelte, erhellte die Decke ihres Zimmers. Allein. Das war sie auch. Und würde es immer sein. Denn auch wenn sie manches Mal gedacht hatte, es gäbe eine Chance, jemanden zu finden, mit dem sie ihre Zeit verbringen konnte, jemanden, der zu ihr stehen und vor allem: der sie verstehen würde, hatte sie doch immer wieder feststellen müssen, dass am Ende nur die Einsamkeit auf sie wartete. Die Einsamkeit ihres Körpers und die ihrer Seele. Sie selbst war es, die körperliche Nähe nicht aushielt – und eine unsichtbare Wand war es, die weder sie noch die anderen durchdringen konnten, ein gläsernes Gefängnis, in dem nur sie allein saß. Und Stalin. Der stete Begleiter, der ihr das Leben zur Hölle machte. Manchmal schien es ihr geradezu, als wäre Stalin der Einzige, der sie verstand, ihr Kopfschmerz, der jeden Gedanken im Voraus ahnte, jede Gefühlsregung vorwegnahm und jeden kleinsten Hoffnungsschimmer in ihr schon kannte, ehe sie selbst ihn entdeckt hatte. Und der immer im perfekten Augenblick sein Messer zückte, um es ihr in den Schädel zu treiben: im Augenblick der Schutzlosigkeit, wenn es am meisten schmerzte und ihre Seele am meisten peinigte. Ja, Stalin kannte ihre Seele. Besser als sie selbst.

Natürlich konnte sie nicht schlafen, auch wenn der finstere Geselle in ihrem Kopf sich nicht regte. Sie hatte das Fenster weit geöffnet, um die kühle Nachtluft hereinzulassen. Der Wind trug den Lärm der Wellen herüber und den Schrei einiger Vögel. Morgen um sechs Uhr würde sie wieder zum Dienst antreten. Drüben am Falm, gar nicht weit von ihrer Wohnung entfernt. Aber auf Helgoland, dieser winzigen Insel, war ja nichts jemals weit entfernt. Sie fragte sich, ob auch dieses Haus in Gefahr war, wenn das Ding hochging. Andererseits war der Sprengmeister ziemlich entspannt gewesen. Er hatte die Bombe respektvoll angesehen, hatte ein wenig mit den Stahlkappen seiner Arbeitsschuhe im Erdreich gescharrt, zum Himmel geblickt und dann erklärt: »Ab Sonnenaufgang müssen wir mit den Sicherungsarbeiten beginnen, während wir auf die Geologen warten.«

»Die Geologen?« Anna betrachtete die Situation. »Das ist doch eigentlich alles ziemlich offensichtlich hier, oder?«

»Ist es das?«, fragte Klüver, der Sprengmeister. »Können Sie sagen, wie es um die Festigkeit des Untergrunds bestellt ist? Ob es hier Verwerfungen gibt? Frakturen im Fels, Einschlüsse aus früheren Sprengungen?«

Anna blickte verlegen zur Seite. »Nein«, sagte sie. »Natürlich nicht.«

»Eben. Wir auch nicht. Und die Geologen werden auch nur eine Einschätzung geben können. Und ein paar konkrete Messungen anstellen, die uns zumindest Klarheit verschaffen, wo der Fels besonders sensibel ist.« Er klatschte in die Hände. »Aber erst muss sichergestellt werden, dass unser kleiner Freund hier nicht aus Zufall oder Dummheit herunterfällt und hochgeht, weil er noch ein bisschen weiter abrutscht und der Zünder ausgelöst wird.«

»Und bis dahin?«, hatte Paul gefragt.

»Bis dahin hilft am besten Beten.«

Ein Blick zur Uhr auf dem Nachttisch sagte Anna, dass noch fast fünf Stunden übrig waren bis zum Start der Arbeiten. Sechs Uhr. Um halb sechs würde sie aufstehen, duschen und sich auf den Weg machen. Vielleicht würde sie bis dahin sogar ein paar Minuten geschlafen haben. Es wäre ihr leichter gefallen, hätte sie nicht unablässig an Marten denken müssen. Über ihr hing die Lampe von der Decke. Immer, wenn der Lichtstrahl des Leuchtturms vorüberschwenkte, warf er einen schrägen Schatten an die gegenüberliegende Wand – und die Lampe sah aus, als wäre sie ein Gehenkter am Seil. Das Schlimmste war, dass Anna dieses Bild auch vor sich sah, wenn sie die Augen schloss. Es hatte einen Abdruck auf ihrer Netzhaut hinterlassen, der jedes Mal sichtbar wurde, wenn das Licht wiederkehrte. Wieder und wieder und wieder.